念君歡

卷六

窟紅注目作家
村口的沙包——著

1 恐嚇問實

傅念君在自己房裡來回踱著步，腦子裡紛亂地想著這些事。

如果自己的猜測都沒有錯的話……

胡廣源回來，那就是幕後之人確實像周毓白說的一樣，又準備下手了？

其實胡廣源現在的處境也很不好，他名下的產業自去年開始，先後被傅家、周毓白的人盤查，他若想動用那些銀錢，比方說拋售和樂樓和其他鋪子，或者取大筆銀錢出來，就很容易露出馬腳。他是幕後之人的錢袋子，周毓白一直以來做的事，卻並非是將這錢袋子搶過來，而是捏住這錢袋子的口，讓他們有錢也沒法子用。

所以，他們是否又找到了新的生財路徑呢？

到周毓白回府之時，傅念君還在琢磨著這些。

兩人坐在床沿邊上正準備安歇，她差點將喝完了茶水的空杯子放空摔地上，周毓白看出來她今晚有點心不在焉，他接過杯子問她：「今日發生了什麼事？我聽說妳還帶懿兒上街了。」

傅念君嗯了一聲，歪在周毓白懷裡，說道：「見到了傅寧。」

她把自己的猜測和周毓白說了。周毓白卻沒有她這樣的憂心，只是淡笑道：

「往後我不在家，妳若有事，可以去找張先生商量。」

「說到底，這是傅家的事……」

「妳還顧及這個？」他反問：「和我這樣客氣？」

傅念君搖頭，「也不是的，我只是想等你回來再仔細問問。」

周毓白沉吟，說著：「胡廣源回京倒是極有可能，我和董先生從來就沒有想將他趕盡殺絕。他先前離京，董先生也跟著離去，將他的行蹤和置辦在各地的產業摸了個七七八八。」

傅念君明白過來。所以現在胡廣源在他們看來已是甕中之鼈，可以隨便他胡鬧的意思了麼？

「那現在董先生呢？他要來京中麼？」傅念君問道。

對於這個董長寧，她一直挺好奇的，雖然從未見過，卻是聽聞已久。

周毓白說：「他稍晚一些會來，我明日讓郭巡再通知他一遍。說起來倒是他推薦的那位郎中這幾天應該會先一步到府上，屆時要麻煩王妃招待一下了。」

他的笑容澄澈，有著少年人的俏皮。

他在閨房之中說玩笑話時，總會叫她「王妃」，到現在傅念君一聽見這兩個字，還是會有些臉紅。

「我知道了。」

周毓白俯下身，傅念君嚇了一跳，他竟是替坐在床沿的她脫鞋。

傅念君忙要縮腳上床，卻被他握住了一隻雪白的腳丫，他溫暖的手掌蹭著她的腳背。

「傅寧的事情，妳也不要太操之過急。他和胡廣源如今即便有聯絡，也不再似從前。傅寧早已經不是他們的人了，既不是一股繩，那就好辦。」

傅寧作為廢棋被拋棄，現今又重新和胡廣源搭上了線，想來也不可能如從前那般一個願打一個願挨。如今傅寧倚仗的不過是傅家和傅琨，只要搞清楚他和宋氏以何為把柄拿捏傅琨，傅寧的問題自然就迎刃而解。

傅念君點點頭，想到了可以吩咐給何丹和郭達的事，但願這一回，所有事情都能水落石出……

§§§

而當天晚上，住在城外的周氏脖子上多了一把刀，嚇得她差點尿了褲子，但穿著夜行衣的何丹卻是一副冷面修羅模樣，任憑她怎生哀求，好漢英雄的在嘴裡直嚷，他也不肯收手，只叫她老老實實地將有關於宋氏的事都說出來。

周氏急得要命，根本顧不了旁的，拉拉雜雜地胡亂說著，連宋氏在家裡養了幾隻鴨幾隻雞都數了個明白。何丹哪裡是要聽這個，刀背重重地敲在桌腿上，更加讓周氏差點嚇軟了腰。

「誰問這個，是問妳她最近病得要死了是怎麼回事？她兒子又是怎麼回事？」

周氏連汗流到眼睛裡都不敢抹，忙道：「是上月裡有一天，她突然來找我，說是覺著這樣子過活好沒意思，我還苦口勸她來著。因為這檔子事兒多，她和她家寧哥兒前頭吵架，母子兩個真真這麼多年也沒急赤白臉過。不過，這母子哪有隔夜仇是不，我就勸她……」

周氏說話囉嗦，一時就忘了自己處境，還以為是和鄰里閒磕牙，講一堆話卻沒個重點，害得何丹只能又敲桌子。

周氏又是一頓告饒，才繼續說：

「後來她家寧哥兒爭氣，進了國子學嘛，但是我瞧她也沒個歡喜模樣，想來是為銀錢發愁，不然兒子這樣出息，怎麼會說過活沒意思？我琢磨著大家都是親眷，還曾叫我當家的送些銀錢過去……但是她娘倆不知道又置什麼氣，我瞧著兩個人都不是特別開心，當然寧哥兒是個好孩子，他娘一病倒就請醫問藥的，孝順極了，連學堂也不去。可是宋氏她、她……身子骨弱，不頂用嘛……」

何丹又問了些細碎的話題，周氏說來說去也確實不知道更多了，何丹怕她被自己敲暈的丈夫兒子醒過來，也就收了手，擲下了一袋子銅錢，恐嚇道：「傅寧在外頭犯事，我是特地來查他們家的，和你們家中沒關係，拿好了錢就閉嘴，否則……我下次來時妳便要去見閻王了。」

周氏嚇得鼻涕眼淚都要流出來了，她還要等下次再見閻羅王嗎？她覺得面前這個就是了。

「明白明白，英雄放心，我保證一個字都不會往外說的！」

她心中一個勁兒後悔自己熱心，幫忙宋氏家裡，結果幫襯成這個樣子。

何丹走後，周氏一家人顫巍巍地互相扶持著抱頭痛哭，最後得出的結論是不能報官。周氏的兒子咬牙道：「那傅寧讀書讀書，先是讀去了石鼓書院，後來又進了國子學，他這個出身能是隨便進國子學的麼！果真是靠上了城裡什麼大樹！但大樹哪裡有那麼好靠的，做蝦兵蟹將指不定就先被人宰了呢！」

周氏的兒子只是普通莊稼漢，經過這一遭事之後，頭腦卻格外清楚。

周氏哆哆嗦嗦地說著：「娘以後不會管他們家了，咱這一家老小的命可不能給搭進去了！」

一家人戚戚然，也沒有睡好覺。

§§§

第二天早上，何丹把昨天打聽來的事一五一十告訴了傅念君，他還有點擔心辦事不力，主動向傅念君請罪。

傅念君倒是對周氏為人有點瞭解，說著：「何護衛不用太擔心，他們應當是不會去報官的。」

這個何丹，做事的法子真是挺簡單粗暴，不過傅念君對他盤問出的東西還是很滿意的。

周氏說宋氏先前就有厭世之意，必然不會是因為像周氏猜的那樣覺得家中困苦，耽誤了兒子。宋氏是個秉性執拗的婦人，年輕守寡，卻堅持獨自帶大兒子，眼看兒子就要出息了，卻又因為家中境況而厭世麼？

定然不會是這麼個道理。

何況昨日傅念君見傅寧買的那些藥材都是上好的，他手裡必然還有先前積下的錢財。

那麼宋氏病倒的因由，就只有一件事的可能性最大：或許是一個對於兒子有殷切希望的母親，在兒子的所作所為實在是讓她深惡痛絕時，才會心存死志。

傅念君想通了這一點，便下決心要證實。

她抬頭問昨天去傅寧家中打探消息的郭達：「你查到了些什麼？」

郭達有點羞愧：「昨天夜裡傅寧一直在家，娘子吩咐過不能驚擾他，小的也不敢多有動作，守了半夜……」

他沒何丹有本事，也沒聽到多少壁角。

只說傅寧經常從自己房裡走過去看宋氏，餵她喝藥，可宋氏卻不搭理他，也不知是不是病得說不出話來了，還是不願意開口，期間還聽到過藥碗打翻的聲音。

看來宋氏確實是存心不想治病，已經連藥都不肯喝了。

傅念君點頭，只道：「不錯，昨夜你們都辛苦了。」

說罷換來了芳竹和儀蘭，要給他兩個封賞。

何丹和郭達自然不肯受，在淮王府做事，是沒有這個規矩的。

傅念君說：「這是我這裡的規矩。這不是主子給下人的賞賜，因為你們是我的幫手，是我仰仗之人，這一點東西還是要有的。」

何丹搔搔頭，不好意思地收下了，倒是郭達，跟著傅念君時日久了，又年紀小性子活，直接說：「娘子要給銀錢，還不如給些旁的實在，吃的穿的用的……」

芳竹在旁沒好氣地嘀咕：「還真是蹬鼻子上臉了。」

傅念君卻微笑，「你和我還要什麼客氣的，缺什麼告訴芳竹，讓她置辦就是了。想請你哥哥和兄弟們吃酒，拿著銀錢讓廚房包一桌外頭的酒席也行。」

他們這些大小夥子，就是愛熱鬧愛折騰愛喝酒吃肉，傅念君不拘著他們，只是凡事要按現在王府裡的新規矩來。

郭達也喜笑顏開地謝過了她。

當然這件事不會就此擱下，兩人走後，傅念君就讓人去請了張先生過來。

張九承笑呵呵地接受了王妃的邀請，心想不知道王妃是要自己解決什麼難題？誰知過來以後，王妃一開口就是：「張先生，眼下有樁事我想問問你，不知道綁一個人過來，對現在王府的人來說，可有難度？」

張九承正喝著儀蘭端上來的好茶，一聽這句話，差點就把熱茶嗆進了肺裡。

「王妃是要……綁人？」

傅念君點點頭，神態倒是很普通，「不會太費事，也就一、兩天工夫，對方命不久矣，再拖下去就不成了。就是她還有個兒子，怕是要去官府鬧，但就是一、兩天，我想問她一些事。」

張九承暗嘆這王妃確實是膽子大，曉得她成親前就是這般了，如今看來也沒有改變。

張九承道：「若對方不是達官顯貴，也非什麼大事，王妃要做這樣的事必有緣由，老朽也不會多問，只是王妃要注意些分寸，萬不可鬧出人命來。」

傅念君想著，她難道是十來歲不知事要出去胡鬧的紈絝子弟嗎？要他這樣叮囑自己。

她就是要學旁人強搶民女，也不會去搶個宋氏。

她道：「先生放心，我就是不想她丟了性命，才想叫人帶了她過來，她若死了，我要查的事情便有難度了。」

張九承摸摸鬍子，點頭說：「如此倒也不為難，一、二日工夫，官府也查不出什麼來，到時候再送出去就是了。」他頓了頓，心想自己是幕僚，分析天下大事倒是還在行，這綁人的事，她怎麼會來問自己，只道：「不過此事還要等郎君歸來後，再與單護衛詳細談一談才是。府中人手調配，還要單護衛拿個主意。」

傅念君微笑，「單護衛跟著殿下，不在府裡，因此我便先與先生商議一下，若是先生同意了，我也放心些。」

張九承：「……」所以她這就是沒找到單昀，才來找自己的吧？其實她內心裡早就決定要這麼做了，問他不過是走個過場？

張九承抖著鬍子，心想這小丫頭年紀輕輕的，還以為明面上能多少擺出個端莊樣子來，其實還是愛來捉弄他這個老人家。

傅念君也怕張九承不開心，就吩咐兩個丫頭：「一會兒去廚房置辦兩個小菜，留張先生在這裡吃午飯。」

張九承忙擺手，「使不得使不得，王妃是王妃，老朽可不敢啊！」

傅念君心想今後還有得和這老兒打交道呢，捉摸一下他的脾性很有必要，而張九承那一聽酒水飯食就眼露精光的老饕饕模樣，她更是眼熟。

「先生不用客氣，我這裡的美酒美食，可都是旁處吃不到的。先生儘管吃喝，我不會叫他們打擾你的。」

張九承才顛顛地摸起鬍子微笑來。

原來這丫頭的目的不是拿自己尋開心，是變著法兒來討好、收買自己的。七竅玲瓏心，倒是和自家郎君很般配。

於是張九承便不再推脫，心安理得地享受起王妃給他獨個兒備下的美酒美食來。

§§§

到了傍晚，周毓白和單昀回府，傅念君便將這事和他說了。周毓白自然隨她，何況對單昀來說，綁個宋氏過來也不是件太難辦的事。

只是單昀實在是又一次被這位王妃給驚嚇到了。

誰家王妃會讓護衛去做這樣的事？連周毓白都沒做過這樣的事，趁著深更半夜去把個重要的線人或證人綁到家裡來……

單昀忍不住去看周毓白，卻發現這一看還不如不看。

他英明神武的淮王殿下正深情地望著妻子，似乎根本沒有意識到王妃的要求有多麼不妥當。

也是，現在他還有什麼不聽她的，單昀看穿了這個事實。

「屬下領命。」單昀拱手應承，徹底認命。

淮王殿下這才分了一些關注給他，只道：「明日你就先留在府裡吧，我身邊有陳進跟著就行。」

王妃要他辦事，淮王這位正主只有相讓。

「是，屬下明日就籌備一下，請王妃放心。」

單昀垂著眼睛說完，立刻就閃身出去了，一刻都無法在兩位主子這裡多待。

傅念君臉上掛著笑意，調皮地去替周毓白捏肩膀。

「多謝殿下體恤，忍痛割愛。」

「忍痛割愛？」周毓白笑道。

單昀算他哪門子的愛？

他伸手扯著她的皓腕，一把拉到懷裡來攏住，「傅寧和宋氏的事，要不要我……」

傅念君抬手虛虛蓋住他的唇，搖頭道：「七郎什麼都不用做。」

周毓白在她掌下微笑。傅念君一對眼睛閃閃發光地盯著他，只說：「自嫁給七郎，我做起事來已經少了很多顧慮，就如現在，我已經什麼都不怕了。七郎是要做大事的人，不可時時為我操心。」

他拉下她的手，直視她的眼睛，說著：「妳若覺得好，那就好，若是幾時覺得累了，便交給我。」

這大概是世上最動聽的話了，傅念君趴在他肩頭想著。

傅念君突然想起了什麼，伸手進了周毓白的衣襟，拉開他的衣裳。

「傷怎麼樣？疤痕處還會痛嗎？」

她扯開他的中衣，露出大半個肩膀，原本極好的皮膚上，終究留下了一塊難看的疤痕。

傅念君看得直皺眉，手指忍不住摸了上去，說著：「也不知那位神醫幾時造訪？不知道他有沒有什麼祛疤的良方。」

周毓白卻是覺得她涼涼的手指觸摸著自己的疤痕，一股癢意直接往心底鑽去。他忍不住握住了她的手指，在自己掌心緩緩摩挲，聲音有些低了：「我是男人，又何必管什麼疤痕。」

傅念君卻是有意調皮，在他耳邊道：「七郎這般如玉郎君，身上留了疤，怕是不美了，叫小娘子們曉得了，定然個個心裡都要叫可惜的。」

周毓白挑了挑眉，卻是一把將她橫抱起，說著：「肩膀處的疤倒是還好，另一處王妃也幫我看看吧……看看是不是真的可惜……」

燭火映照下，他大半個肩膀都被她從衣裳裡拉出來，他也不攏好，當下似是在那如玉的膚上鍍了層薄金似的，叫人看了臉紅。

傅念君兩隻手抱住他脖子，頭也乖順地在他肩窩處蹭了蹭。

夫妻倆進了內室，自然是如交頸鴛鴦般一刻也捨不得分開，直到半夜才重新亮起了內室的燭火。

傅念君體諒他近來辛苦，睡前只嘀咕著：

「往後七郎別鬧得這樣兇了，明早要起不來的……」

周毓白卻是在她耳邊輕笑：「那王妃就少來察看我的傷疤才是。」

傅念君頭悶在被褥裡，嘀咕了一句，才昏昏沉沉睡了過去。

§§§

第二天傅念君醒來的時候比往常晚一些，人也有點慵懶，粗略吃了些早膳，就開始處理家中事務。只是不料她昨日才剛提起神醫，今日這神醫就上門了。

傅念君聽下人說有訪客是董先生介紹來的，立刻便猜到了，忙叫人把來客往花廳請。

只是見到這位醫者時，她也有些吃驚。

來人竟是個十七、八歲的姑娘，穿著簡樸，圓圓的一張臉，看來很是稚嫩，一雙眼睛烏溜溜的，自己背了個大藥箱，而旁邊只跟了個十四、五歲更懵懂的小丫頭。

任誰看都不像個妙手回春的神醫。

那姑娘朝傅念君拱了拱手，姿態卻很大方：「王妃，民女名喚夏侯纓，是董先生介紹來的。」

傅念君立刻請她上座，叫人端來了茶水果脯。

夏侯纓也在打量傅念君，覺得這位王妃不僅生得美，還挺平易近人，倒是沒有什麼架子。

傅念君和夏侯纓聊了幾句，聽她說暫時歇在外頭旅舍中，便說著：「夏侯姑娘遠道而來，若是不嫌棄，就在府裡住下吧。」

夏侯纓先是不願，只說不敢在王府造次。

傅念君倒是覺得她年紀看著不大，心性卻高，這模樣對自己分明是有些防備。

傅念君從來不會對陌生人表現過分親切，只是就是論事：「兩位是姑娘家，客棧雖好卻不甚方便，畢竟這陣子東京城裡往來的外地人很多。我們王府內人口簡單，夏侯姑娘是客人，單闢一個院子自由進出就是了。不過，這當然這也要看姑娘的想法。」

意思是她也只行個方便，不會特意來討好夏侯纓。

夏侯纓看了一眼貼身丫頭果果，她正眼饞地望著小几上的糕點。

一路辛苦，住外頭確實沒有王府條件好。

夏侯纓也不是矯情的人，心想反正有董長寧的面子在，她也不算白吃百喝，於是便應承下來。她對傅念君道：「王妃如此信任我的本事？不想先試試我的能耐麼？」

傅念君失笑，「我是請姑娘來幫忙的，並不是什麼比試，姑娘行醫必然也知道，救命治病，有時也看緣分的，若是姑娘的醫術沒有達到我的預期，我再找下一位郎中就是。」

夏侯纓卻是微笑，似乎對傅念君的回答很滿意，微微頷首道：「既然如此……那王妃就放心吧。」

她開口就讓傅念君放心，看來對自己非常有自信。

傅念君忍不住問她：「姑娘芳齡幾何？看著是不是比我小些……」

她瞧著夏侯纓白嫩嫩一張臉，再想到今晨自己在銅鏡裡映出的眼袋和黑眼圈，不由有點鬱悶。

夏侯纓的笑容放大，輕咳了一聲，竟是說：「我快二十五歲了。」

傅念君腦中只有四個字冒出來。

駐顏有術？

夏侯纓自然曉得論年紀，傅念君定然是比自己小很多歲，但她光瞧傅念君的表情也能猜得出來此時王妃心中所想，不由覺得這位王妃確實有點意思。

傅念君覺得自己有些失禮，就岔開話題：「一會兒我讓人跟著姑娘去暫住的旅舍取行李。」

夏侯纓道：「那就多謝王妃了。」

傅念君私心覺得這神醫是位姑娘更好，這樣帶入滕王府也方便，若真是個白髮蒼蒼的老頭，反而不便利。

夏侯纓帶著貼身丫頭果果離去，臨出門前卻被芳竹追上。果果被強制塞了一包東西在手裡，打開一看，卻是剛才她盯著直流口水的糕點。

夏侯纓笑了笑，讓果果把東西都收起來。

果果小聲對她說著：「娘子，這位王妃人挺好呢……」

夏侯纓沒有做聲，只是轉頭道：「走吧。」

2 回首往事

單昀挑了幾個好手，交代了半日，準備於這天半夜就動手。但他們都是王府裡的高手，卻做了一般江湖人都不會做的事。

郭巡大概知道單昀心中的苦楚，就語重心長地勸他：「不就是節操麼，拋開了也就好了。」

單昀在城門關之前就悄悄帶了人出城，到了夜裡三更，幾人行動迅速，路線也早已安排好，所以進行得很順利。

傅寧大概在睡夢中就被劈暈了過去，等單昀幾人動手抬宋氏時，他早已經不省人事。

單昀將宋氏安頓在早已準備好的馬車上，幾人回到了沿路一個早已打點好的莊子。

宋氏一直安然睡著。單昀知道她會一直這樣睡到第二天白天。

到了第二天天濛濛亮，幾人又摸著黑到了城門口。

或許整個東京城的百姓都不會發現，這天的城門比往日開得都要早些。

到宋氏醒來的時候，早已天光大亮，她只覺得這一覺格外冗長又不踏實，整個人昏昏沉沉，明明睜開了眼皮，她卻覺得自己彷彿還在夢中。

即便宋氏眼睛不好，卻也不至於到全瞎的地步，換了環境不可能完全感覺不到。

這地方是哪裡？她心想。

此時身邊出現了一個伶俐的小丫頭，見宋氏醒了，就甜笑著湊過來。

「問夫人早安，您醒了？這裡是我主人家中，我主人與您相識，請不用擔心，她一會兒自會來相見。您身子弱，最好不要多說話，先放寬心，我先幫您擦擦手和臉，一會兒再伺候您用點稀粥。」

宋氏病得已經不能起身了。這小丫頭口齒清晰，幾句話就交代明白了宋氏的疑惑，又手腳麻利、做事周到，宋氏這一輩子都沒享受過這種待遇。

她終於醒悟過來，這不是夢。知道這不是夢的宋氏隨即便陷入了一陣驚惶之中。

「我、我要回家……」她喘著粗氣說著。

這到底是什麼地方！

那小丫頭似乎早有準備，伸手替她順著氣，按摩著她的太陽穴，一邊緩聲說著：

「夫人不要急，我家主人馬上就來見您了。」

宋氏心中不定，諸多猜疑，可不知怎麼回事，聞著這屋裡淡淡的安神香味道，在那小丫頭絮絮叨叨的話裡，竟又迷迷糊糊地睡了過去。

§§§

傅念君去見宋氏之前，先叫人去請已經住下了的夏侯纓。

夏侯纓也沒有推脫，治病救人，本來就是她的職責。

傅念君卻是表現得很客氣。

夏侯纓瞧著年紀小，治病手法卻老道。宋氏還昏迷著，她把了宋氏的脈，又檢查了她的手足口鼻，最後說要行針。

傅念君當然先緊著宋氏的病，帶著人先迴避了。

宋氏是在微微的痛楚中再次醒來的，這種痛卻又略微夾雜著輕鬆感，好像一直渾渾沌沌的腦子終於清明了。

「別動。」一道沒什麼情緒的平靜嗓音在她耳邊響起，「我是郎中，在給妳治病，不要動。」

宋氏果真不敢動彈了，她也沒有那個力氣。

一盞茶的時間過去，夏侯纓見差不多了，收了金針，讓果果去請傅念君進來，自己則出去開方子。

「虧損得厲害，油盡燈枯，她心存死志，已無救治的必要，不過是能拖多久就拖多久而已，我會盡我所能，王妃有什麼要做的事，需要儘快了。」夏侯纓只是對傅念君這樣說著。

平平淡淡，無喜無怒，像是經歷過大喜大悲，看過了人生百態後淬煉出的從容淡定。

傅念君點點頭，吩咐了人等著拿方子取藥，自己帶著儀蘭進了宋氏的屋子。

宋氏剛被伺候著喝了些藥，現在精神好了一些，靠在床頭正等著看那位把自己綁來的罪魁禍首是誰。

傅念君進門，宋氏一雙無神的眼睛愣愣地對著門口的方向，此時她只能看見一個淺淺淡淡的影子，當下就覺得非常熟悉。

傅念君神態如常，還吩咐了儀蘭去把窗子打開通通風。

她一說話，宋氏立刻就認出了她。

宋氏那雙無神的眼睛一直盯著傅念君的身影，似是想說什麼，最後卻什麼都說不出口。

傅念君坐到了她床邊的凳子上，朝她道：「宋嫂子，對不住，我出此下策，實在也是別無他法了。」

「二娘子……」宋氏囁嚅著唇瓣，立刻又改口：「王妃……」

傅念君瞧著她因病蒼白無血色的一張臉，還有一雙疊在身前如枯樹枝般的手，也是微微蹙了蹙眉。

「當日宋嫂子送了我一籃子雞蛋，味道很好，多謝了。」

她像只是聊家常一樣開了這個頭。

宋氏頓了頓，聲音裡帶了幾分忐忑，有點惶恐地問傅念君：

「王妃……您找妾身做什麼？妾身是不是哪裡冒犯了您？」她似乎又覺得有點失言，立刻又說：「剛才的女郎中，也是您請的？多謝了……」她說著就要起身下床來拜。

傅念君親自扶住了她的胳膊。

夏侯纓好不容易才讓她恢復了些精力，斷不能浪費在這種地方。

傅念君手下的手臂瘦骨嶙峋，看來真像是夏侯纓所說油盡燈枯之狀了。她心中一凜，很快縮回手，宋氏便躺回去小口地喘息起來。

傅念君發覺宋氏的教養姿態還是很不錯的，面對這樣的場面，又是在重病之下，她還能把話都弄清楚了來說，相較而言，被何丹嚇過的周氏，表現就天差地遠。

一個這樣的女人，外柔內剛，確實像是能獨自守寡、養大兒子的。

傅念君沒有說話，宋氏便顯得有些侷促，手指在被褥來回摩挲著。

「宋嫂子，我有些想問妳。」

宋氏道：「王妃請說就是。」

傅念君垂了眼眸，開門見山道：「妳的兒子傅寧，他……究竟是不是我爹爹的兒子？」

宋氏沒有料到她會突然問出這句話，整個人一怔，臉上就立刻褪成了慘白之色。

她抖著嘴唇，只是顫巍巍地問：「王妃這話……是去哪裡聽來的？這、這如何可能！簡直太無稽了。」她下意識地否認，但是面上的驚惶卻比憤怒來得多。

若是一個守寡二十年，從來潔身自好的寡婦，為什麼聽到這樣的話，第一反應不是生氣呢？即便傅念君是王妃，這樣的話也是很失禮的。

而宋氏，她明顯面對著傅念君時，就有了一種底氣不足的感覺。

傅念君原本一直也不想將這個猜測說出口，但是宋氏病入膏肓，已經沒有多少時間了。

「抱歉，宋嫂子，沒有人告訴我，這都是我猜測的。」

傅念君的語氣很平靜，對待宋氏的態度也依然柔和，她慢慢地說著：

「在我成親之前，有次去洛陽探親，回來時聽家中僕人說，宋嫂子在周嬸子陪伴之下到我家中拜訪，卻不是尋我，而要見我父親。可後來我派人去請，宋嫂子卻因眼睛不便就沒有出門。我當時心裡就覺得奇怪，因此之後，我便抽空去宋嫂子家中拜訪過一次。」

就是她剛才提及宋氏送她雞蛋那一次。宋氏沒有應答，可是攥著被子的手指卻能清楚看到指節泛白。

傅念君只掃了她的手一眼，繼續道：

「當時我已從家兄口中得知，傅寧得了我爹爹的提拔要入國子學讀書。並非是我看低他，而是這件事實在不合常理，何況我兄長也早就為他寫舉薦信到了石鼓書院。」

宋氏臉上流露出濃濃的尷尬和羞愧。

「宋嫂子不要怕，我不是責怪妳，我清楚妳並非不明事理、一味只盼著兒子出人頭地、不計方法的母親。我那次去妳家中時就已開始猜想，傅寧去找我父兄，或許妳根本就不知情。」

所以周氏才會說，有一陣子傅寧和母親關係不好，她還曾聽到他們發生口角。

至於理由，肯定不是周氏以為的簡單銀錢問題。

恐怕是因為傅寧從不知何處得知了自己的身世，自作主張去了傅家，要求傅琨助他一臂之力，後來瞞不住宋氏了，母子倆就爆發爭吵。

事態越演越烈的結局，大概就是宋氏發現已經無力阻止兒子，覺得自己無顏活在世上，才會一病不起，放棄求生的意志。

「我思前想後，傅寧能夠讓我爹爹這樣不計一切幫他，大概也不會有旁的原因了。」

傅念君雖然不相信傅琨是那樣的人，但是所有線索和猜測聯繫起來，確實只有最後這一個答案。

「宋嫂子，我並非有意挖妳傷疤，長輩的事，原本不該我來過問。但如果我的猜測都是真的，那麼正說明傅寧做這一切，都是有人在背後攛掇他，而對方的目標會僅僅是傅寧嗎？若是妳不能說出實話，還想隱瞞這個紙包不住火的祕密，很可能最後的結局就是傅家和傅寧一起葬送在有心人的手裡。」

她當然只能這樣恐嚇宋氏。如果她猜得沒錯，幕後之人在自己上一世就是利用了傅寧的身世，站在了傾坍的傅家身上，用傅寧打造了一個新的傀儡。

傅寧作為傅琨的晚輩、傅氏的血脈、振興家族的希望，大可以理所當然繼承前幾代傅家家主留下的一切，人脈、未收攏的產業，包括那幢她一醒來就看到的大宅子。

若是沒有傅家這個招牌，僅僅是考中科舉，憑著傅寧一個人，能夠到那樣的高位嗎？

幕後之人是找了對付傅琨和傅家最大的一個利器，而且還是個一箭雙雕的事。

對於幕後之人來說，掌握了傅寧身世，讓傅寧親手害死了自己的父親，無疑是拿捏他的最好把柄。即便傅寧做了宰相，成了太子的老丈人，也受制於人。

對於傅寧來說，更是可以心安理得接受那一切，就像前兩次他能夠這樣自信從容地從傅家大門邁出去一樣。

只因為他覺得傅琨和傅家都欠他的！

這樣一個祕密，可以引來多少無窮的後患啊！它對傅家來說是致命的，傅寧更會因為心底蔓延的恨意和不平，將自己和傅家一起拉進地獄陪葬。

傅念君無法憑自己的能力去解決已經存在的矛盾，只能盡力想辦法補救。

宋氏，就是她的機會。她賭的，是宋氏和傅寧截然不同的人格。

「王妃，我……」宋氏動了動唇，眉頭緊緊蹙在一起，彷彿陷在一種極端糾結的心緒裡。

她這個樣子，其實就已經默認了。

傅念君伸手握住了宋氏的手。

「宋嫂子，如果我猜的都是真的，那麼傅家、我爹爹，還有我，欠妳的實在數不清。請妳相信我，如果妳永遠帶著這個祕密誰都不說，最後造成的後果，將是如今的傅寧和傅家都沒辦法想像的。我知道我沒有資格要求妳，這只是屬於我個人的請求。」

宋氏淡淡地嘆了口氣，心中一酸，對傅念君說著：「王妃，妳真像妳母親，又聰明，又識大體。我雖看不清，但是我知道，妳一定也生得像她一樣漂亮……」

傅念君心中一凜，暗道聽這口氣，莫非宋氏還認得自己的生母姚氏？

難道兩人曾有些過節不成？

宋氏嘆了聲：「我誰都不恨，不恨傅相公，不恨你們，不恨寧哥兒。我這輩子，最該恨的是我自己……」

這樣的話從一個滿面風霜的婦人口中說出來，多半是因為她前半生經歷過些不同尋常的事。宋氏沒有什麼特別顯赫的家世，但從此時已經頹敗的相貌中，還是依稀能看出年輕時的秀美。

「儀蘭，拿條帕子來。」傅念君突然這樣吩咐。

儀蘭早就在窗邊聽得呆住了，整個身體都發麻，遲遲無法反應。
傅寧是、是……是她家娘子的兄弟？傅相公流落在外的私生子？
說書先生都不敢這樣說吧……
聽見傅念君這樣吩咐，儀蘭立刻醒悟過來，拿了懷裡的帕子遞過去。
傅念君將帕子放在宋氏的手上，宋氏這才意識到自己竟不知不覺流下了淚來。
她著急忙慌地去擦，朝傅念君抱歉道：「是妾身失儀了，王妃請不要見怪。」
傅念君說：「是我引動了宋嫂子的傷心事。」
宋氏搖了搖頭，對傅念君說：「從前的事，如今想來，真是恍如隔世了……」
宋氏終於鼓起勇氣，說起她從前的往事——
宋氏的父親是東京城裡一家筆墨鋪子裡的掌櫃，勤勤懇懇，老實本分；她母親是村婦出身，後來隨他父親一道搬到城裡，市井人家的女兒，十來歲就要出工幫忙了。她因為有個好父親，教她認字，筆墨鋪的東家也是個好人，見她聰明乖巧，也願意讓她借用鋪子裡的字帖書冊。因此她雖然和大戶人家的千金不能比，但是比起旁的市井小娘子來，自然是要多幾分書卷氣。
隨著她年歲漸長，人也出落得越發標致，常引了一些出入書畫舖的年輕公子注意。
這些人裡頭，真正的才子文人不多，倒有許多瞧著這麼朵嬌嫩的花骨朵，想嘗嘗鮮的。
宋氏畢竟是年少，市井人家也沒那麼多規矩，一來二去的，她就認識了一位年輕公子。
傅念君聽到這裡，簡直不知道自己該擺出什麼表情來。
她問：「那就是我爹爹？」
宋氏點點頭。
傅念君說不清楚心裡的感覺，只好安慰自己，傅琨也是個男人，也有年少輕狂的時候。

「我知道他是傅家的公子，還是嫡長子，家中已經有了恩愛賢慧的妻子，定然是不可能與我有什麼的……」在宋氏的描述中，傅琨和她也只是心靈上的交流，並無任何齷齪，她也從來沒有癡心妄想過要嫁給他。後來她的父親知道了這件事，就不讓她繼續在筆墨舖子裡待著，托人再去找了個差事。

宋氏卻不願意就此和心上人斷了往來，求了自己的母親，兩人竟是尋鄰里街坊找了人幫忙，托關係讓宋氏進了傅家做工。宋氏這樣的良民自然不會是簽賣身契的，傅家給的工錢也豐厚，她不過是想求個機會能與心上人見見面。

宋氏不是家生子和從小買進來的奴僕，沒本事進夫人們的內院伺候，只能在前院每天給大家準備茶水，也沒太大的機會見到主子們。

第一次見到傅琨，他就沒有同意讓她留在傅家，而是很倉促地在外頭替她置辦了一個家。

傅念君覺得她說得很隱晦，但其實便是外室的意思了？傅琨竟然還置過外室……

宋氏說，後來他們甜蜜了一段時日，自己就有了身孕，她當然知道這樣不好，但是她真的想留下這個孩子。紙包不住火，傅琨也答應她，回去稟明了母親就會來接她。

可她還沒有等來傅琨，卻先等來了大夫人姚氏。

宋氏說她始終能記得當日的情形，十幾年來都沒有忘記過。

姚氏是大家出身，對她和顏悅色，還說出了要讓她生下孩子後接進府裡的話。當時姚氏才生下傅淵沒多久，身子正是虧損得厲害，短期內不會有身孕。

但是宋氏心中懼怕。

「本來就是我做下的孽，我誰也不恨……」宋氏苦笑著說。

誰知後來姚氏反而派人來準備拿掉她的孩子，而傅琨再也沒有露面，她就明白了一切。

因為鄰居嬸娘的幫忙，宋氏逃過一劫，拖著病體遇到了位好郎中，總算險險保住腹中骨肉，卻又碰上家中逢難，有家歸不得。在這樣落魄之際，傅寧的父親出現了。

在傅家短短幫工的那段時日，傅寧的父親常來往傅家，機緣巧合認得了宋氏。他家裡窮，又身有殘疾，根本娶不起妻子，因此便不嫌棄宋氏，向她提了親事。

「我那時候年輕，好不容易逃過一劫，卻不想就這麼離開，心裡仍存著一點癡念，想著那孩子這輩子就是姓了傅，也是我一樁心願了……」

後來宋氏的丈夫很快過世，宋氏就安分地守在傅家宗族裡做一個寡婦，而她的父親在得知她給人做了外室後早就一病不起，最後撒手人寰，她的母親也跟著相繼離世。

沒有人再管她，也沒有人再記起她，她做針線補貼家用，一直做壞了眼睛，勉強供兒子讀書到這麼大。

傅念君微哂，心裡實在對宋氏無法評價。她吃了這麼多苦，竟還是由自己的父母造成的……

宋氏又流下了淚來，斷斷續續道：「我想這孩子畢竟是他的孩子，比旁人聰明，比旁人更有天分，我希望這孩子也能出息……王妃，但是我絕沒有想到過，有一天、有一天會這樣……」

一樁情孽，往往會糾葛幾代人。

傅念君嘆了口氣。宋氏卻因為過於激動，竟是蒼白著臉，一下子昏厥了。

傅念君大驚，忙讓呆住的儀蘭喊夏侯姑娘來。

夏侯纓進來，急匆匆地看了下宋氏的病情，立刻寫了張方子，交給儀蘭。

「請儘快去煎藥，熬得濃濃地灌進去。」

傅念君也立刻讓人拿來了參湯等續命之物。

夏侯纓看了一眼宋氏狼狽的樣子，再看向傅念君的眼神就有些犀利。

「王妃都審完了？下回還是最好注意些分寸。」

傅念君也沒有生氣，對她笑了笑，「夏侯姑娘大概是誤會了，她不是我的人質，她是我必須要救活的人。」

如果宋氏說的都是真的。那麼，這確實是傅家欠他們母子的。

3 其中古怪

宋氏留在房裡休息，傅念君也回到了自己的屋子。

儀蘭的臉色像是金紙一樣，看得出受了極大的震撼。傅念君見這丫頭一下沒法回神，就自己倒了杯茶喝，問道：

「儀蘭，剛才她說的話，妳也都聽到了，妳來說說妳的想法吧？」

儀蘭確認了門窗緊閉，才悄悄鬆了口氣。

她對傅念君說：「娘子，我是真不相信相公和夫人會做這樣的事……這怎麼可能呢？」

宋氏的話太像是編的了。

傅念君喝了口茶，嗯了聲道：「如果她沒有昏厥過去，或許接下去的話也是這麼說，她不指望這些陳年舊事會有人信，只想帶進棺材云云。」

是傅念君自己執意要挖出來的。

反正儀蘭是不肯信，「相公這樣的為人放在那，就算是看中了宋氏，也不會讓她和孩子這樣不明不白地流落在外啊。」

對於傅家這樣的世家來說，這樣的事本來就很罕見。

清流讀書人家，對子弟有很強的約束，別說外室，就是納妾和睡丫頭也是不多見的。傅琨身邊唯一的一個姨娘淺玉，還是姚氏在世的時候抬的，而傅琨一心撲在正事上，根本不像對女色有偏好的樣子。若說他年輕時做下這樣的事，倒也不是不可能，但是這個故事中完全是大反派的姚氏，就實在是讓人覺得有點古怪了。

傅念君雖然沒見過姚氏，但從下人和傅琨等人的口中，以及姚氏生前的手信和詩詞，都能看出來這是個賢慧聰明的女人，並且和丈夫情深意重，關愛晚輩，體恤下人，根本不像是能做出那種事的人。

傅念君沒有像儀蘭這麼篤定地在旁邊一臉憤慨，指責宋氏是在潑髒水。

她也確實覺得宋氏的故事有哪裡說不出的古怪。

傅念君拿自己和周毓白做例子，設想假如有一天，周毓白也瞧上了外頭的女人，還讓她懷了身孕，自己會下手去處理掉嗎？

答案當然是不會。

嫉妒已經足夠使一個女人醜陋，再做這樣的事，簡直是將自己的尊嚴扔進了泥裡。

她大概會同周毓白夫妻離心，退回到尋常夫妻的狀態。她控制不了他，卻能控制自己，她可以選擇不愛他，而若是這樣如履薄冰的夫妻關係都難以維繫下去，她也會毅然決然地離開。

她這樣想著，卻不知待在宮裡的淮王殿下猛地就打了兩個噴嚏，旁邊的周毓琛問他：「著涼了？」

周毓白卻是淡笑，「八成是被編派了。」

還是最無理的那種。

儀蘭見傅念君好好說著話卻突然失了神，一會兒怒，一會兒悲，實在是讓人擔心。

「娘子？」儀蘭輕聲叫喚了一句。

傅念君回神，說道：「我將我與殿下放在宋氏的故事裡設想了一下，還是覺得我娘在宋氏這件事上的舉動，很不合常理。」

儀蘭張大了嘴巴，有點想問，難道妳真的信那個病糊塗了的女人胡口亂說？結果說出口的是：「娘子，您還設想您和殿下會遇到這樣的事啊？」

也太晦氣了。

傅念君尷尬地笑了下，說：「我現在想這麼多也沒有用，如今……只有一個法子能求證了。」

儀蘭呆了呆，「什麼？」

「回娘家啊。」

傅念君等不及周毓白回府後和他商量這件事了，現在最要緊的，是回傅家去找傅淵問清楚。

§§§

府裡立刻替王妃駕好車，讓她一路疾馳回到了傅家。

錢婧華在二門迎她，奇怪道：「怎麼突然回來了？也不事先打聲招呼？」

王妃出行挺麻煩的，還有儀仗和衛隊，傅念君匆匆而來，是有失身分的。

傅念君讓丫頭替自己解了披風，哪裡有心情解釋這個，只問錢婧華：

「爹爹在家嗎？哥哥呢？可回來了？」

錢婧華說：「父親同戶部尚書崔大人出去了，妳哥哥剛剛到家裡。怎麼了，出什麼大事了？」

錢婧華也被她的緊張情緒感染，莫名地手心發汗。

「我有要緊事要找哥哥商議，難為嫂子包容我的任性了。」傅念君握著錢婧華的手說著。

錢婧華搖搖頭，「妳和我還客氣什麼。」

她曉得他兄妹二人常有祕密討論，也沒有一定要打破砂鍋問到底的決心，只是立刻拉著傅念君，快步往傅淵書房而去。

到了書房門口，錢婧華就說：「你們有什麼話就說罷，外頭的人我會支開，別擔心。」

「多謝嫂嫂。」傅念君鄭重地朝錢婧華道了謝。

推門進去，傅淵正在案前寫一封書信，見到是傅念君來了，先是有微微的驚訝，然後擰著眉，說著：「妳怎麼回來了？殿下知道嗎？這太沒有規矩了……」

出嫁前再有諸般不捨得，可在她出嫁後，傅淵的心情也就調適了過來。他骨子裡還是個重視禮法的人，傅念君在傅家胡鬧了些就罷，成了王妃可得時時注意著了。

傅念君來不及解釋那麼多，只說：「哥哥，我有件事一定要和你說。」

她說宋氏在自己府上的原由，但是傅淵關注的重點好像不對。

「妳堂堂一個王妃，就這樣讓手下人去把人家綁到了王府？」

傅念君尷尬了一下，說道：「權宜之計……」

傅淵冷笑了一下。

傅念君嘆了口氣，朝傅淵看了一眼，說道：「接下來我要說的事，你最好做一下心理準備。」

傅淵在等著她的一鳴驚人。

「你知道……我們或許還有個手足麼？」她把宋氏的故事和自己的猜測都簡略地說了一下。

隨即是一陣沉默。

她看著傅淵的臉色，他的反應就是毫無反應。觀察了一會兒，傅念君才從他那張冰山般不動聲色的臉上，看到了一絲久違的崩裂。

「荒唐！」這就是傅淵的評價。

傅念君正色，「哥哥，我知道你的感受。這件事不是我不相信爹爹的人品，而是我希望從你這裡得到些建議，我們必須儘快找出真相來。」搞清楚心中的疑問，解開宋氏母子這個死結，傅寧這個將來的隱患才能徹底消除。

建議？

傅淵真想問她，他該給出什麼建議呢？乍然聽到這樣的事，怎麼可能相信。

「就算妳記不得妳我的母親了，難道還不瞭解爹爹嗎？這樣的事，根本就是無稽之談。」

傅淵一向沉穩，但這句話說出口的時候，嗓音竟然有些微的顫抖。

傅念君一時有些失語。

「傅寧和宋氏，為什麼妳肯信他們的話？」傅淵轉頭盯著傅念君，「卻不信爹爹。」

傅念君吸了口氣，告訴自己，傅淵只是一時無法接受。

「哥哥，你冷靜點。」

傅念君平靜回望，毫不畏懼，兄妹兩個同時都在對方眼中看到了自己的臉。

其實他們兩個，長得還是有些相像的，尤其是不笑的時候……

兩人不約而同地都微微偏開了頭。

傅念君在心裡嘀咕，她為什麼相信和宋氏和傅寧，傅淵心中不是早已有數了嗎？

她嘆道：「就像當日能夠提前預知你會被魏氏所害一樣，自我被神仙指路後，夢裡神仙便會給我一些預示，但是這預示往往太過粗淺，只有個大概方向，該做的事還是要我自己去做，該查的事也要我自己去找。而傅寧這個人非同一般，所以我才一定要知道他的身世！」

傅淵臉色變化不定。其實他早就猜到了。傅念君一直提醒要注意傅寧，不會僅僅是因為他行跡可疑。

能夠讓傅念君如此忌憚的人，必然是有值得忌憚之處。

傅淵坐在椅子上，抬手撫了撫額，半晌後才與傅念君道：

「這件事不可盡信，傅寧到底是不是我們的兄弟還很難說，畢竟現在只有宋氏的一面之詞……」

但是他也想到了近來傅琨對傅寧的種種縱容和包庇，實在也沒有什麼別的解釋可以圓過去。

傅念君皺著眉，「難不成我們要一起去問爹爹？」

「不可。」傅淵剛才只是有一瞬間的失態，神智很快又恢復了清明。

「爹爹若是肯說，上回妳去問的時候他就會告訴妳了。顯然他已經選擇了將這件事按下去。念君，妳要知道，他終究是我們的長輩，妳現在對我說的這些話，咱們不可能都對他說。」

傅念君當然明白這個道理，所以她的第一反應是回來找傅淵。

傅淵默了默，「念君，我相信妳。傅寧這人，寧可防備，不能放縱，爹爹想饒他，我也不饒。但是現在我們唯一能查的，只有從母親當年身邊的老人下手。」

他又補充了一句：「母親生完妳不久就過世了，就連我，對她的印象也很淺薄。但是說她會對宋氏做出那樣的事來，我是萬萬不信的。不過就像妳說的，宋氏也有可能並沒有說謊，這件事裡透著古怪。」

傅念君的想法也和他一樣，她點點頭，「畢竟時隔多年，很多細枝末節都難以查證，但是我總覺得，裡頭或許藏著什麼算計。」

傅寧點點頭，「母親的莊子和產業一直是我在打理，她有一個老奶娘，我記得姓陳，如今跟著女兒女婿住在長垣縣李家村。城門馬上要落鑰了，我現在立刻派人連夜出城尋她。」

傅淵這樣趕時間，還有一個原因，傅琨今日同崔大人出去喝茶，明日一早要到城外替皇帝考察皇陵，也就是說這幾天傅琨都很忙，未必會在府內。

他只能抓緊時機。

而聽傅念君說，宋氏的情況也很危急，或許沒多少日子好活了。

傅念君還提議：「當年這事發生的時候祖母還沒過世，哥哥若是能找到祖母身邊的人，也一定要找找看。」

宋氏的話裡有一個疑點，就是說大夫人姚氏派人去害她和孩子，那麼會不會有一種情況，是有人假傳聖旨呢？在當時的情況下，有動機有能力做這件事的，只有傅琨的母親，奚老夫人。

傅淵頓了頓，也吩咐了下去，雖然他不想懷疑祖母，但總比懷疑自己的親娘好一些……

兄妹兩個也合作過好幾次了，這點事吩咐下去不成問題。

此時天色也已經完全暗下，傅念君過來時其實就已經不早了。錢婧華早就準備好了晚膳，等來等去等不到他們兩個，只能一直來回讓人熱著。

兄妹倆踏出書房的時候，皆是一臉凝重。

傅念君自然而然地跟著傅淵去用晚膳，錢婧華瞧這兩位如出一轍的表情，暗道看來這回的事情不容易辦。

傅念君食不知味，腦子還在揣摩著各種可能性。

一個能將所有事情都說通的可能性……

傅淵吃了半碗飯後，陡然想起來一件事，臉色古怪地看著傅念君。

「妳出來的時候，告訴殿下了嗎？」

傅念君一愣，她好像把自家夫君給忘了。

她放下碗，連忙吩咐身邊的儀蘭：「快讓何丹回府去通知一聲！」

傅淵的眼角跳了跳，她這王妃當得，還真挺隨便的。

錢婧華忍不住在旁邊笑開了，對傅念君說著：

「要不在家裡住一夜吧，這會兒天色都這麼晚了。」

人要休息，馬也要休息啊，就怕是看不清路，坐車顛壞了她。

傅念君也是這麼個想法，她還等著明天傅淵把人都給帶回來好細細詢問，這一來一回的，多費事。

傅淵不置可否，出嫁女無故回歸娘家，於理不合。但今天是特殊情況，傅念君又是尊貴的王妃，她要稍微不守一下規矩，也沒有人死揪著這辮子不放。

傅念君便自己決定下來了，說實話，這兩天因為宋氏和傅寧的事不勝其煩，睡在自己出嫁前的閨房裡，說不定還能調整調整心緒。

於是辛勞夜歸、期待著妻子溫暖問候的淮王殿下，只等到了滿室的漆黑和冰冷。

「王妃呢？」他看看院子裡高懸的明月，朗聲問下人。

下人如實報了，說王妃有要事回娘家了，讓殿下早點休息，不要掛念。

她現在還真是……

周毓白抬手揉了揉額頭，進了冷冰冰的屋子，四下環顧一圈，只能發出一聲長嘆，認命地接受了新婚以來，頭一次孤枕難眠的滋味。

4 真相為何

在自己的閨房裡住了一夜的傅念君睡得還算安穩，只是到底少了枕邊人淺淺的呼吸聲，竟然覺得有些不習慣。早上很早就醒了，她簡單地用過早膳，總覺得又是哪裡有點不對勁。

她想著自己是不是也矯情了，明明才出嫁沒多長時間。

隨後她就去了錢婧華那裡等著傅淵的消息。

傅淵去了昭文館，錢婧華對傅念君說他午後就會回來。

傅念君點點頭，又重新讓人回了一趟王府，知道一切無事，宋氏的病情也穩定之後，心裡才安心了些。

午後傅淵果然從昭文館回來了，而他讓人去長垣縣李家村接的陳婆婆也到了。

陳婆婆年紀已經大了，但是精神頭還很好，一聽說是兩位小主人急召，連夜就上了馬車。路上顛簸，傅淵和傅念君都擔心老人家吃不消，她卻到了傅家還神采奕奕的。

傅念君當然是不記得這位婆婆了，她卻是對傅念君很熟悉。

「我走的時候，娘子還不大呢，小小一個人兒，撅著嘴鬧脾氣，多有趣。現在都這麼大，都成了王妃了……」傅念君有些尷尬，陳婆婆對她的印象，必然還是留在那位「傅饒華」身上。

她當年為什麼會很早便離開傅家，其實也是因為傅饒華不顧情面，小小年紀就會折騰下人，不肯用自己生母的舊人，怕多個人來管束自己。

陳婆婆都是傅淵和傅念君祖母輩的人了，心裡也不會再計較這些。

傅淵聽了還是插話：「婆婆一路過來辛苦了，先去歇一會兒，用些茶水吧。」

陳婆婆卻搖頭，「兩位小主人一定是有要緊事才會這樣叫老婆子來，老婆子別的大忙幫不上，若是有能用得上的地方，請你們儘管開口。」

傅淵看了傅念君一眼，傅念君點點頭。

兩人便和陳婆婆到了一間小花廳中，下人們上了茶水都退下，屋裡只留了他們三個人。

陳婆婆見這架勢，心裡也有點吃驚。

傅淵的臉色有些凝重，開始問陳婆婆：「我知道婆婆在母親身邊服侍過很多年，我們兄妹今天確實是有一樁要事要問問您。當年，母親有沒有和您提過一個女子，姓宋……」

陳婆婆想了想，隨即眉頭便蹙起了，似乎實在想不到哪個姓宋的女子，值得他們兩個這樣興師動眾，「不知郎君指的是……哪位姓宋的女子？」陳婆婆踟躕了一下，婉轉地問道。

傅淵也跟著擰起了眉頭，傅念君趕忙把話頭接過來，她知道讓傅淵來說這事，多少有點不合適。她並沒有把話說得太滿，畢竟這是長輩們的隱私，不過是點到即止，好在陳婆婆是個有眼力見的，終於在她的敘述中，明白了他們兄妹想問什麼。

她仔細回憶起當年的情形，說是夫人生完傅淵有一陣子，情況確實不太好，常常一個人失語而坐，如今想來，那陣子確實發生了一些事情。

陳婆婆雖然是大姚氏的奶娘，像半個母親一樣把她帶大，但是大姚氏性格沉穩，不願意多對人訴苦抱怨，心中有事也很少會告訴她，所以具體的情況，陳婆婆也並不清楚。

「那時候夫人確實心情不好，還曾患了一陣子病，叫郎中和太醫來看，也未有多大起色，當時三郎君還那麼小……」陳婆婆目光和藹地望向傅淵。

傅淵只能尷尬地吊吊眉毛，她還指望自己記得嗎？

「我去外頭打聽過，許多剛生了孩子的婦人都會那樣，傅相那時候又忙於政務……」

陳婆婆只能大概地回憶起那段時光。

傅念君側眼看了傅淵一眼，只見他也是眉頭深鎖，若有所思。

「婆婆，當時我爹爹和娘的關係如何？」傅念君又問。

陳婆婆哎了聲，只說：「老婆子我活了那麼多年，也少見這樣恩愛的夫妻。兩位小主人或許不曉得，傅相為了娶你們的娘，也是等了好幾年的。」

傅琨是長房長孫，但是兒子女兒的年紀卻不比幾個弟弟的孩子大多少，先立業後成家是一個原因，而大姚氏嫁給傅琨好幾年未有所出，也是一個主要原因。

「不過當時嘛，我也勸夫人，傅相年輕，自然要搏仕途的，不然底下幾個弟弟，生了孩子誰照拂？夫人也不是不曉事的，何況他們兩人幾年無子的情形都熬過來了，那情分必然不是旁的夫妻可以比的。」

這就對了。

傅念君想，即便傅琨看上了宋氏，使她有了身孕，也沒道理是趕巧在大姚氏剛生完傅淵那一陣子吧？大姚氏無所出，他早就可以納妾了。

既然夫妻恩愛，又怎麼會在大姚氏都生下了傅淵的當口，還要去招惹宋氏。

這裡頭就有點不對勁。

傅念君想了想，又繼續問陳婆婆：「當時我祖母和我娘的關係如何？」

陳婆婆老實說：「夫人從前身子骨不好，老夫人是不大喜歡的。但是夫人德言容功，孝順恭良，都是沒得挑的，這人心都是肉長的，幾年婆媳相處下來，怎麼可能沒有感情？何況夫人生了三郎君，端的是健康聰明，老夫人不是刻薄人，如何可能苛待兒媳。」

傅念君不由自主地點點頭，陳婆婆說得沒有錯。

在當時的情況下，大姚氏應該是徹底穩固了女主人的地位，卻突然冒出了個宋氏……她還是將疑心引到了奚老夫人身上。

傅念君朝傅淵使了個眼色，傅淵便對陳婆婆道：

「婆婆，辛苦您了，您先休息一下吧，在這府裡多住幾日，不用拘束。」

陳婆婆卻沒有應下來，她垂著頭，似乎在想什麼事。

傅淵和傅念君彼此對視了一眼，不敢出聲提醒她。老人家年紀大了，思路常常斷斷續續的，想個什麼事情需要點時間。

陳婆婆隨即抬頭，對傅淵和傅念君兄妹說：

「兩位小主人既然問起傅相和夫人的舊事，我倒是確實記得一件事。這麼多年了，一直梗在心裡，今天也終於算能說出來了……就是不知道對兩位小主人有沒有用處。」

傅淵和傅念君自然洗耳恭聽。

陳婆婆道：「那時候夫人拖著不大健朗的身子，硬是要生下二娘子，後來鬧得氣血兩虧。二娘子還沒滿周歲，她就已經下不來榻了。我從小看她長大的，心中酸澀難言更不必說，我清楚地記得那年冬天，夫人已經油盡燈枯，太醫說就剩幾天光景了，讓我們儘快準備後事。可是突然有一日她神思清明了，還能自己坐起身……」

傅念君知道，這大概就是所謂的迴光返照吧。

「當時夫人先讓人抱了三郎君和二娘子過來，與你們說了些話。」陳婆婆說到這裡時，對兩人笑了笑。

傅淵是隱約有印象的，大姚氏死的時候他已經有些懂事了，但是當時的妹妹自然還是記不得事。在他的印象裡，大姚氏具體說了些什麼，他已不能清晰地記起，只是她溫和的話語和音容笑貌依然歷久彌新，他記得那是自己為數不多落淚的時候，那時候他心裡就清楚，怕是很快就再也見不到母親了。

陳婆婆嘆了口氣，「夫人是個那樣的好人，只是緣分薄，她把身後的一切都安排好了。當時她拉著我的手說的話，我到現在都記得……」

眼看陳婆婆情緒有些不好，傅念君忙遞了帕子過去，再幫她遞了一杯茶。

陳婆婆來不及傷懷，就誠惶誠恐地接了過來。淮王妃親自倒的茶，她哪裡有那個膽子受。

經過這一打岔，陳婆婆總算沒在兄妹倆面前流下眼淚來，她欣慰道：「我雖沒有完成對夫人的承諾，看著兩位小主人長大，但是兩位小主人總算不負夫人所望，成為了她所期盼的樣子。」

傅念君聽了這話，只能微微扯扯嘴角。

陳婆婆繼續說：「兩位小主人不要嫌老婆子囉嗦，實在是有些事，我多年無人可說了……夫人在見完兩位小主人後，是傅相陪著的，兩人說了很久的話。哎，難為他們夫妻二人少年相守，卻不過短短數載，就要天人永隔……」

在陳婆婆的描述中，當時夫妻二人是摒退了所有人，陳婆婆因為怕大姚氏嚥氣，因此一直是守在門外的。她說只記得傅琨出來時，除了情緒上的悲痛，更有一絲尷尬和悔恨。

「我是做下人的，跟了夫人這麼多年，見傅相的次數也很多，還是頭一回見到他有那樣失控的時候。他在我身邊走過時，竟是說了句什麼『是我做錯了』……」

傅念君和傅淵聽到這裡，便止不住神色一凜。

陳婆婆繼續：「我只覺得他那時候古怪，卻也沒有心思多留意。可誰知夫人臥病在床，竟也是如此，彼時她也無甚力氣了，卻還是捉著我的手說著『是我做錯了』……」

兩個人都說是自己做錯了，到底錯什麼了？

陳婆婆因此便記下了這個古怪的事。

在那天夜裡，大姚氏就在全家人的陪伴下溘然長逝了。

「當時夫人的眼睛是望著傅相的，兩個人目中含淚，萬語千言也說不盡的傷悲，叫我看了也不忍。他們夫妻素來恩愛，從沒有吵架，也沒有爭執過……」

陳婆婆再說到大姚氏去後，自己就專心照顧著年幼的傅淵和傅念君，那段時日傅琨是怎麼熬過來的，她也不是知道得很清楚。

最後陳婆婆猶豫了一下，對兄妹二人道：「我老婆子再倚老賣老說一句。兩位小主人，當年夫人走時，我一直在旁邊，她與傅相二人，實在不像是有心結難解，帶著遺憾而去，她走得……很安詳。」

陳婆婆這麼說，就是說如果當時真有大著肚子的宋氏存在，大姚氏大概就不會是這個反應了。

傅念君微哂。

陳婆婆的話當然比宋氏更可信，時隔多年，就算她是要為大姚氏遮掩，也沒有必要說那麼多。

更何況陳婆婆連宋氏這個人都不知道。

而傅淵兄妹兩個既然把多年前的事都翻出來，就是要一查到底的，她也明白。

傅淵微微嘆了口氣，「多謝婆婆了。」

傅淵和傅念君兩人辭別陳婆婆，走到門外，便齊齊對視。傅念君先開口：

「三哥，我想去一個地方，不知道你是不是也這麼想的……」

傅淵轉頭望著遠處的天空，淡淡地說：「淺玉姨娘此時應該有空吧。」

大姚氏身邊的人，還有一個親密的，就是淺玉了。

兩人到了淺玉姨娘的院子裡，漫漫正和幾個丫頭在院子裡玩，看到了兄姊，一時間有點不適應，只是怕人地躲在丫頭身後偷望他們。

傅淵一眼看過去，先轉頭對傅念君道：「這孩子倒是越長越像妳了。」

傅念君頭皮一麻。這句話簡直是她最不愛聽的一句了。

淺玉匆匆出來迎兩人，望著傅念君的樣子依然帶了幾分忐忑。

傅念君出嫁前懲戒她的那一番還歷歷在目，她現在根本不敢再有什麼心思。

何況新任少夫人錢婧華也不是好惹的。那天她不過是在從前大夫人姚氏的院落門口張望了一下，錢婧華便有意在她面前敲打，說那位庵堂裡的大夫人若回來，正好可以和她再住一個院子。

淺玉哪裡希望再看到小姚氏，自然就乖了。

傅念君早與錢婧華說過，這個淺玉姨娘小心思太多，容易被人攛掇鬧事，一定得時時敲打。

淺玉如今再看到傅念君回來，心裡自然還是懼怕的。

「姨娘不用如此，我們裡面坐吧。」傅念君朝她微笑。

淺玉忙讓人帶開了漫漫，和他們二人進屋敘話。

傅念君瞧著淺玉這張臉，努力想描摹一個大姚氏的模樣。

「二娘子……不，王妃這樣盯著妾身作甚？」淺玉用手摸了摸臉。

傅念君道：「不知姨娘聽說沒有，小時候我母親身邊的老人陳婆婆今日到府裡做客，她提起了母親，我便有些想念，聽說姨娘長得最像她，便忍不住想過來看看。」

淺玉臉上一陣尷尬。拿活人比死人，這二娘子該不會是故意來找麻煩的吧？

淺玉面色忐忑，對傅念君道：「王妃言重了，妾身怎、怎麼能同先夫人比……」

傅念君看了她一眼，淺玉下意識就是一個瑟縮。

她想問當年的事，但是淺玉這副老鼠見了貓的模樣，傅念君又怕她不肯老實說。

這會兒有個丫頭進了院子，是錢婧華身邊的人，來通知傅淵的，應該是錢婧華有什麼事。

傅淵看了傅念君一眼，只說：「我先過去一下。」

傅念君點點頭，也好，在傅淵面前，從前她對付淺玉的那一套還有點不好意思使出來。

傅淵走後，淺玉更覺得古怪。本來傅淵到自己這裡來就不太尋常了，而且兄妹倆的樣子太過像興師問罪……

傅淵走後，傅念君對淺玉也就直說了：

「今次來，是要問姨娘一些事。當年我母親在生下我哥哥以後，似乎有段時日身體不好，在懷我之後又抬了姨娘做妾，其中因由，姨娘可知道？」

淺玉微微變了變臉色。她不知傅念君怎麼會問起這個。

其實當年她是不大願意給傅琨做妾的，她的年紀還比大姚氏稍微大些，自幼年被大姚氏和其母親梅老夫人搭救後，就一直被她當作半個女兒，和大姚氏養在一起。

兩人的模樣生得像，淺玉也喜歡學著大姚氏做相似的打扮，加上幾年的修心養性，學習詩書，出落得更像個大家閨秀。幾次和大姚氏站在一起，人人都道她才是梅老夫人的長女，是大姚氏的親姊姊。在這樣的情況下，她隨著大姚氏嫁入傅家，想著不能嫁什麼太富貴的人家，嫁個殷實的中等門戶也是可以的。而且大姚氏和傅琨感情很好，淺玉早曉得自己沒那個能耐和必要去破壞人家夫妻的感情。

但是後來大姚氏生下傅淵後，有一陣子卻心病難治，如今傅念君提起，她倒是想起來了些。

「那時候先夫人，似乎是對相公有什麼誤會……」淺玉說著。

傅念君估摸著時間，大概就是出宋氏那檔子事情的時候。

傅念君看著淺玉，說道：「妳有什麼但說無妨，姨娘，妳一向是知道我脾性的，若是妳不肯老實說，從前妳做的那些事，我也該和妳算算了。」

淺玉氣結，她到底想知道些什麼?!

她呼了口氣，說道：「王妃既然要問，妾身也就有什麼說什麼了。先夫人也去了那麼多年，妾身心裡很多委屈無人可訴，如今您想知道，妾身全告訴您就是……」

反正她也是破罐子破摔，傅念君想對付她，抬抬手就行了，自己和她還鬥個什麼勁兒？她只求著傅念君看在傅琨的面子上，以後好好照拂漫漫。

淺玉道：「雖然先夫人從沒對妾身說過什麼，但是妾身曉得，她那時候的心病，多半是因為相公在外頭有女人引起的……這是妾身的猜測，但是梗在心裡很多年了，也沒處尋個答案……」

淺玉那時候和大姚氏是寸步不離的好姊妹，但是那陣子大姚氏卻刻意和她疏遠了，淺玉並沒有做任何惹她煩悶的事，為什麼會這樣呢？

其實原因很簡單，大姚氏只是怕淺玉轉頭便讓老夫人知道了。

何況那陣子，是大姚氏第一次開口問淺玉，可願意給傅琨做妾。

淺玉自然是要拒絕的，大姚氏就也沒有強迫她的意思。一個女人幾時會想讓自己貼身長大的好姊妹給自己的丈夫做妾？必然是因為感受到地位危急，想拉攏丈夫的心。

當然這個道理也是後來淺玉姨娘花了很多年工夫才想明白，當時她年少，哪裡會想那麼多。

大姚氏也沒有和她說過心中的祕密，抬她做妾這事就這麼按了下去。

之後淺玉只說傅琨和大姚氏依然做著恩愛的夫妻，直到幾年後，大姚氏又再次懷了傅念君。

依照她當時的身體情況，其實是不適宜再受孕，淺玉也曾勸過大姚氏，大姚氏卻說：

「我愛夫君，也愛孩子，自然是要生下他的啊……」

但是，淺玉卻覺得大姚氏眉間的輕愁傳達出了另一種原因。

淺玉見傅念君專心地聽著，沒有呵斥，也沒有動怒，便一股腦兒把自己心底的話都倒了出來，她也就圖爽快這一次了。

「王妃，不是妾身小人之心，當時先夫人又將我在她身邊多留了幾年，沒有再說讓我給相公做妾的話，可也不曾把我許配給旁人。王妃，您如今也是當主母的人了，妾身說句誅心的話，這裡頭的因由，您猜不到麼？」淺玉說著說著就紅了眼眶。

傅念君到了今日才總算明白，為何淺玉之前一直都是這麼個模樣，對傅琨不親近，甚至寧願去幫助處處欺侮她的姚氏，也要來坑自己。

原來淺玉這麼多年來，對大姚氏一直都是有怨氣的。

傅念君明白淺玉話中的意思，大姚氏肯定是想留著淺玉給傅琨做妾，但是又踟躕猶豫，便一拖幾年，直到懷了傅念君。

淺玉咬牙說下去：「先夫人有了您之後，身子就大不如前，她也終於下定決心，讓妾身給相公做了妾。當時妾身已經那般年紀，也收了花花心思，心想這麼著也好。先夫人深愛相公，她怕自己出事後，再沒個人陪伴相公，妾身與她相似的面貌，便是她可以給相公留下的最好慰藉。」

人都是自私的，大姚氏為了自己的夫君，選擇犧牲了多年的好姊妹。

淺玉用帕子抹了抹臉，嘆道：「自三郎君出生後，先夫人動過那一剎那的念頭之時，其實妾身的命運就已經被決定了。妾身腦子笨，這麼多年才終於想通……她走之前，也拉著妾身的手說抱歉。其實妾身的命都是她和老夫人給的，又談什麼原諒不原諒呢？但是王妃，有句話妾身還是想說，妾身是與您母親一同長大的，再清楚她的性子不過了，她對待自己愛的人，便會不顧一切，傾盡所有，但有時自己卻心防重重，從不肯輕易示人。

「許多事，其實本來大可不必如此的……」淺玉越說頭越低，眼睛也不敢再看傅念君。

傅念君聞言十分驚愕。她沒想過淺玉有一天還會說出這樣的話來，一句話就點醒了自己。

如果大姚氏真是這樣，那自己的性格倒是有些隨了她。

就像是她待周毓白一般，願意為愛的人付出一切，卻沒有勇氣向心愛的人索取什麼。

淺玉支吾說著：「所以當年相公身邊是否真的有過什麼女人，妾身不敢肯定。或許先夫人她自己也沒有勇氣去確認……但是很多事情，甚至很多人的命運，往往都是因為一念之間。」

她低了頭，這些話說出來，才覺得壓在心上近二十年的鬱氣，瞬間鬆了鬆。

她不怨恨大姚氏，人都死了那麼久了，她還怨恨什麼呢？

淺玉不是個聰明人，她花了二十年的時間才想明白這些，或許她不過是成為了傅琨和大姚氏婚姻裡無意且無辜的犧牲品，乃至後來姚氏入門做續弦後的尷尬存在罷了。

傅念君沉默，她突然覺得聽完淺玉這一番話，這件事的脈絡已經漸漸明朗。

而那位早逝的先夫人大姚氏，她的母親，自己也第一次清晰地瞭解到這個人……

就像淺玉說的，很多誤會和牽絆，可能只是一個瞬息的取捨，一個念頭的來去之間。

傅念君抬眼看了看淺玉，淡淡地嘆了口氣，說道：「姨娘，妳心中有怨，這是人之常情。我並非鐵石心腸，也不是為我母親說話，我能理解妳的感受。妳年輕時將期望定得太高，對我外祖母，對她都是。而其實，我母親不是神仙，她和妳一樣，也是個凡人而已。我不能評論她做過的事到底是對是錯，但是既然都已經過去了幾十年，我也希望妳從此放下心結。我外祖母救了妳的性命、將妳養大，想來初心也是好的，姨娘也是做了母親的人，我知道妳必然能夠理解。

她頓了頓，「但是我希望姨娘能明白，傅家並不欠妳。我兄嫂也未曾虧待妳，而漫漫更是無辜。無論妳心中有任何不平之氣，我希望今後，妳能好好地培養漫漫，她始終是我的親妹妹，是傅家的千金。」

淺玉抬頭望著眼前的少女，她一張臉平和淡然，在聽完了這些事以後，沒有絲毫的情緒波動，依然端莊大器，一時就讓淺玉有了些迷惘，似乎是見到了年輕時的大姚氏……

淺玉點點頭，「妾身明白的……」

傅念君道：「等過幾年漫漫大了，姨娘若覺得這府裡過得不順心，想求個自由出去走走看看，我也會同爹爹和哥哥商議的。」淺玉沒有想到她會這麼說，一時吃驚地張大了嘴。

傅念君在心中嘆氣，人生苦短，何必這樣逼迫、壓抑自己呢？

她站起身來，說著：「今日多謝姨娘了，我也希望姨娘往後真的能夠朝前看。」

既然過去都決定放下了，那麼也沒有必要日日受過去所困。對淺玉來說，這些事早就不應該再來影響她今後的生活了。

傅念君站在門口，腦中把陳婆婆和淺玉說的話都串聯起來，漸漸地構成一條整齊的脈絡。

看來大姚氏確實是知道宋氏這個人的存在。在傅淵出生後，她去見過宋氏，卻沒有帶平素親近的人，因為她決心瞞著娘家和傅琨；而回家後，她大約也沒有開誠公布地與傅琨談過，之後宋氏出事，卻未必是大姚氏下手，但是大姚氏的心情應該多少陷入一種糾結。她決心拚死生下女兒，並且抬了和自己長得很像的淺玉做姨娘，可見她對宋氏的事一直都懷有芥蒂。

最後傅念君出生不到一年，大姚氏病入膏肓，在臨終前才與傅琨說起自己的心病，夫妻終於和解。這時候他二人說了什麼，外人無從得知，但是一定也和宋氏有關。

事情基本應該就是這樣。

但是依然沒有準確的證據，可以證明傅寧就是傅琨的兒子啊。

傅念君仔細地琢磨了一遍，其中有一個癥結就是，是誰透露消息給大姚氏的？

如果大姚氏是從傅琨身上發現，不可能在傅淵出生幾年後，夫妻兩人依舊像是什麼都沒發生過一樣。依照傅琨的性子，再怎麼也一定會對宋氏的事拿出個說法來。

所以很有可能，大姚氏是從別處聽說的，然後她出於保護家庭以及維護夫妻感情的初衷，並沒有將這件事鬧大，打算私下解決。

這樣就說得通了。

那麼，會不會有另一種可能，將宋氏置為外室的人，根本就不是傅琨呢？

傅念君被自己這個想法驚到了，忙掐住念頭。

如果傅寧不是傅琨的孩子，那麼他對於傅寧的容忍和袒護，顯然說不過去。

這事還有地方沒弄清楚，傅念君嘆了口氣。不知道今夜傅琨會不會回來，她和傅淵查探這些，也不知能不能瞞過他。

此時傅念君聽見了不遠處有人聲傳來，聲音越近，她漸漸聽出來了。

這是……

三房傅秋華正和自己的母親曹氏並肩走了過來，見到傅念君，兩人顯然一愣。

曹氏比較懂規矩，立刻行禮。「見過王妃……」

傅念君忙道：「都是自家人，三嬸不必如此。」

傅秋華扭著身子，行禮也沒行到位，聽她這麼說，忙又站直了身子，沒有把目光投向傅念君。

傅念君也懶得多搭理她，就要錯身與兩人走過，誰知曹氏卻叫住了她，笑道：

「原本也是和五姊兒逛園子，既然王妃回來了，不如一起走走吧。」

曹氏明顯是想示好，傅念君看她們母女倆迥然不同的態度，就覺得有些好笑。

她們不是一直懷疑自己婚前不貞麼，怎麼現在倒是忘了這一茬？

「好啊。」傅念君點點頭。

都是傅家人，她沒有必要和三房把關係搞得太差。

「不知道這次王妃回來是因為什麼事呢？」曹氏和傅念君並肩走著，話中似乎有意試探。

傅念君嗯了一聲，只是淡淡地說：「是因為一些家裡的私事，回來找哥哥幫忙。」

傅念君半真半假地應付曹氏。

曹氏微笑：「三郎和王妃的感情真好。不過別怪嬸娘多嘴，您是新婚，昨天回到家裡後，傅相也不在，您沒個長輩，若是生活中碰到什麼不順心的，也可以與嬸娘說說……」

原來是在這兒等著呢。傅念君好笑地想，她是以為自己和周毓白出了什麼問題吧？以為她跑回娘家不走是因為夫妻感情不睦？她真不知道曹氏為什麼這麼喜歡打聽她和周毓白的事。

「多謝嬸娘了，您放心，我和殿下沒什麼，他近日忙著接待進城的外國使節，也勞碌得很。」

曹氏輕輕點頭，「我看三郎今日也早早回來了，似乎還帶了兩個人回府來。」

傅念君擰眉，這曹氏的好奇心真是越來越重啊。

「這個嘛，嬸娘大概就要去問問我嫂子了。」她懶得應付，索性一句話頂了回去。

曹氏卻沒當回事，只淡笑，「王妃回來，嬸娘也沒有招待您，要不去我們那裡坐坐？」

傅念君現在哪有心思去她那裡坐，便拒絕了。

「我和嫂嫂還約好了，有事再談，陪嬸娘散步就到此為止吧。」

傅念君向曹氏母女告辭。

§§§

傅秋華在傅念君轉身走後氣得跺腳，咕噥道：「娘，她好沒規矩……」

曹氏卻是嘆氣，呵斥女兒：「以後不能這麼說妳二姊，妳以後的婚事，還得指著她呢。」

「我指著她？」傅秋華嗤之以鼻，「我爹爹上進，弟弟聰明，娘親嫁妝豐厚，舅家也得力，我為什麼要指著她！她自己怕是都自身難保，不叫淮王殿下喜歡呢……」

曹氏之所以今天有意示好，也是從傅琅那裡得知這一、兩年間朝政不穩，恐是要有戰事，到時候傅秋華的親事必然大打折扣，而且傅琨還改了主意，有意讓傅琅離京，繼續做地方官，曹氏自然更不願意。她心中覺得大伯善變，對待這個弟弟沒有那麼盡心，都回了京城了，他們一家人怎麼可能再走？

因此替傅秋華找一門好親事就更加緊急，她嫁得好，婆家有能耐，自家也多少在京城站得穩當些。

但是這事如今只有傅念君有資格幫忙。

「去找妳祖母商議商議。」曹氏對女兒說著。

寧老夫人閉門念佛，早就不太在府中露面了，兒子媳婦回來後，她也算是有了依靠，但是依然深居簡出，倒是為三房做了個好表率。

好在曹氏也一向不是個愛出頭的，婆媳相處也算和睦。

但是在傅秋華的親事上，她也不得不心思活泛，而她到底不是四夫人金氏那種潑皮性子，打算先來問問婆母的意思。寧老夫人的反應卻出乎曹氏意料之外，她竟是對媳婦說：

「若是老三要調出京也是好的，我一直想出門走走，一輩子卻都沒這個福氣，江南地方好，就是打仗，也影響不到什麼……」

曹氏十分驚愕，她這意思，竟是支持全家人離京的。

「可、可是娘，秋兒的婚事，她已經這般年齡了啊……」

寧老夫人手裡撚著佛珠，眉目不動，淡淡地說：「再等些時候也不要緊，嫁到江南也是個好去處。」

曹氏無言以對，聽寧老夫人這話，她還不想傅秋華嫁在京城裡頭，難不成他們一家人都要去江南定居不成！

曹氏有些尷尬，寧老夫人只說：「妳若無事，也不要去招惹淮王妃，他們是他們，我們是我們。」她一眼就能看穿兒媳婦的心思了。

曹氏忙點頭應諾，心裡卻大感奇怪，寧老夫人這到底是怎麼了？

寧老夫人待她離去後又重新回到佛堂，恭敬地坐在蒲團上念經。

也不知道是不是近來年紀大了，她總是會夢到些從前的事，心裡不踏實。雖然在京城生活了大半輩子，可她終究是覺得有些厭倦了，就算如今兒孫承歡膝下，心中卻依然偶有不安。

還是離開吧……

江南山好水好的，她也不指著兒子做京官飛黃騰達了，到個富庶的地方去做個一方父母官，一家人和和美美的，未嘗不是件好事。

人到了她這個年紀，有些事才算是終於看開。

§§§

傅念君和曹氏分別後，轉頭就去了錢婧華的院子，剛才傅淵匆匆離去，她知道八成是他又找到了一點線索。

錢婧華早就準備著等她了，見了傅念君過來，立刻將她拉到一旁低聲說：「老夫人生前身邊的王婆婆剛才到府，是夫君親自去接待的。兩人說了會兒話，現在婆婆去休息了，妳哥哥他……好像神態不大好。」

傅念君嘆了口氣，拍了拍錢婧華的手，說道：「辛苦嫂子了。」說罷便拐去了傅淵的書房。

傅淵正擰眉坐在桌案後頭，傅念君推門進去，問道：「哥哥，有進展嗎？」

傅淵抬眉看了她一眼，點點頭，但是動作有些遲疑。

傅念君看他神色，覺得他應該也是想到了些什麼，只是不知道是不是和她想到了一處去。

傅淵說著：「祖母生前沒有對那個宋氏做過什麼事，但是她在爹爹年輕時，卻是做過一些她自己都很後悔的事。」

那王婆婆年紀已經很大了，只是這一回傅淵去請她也沒有推脫就過來了。

她和陳婆婆是一樣的想法，有些事藏了那麼多年，也算是能在她們斷氣前說出口了。

人非聖賢，就算如老夫人和大姚氏這樣出了名的賢慧人，論起來一輩子裡頭也難免有兩、三樁事情說不清楚。

王婆婆告訴傅淵，傅琨年輕時秉性正直，在女色上從無偏好，與大姚氏兩人也算是難得的美滿姻緣。但是其實傅琨少年時，也是有過一次險些被個女子引上了道。

傅念君慶幸自己沒有喝茶，否則怕是要忍不住。

這個王婆婆怎麼會和傅淵說這些？難怪傅淵會是這個表情了。

王婆婆說那女子是個勾欄裡的清倌人兒，叫什麼尤素君的。

那時候傅琨才十六、七歲吧，正是讀書的年紀，他年紀小，念書卻聰明，早早的就已經是舉人身分了。傅家老太公也和先前傅琨一樣的想法，不想兒子太早入仕，認為年輕氣盛的，多歷練走動更好，便讓他晚一科再考。由此傅琨便在外走動，學些應酬，也多結識了幾個朋友。

平素文人公子們便慣常愛往勾欄妓館跑，傅琨不樂於去，可也有那清雅如蓮、冷傲如梅的名妓所在，他便被友人拉著也去過一、兩次。

尤素君是當時東京城裡出了名的才女，還未被梳攏過，自視甚高，斷然不肯隨便委身於人，卻是看中了那時文采風流的傅琨。

傅琨與那女子之間到底有些什麼，王婆婆自然也不清楚，只說他也沒有多提過，但家中老太公很快就得知了傅琨有一友人主動出資，要讓傅琨梳攏尤素君。

傅家家教甚嚴，自然不可能給兒郎們太多銀錢去眠花宿柳，聽說兒子要叫友人出資梳攏一個妓女，傅老太公當即就生了大氣，立時便叫人把兒子綁回來好一頓收拾，關在了家中。

那時候老夫人年歲也不太大呢，又是侯府嫡女出身，做事難免沒分寸，一時怒上心頭，就把那尤素君處置了，也沒有弄死，只是遠遠地弄出了京城，再無音訊。

這事兒傅老太公不知道，是老夫人自己和娘家拿的主意。

其實老夫人後來是後悔的，她曾經和王婆婆說過，或許是她想錯了，傅琨和那尤素君未必就是他們想的那樣。可是說到底，事情發生了就是發生了。

這就是傅琨這幾十年來，唯一一段「近似」於情孽的舊事了。

至於宋氏，在王婆婆那裡，根本是一點兒印象都沒有。

她也說了，傅琨成親後，眼裡心裡只有一個大姚氏，絕無可能再容人。

傅淵說：「我在想……為什麼她們的話總有對不上的地方，是不是很可能……母親當年有所誤會呢？」

傅念君說道：「不止是母親有所誤會，可能宋氏她自己，或許幾十年來，都沒有走出過那層迷障。」

傅淵眼中有光亮閃過。兄妹二人同時心中都有了一個念頭……

傅淵正待再說話，此時卻有人來敲門了。

小廝在外道：「郎君，是、是淮王殿下來了！」

傅淵目光落到了也露出微訝神色的傅念君身上，說道：「你倆倒是，一日也分不開。」一夜沒回去，他就找上門來了。

傅念君對他笑了笑。傅淵只好站起身說：「先去見妳夫君吧。」

§§§

周毓白回家後，發現自己的新婚妻子還留在娘家，雖知她必然是有要事，卻依然不放心，望著一室冷清，還是決心往岳家來了。

反正也沒有多想，腳步就是比腦子快了。

傅念君也覺得過了兩天一夜，自己有些想他。等見到他站在花廳之中正愣神望著兩邊的對聯時，她的嘴角就不自覺地勾起。

「殿下。」她輕笑著咳了一聲。

周毓白回頭，就看到了嚴肅的大舅兄，以及站在他旁邊不怎麼嚴肅的妻子。

傅淵的目光也跟著他落在那兩側對聯上，說道：「這是我祖父寫的，殿下也很欣賞麼？」

周毓白笑了笑，說道：「老太公的書法筆力遒勁，果真不凡。」

傅淵無言了一下，覺得淮王殿下好像有點往諂媚的方向發展。

傅念君已經走到了周毓白身邊，仰著頭輕聲問他：「吃晚膳了嗎？」

周毓白道：「沒有，妳呢？」

傅念君也搖搖頭，「還沒。」

周毓白眼睛裡盛滿了笑意，讓傅淵覺得一陣刺眼。他輕咳了一聲，對傅念君說：「妳帶殿下去妳院子裡用晚膳吧，歇息一下，若是一會兒路不好走，就在府裡住一夜。」

其實按照別人家的禮數，他這個做舅兄的應當陪這位身分高貴、還難得上門的妹夫喝幾杯，但是他看這兩人的樣子，大概也不希望他在中間打擾，索性成全了他們就是。

傅念君和周毓白回到她自己的院子，叫人擺了飯上來。

周毓白笑說：「妳這裡我來得少，感覺布置得不錯。」

傅念君先替他盛了碗湯，說道：「那殿下住這裡吧，一會兒我獨自回家就是。」

她說「回家」二字格外動聽。

兩人吃完了飯，傅念君打發儀蘭再去傅淵那裡問問，傅琨今天回不回來。

儀蘭回來稟告，說是傅琨還在城外，今天是趕不回來了。傅念君聽了這話若有所思，周毓白卻是替她做了決定。

「今天我們就住在這裡吧，明天一早，妳再把要說的話告訴岳父。」

傅念君眼中閃過一絲驚訝，隨即又被了然的神色代替。

他永遠都能猜到自己的想法。

「好啊。」傅念君微笑，「我這張床，殿下還沒躺過吧。」

說這話時，她也沒有別的意思，可是突然見周毓白的眼中閃過一絲暖意，頓時似乎連那微笑都帶了幾分曖昧，傅念君這才反應過來。

自己像是邀請他似的……

轉頭看儀蘭，她也是面露尷尬。這丫頭貼身照顧傅念君的起居，本來又比芳竹懂人事，男女之事也算是明白了。傅念君只好咳一聲，讓她叫人去打熱水來洗漱，然後嗔了周毓白一眼，自己坐到床邊去了。

周毓白也挨過去，拉了她手，「這兩天累不累？」

每次他這樣軟語溫柔，傅念君多半都招架不住，下意識就反問：「七郎這幾天累不累？」

周毓白搖搖頭，「外國使節的事有內侍省和鴻臚寺協助，我和六哥也不必要事事親力親為，不過是各人各有心思，與他們多打交道，難免覺得厭煩。」

傅念君心疼他，就是再聰明的人，也受不住天天你來我往、勾心鬥角的，但周毓白又不得不打起精神來應付，畢竟皇帝睜著眼睛在看兩個兒子的表現，他還要揣摩著周毓琛的態度來適度表現自己。

「我給七郎按按頭吧。」傅念君提議，拍了拍自己的膝蓋。

周毓白挑眉，卻之不恭。

傅念君的手指便輕輕在周毓白的太陽穴上按著。

周毓白躺在她膝頭，想著自己這些年來，一直以君子品行要求自己，何曾想過有一天會有這樣臥在美人膝頭的旖旎時光。

儀蘭叫人打了水進來，夫妻兩人才起身，梳洗沐浴，重新回到床上。

傅念君親自去放帳幔，一邊憋不住把這兩天打聽來的事都告訴了周毓白。

周毓白也沒露出多驚訝的表情，只是靜靜地聽她說，最後才說：

「癰疽既在，便要早些挑破，方可痊癒。我知妳心中顧慮，但是念君，此事上妳已猶疑太久，傅寧今日鬧到衙門去了，我猜多半明日，他就會登傅家大門了。」

傅念君收拾帳幔的手一抖。

「明天……」

「有什麼話，一五一十說清楚罷。」他對傅念君說道。

傅念君坐在床上，一時有些怔忡，沉默了半晌才問周毓白：「七郎，你是不是已經都猜到了？」

周毓白替她整了整一頭長髮，說：

「有些謎底，妳自己揭開才有意義。傅寧此人不可懼，妳懼的不過是內心心魔。」

所以這件事，始終要傅念君提起勇氣去面對，他幫不了她。

傅念君淡淡地嗯了一聲，躺下時心裡依然琢磨著這件事的輕重，思量著這時候抖落出來是不是個合適的時機……

身邊一隻手握住了她的手骨，一寸寸地撫摸著。傅念君心裡一驚，在黑燈瞎火裡紅了臉。

「七郎，這裡是我家……」

但凡新婚夫婦都有個不成文的規矩，回家省親，偶有姑爺一塊兒宿在岳家的，兩人要麼就分開睡，即便不分開，也不能敦倫，這是不規矩不莊重的。

周毓白在她耳邊輕笑：「妳想哪兒去了？」說罷手臂整個就伸到她被窩裡去，將人攬了過來。「妳晚上睡覺貪涼，自己一個人睡冷不冷？」

在家時兩人都是睡一個被窩的。

傅念君窩回他懷裡，覺得無比舒心，悶聲道：「不冷。」

「快睡吧。」他撫了撫她的後背。

傅念君迷迷糊糊地就什麼也不想了，安心地去會了周公。

6 傅寧身世

第二天早起，兩人也不敢貪睡。

傅念君準備服侍周毓白穿衣，他卻說：「今天不去了。」

傅念君微訝，政務不管了？

他微笑，「也勞碌了好些日子，總該休息休息。」

兩人一起用早膳，也沒隔多久，下人就著急忙慌地跑來叫傅念君，說是有人上門鬧事。

傅念君一問，果真是傅寧。她臉色一沉，吩咐道：「去請進來。」

下人踟躕：「可是相公和三郎君都不在府裡啊……」

「以我淮王妃的身分，還見不得他？」傅念君反問。

下人立時就沒話了。

傅念君稍微收拾了一下，見周毓白不動，還正疑惑，他卻是投了個笑眼過來。

「等會兒就過去替王妃壯膽色。」傅念君轉頭不理他，先自己提步去了。

錢婧華本來也沒主意是否要請這傅寧進門，畢竟她一個新婚不久的媳婦，是有道理拒見年紀相仿的男賓的。何況這傅寧，她也曉得曾經做過傅溶的伴讀，後來又是進石鼓書院，又是進國子學的，能耐大著呢，連傅淵提起了他都是頻頻蹙眉。今日看是來者不善，自己自然先要叫夫君拿個主意。她倒是一時忘了府裡還有傅念君，聽說是傅念君叫人開了門，也只好硬著頭皮和傅念君一同應付。

傅念君是讓何丹、大牛引傅寧入府的。

何丹是個有威儡的，見傅寧身後拉拉雜雜帶了不少人，當下就沉了臉。

「小郎既然是傅家的宗親，這樣帶人叫門又是什麼意思？且好好說話，何必帶些不乾淨的人，辱沒傅家門庭。」

傅寧雙目赤紅，見這護衛陌生，一身氣勢卻不弱，他只咬牙：「你們還我母親來！」

何丹自然由不得他在門口胡說，立刻揮手讓兩、三個護衛、小廝恭敬垂手請傅寧入門。

這是傅念君特地叮囑的，不可傷了傅寧的臉面。

傅寧終究也是斂下了滿心的暴戾，想著自己還是個讀書人，雖厭恨這傅家，此時卻也知道不能鬧得太難看，因此一甩袍服，也帶了身邊兩、三個小廝僕從進了門。

外頭看熱鬧的人嘖嘖稱奇，都說著這傅寧從前不過是個窮酸，上傅家打秋風的時候倒多，如今不僅人模人樣，出入找兩個僕從，還敢這樣甩傅家的臉子，而傅家竟不計較，也是一樁奇事了。

傅寧進了府，便由人引了去正堂，傅念君和錢婧華正等著他。

傅寧見到傅念君，便覺得一時有些眼熟，仔細想了想，就想起來那日自己偷偷去見胡廣源拿銀子，就遇到了這個與那小茶樓格格不入的女子，身邊還跟了個一看就是富家出身的孩子。

他當時只覺得面熟，卻也沒多在意。

不想她竟是傅家的二娘子，便是嫁給了當今七皇子淮王的那個。

他不由恨得牙癢。傅家都是一窩蛇鼠！

當日就是這傅二娘子假模假樣地上門去探過他娘的話，宋氏後來才百般勸他不要生事，他只冷笑應付：「傅家那地方，我不稀罕去，更別說找一個女子的麻煩了。」

在他看來，這傅二娘子不過是個淺薄裝腔的女人，滿心小算盤想從他娘嘴裡套話。今日見了，他想起這茬，更加肯定是傅家綁了宋氏！

傅念君和錢婧華同時都能看出他目光不善，傅念君卻是穩住了心緒，當先開口道：「傅寧，你是傅家族中晚輩，論輩分該怎麼稱呼我們，你大概沒忘吧。」

傅寧卻冷笑：「兩位還指望我行個晚輩對長輩的禮不成？」

好張狂的人！

錢婧華見他生得斯斯文文，頗有傅家男子的風度，卻不知第一句話就是這樣不客氣。

她也厲聲道：「我如今是傅家主母，你若有不平，盡可以說來，何故引人上門鬧事，即便是親戚，也由不得你這樣放肆胡鬧。」錢婧華也是宅門裡出來的，平素為人和善，卻不是個軟性子，見到這樣沒規矩的人，自然忍不住出言斥責。

傅寧厭煩這兩個女子，只說：「我不是來見妳們的，傅相公可在？他若不在，就請傅三郎出來吧！」張口就是要見傅琨和傅淵。

錢婧華也柳眉倒豎，婚前的囂張脾氣就要出來了，還是傅念君打斷了她。

「不想行禮不行就是，你此番為何上門來？」

傅寧心道瞧這位淮王妃如此態度，八成也是知道自己是她兄弟了，哪裡是什麼晚輩，才對他這樣縱容。由此他更加囂張起來，從鼻子裡哼了聲，「明人不說暗話，傅家拿了我娘，還請快點交出來，我不想鬧事。」

像是反過來倒要他寬宥傅家一樣。

錢婧華道：「我們傅家何曾拿你母親？這樣的髒水我們可不接。」

傅寧卻是直視著她，半點也不懼，「不是你們又是誰？不是傅家又為何會有旁人！今日你們一定要拿出個交代來……」這句話叫人奇怪，為何一定是傅家人呢？

傅念君在旁看著他這副樣子，心中已然清明。

瞧傅寧如今的神態舉止，不過是個憤世嫉俗的普通少年，她先前那樣擔心他，是否有些太過了呢？

憑他如今的手段，要扳倒傅琨父子，扳倒傅家，簡直是難如上天。怕是此際，他自己都沒這個想法吧。若他真是個聰明的，拿捏著自己的身世，首先就不會是抖落出來，一會兒要傅淵薦他進石鼓書院，一會兒又要傅琨將他弄進國子學，甚至還這樣氣勢囂張地登了傅家的門。

沒有人在背後教他，其實很多方面他都沒有考慮周全。

傅念君的心稍微有些放下了。

錢婧華納罕傅念君怎麼突然望著傅寧發呆出神，便在旁邊清了清嗓子。

傅念君回神，只是長舒了一口氣，對上了傅寧的眼神，「你要交代是吧？好，那我就給你一個交代。」

傅寧冷笑，果真是承認了吧。

傅念君卻先讓人都退了出去，只留了兩個心腹在屋裡伺候。

錢婧華在旁蹙眉，從這架勢來看，傅念君接下來要說的話，還是不能叫外人隨便聽去的。

傅念君轉頭對錢婧華說：「嫂子，妳是聰明人，我這兩天一直琢磨的事，妳心裡也大概有數了。雖然爹爹和哥哥此時不在家，但是妳也是我們自家人，有些事雖是陰私，倒不妨先攤開了講……」早也好，晚也好，傅念君想著，這不僅僅是她和傅寧的鬥爭，更是她為了戰勝自己心魔的鬥爭。

死而復生之後，她一直活在壓抑和恐懼之中，傅寧和齊昭若，無異是她心中最重的夢魘。齊昭若給她留下的陰影已漸漸化開，因她知道，只要有周毓白在，他便動不得自己。可傅寧牽扯到的是她沒有把握保護的傅家，因此總是提心吊膽不已。

終究，她兩世都沒有勘破的祕密，要在這裡做個了結吧。

錢婧華聽她這麼說，下意識便握住了椅子兩邊扶手，眼神望了望窗外。

「二姊兒，不可……」她不曉得傅念君要說什麼，卻是直覺該阻攔她。世家大族裡頭的事情說不清楚的太多了，能宣之於口的寥寥無幾。

何況這個傅寧……

傅念君卻早有自己的思量。她只是盯著傅寧，緩緩站起身往前走了兩步，面朝他，話卻是對著錢婧華說的：

「嫂子先聽我說完，這一位，怕不是我們的晚輩，倒是我和哥哥的手足了。」

錢婧華驚駭得徹底失了聲音，傅寧卻是陡然沉了雙目，沒有否認，態度擺得很明確了。

這事、這事……錢婧華也沒料到，這竟是傅琨的風流帳！這會兒他們幾個小輩翻出來，也太尷尬了吧。

傅念君卻是面色淡淡，繼續說著：「這位傅寧傅郎君如今敢這樣氣勢洶洶地登門，是怕我們拿了他母親，想叫這祕密永遠埋於地下吧？而他這般有恃無恐，也是覺著我爹爹有愧於他，必然也只能由著他鬧，不會計較……你說，是不是這樣？」她的眼神望著傅寧，卻是一派平靜。

傅寧突然有點鬧不清這個傅二娘子是什麼意思。他抿著嘴不說話。

「你進國子學，也是爹爹幫你的。也是了，既然是我的兄長，爹爹的親兒子，進國子學而已，當然是必須的，原本你也該被稱呼一聲『傅東閣』的啊。」

傅寧聽她這麼說，眼中漸漸露出一種濃烈的不平之氣。

她說得不錯！這都是傅家欠他的！欠他，欠他娘的，傅琨就是對他做出再多彌補，拿整個傅家來償還都是不夠的！

「瞧瞧，如今我哥哥在朝中多麼氣派，娶了佳婦，官運順遂，得大儒和官家青眼，少年得中探花，年紀輕輕就留任京官，前途可說是一片大好，將來越過我爹爹也是大有可能的……」

傅念君不顧傅寧的臉色，只一個勁兒說著傅淵的光明前程，眼看著傅寧的神情越來越陰鬱。

她知道這必然是他心中的傷口，是他最最介意之處。

從前的傅寧卑微、貧窮，卻不服輸，擁有一個好的出身和家世必然是他所夢寐以求。他這樣的人，若是知道了自己原本可以擁有與傅淵一樣的機會，定然會迷了心智，性格陡變。

他如今的樣子就可說明一切了。

傅念君頓了頓，只是勾唇笑笑，在傅寧的目光中緩緩說：

「可憐你被自己的一片天真臆想蒙蔽了耳目，真以為傅家可欺，一而再再而三地踩到我們頭上來，卻不知早被有心人利用，不過是用個天大的謊言來成全你可笑的野心罷了！」

這些話，她早就想說了。眼前這個人，不止是少年傅寧，傅念君更透過他，看到自己前世那涼薄的父親——中年時的傅寧。

她早就想問問他，為什麼非要用卑劣的手段去爭奪權勢，為什麼不能像個男人一樣真刀真槍地去完成自己的夢想?!傅家不過是他的第一塊踏板而已。他覺得天下人都虧欠他，從今往後，妻子兒女，無一不是他手中可以利用的工具。

這樣的人，永遠不是自己的父親，更不是自己的手足！

傅念君兩道目光猶如一對利劍，就這樣直直地戳在了傅寧身上。

他額頭青筋暴跳，只覺得這傅二娘子真不愧是從前傳聞中出名的惡婦，淮王娶了這樣一個妻子，當真是可憐可悲。他也不甘示弱地望回去，對傅念君冷笑道：「傅二娘子成了淮王妃，自然架勢不一般。只是天理昭彰，報應不爽，你們拿我娘在先，此時又說這樣恐嚇我的話來，莫道是打量著傅家門楣高，就可以這樣無法無天！」

錢婧華在旁看著，心裡更加不齒傅寧為人，心道他竟拉得下讀書人的臉面，這樣氣急敗壞同她們兩個女子爭辯口舌，可見先前那副樣子，不過是擺出的假清高罷了。

傅念君說：「我的話還沒有說完，你無須如此大動肝火。今天既然打算把話講清楚，不論是你，還是你母親，傅家都不會欺你們半分。但是我問你，真相如何，你確定自己已經搞清楚了？別沒的在我跟前就先擺起兄長的款！」這話說得刻薄，傅寧一下就變了臉色，狠狠地咬著牙。

他見這女子既然把話都挑明了說，那肯定就是知道自己是傅琨所出了，可她怎麼敢這樣發作？她就不怕醜事外揚，毀了他父兄名聲和前程？她自己還是七皇子的夫人，不怕因為這事遭皇家厭棄？

他從沒想過閨閣女兒會有如此膽色，一時竟也噎住了說不出話來。

§§§

府裡動靜鬧得這樣大，其餘幾房自然不可能不知道。上一回這麼熱鬧的時候，還是齊昭若的母親邠國長公主帶人上門來尋釁，這一回卻是個宗族裡名聲不揚的後生小子，也敢來叫門了。

傅秋華坐在母親曹氏身邊繡花，不齒道：「如今還真是什麼牛鬼蛇神都能上咱們家門了。」

曹氏也聽聞傅念君已經做主將人放了進來，心裡狐疑，這又是要惹什麼風波？

傅秋華還在嘀咕：「那個惹事精，什麼事都脫不開她，如今府裡沒個能頂事的，連六哥兒都曉得避風頭，偏她一個出嫁女要搶在前面。」她就是覺得傅念君行事哪兒都不好，偏生卻沒聽說她在淮王府過得不好，可見淮王多縱容她。

老天沒眼。

曹氏卻有旁的主意，當即就收了手裡的針線，說：「我過去看看。」

傅秋華一把拉住她，驚詫道：「娘，妳瘋了？沒事蹚這渾水幹什麼？」

曹氏素來就挺會明哲保身的，怎麼今天魔怔了？

曹氏早有計量，從前她也沒陸氏那等眼光，先結交傅念君這個會飛上枝頭做鳳凰的。但如今不同了，少有人能欺壓傅念君，就是邠國長公主再來，也得先掂量著傅念君的淮王妃身分。

所以她這會兒過去，不過就是充個長輩，希望傅念君能記她這份情，那麼傅秋華的親事，也不至於這麼一籌莫展。她私心裡不同意寧老夫人的決定，還是想女兒嫁在京城裡享富貴。

「妳懂個什麼。」

曹氏只瞪了女兒一眼，就匆匆要走。傅秋華在後頭直跺腳，最後也跟了上去。

§§

傅念君正與傅寧對峙，突然聽聞三夫人曹氏來了，一擰眉，立刻就揣摩明白曹氏的意思。她還能指望曹氏撐腰不成，不過是曹氏想藉此機會與她示個好。

傅念君在心底冷笑，若是三房能一直看自己不順眼下去，她也敬佩他們有風骨。如今看她這個淮王妃風光，卻又轉了態度，難免叫人膈應。她心想，既如此，她也沒必要特地給人留臉面。

「那就請吧。」

曹氏帶著女兒到後頭梢間稍坐，問倒茶的丫頭今兒來鬧的人怎生模樣、所為何事。丫頭支支吾吾地說不清楚，只說是和傅琨傅淵父子都相熟的人。

曹氏打定主意，就理了理領子走出去。

只見堂中一個少年兒郎，眉目俊雅，氣質上佳，一看便是個讀書人。她心裡也詫異，這種人竟會是那上門糾纏的無賴？

她正要說什麼，卻見那少年郎掃了自己一眼，根本不放在眼裡，只一蹙眉，說著：「我是來尋傅相公和傅三郎的，不是來見貴府上各位女眷。若是傅家拿不出個章程來，我便只得繼續去衙門上狀子了，再不成就去登聞鼓院敲鼓，我就不信這天下間還沒個說理的地方不成。」

好大的氣性！曹氏心道，也不知是個什麼人物。

傅念君卻是微微笑，「我這孀娘也不是外人，我自然不怕她聽。你說我家綁了你母親，就是你告上御狀我也不怕什麼，只是官家親審，問你我們傅家為何要捉你母親，你該要如何回答？」

傅寧氣得臉色發青。可以啊，他倒是第一回領教這女子的厲害，平生頭一次見到把柄落在旁人手裡的人，卻是反過來不怕受威脅的。

「自然是一五一十相告。」他說道。

傅念君竟順了他的話，「好，那便一五一十相告，好好說說我爹爹當年是如何年輕風流，惹了桃花債，置了你母親做外室，有了你以後又不負責任，導致你們母子二人流落在外，不得認祖歸宗。」

她這一番話，聽得曹氏心裡翻江倒海的。乖乖，這可真是一樁了不得的大事！自己的大伯竟是惹了這樣的孽債在外頭，還任由私生子上門打罵，這、這可真是……

怪道傅家要放這小子進門來了。

一想到傅琨往日那如青松朗月般的人品，曹氏的心情十分複雜。自己的夫婿傅琅樣樣出眾，卻總是比不上他大哥，她在心底慶幸，這一點上看來，傅琨的品格還真是不怎麼樣。

後頭扒著簾子偷聽的傅秋華也是驚得差點掉了眼珠。

曹氏在旁邊不說話，完全忘了自己特地前來「撐腰」的初衷。她心裡暗暗不屑，這傅念君果真不會辦事，這種話要說就隨便說出來了，到底還嫩著呢。再覷了一眼旁邊端坐的錢婧華，卻見她臉上竟無半點驚訝之色，只是淡淡地喝茶，更是覺得奇怪。

這位怎麼也不知道攔攔？

她再轉念一想，又同情起傅琨來，沒女兒命，看來也沒兒媳婦命，攤上這兩個不靠譜的。曹氏在心裡一個勁兒地指摘著傅念君和錢婧華處事不妥當之處，自己的女兒傅秋華在後頭也只是睜著大眼睛，躍躍欲試地聽這樁大醜事。

可她二人卻不知，傅念君和錢婧華心中各自的計較。

兩人事前根本未有商量，但是聰明人做事，舉手投足，一個眼神之間，也都能揣摩對方一二心思。

錢婧華初時聽傅念君說傅寧是傅琨的兒子，也是驚詫得不能自已。但是她靜下心來仔細想想，再看看傅念君的神態，就知道事情不對。

她也算是瞭解傅念君的，若是她只想揭開這件事，就不會是這般作為。她敢當著傅寧的面把話撂出來，也無怵於傅寧的威脅，就說明她根本不怕這事宣揚出去，她一定還留有後招。

再一聯想這兩天他兄妹二人找來的從前伺候的舊人，問詢時又摒退旁人，錢婧華雖不明白細節，大方向卻是能猜得到的。

傅念君是最敬愛公爹的人，絕對不可能讓他丟了臉面。那麼這事她敢攤開來說，只可能因為這壓根兒就不是公爹的醜事。此時她這般和傅寧你一句我一句的，肯定是在拖延時間，等傅淵回家。

他們兄妹二人必然是要在今日收拾了這個傅寧。

只是這會兒放這個三夫人進來的意味，錢婧華也有點看不明白了。

不過她也不慌，知道無論何時不能自己先亂了陣腳，平白給夫君和小姑拖後腿。如此想著，趁剛才丫頭來倒茶的時候，她又催了一回，讓外頭人趕緊再去催催三郎回府。

傅寧這會兒已是被傅念君幾句戳心窩子的話逼迫得沒法兒了，也顧不得什麼君子風度，正是臉紅脖子粗，忍不住大聲說著：「你們傅家就是一窩子狼心狗肺，欺負我娘，差點要我性命，如今更是恨不得我們母子消失於人間。我傅寧不屑做你們傅家種，但是我終究要討個公道！」

曹氏被他這番話也是驚得坐在一側圈椅上，背後濕了一片，心想他既這般憤怒，說了這樣的話出來，傅念君都沒否認，看來這事是板上釘釘了！

她心思活，立刻就想到了這事兒傳出去，傅琨必然被皇帝斥責，說不定立刻停了職位在家中賦閒，那麼她的夫君傅琅就不用調外任，能順順利利接京官的職位了！

今天這趟，來得真是值得！

傅念君卻是不理曹氏如何思量，只句句將傅寧頂了回去，話也沒說滿，都說個三、四分。

其實若傅寧冷靜些，或者是有錢婧華那樣的七竅玲瓏心，就該聽得出來傅念君言下之意了。只是他早被蒙蔽了雙眼，認定自己就是傅家血脈，心中得意，恨不得立刻甩臉子給這些傅家女眷看，最好叫她們對自己拿出和傅淵一樣的尊敬來。可另一方面他又要表現得對傅家十分不齒，也不敢真的就像傅念君說的一樣，拿自己當傅琨兒子自居。

他內心裡像被一團火反覆炙烤一樣。

終於，門外有響動了。傅念君聽到下人們接二連三地打招呼，心中一鬆。

傅淵回來了。

門被推開，房裡幾人皆是一怔，傅淵的眼睛掃到曹氏身上，卻是冷了冷。曹氏心中一涼，隨即又打點起精神，心想自己什麼也沒做，心裡念叨的心思也沒有人會知道。

傅念君望著傅淵，傅淵朝她點點頭，轉頭就盯著傅寧，冷笑道：

「好大的膽子，敢上這裡來鬧。你不是要見我，見了我要說什麼，快說罷。」

傅寧沒來由的，氣勢就短了一截。

他其實一直就有些怕傅淵，當初自己耍了計謀進傅家來做伴讀，傅淵對人雖冷淡，對他卻還指點過一二，後來他眼看傅淵又中了探花，更是風光無限，當真是談笑有鴻儒，往來無白丁，他又是傅相的嫡長子，一時間名噪京城。

傅寧每每想到這些，心眼裡便止不住地泛酸，他比傅淵差什麼呢？從前不過是差一個出身，可是如今知道了自己的身世，他只怨傅琨涼薄，將自己原本能同傅淵一樣的風光盡數奪去了。

因此他便敢向傅家開口，先是讓傅淵舉薦他進石鼓書院，後來他又覺得不好，想著傅淵自己是國子學出身，同窗也皆是不凡之人，於是便去求傅琨將他弄進國子學。他至今還記得自己同傅琨一番坦白後，他臉上的悔恨神情。這種情緒做不得假，傅寧雖在心中對他嗤之以鼻，可同時又很慶幸，傅琨只要留著這份愧疚，他就能一點一點要回自己被奪走的東西。

傅寧想到了這些，也就壯了底氣，直視傅淵道：「傅家拿了我娘，就不要再藏了。傅三郎也是讀書人，想來知道這種事做來不光彩，何必還這樣假模假樣？」

傅淵擰眉，朝傅念君盯過去一眼，還不是這丫頭。傅念君卻是給他回了個笑容。

傅淵在心中嘆氣。

不過話說回來，這人確實讓人窩火，傅淵是不大容易動氣的人，但是這傅寧，還真是他近幾年來見過少有能噁心人的了。

小人終究是小人，即便撇開他身世這茬不說，傅淵也絕不容此人再在自己跟前蹦躂。

他冷笑道：「你當自己是什麼人，敢這般與朝廷命官說話？」傅寧還沒答話，他就又道：「當自己是我弟弟？」傅淵扯了扯嘴角，「你娘告訴你，你是我爹爹的孩兒，你就這般認下了？也沒好好打聽打聽？」

傅寧臉色一變，「我娘如何可能騙我！」

「你娘自然不可能騙你，因為她自己被人騙了。」傅淵冷淡地說。

傅念君的反應只是挑了挑眉，而錢婧華卻是微哂，看吧，她就猜到了。

旁邊一直免費旁觀的曹氏是心情起伏最大的。啊？這故事還有後章？這又是怎麼回事？

傅寧青著臉，暗道傅淵為了保全傅家臉面，這是要詐自己了，定然準備打死不認。

他挑釁地望進那雙和自己生了有七分相似的眼，無意識地學了傅淵的冷淡樣，說道：

「這話，難不成還是傅相向傅三郎說的不成？」

傅淵只是擺擺手，說：「你心裡的心思別打量我不知道，你覺得我們傅家是敢做不敢認，要甩了你和你娘這兩個包袱，把當年的事一筆勾銷？」

傅淵生來便有一股凜然清正的氣魄，如今在昭文館做事，來往皆是大儒，更是學得了他們幾分風骨，氣質更顯磊落，任誰來看，也不會當他是個狡辯奸猾之徒。

「傅寧，我傅淵行得正做得正，若是傅家對你有愧，就不會甩鍋耍無賴推卸責任。你今日上躥下跳，不過是打量著自己捏了個天大的把柄，我們必然理屈，不敢拿你如何。但是我得先告訴你一樁事，起先你來找我要進石鼓書院時，我並不知這其中彎彎繞繞，不過是舉手之勞抬舉你，後來見你實在變本加厲，有恃無恐，便下決心查一查這樁陳年官司。」

他的目光掃過傅念君，傅念君輕輕朝他點點頭。

傅淵繼續：「原本礙著大家的面子，想著長輩之事不好由我們兄妹來做了結，便也不想鬧大。但顯然你就是個得寸進尺之人，不將話說明白便不肯死心，如此，我也只好成全你了。」

他的目光接著又落在了三夫人曹氏身上。曹氏心裡一驚，暗道他瞧我做什麼，我不過是來看個熱鬧，是你妹妹叫我進來的。

傅寧此時心中也有些慌神了，但是很快又鎮定下來，心想這傅家兩兄妹都不是好相與的貨色，他們這是趁著傅相不在家要殺他的銳氣了，他斷斷不能退縮，即便是要來滴血認親自己都不怕，還會怕他們這三言兩語不成。

他冷笑，「我不知堂堂探花郎竟也有如此大官威，用雷霆之勢來壓我。只是我這一身骨頭，便是叫人剔乾淨血肉也不會倒，你大可不必再說這些。」

傅淵冷哼一身，若傅寧有這份傲骨，事情也不會鬧到這般大。

他隨即吩咐了一聲自己適才帶進門的小廝：「去把人請進來。」

隨即便進來了三個人，一個是大姚氏生前的奶娘陳婆婆，另一個傅念君沒親眼見過，只是通身氣派打扮同外頭富戶人家的體面老夫人一般，想來應當就是傅家老夫人生前身邊最得力的王婆婆了。她早就配了人，如今家中財資豐足，已過起了呼奴引婢、頤養天年的日子。

還有一個是個五十歲左右的男子，佝僂著背，垂著頭，形容有些畏縮，似是個做下等活的粗使人。這個人大概是傅淵剛去找來的。

傅念君恍然，原來今天傅淵出門不是去當差，而是去找人。

傅寧見了這三個人，自然都不認得，不免有些疑惑傅淵葫蘆裡要賣什麼藥。

傅淵卻是對著他說的：「這幾人都是攸關你身世的重要人證。你也不要以為我會隨便找人來誆你，既然你自己找不到證據，我就來替你捋捋清楚這樁官司。」傅淵把話都說絕了，傅寧一時也無言以對，他正想說什麼人證都是可以捏造的，但是傅淵這樣講，他卻又不能開口了。

陳婆婆和王婆婆相繼說了些大姚氏和老夫人當年的事，都是有一說一有二說二，只是王婆婆將傅琨年少時那一段給瞞了下來。

傅寧聽完只是冷笑，「這是你們傅家的家僕，說的這些顛三倒四的話，與我和我母親有什麼關聯。」

傅淵只道：「這皆是你母親舊事，她曾說她做外室時懷了你，之後被我母親趕盡殺絕，後來險些與你一屍兩命，無奈之下最後才躲去了鄉下。」

傅寧聽了這話，臉色就陰狠起來。宋氏孕中被拋棄，遭面慈心狠的大姚氏派人下毒手，他也早就逼問過她，這些話他本不想說，如今傅淵又提起，無異於向傷口上撒鹽。

他驟然盯著傅淵，「你還敢提我母親，你知道這些，是終於承認她是你們拿的了！」

傅念君卻是上前說道：「你母親在淮王府做客，我早已請了神醫為她治病，誰也沒有拘著她。你若不信，可以去看看。」

「好，好個淮王妃！當真是沒有王法了。」傅寧臉色扭曲。

傅淵也是蹙著眉，若他早知道，便不肯讓傅念君做這樣魯莽的事，但想想她也是一出手便常常出人意表的人，早前連自己都曾被她下藥在屋裡打過三天噴嚏，做事慣沒個章法的，更何況現在那一位又是寵她寵得沒邊。

傅念君卻根本不怕傅寧，只說：「你也無須這般大呼小叫，我是最不希望宋嫂子出事的。她一走，你的身世就像一筆爛帳，永遠能賴上傅家了。今日把話挑明了，你自可以領她歸去，若是你真有點孝心，想繼續替她治病，我也不會收你半文錢。」

她到了這時候還能計較那一文半文，錢婧華在旁邊有點忍不住想笑，可是一想這會兒是如此場面，忙斂容正色。

傅寧更是被氣得要命，直青著臉對傅念君道：「好、好個巧言令色的毒婦！」

傅淵臉一冷，呵道：「注意點口舌！我傅家幾時害過你們？自你今天上門鬧事，我們可曾有動你半根手指？本就是說理的地方，由不得你學著那市井婦人撒潑，也是國子學裡的學生，聖賢書不知讀到哪裡去了。」

這樣一番話下來，傅寧竟也是啞口無言，只聽得傅淵繼續道：「這兩位婆婆是傅家舊僕，找她們來也是讓你知道知道，當年我母親根本沒有害你娘，而且非但是我母親，我們的祖母也根本就不知道你們母子的存在！」

傅寧倏然張大了瞳孔，第一反應就是不信。

傅淵繼續：「如此你便要問了，那麼是誰打殺你母子，逼得你母親當年差點一屍兩命？劉四，你來說……」

那第三位人證，五十來歲的男子躬身上前行禮，顫顫巍巍地開口：「各位娘子、郎君，小、小的從前給一位小婦人看過門，小的的婆娘給她打下手，做雜事……」

「從前是指什麼時候？」傅淵問他。

「從前就是……得十九年前了……」劉四哆嗦著說。

堂中眾人還有什麼不明白。

劉四所說之人必然就是當年的宋氏了，十九年前，就是宋氏被傅琨置於外室的那段時間。

傅念君暗道傅淵倒是有法子，一天一夜就找了這麼個人出來。再看他眼下淡淡青影，心道怕是他昨天也一夜未睡好吧。

傅寧聽了渾身一怔，望著那劉四，神情複雜。

傅淵卻對劉四淡淡道：「你也別怕，適才和我說的，你如今再和這位公子說一遍吧。」

劉四一額頭的汗，他本是個沒能耐的人，在市井裡打雜做工養活自己，日常本本分分的，也就愛喝點酒偶爾賭個錢。

這回來，是讓他交代十幾年前的一樁舊事了。曾經他不過是收了人銀錢，和自己媳婦一道照顧過一個小婦人三、兩個月。這原在市井裡也常見，那些有錢的爺們在外頭養粉頭、置外室的，沒有常用的下人，就僱些短工，不是什麼稀奇事。

可是十幾年前那姓宋的小娘子，如今想起來，他還真記得有樁事……

劉四垂手說著：「小的還記得宋娘子，那真是個和氣人，對我們夫妻也寬厚，一個人住著也從來不提什麼要求，有時還會和我媳婦說說心裡話。」

他說著有一天自己媳婦和他說，那宋娘子吐了口實，說自己郎君是翰林清貴傅家的嫡長子呢。原本他們這樣的下人，主家也不會和他們說什麼，劉四只哼哼，沒當回事，只道她說自己是丞相王爺的外室也不驚奇。

他又說宋娘子的郎君來得少，自己統共才見過那麼兩回，確然是個年輕俊秀、品格非凡的公子。這倒也不是什麼大事，只是後頭有一次，一位年輕漂亮的夫人來找過宋氏，略坐坐說了些話，宋氏就惆悵了兩日。自家婆娘和他嘀咕，說大概是那郎君的大婦上門來了。

劉四覺得那年輕夫人是少有的氣派，不像平素見的那些專門愛去外頭捉小老婆揍的婦人。宋氏愁了幾日，就托他去傅家送信，指名要送給傅琨。宋氏一直是個小意溫順的，平時連門都不出，從來不說要主動去找人，劉四估摸著她也是見了人家大婦心裡慌。

彼時傅琨已許久沒去宋氏那裡了，那也是劉四唯一一次去了傅家。

劉四說起去傅家找人的事，他沒門路，宋氏也沒給他錢，連傳個信進去都難。他只能等在門口，見了一個貌似傅琨的就要上去招呼，可人家下了馬，都是左右護著，只瞧了他一眼，就沒理會。那劉四定睛一看，才發現這人模樣雖然長得很像自己前頭見過的一位，卻是年歲大些，氣派也穩重些，一時有些發怔。

等人進去後，他忍不住問街角一個擺麵攤的小子：「那是誰啊？也是傅家的郎君吧，不知是哪個？」

那小子既在傅家角門口做些傅家僕婦的生意，自然清楚。

「你瞧那陣仗，自然是傅家的大郎君傅琨了，還是哪個？榜眼出身，得官家器重，那是文才好，人品佳，娶的妻子是榮安侯的嫡女，風光著哪！」

劉四咂咂嘴，覺得這小子渾說，「你可給記岔了吧，傅琨郎君明明不長這樣……」

這個是傅琨，那他前頭看見兩回的，又是哪個？

那麵攤上的小子卻是個爭強好勝的，只爭道：「我天天在這裡擺攤還能瞧錯，你沒見人家有個官身在啊？傅家其他幾個郎君哪裡有功名，你可別在這兒胡鬧了！」

他看劉四的眼神就像看個鄉巴佬。劉四心中自然大驚，只聽那麵攤小子又說：

「看岔的是你吧，傅家二郎生得體弱，天天臥病在床；那三郎同大郎君傅琨長得很像，人都說看著像同胞兄弟，可卻是個庶出又沒考取功名的。你還是先去打聽打聽清楚，再來找人吧！」

劉四急急忙忙回去把這話兒和媳婦一商量，心裡是千萬般疑惑，想了半日只和媳婦說：

「這怕是樁鬧不清的糊塗官司了。我平素見這宋小娘子就是個好脾氣卻拎不清的，只怕是連自己男人的身分都沒摸清楚。」

兩人膽小，不敢和宋氏說，只說已經把信帶到了，還害得宋氏巴巴守著門框等了兩天。

劉四夫妻只想著早些完成差事，領了這個月的工錢就撒手不管，誰知也沒過多久，宋氏這就出了事。當日劉四媳婦像尋常一樣出門買菜，他自己看左右無事，就晃去鄰家玩耍了一會兒，等回那地方一看，卻是屋內凌亂，宋氏已不見蹤影，看似被人帶走了。

他嚇出一身汗，自然不敢再留，去找了媳婦後，兩人就躲了起來。

劉四和他媳婦本就是市井小民，能指望兩人有多少義氣血性？何況又不是賣身給宋氏做僕人，當下就決定將這事撒開手去。

「當日我們便想著這大戶人家要懲治外室，也沒得牽扯咱們，就、就躲起來另找活計做了……

我可不敢說謊啊！」劉四說完，腿都軟了，今日被人提溜來這裡說這些陳年往事，他也是又驚又怕。這會兒方清楚原來將自己帶來的這一位，就是當年那傅琨郎君的長子，而堂中另一位，卻是宋娘子的兒子！

瞧瞧，瞧瞧，當年那糊塗官司竟是糊塗到了現在！

劉四哭喪著臉，「小的有什麼都一五一十給兩位大人說了。我們夫妻當年對不起宋娘子，可、可我們也不知道啊……至於誰捉了她要害她，更不關我們的事啊！」

傅寧在一旁臉色鐵青，整個人久久無法回神，與此同時，堂中卻有一人臉色比他更難看。

那就是一直坐在一旁看戲的曹氏。

這劉四說的糊塗官司裡，他自己認錯了人，分明就是要將矛頭轉到自己夫君傅琅身上去！

她再去看傅念君和傅淵的臉色，見兩人對劉四所言根本沒有表現出驚訝，心中自然明白。

這兩人，怕是早就知道了……

好啊！

曹氏大怒。大房就是欺負她好性子，要把不明不白的私生子栽到傅琅頭上！

這什麼劉四的狗屁話，她是一句都不信！

曹氏站起身來，只對傅淵道：「三郎，這裡本來沒我說話的地方，但是見這人無端端牽扯上了我家老爺，由此只能多個心眼了。莫說什麼這事糊塗不糊塗的，怎麼著就生生將我們三房這閒人牽扯進去，也太好笑了！你看，我們和這事沒關係，不該由他在這胡說吧。」

這是要撇清關係了。傅念君和錢婧華聽了都在心中冷笑。

她既知道他們三房是閒人，怎麼還巴巴跑過來聽？又不肯走，暗道曹氏原來平素是個端得住面子的，脾氣急了也一樣藏不住心思。

傅淵卻只是挑了挑眉梢，回道：「三嬸急什麼，左右都是傅家人，一家人不說兩家話，就是有什麼不清楚的，今天才要審審清楚。」

曹氏還要再說什麼，傅念君卻是已經按了她的手，將她重新按回了椅子上。

「三嬸不再喝一盅茶嗎？剛才瞧您喝得挺好……」隨即壓低了聲音在她耳旁道：「這戲既看了，就沒有看一半便走的道理。」

曹氏出了一背心冷汗，心下大驚，心道原來她讓自己進來，根本就是打著這麼個主意！

那廂傅寧的臉色只是一片煞白，狠狠地盯著傅淵道：「傅三郎隨便找這樣一個人，莫不想黑的說成了白的，白的說成了黑的，還這般辱我娘的名聲！」

宋氏怎麼可能連自己男人身分都搞不清？也太糊塗了！

堂中眾人卻都不由想著，他娘還有什麼名聲值得辱沒不成？

傅淵卻是淡淡道：「我只是一五一十把所有關節都給你捋一遍，免得你一葉障目，不肯認清現實，把自己當作傅相的兒子一邊耀武揚威，一邊還恨我們入骨。」

傅淵素來不多話，有的話一講出來，就像刀子一樣狠戳人軟肋。

傅寧確實是抱著這麼個心思。他其實心裡也慌，說好是傅琨的兒子，怎麼又成了傅琅的兒子了？傅家三老爺和傅琨自然還是不能比的，他斷斷不能接受。

傅寧一想到當日傅琨對自己的態度，想想就覺得還是自己有理。若不是傅琨覺得對他們娘倆有愧，自己若不是他兒子，怎麼可能還將他弄進國子學去？

這必然是傅家兄妹兩個搞的鬼了，傅寧在心底對自己重申。

傅淵只說著：「從前面兩位婆婆的證詞裡也多少能夠看出，我母親確實去找過你娘，但是卻沒有人能證明她讓人害了你娘。我母親素性溫柔，也做不出那樣的事。我起先懷疑是我祖母動的手腳，但是從王婆婆處得知，我祖母根本不知道有你們這號人物。」

旁邊王婆婆和陳婆婆聽了，都頻頻點頭。

傅念君只是與錢婧華交換了個眼神。她這些想法未曾與傅淵明確透底，但是昨天兄妹兩人在書房裡，話雖只說了一半，彼此都已有了數。

那動手的人是從何而來呢？又是誰告訴大姚氏，宋氏的存在呢？

若是傅寧當真是傅琨的兒子，他們自然而然會懷疑到自家祖母身上。往往這樣的事出來，很多老母親比媳婦還要在意。

順理成章，跟著劉四的話一想，那麼如今最值得懷疑的，自然就是三房那位鎮日吃齋念佛的寧氏。傅淵這樣幾句話一說，曹氏的臉才算是真白了。

她想到了近來寧氏的態度，心裡不由也有點吃不準。寧氏總想琢磨著一家人出京去，難道還真是因為在京城惹了這冤孽債，心裡頭放不下？

「叫人去請三房的寧老姨娘過來。」傅念君淡淡地吩咐。

傅寧一個身形不穩，終是面目扭曲著一把揪起了地上的劉四，拎著他的領子怒道：「你說的都是真的？沒人教唆你說假話？」

劉四滿頭是汗，差點哭出來，「小的不敢，小的真不敢啊……郎君饒命，郎君饒命啊！」

傅念君冷眼看著，傅寧也就那點本事，滿堂人，只敢拿一個劉四出氣。

傅淵卻也不攔他，只說：「你何必如此氣急敗壞，反正也耽擱了這麼長時間了，等寧老姨娘一來，自然可以證明他這話是真是假。」

傅寧咬牙，怎麼事情就成了這樣？

曹氏半癱在椅子上，拚命用手給自己胸口順氣，一顆心既像被丟在火上炙烤，又像丟進冬天的冰窟窿裡，正是一陣涼一陣燙，叫她頭腦一片混亂。

而後頭湊著隻耳朵偷聽的傅秋華早就嚇軟了腿，聽說傅淵讓人去找自己的祖母，忙一個勁兒轉身先跑了，丫頭們攔都攔不住。

此時，緊閉的格扇突然被推開。傅淵和傅念君回頭，只見傅琨風塵僕僕地站在門口，臉色有些嚴肅和沉重。傅念君心中一凜，便喊了一聲：「爹爹。」

傅琨只看了她一眼，視線落在傅淵身上，擰眉道：「你們這是演的哪齣？」

傅琨的語調只是比平日緩了些，但是熟悉他的人都知道，其實他已經有些動氣了。

「爹爹，這是我的主意。」傅念君一個箭步擋在傅淵身前。

她早知道這一場自作主張必然會引起傅琨的怒火，因此做好了挨罵的準備。

傅淵卻伸手推開她，掃了她一眼說：「我是兄長，還沒有要妳來出頭的道理。」

傅琨看了他一眼，說著：「你倒有擔當，做張做致鬧這齣戲來有什麼意思？現在我回來了，你還有什麼話繼續說下去吧。」說罷撩袍坐下，看也未看傅寧一眼。

傅寧往旁邊蹭了兩步，眼神落在傅琨身上，卻是極其複雜。

傅念君不顧傅淵阻攔，只說：「爹爹，這件事若不弄明白，一直耽擱下去遲早落成沉疴，到時就是想治也治不好了。」

傅琨終是對傅念君說不出什麼難聽話來，只看了她一眼說：「念君，妳已是出嫁女，娘家事也無須妳來插手。身為親王妃，妳更該謹言慎行才是。」

傅念君心中被貓爪子撓著一般，偏偏此時當著這麼些人的面，她也說不出傅寧會依憑這件事將取傅家而代之這樣的話來。

她咬咬牙，望著傅琨眼下的青影和他鬢邊的白髮，其實心中早已明瞭，傅琨顧及的不過是傅家這個整體。如今的形勢，若是傅琨和傅琅因為這件事而兄弟離心，鬧得分崩離析，便是給外人最好的機會來下手，所以他百般遮掩兄弟的隱私，不想讓兒女插手。

8 真相大白

只是傅念君和傅淵也知道，這件事是個難解的題目，伸頭一刀，縮頭也是一刀，此時不了卻這件事，日後就得出事。傅念君思來想去那麼長時間，終究難想一個圓滿妥善的法子，既然是三房的人犯了錯，他們也必得認下，沒有叫大房來揹黑鍋的道理。若是再有對手朝傅家下手，兵來將擋水來土掩就是。

「爹爹，事已至此，你還要瞞著他嗎？」傅念君指著傅寧道：「他本就不是你的兒子，他明明是三叔的兒子……」

傅琨還沒有來得及說話，下人就通報，寧氏來了。

寧氏一到，曹氏便頭一個止不住眼淚潸潸地過去要扶。

寧氏看了她一眼，也是輕聲一嘆氣，再看堂裡傅淵、傅念君兄妹兩個，只覺得兩人氣勢凜人，好大的威風。她還算有眼色，也知道守本分，當即要朝傅念君行禮。

「王妃歸寧，老婆子沒有遠迎，是老婆子的疏失。」

傅念君從前對她一向還算客氣，只是今時今日，面對寧氏，卻無法再產生這樣的情緒了。多少看三房所有人為人處世的方式，傅念君便暗自覺得這個寧氏本性裡應該也不是個寬厚的，如今大約是上了年紀，才性情和順起來。

適才對付傅寧，是由傅淵出面，如今是面對內宅女子，自然他就不好開口了。傅念君朝錢婧華看了一眼，錢婧華領會，畢竟如今當家的媳婦是她。她立刻讓人給寧氏上了茶，又叫人拿了帕子給曹氏揩臉，只打圓場說：「都是一家人，有話自然可以坐下慢慢說，姨娘還是先緊著些自己的身子。」伸手不打笑臉人，錢婧華如此做派，曹氏和寧氏也無法大哭大鬧地喊冤。

傅寧站在堂中，神色尷尬。

傅琨的目光落到了寧氏身上，寧氏握在手裡的佛珠也不撚了，只是靜靜地看著那裡的傅寧，最後才悠悠吐了一口氣，問他道：「你娘……還好嗎？」

傅寧臉色一白，還沒來得及回答，曹氏已先腿腳一軟，坐回了旁邊一張圈椅裡。

傅淵也輕輕抬起頭，終於朝寧老夫人投去了一個眼神。

這終於算是……承認了。

曹氏第一個反應過來，撲到了寧氏膝前，只道：「姨娘，這不是真的吧？不是吧？」

寧氏撚了撚手裡的佛珠，揮手推開了她，自己緩緩站起來，竟是逕自走到了傅琨面前，也不說其他話，直接就朝傅琨跪下了。

錢婧華見狀，忙讓下人上去扶。

寧氏不肯起來，只說：「會有今天這事發生，都是我造的孽，和旁人無關……」

曹氏在旁邊聽著渾身一顫，立時便軟了半邊身子。

如果、如果寧氏說的都是真的……

她琢磨瞧著傅寧的年紀，再算算時日，根本是她還沒進門的時候就有的吧！

真真是一樁冤孽，原還在心裡嘆大伯年輕時風流，誰知最後卻落到了自己丈夫頭上。

「姨娘，妳不必如此……」傅琨這樣說著，但是他看向寧氏的目光也有些難言，原本似乎想主動伸手去扶她，臨了卻又收回了手。

這個反應，傅念君自然也看在了眼裡。

傅寧的反應比曹氏更大，他腳步踉蹌，眉目糾結在一起，對著寧氏怒道：「竟、竟然是妳！」

「是我。」寧氏很平靜，垂著頭承認：「你的確是我的孫兒沒錯。」

傅寧攥緊了拳頭，咬牙切齒，目眥欲裂。傅淵沉眉，站起身擋住他，「你冷靜點。」

「你、你們……為什麼？妳害得我娘好苦！」他啞著嗓子，憋著說出了這句話。

寧氏也不知有沒有聽懂傅寧的指責，只是對傅琨坦白：「老爺是該怨我的，我當年知道了老三和這孩子的母親宋氏相識，兩個人情投意合，可當時老夫人和老太公已經看中了曹氏……我便決心要拆散他們，老三也答應了。可兜兜轉轉的，宋氏竟然托了人進傅家做短工，老三慌了神才與我交了底，我這才知道原來老三是用了你的名字在外交遊，他並沒有告訴過宋氏自己是傅琅。他不是對宋氏無心，卻害怕隨便用了老爺你的名字這事敗露，被他父親責罰。」

寧氏臉上淌滿了淚，「他那時還年輕，又正在議親的當口，我無法不幫手，便自私了一回，給他一筆私房，叫他先把宋氏安置在外，了斷舊事，誰知那孩子卻還是和她……」有了傅寧。

她止住話頭，大家卻都明白了。

傅琨聽了這話，臉上神色微微一動，傅念君也看不出他的想法來。

傅寧急急追問：「所以是妳差點害死了我娘！」

寧氏只是沉默。

曹氏流著淚問婆母：「姨娘如何就有這等惡毒心腸了？此中必有難言之隱吧，為何不說了？」

她揪著寧老夫人的裙襬不肯甘休，曹氏這般模樣，還是傅念君第一次見到。

寧氏不肯去搭理她，曹氏卻一個勁兒歪纏。傅寧被傅淵擋住了半個身子，無法做什麼，整個人卻是神情駭人，看著讓人不放心。

良久，寧氏才轉頭看著傅寧說：「你和你娘要怪怨，就把所有的恨都放在我身上吧。我老婆子便是清清楚楚給你們娘倆交代，當年你們落得如此，說到底都是我一人之錯。你娘本來是可以過上普通人的生活，是我將老三關起來，不許他再去見宋氏。」

傅寧咬牙再次逼問：「我只問妳，當年我娘懷著我，卻險些死在城外，是不是妳做的?!」

寧氏皺眉，終於說道：「不是！我沒有做過這樣傷天害理的事，你也是我的孫兒，我怎麼可能……」

曹氏這時突然神智回籠了，想起剛才傅淵說的那些話，才戰戰兢兢道：「不是說只有先頭去了的大夫人找過宋氏嗎？」傅淵和傅念君的眼神像刀子一樣齊齊落到了她身上，曹氏立刻就閉了嘴。

寧氏也恍然，大驚失色道：「我、我不知大夫人從何處聽來的，我沒有說過啊……」接著卻又泣道：「也都怪我，都怪我，都是我鬧出來的事，因為想著包庇老三，不想鬧了這麼多麻煩出來，老天要報應就全報應在我身上吧，都是我這個該死的老婆子啊！」

寧氏這樣作態，看來當真是悔恨痛苦的樣子，與曹氏婆媳兩個摟在一處，皆哭得肝腸寸斷。

傅念君咬牙，心中恨極。如果說先前她覺得寧氏是故意在模糊重點，想洗刷傅琅的責任，那麼現在，她分明是指宋氏母子的遭遇，皆是由大姚氏而起！

她每一句話都沒刻意說，可句句都在引導旁人，讓人相信是大姚氏不知在何處聽說了「傅琨」在外置了外室，從而上門去鬧，害了宋氏母子的。畢竟現在死無對證，大家無法證明是大姚氏做了這事，也沒有辦法證明她沒做。這個寧氏，玩得一招好手段。

傅琨握著茶杯的手抖了抖，卻是盯著寧氏沒有說話。

傅念君心知傅琨必然不會相信大姚氏是那種心思歹毒之人，但現在沒有證據，論起來他們只是捋清楚了傅寧的身世，可大姚氏害沒害宋氏母子，這點無從辯駁，所以傅寧此時正赤紅著雙目，盯著傅琨和自己。

他本就是為報仇而來。對親生父親要報仇，對差點害死他們母子的人，更要報仇。

傅念君心裡窩火不已，她的猜測傾向於傅琨夫妻倆純粹是倒楣，圖惹了一身甩不掉的麻煩，被個寧氏用計拖累了。但這樣一來，傅寧的事，傅琨就不得不出面幫他們解決、斡旋。

寧氏祭出了哀兵之策，坦白了一部分事實，並且十分老練地拿捏了傅琨心底那點對家族和聲譽的顧慮，刻意在人前輕淡了此計中自己的險惡用心。

似乎一切都是順理成章、陰差陽錯成了今日這樣。

這個寧氏，幾十年後宅生活，看似風平浪靜，可是雕磨出來的眼光卻不同。

傅念君更相信，寧氏不僅瞭解傅琨，也同時瞭解大姚氏。

宋氏是個糊塗的，稀裡糊塗幾十年，還自覺情深似海；而大姚氏呢，又是當局者迷。或許當年寧氏定的計策就是為了防止今日這樣的事出現。她真真假假地將大姚氏和宋氏兩人全部都繞了進去，讓她們都相信，做下那事的人是傅琨。

宋氏是個糊塗好糊弄的，想瞞住她並不算難。而大姚氏呢，雖然從傳聞中聽來，應當是個有些頭腦和智計的人，只是心性較軟，並非狠心人，壞就壞在她那段時日與傅琨起了罅隙，並未曾從傅琨處證實這事。她肯定去看過宋氏，卻沒有想拿她們母子怎麼樣，或者說她也想過，只是沒有付諸行動。而寧氏就看準了這個當口，以大姚氏的名義對宋氏母子趕盡殺絕。

大姚氏事後知道他們母子二人出事，出於私心，也肯定瞞住了整個傅家。

寧氏是最終的勝利者。她躲在幕後，操縱大姚氏出頭，讓大姚氏生生替她背了二十年的罪名，現在看來，若是他們找不到證據，大姚氏就只能繼續背下去。

而大姚氏當年的舊事在陳婆婆的敘述中，傅念君也可推知一二。當時她和傅琨夫妻之間本就已經生了不快，再出了這件事後，大姚氏必然覺得宋氏是因她之故離開京城，就越發不敢告訴傅琨，而傅琨本身就不知道這件事，自然也不可能提。

一個不問，一個不說，就拖拖拉拉成了夫妻倆的心病。

陳婆婆說大姚氏死前與傅琨兩人說了一些私密話，事後兩人皆慨嘆自己「做錯了」，恐怕是到了那時候，這樁事才被翻出來，他們兩個才知真相是什麼。

大姚氏誤會了傅琨，卻已經鑄成了錯，宋氏母子到底是不知所蹤了。

只是那時傅念君已經出生，按照傅琨的性子，這件事知道了也就是壓下，再不提起。

傅念君猜測，直到後來傅寧出現，說自己是他的兒子，傅琨大概才恍然他就是當年那樁事裡宋氏腹中那個孩子。

傅琨這個人，傅念君還是多少知道的，他經常會選擇為了家族、聲譽、親人讓步。他八成猜到了這是傅琅的孩子、自己的侄兒，便想著提拔他一二，也算是彌補傅家對他們母子的虧欠。

可是他不知道這後頭隱藏了這麼多的算計，也不知道傅寧要的，根本不止是這一點點小恩小惠，所以他瞞著自己和傅淵，選擇了縱容。

傅念君僵著腳步不動，她一直在看著傅琨的神情，生怕他被寧氏這招捏住，一心想要將這件事抹了去，那她和傅淵這幾日奔波就徒勞無功了。

傅寧依然會恨著傅家，不論他是傅琨的兒子還是傅琅的兒子，若他得不到一個妥善的結局，就依然是個隱患。

她不能坐視這事發生！

正有些陷入僵局時，門口突然又是一陣熱鬧，一個清俊挺拔的身影邁步而入，只是淡笑著說：「岳父這裡好生熱鬧。」

傅念君見到周毓白，心中頓時一喜，眼神望了過去，兩人視線在空中交會，周毓白眼底盛滿了溫柔。

傅琨倒是沒料他這會兒會出現，只道：

「殿下此來倒是正好，府中出了點事，正好念君她……」視線掃向傅念君：「也該回府了。」

傅念君氣悶，父親分明是不想再讓她插手這件事。

周毓白卻淡然道：「岳父莫急，我此來，是帶了一位客人的。」

說罷退開半步，卻是兩人抬著一張籐椅進來，籐椅上坐著的，正是宋氏。

「娘！」傅寧見了，當即便要衝過去，卻叫不知何時鑽出來的單昀給攔住了。

「不忙。」周毓白說著：「宋夫人由這位夏侯姑娘診治著，此時不好情緒激動。」

傅念君定睛一看，心道原來他把夏侯纓也給帶來了。夏侯纓背著藥箱，向堂中眾人行了個福禮。

宋氏面色已經比先前傅寧與她分別時好了很多，此時一隻手正拉著夏侯纓，有點慌張地問：「夏侯大夫，這是哪裡啊？寧哥兒，寧哥兒，是你嗎？」

傅寧原本恨傅家綁了自己母親，可是一看宋氏的精神，和她拉著夏侯纓的親熱勁兒，那些責罵就又說不出口了。

夏侯纓拍了拍宋氏的手，安慰她：「夫人放心，這裡是傅相家中。」

傅相?!

宋氏聞言愕然，結結巴巴忙說：「那我、我們走吧……」

只是此時無人理會她，傅寧在旁喊道：「娘，他們欺負妳沒有？我替妳回公道！」

宋氏聽見他這樣說，心裡就一陣慌，眼淚溢滿了眼眶，「別、你別啊……」

夏侯纓蹲下身子，替宋氏掖了掖蓋在腿上的毛毯，在她耳邊低語：「宋夫人，妳眼睛看不清，殿下適才讓我替妳指點，現在在妳正前方的影子，就是傅相了。」

宋氏渾身怔住。

她正前方……就是他了嗎？

她心心念念了幾十年的人。

宋氏眼睛不好，因此看人在眼裡都只有個模模糊糊的影子，只是聽夏侯纓說這就是傅琨了，難免就支撐不住，眼淚汩汩地落了下來，氣氛驟然就有些尷尬。

因為現在除了她，堂中大部分人都知道，她該對著流淚的對象，是傅琅，不是傅琨。

周毓白第一個打破沉默，微笑著對傅琨說：「岳父，現在也到了午膳的時候，再怎麼樣，也不能這麼多人不吃飯在這裡說話吧？老姨娘年紀大，想來更受不住。」

周毓白的眼神落到了寧氏身上，寧氏被他這樣一看，登時也就有點心慌。

傅琨看了一眼四下，宋氏和曹氏兩個女人哭得東倒西歪的，實在也不雅觀，只好點點頭，疲憊地對錢婧華道：「那先擺飯吧。」錢婧華趕緊出門吩咐。

他這兩天忙於政務，皇帝又叫他兼顧皇陵的修葺，正是忙得腳不沾地。成泰三十年，對皇帝來說是個值得慶賀的好年頭，可對他們做臣子的來說，只是個分外忙碌的年頭。

傅念君看著傅淵陪傅琨走出門去，自己走到周毓白身旁，也有點忐忑，周毓白卻轉頭鎮定對她道：「別擔心，妳會得到妳想要的結果。」

傅念君奇道：「我從未與你細說過，你怎知我心中想法？」

周毓白笑了一下，只說：「妳的想法，我若還猜不到，怎麼配做妳夫君。」

傅念君朝他微微笑了笑。

周毓白說：「我陪妳父兄用午膳，一會兒妳吃完了，先到書房去。」

傅念君點點頭，逕自由芳竹和儀蘭陪著去尋了錢婧華。

傅寧和宋氏母子倆有人安排，至於三房婆媳，更不關她的事。

錢婧華見了傅念君，也是長吁短嘆了一番，只說怎麼也想不到家裡會出這種事，現在事態膠著，傅寧這個人到底該如何安排，實在是個大難題。

傅念君則匆匆吃完了飯，向她告罪：「嫂子見諒，我先去爹爹的書房。」

錢婧華忙道：「快緊著些去吧，這回的事……」她笑了笑，只說：「你們沒有錯。」

傅念君心中一暖，心想傅淵和錢婧華這段姻緣真真是不錯。

§§

傅琨用膳未進多少，此時在書房中，卻是看著大姚氏生前的一幅畫像出了神。

「爹爹。」傅念君緩步走過去，重新替傅琨斟上一盞熱茶，端到他面前，笑語嫣然：「茶水都不熱了你怎麼還喝？換杯熱的吧。」

傅琨嘆了口氣，沒有伸手去接，傅念君就把茶杯端放在他面前，伸手拉了拉他的衣袖。

傅念君問他：「爹爹，關於三房裡寧姨娘，還有今天的事，你是不是心裡不痛快？你和女兒說說吧，是不是有什麼難言之隱？我也想替爹爹分擔一點。」

傅琨端起茶杯喝了口熱茶，只說著：「妳啊，嫁了人越發沒規矩。好在殿下一直這樣縱著妳，什麼都依妳，換了旁人，妳這孩子……」

傅念君忙說：「我嫁了人，便是千好萬好，也不如在家裡時痛快，爹爹和哥哥都這樣無條件地護我。」其實周毓白一樣也是無條件地護她，只是這當口，她自然要說點好聽的，哄傅琨開心。

傅琨的臉色果然有回轉，眼光望向了前方，似乎是想到了昔日之事。

「爹爹，你得知傅寧是三叔的孩子後，沒有拆穿，也是因為我娘的關係吧？難道你真覺得當年是她害了宋氏母子，所以才對他們心生愧疚？我相信娘親不是那種人。」

她雖沒見過大姚氏，可是比較起來，她總不至於去相信那個寧氏。

傅琨嘆口氣，說道：「我怎麼會懷疑妳娘呢，但是這事啊……念君，說到底是我的一個心結。」

他緩緩說起了舊事：「妳娘臨走前拉著我的衣袖與我剖白，說對不起我，因著宋氏之事，她在心中藏了幾年，對我深感愧疚。她說原本以為自己可以做到大方坦誠，賢慧豁達，最終還是選擇了自私。」

傅念君微哂，再聽明能幹的女子，動了真情之後，多少人都會背離初衷，想獨占丈夫的感情，又豈止大姚氏一個呢。

「明明是我對不起她……」傅琨顫聲：「我也沒有對她說實話啊！我在十幾歲的時候遇上過一個青樓女子，貌美才高，性情嫻雅……」

傅念君心中微動，「是那尤素君？」

傅琨知道他們已經問過從前老夫人身邊的王婆婆了，因此也不見怪，只是點頭，「年輕時，我與她其實並未發生什麼，我不過是對這女子有過欣賞，卻也知君子之道，梳攏她不過是友人玩笑。我既沒有與她長相廝守的念頭，更不會沾惹這樣的情孽，多的時候，不過把她當作個好友。她也是個豁達性子，見我無意也就收了心。可是後來，這事還是被妳祖母知曉，她手段雷霆，竟不說二話，便將尤素君打傷毀容之後逐出了京城……」

傅念君微微訝然，卻也不好評價自己的祖母。

傅琨繼續說：「也是湊巧在出宋氏那檔子事的時候，尤素君又回到了京城，她輾轉漂泊幾年，落得個淒慘下場。我看不過眼，便出手接濟過她幾回，私下見過幾次面。那時候妳母親剛生完妳兄長，我公事忙，少有陪她的工夫。這事我隱瞞著沒告訴她，但我常覺得她似乎有數，卻又從未向我提過。我也一樣，愛她甚篤，也怕這事影響她心情，便沒有說開，由此，兩人竟生了罅隙。她、她以為我心中早有了旁人……」他嘆了口氣，「直到她過世前，我們才知原來兩人根本就是都想叉了……」

當真是造化弄人。

傅念君心裡也不由感慨，這件事原本完全可以避免的，他們夫妻二人卻是各自懷揣著對對方的謹慎和懷疑，磕磕絆絆地造了一場誤會出來。

多少人因為愛得太過小心，只敢永遠站在幾尺外小心翼翼地試探對方，卻不敢上前問個清楚。

傅琨神色悲戚，「妳母親生完妳兄長後思慮過重，卻又急著生下妳，皆是因為我沒有給她足夠的心安。她走後我愧疚萬分，這件事也就成了壓在我心上的一道枷鎖。」

「爹爹。」傅念君也不知該說什麼了。

傅琨看了她一眼，多提了一句：「所以念君，我今日也同妳說，妳和殿下兩人情深愛篤，但是這情深愛篤的夫妻，卻也有相敬如賓的夫妻不會遇到的麻煩。今後妳二人，萬萬不可忘記坦誠與信任兩樁大事啊！」

夫妻之道，只有自己體味才會明白。傅琨與大姚氏一段美滿姻緣，誰知卻也有這樣難言之苦。

傅念君心中也有些泛酸，對傅琨說：「阿娘既對爹爹情深，又豈會不原諒你呢？就像爹爹對她一樣，這麼多年來，難不成爹爹會為了宋氏怪怨阿娘嗎？陰陽兩隔後，再憶起，想來只是音容笑貌無限留戀，只求她在夢中駐足片刻了吧……」

傅琨嘆了口氣，這麼多年過去了，其實當年舊事如何，他早已不計較了，不過是心中對自己有個結過不去罷了。再憶起大姚氏，念她想她，對自己的怨恨就更不放下去而已。

「念君……」傅琨的嗓音有些啞：「幸好，妳娘還留下了妳……」

讓他覺得髮妻在這世上還留下了個念想和影子。

傅念君伸手握住了傅琨的手，只對他說：「爹爹，有些東西，你早該放下的，你不能一直如此自責。」

傅琨點點頭，「我雖並未與那宋氏有什麼，可說到底，我與尤素君之事是對不起妳娘的。妳娘自責自怨好幾年，生生拖垮了身子，根本原因也是因為我沒有好好維護與她的感情……當時傅寧來找我，我猜到他八成是老三的孩子，他們母子的遭遇讓我想到了尤素君，我並沒有求證到底是妳娘，還是寧氏，或者是妳祖母對宋氏母子下的殺手，總歸都是傅家對不起他們！我原本力圖將這事壓下也就算了，因為我不希望妳三叔三嬸重蹈我和妳娘的覆轍，當然我也希望傅家的名聲能夠囫圇保全……」他頓了頓，苦笑道：「不過今日看來，我倒是做了件蠢事。傅寧這孩子既敢上門來鬧，便是絲毫不把自己當作傅家後人，尤其是我瞧他神態，竟是對我恨之入骨。」

傅念君心道，可不是嘛，哪裡有人能真正做到以德報怨呢？這傅寧若不收拾，日後麻煩只會更大。她嘆了口氣，說道：「爹爹，這件事不能怪你。你和阿娘的事我不能置喙，但是爹爹你想想，阿娘雖走得早，可她心裡最重視的，就是我們一家人。你若背負這樣的罪惡感活下去，難道是她想看到的嗎？」

傅琨無言。

傅念君又繼續：「何況一碼歸一碼，你對阿娘的愧疚，也不該由傅寧來受好處。此人心術不正，遲早釀成大患！三叔若是肯擔當的，這個兒子他才更該領回去好好教養，彌補宋氏苦守二十年的辛酸才是。」她見傅琨不言語，再加重語氣：「我想阿娘若還在世，一定也會這麼想，我們不求他們的道歉，只盼他們對得起自己的良心。」

傅琨見她如此果斷決絕，倒是笑了笑，說道：「妳這性子，卻比妳兄長還剛毅兩分。只是眼下我們沒有證據，不可能定寧氏的罪責，她不承認當年下手害宋氏母子，我除了強權壓制便無他法。這倒是不怕，我怕的是這樣一來，反而害了妳娘名聲。」

傅念君咬牙，所以她才說寧氏惡毒，明知道傅琨最在意的是什麼，還故意這樣噁心人。若是今天傅琨硬說寧氏歹毒，將謀害宋氏母子之事放在她頭上，她自然不得不認，但是這樣一來，不但大房與三房的關係難以修復，大姚氏的名聲更會被刻意抹黑，畢竟宋氏自己都說，只記得大姚氏來找過自己，也順理成章地認為大姚氏害她，認了二十年。傅寧也會繼續恨傅琨、傅淵和自己，這樣依然什麼都沒改變，三房甚至有可能從此淪為幕後之人算計傅家的一個破口。

傅念君說：「若是不成，只得先提出分家的主意再看了。」

沒錯，分家，這是箭在弦上，勢必要做的一件事。

傅琨靜默，手指在桌面上敲了敲，淡淡說：「理由呢？」

傅琨是家主，他做什麼都要有理有據，否則難以服眾。他是文官，講究的是以理服人。

傅念君想了想，既然正路走不通，就只能走一下彎路了，說道：

「三叔出了這樣的事，不能再似當年一般遮掩下來。傅寧必然是要認下的，認祖歸宗，讓他正式入傅家族譜，而且這件事要大辦，最好鬧得全京城都知道……」

傅琨朝她望了一眼，她有點心虛地咳了一聲：

「當然這種醜事外揚的事做起來是沒那麼光彩，尤其對於爹爹來說。」

她自己是慣用這樣招式的，因為她是「傅饒華」的時候，根本不必顧及名聲這種東西。

「只有這件事鬧大了，三房丟了顏面，咱們才有順理成章的理由。而且這也有個好處，人人知道的把柄就不是把柄了，否則日後旁人用治家不嚴、縱容兄弟等罪名彈劾爹爹，我們就是百口也難辨哪……」

傅琨將手裡的茶杯放在了桌面上，發出一聲沉悶的聲響。

「妳這孩子，想一出是一出。」傅琨說道：「我和妳三叔都是做官的，先不說我這做法會給他帶來多大傷害，只說我若因此事分家，此乃落井下石的小人行徑。妳可曾想過，這到了日後政敵手裡，也是一樁大罪責，連帶妳和妳兄長，也會被人指責。牽一髮而動全身，妳這主意行不通。」

有很多事，就是這樣，翻過來是錯，翻過去也是錯，所以才難辦。

傅念君有點喪氣，但是這個家是一定要分的，畢竟分家利大於弊。對於傅家這種狀況，傅念君早已覺得疲憊，一大家子人一起住著，到處都是麻煩，從前因為後宅之事，他們吃過多少虧了？這次三房的事，他們更不能因噎廢食，分家之事刻不容緩。

多少士族家族，都是禍起蕭牆。

她也知道傅琨的顧慮，他這一輩子都在被家族和族人拖累啊……

她嘟了嘟嘴道：「那爹爹，要分家我這裡還有一個說頭，怕是要你先去和三叔談談，說這事不是我們對不起三叔他們，反而是我們幫他們。」她嚴肅道：「爹爹，有些事我從前不說，但是現在一定要說，如今殿下的境況……你也是知道的。」說罷便又換了副淒婉的表情，「前些時候，我們發現肅王府有些不對勁，殿下心裡留了個影兒，便一直上心著這件事。你也知道，肅王背後是徐家，殿下身後又有什麼呢？只是發現端倪置之不顧，實在不是他做事的風格，為了查這事熬了好幾個晚上，人都熬瘦了……」

傅琨倒是顯出饒有興致的樣子，問她：「肅王殿下什麼事？」

傅念君垂了眼睛，低聲說：「我也知道的不清楚，總歸不是什麼好事。爹爹，殿下同我說，我嫁了他，日後怕是要經受的磨難還很多……」

本來肅王的事就是個拋給傅琨的餌，傅念君自然不可能老實交代。

傅琨微哂，「淮王殿下他……確實不容易啊，你們過得很艱難。」

「是啊，爹爹。」傅念君接口：「我連累咱家，日後說不定行得如履薄冰。爹爹在朝堂上看著位高權重，可是如今卻被握著兵權的王相壓一頭。我知你艱難，可旁人卻又未必……我們就這樣對三叔說，將儲位之爭的事露些底給他，三叔也不是笨人，想必立刻就會選擇明哲保身，這樣分家就也清淨，其他幾房，都不用捲入這樣的漩渦了。」

以一種「為你們好」的方式勸誡對方分家，這樣總沒問題了吧？

傅琨看著傅念君，覺得似乎在傅琨臉上捕捉到一絲笑意，卻又好像是自己看錯了。傅念君不死心，接著又添了把柴火，「何況出了傅寧這事後，三房已經與我們必然生了罅隙，即便現在充作沒事遮掩過去，日後旁人要害我們，少不得就用這事去拿捏三叔他們，平白又被我們拖累，分了家倒是不會誤傷他們。爹爹，你這樣軟硬兼施，他不聽這番好話的話，便叫哥哥進來威脅一番，要將傅寧之事抖落出去，軟硬兼施，這家總是能分掉的。」總歸先把家分了，過陣子她再和傅淵商議個計策，看怎麼處理這寧氏，也就不用顧及著影響傅琨的名聲了。

傅琨唔了一聲，說：「妳的想法倒是挺可取的。且不說妳三叔的意思，便是寧氏那裡，隨便透露妳家殿下和肅王殿下的消息出去，妳能放心？」

這可都是隱患。

傅念君無力道：「那爹爹打算怎麼辦？現在事情都水落石出了，雖然爹爹要將阿娘去世的一部分罪責攬在自己身上，但如果真是寧氏在背後惡意攛掇，讓我阿娘背這樣的罪名這麼多年，我們定然是要找她算帳的，難道爹爹還想放過她嗎？」

傅琨聽她這麼說，也沉了臉色，只道：「別說現在沒有證據，就是有了證據，我也沒法子隨便打殺她。還有一樁，妳和妳哥哥或許都不知道，那寧氏，是對妳祖母有大恩的。」

傅念君多少也能猜到一些，寧氏的地位在府中如此卓然，必然是做過些什麼能夠讓她配得上如此地位的事。

傅琨道：「當年你祖母生你四叔時，年紀已經有些大了，之後一直臥病在床，一直都是寧氏照料。你祖母從前的性子也不能說太好，倒是真的讓她感動了幾分。後來有一次，你四叔不慎落水，寧氏和丫頭湊巧看見，是她拚了命才將四弟救了上來，自己卻落了腹中已經成形的胎兒。」

傅念君只是聽著，沒有多做評價。

傅琨看了她一眼，說：「這麼些年過去了，我也知道，當年之事到底是偶然還是刻意，根本經不起推敲。不論寧氏目的為何，在此前她確實從未害過旁人，所以要處置她，就一定要有個正大光明的由頭。」傅念君點點頭，其實在當下，妾室能興風作浪的實在是少數。只要當家人不昏了頭寵妾滅妻，一般人家如淺玉姨娘那樣，即便有什麼心思，也翻不出什麼跟頭來。有心思的妾室不可怕，怕就怕寧氏這樣的，她恪守本分，甚至做過很多超過她本分的事，讓主家在情理道義上不能隨便發落她。

「妳祖母臨去前，曾叮囑過我，若寧氏今後犯錯，便饒她一回，也算是她這一輩子對得起自己的良心了。」傅琨說完，就低頭啜了一口熱茶。

傅念君喪氣，以為傅琨真就要放過寧氏了，誰知卻又聽他說：「但若證實是她買兇殺宋氏母子，且隱瞞三弟劣跡，反而刻意栽贓到我和妳阿娘頭上，也足夠她死兩次了！」言下之意，饒她一次不死，還有一次，卻不能放過她！

傅念君心中一喜，傅琨從來沒有說過這樣的話。他一直以來的脾氣性格，都是盡量圓融，這次是……傅念君恍然，想到了自己剛才滔滔不絕提出的兩個分家辦法，紛紛被傅琨否決，他那時的臉色……

「爹爹！」傅念君驚喜又嗔怪，「你早就想好了是不是，你也想分家、想處理寧氏是不是？你、你嚇死我了！」

傅琨看著她閃閃發光的眼睛，只是微笑著搖了搖頭，視線落在桌案上還未收攏的大姚氏畫像上，說：「妳這孩子，生得樣貌似妳娘，卻也愛這樣喊打喊殺的，真真是半點氣都沉不住。」

傅念君的心情似撥開雲霧般，立刻問：「爹爹，你剛才是不是就有主意了？你想到好法子了？」

傅念君一迭聲地問，傅琨卻搖了搖頭，說道：

「也不算是太好的法子，但是值得試一試。我們要治寧氏的罪，必然要找到證據，如若不然，要分家也只是治標不治本，就像妳剛才列舉的法子，不論怎麼做，始終會落下把柄。」

關鍵還是落在證據上。

「可是這麼多年了，哥哥找到那個劉四就已經不容易。當年寧氏動手找的人，必然不會是府裡人，此時早就不知所蹤了。」

適才那些人，宋氏、王婆婆、陳婆婆、淺玉、劉四，全部加起來，也沒有辦法直觀地證明寧氏買凶，和大姚氏沒買凶。到了公堂上，證據不足，最有嫌疑的還是大姚氏。

傅琨頓了頓，也沒正面回答，只說：「先去讓妳哥哥和夫君進來見我吧，他們八成都等在門外，怕妳沒辦法說服我。」傅念君只好端了空茶壺先出門，心裡還在想著，傅琨這話的意思，證據，證據，沒有證據……

難道說要造偽證?!

她差點打翻了手中托盤裡的茶壺。

傅琨怎麼可能做這種事呢？

出了門，她看見周毓白和傅淵正站在一棵楓樹下交談著什麼，聽到動靜，兩人回頭，傅念君指指書房裡，傅淵便點點頭，當先走了過去。

周毓白比他稍晚一步，朝傅念君淺淺一笑，傅念君也走近他身旁，兩人抽了這個空說幾句話。

傅念君仰高了頭，問他：「你不怕我說服不了爹爹嗎？」

「我知道妳一定可以。」周毓白笑說：「畢竟，若是換了我，也一樣怎麼都會被妳說服。」

他講這話聽在傅念君耳裡，格外有些甜蜜，她朝他眨眨眼睛。

「因為什麼呢？」

「因為啊……」他故作思考了一下，坦白：「我們拿妳沒有辦法啊。」

傅念君忍不住彎唇笑了笑，周毓白在她耳邊又補充了一句：「妳去夏侯姑娘那裡，或許有意外之喜。」

傅念君驚訝了一下，他已經跟著傅淵的腳步進了傅琨的書房。

意外之喜……他指的是什麼呢？

傅念君也算是瞭解周毓白，心裡剛才就在疑惑，他把宋氏帶來，一定不會只是讓她和傅寧母子團聚，恐怕別有深意。她甩甩頭，提步朝後院去了。

§§§

傅念君先去了錢婧華處，錢婧華今天張羅了一堆事，她素來是個機敏的，拉著傅念君悄聲說：「夏侯姑娘那裡要了一間房替宋氏診治，我叫人安排了，而寧老姨娘和三嬸那邊，我尋了個地方讓她們用午膳，卻沒叫她們回自己院子裡。她們倒是也還好，除了三嬸一直在哭……我總覺得奇怪，發生那麼大的事，三叔卻不回來，多少有點古怪，我已打發人去請了。」

傅念君說：「定然是寧氏來之前，先一步派人去攔住三叔，不讓他摻和進來。」

她在心底冷笑，她為了自己兒子倒是什麼都肯做。

錢婧華也說：「寧老姨娘從前看著安分，不出手則已，一出手卻這般膈應人，真是個厲害的。」

傅念君說：「有勞嫂子了。我如今是個出嫁之人，娘家的事不能事事插手，幸好有妳想得周到，我哥哥娶了妳，是他的好福氣。」

是人都愛聽恭維話，即便錢婧華成了自己的嫂子，也必不可少。

錢婧華笑著要去捏傅念君的臉，「做了王妃的，就說話也有王妃的腔調了。我和妳對彼此知道的還不夠深？一塊兒上街和孫家小娘子打過架的交情，還說這些客套話。」

傅念君被錢婧華催著又吃了一碗燕窩，這才重新整理了儀容，去見宋氏和夏侯纓。

宋氏此時已經知道了真相，正呆愣著靠在榻上出神。傅寧見到傅念君倒是反應很大，立刻站起身來盯著她，眼眶發紅。

傅念君沒有多看他一眼，有王府和傅家的護衛在此，傅寧也沒有法子，只得被請了出去。

宋氏知道是傅念君來了，臉上皆是尷尬的愧色。傅念君對她倒是沒有太多怨氣，只寬解了她幾句，誰知說了幾句，宋氏卻流下淚來求傅念君：「我那孩子是個苦命的，今天又做了這樣莽撞的事，是我們對不起傅家！王妃，我知道您是個好人，求您同傅相公說說，讓這孩子在我去了後，能在傅家有一席之地吧！他從前是個好孩子，真的！只要好好教，他能學好的，求您了，再給他一次機會……」

字字泣血，讓傅念君聽了都於心不忍。

夏侯纓在旁邊一直面無表情，傅念君覺得奇怪，待穩住了宋氏，便同夏侯纓在屏風後的窗邊輕聲說話：「先前我同她說話時，她還不肯傅寧認祖歸宗，怎麼現在態度變得這樣多？」

夏侯纓平靜地說：「因為我坦白告訴了她，她就快要死了。而且，她兒子若是不得我診治，也活不長。」剛才她也替傅寧看了病。

傅念君驚訝，心道難不成這就是周毓白說的驚喜？

用傅寧拿捏宋氏，宋氏只要一口咬定是寧氏害她，那這件事就好辦了。

「其實……是假話？」傅念君猶豫說。

夏侯纓看了她一眼，淡淡說：「是真話。」

傅念君更驚訝。

傅寧嗎？

「他被人餵了毒。」夏侯纓坦白：「少說也有一年的時間了。」

傅念君只覺得從腳底躥起一股寒氣。

難怪，難怪！幕後之人要操縱傅寧，肯定不可能只是威逼利誘，竟然還用上這種招數！

所以說，如果傅寧已經成為他們的廢棋，那麼他很快就會死去，不但不會給他們造成任何負擔，說不定還能給傅家添添堵。

「夏侯姑娘有把握能治？」

「不一定，可以一試。」夏侯纓說著：「我對宋氏說，她兒子身上的毒是個稀罕物，必然是出自權貴人家。」

這話沒有說明白，卻刻意地引導了宋氏往傅家身上猜。

宋氏知道的大戶人家有哪個？

還不就是只有個傅家。

傅念君道：「夏侯姑娘不替她說明白可以嗎？」

夏侯纓只道：「我是醫者，管救命的，不管人心思。」

傅念君微笑，心想夏侯纓這個性子，倒是也有兩分有趣。

她這會兒才明白過來了，周毓白說的驚喜，就是讓夏侯纓引導宋氏，將懷疑的矛頭從大姚氏身上指向寧氏。

果真，傅念君又轉了出去，宋氏止住啼哭之後又向傅念君致歉，絮絮叨叨地說了一些肺腑之言。這宋氏原本就是個心軟純良的人，年輕時一時欠思慮，被人哄騙了做外室，後來家破人亡，委身嫁給了傅寧的父親，倒是也沒有對生活生出任何怨懟來。她雖糊塗，卻一心愛著傅琅，待傅寧長大成人，也不想他摻和進傅家的事情裡。

只是到了如今這一步，她也沒法子了。

她知道傅念君叫人綁了她來，是為了證明自己父親的清白，同時還讓夏侯纓替自己診治，什麼王府裡的好藥材都往自己身上招呼，對傅念君又生了愧疚，此時自然同她交心。

「王妃，我是個糊塗人，從前還平白給您說了那些混帳話。您母親雖然來看過我，可是我其實……也並未看清那時要殺我的人是誰……」她揩了揩眼淚，「如今想來，一門心思要害我的，也只會是那孩子的親生父親和祖母。他是個不光彩的存在，必然讓人忌諱……王妃，我知道您是好人，我信您，也信夏侯姑娘，本來我都是要嚥氣的人了，卻生生被夏侯姑娘續了這幾天命，還能看清楚當年的真相，真的，我很謝謝您。」

傅念君嘆了口氣，說著：「宋嫂子不必這樣，妳也是個可憐人。」

宋氏抹了一把淚，繼續：「我那孩子這些時日身上也時常不好，我原先不以為意，但是今天讓夏侯姑娘一診治，我才知他竟然、竟然……他一年前進傅家，恐怕那時候就被盯上了吧！」

宋氏不是傅念君，她不知道有個能預知前世的幕後之人存在，自然順理成章地認定了是寧氏和傅琅早知傅寧的身世，所以才下毒害他。

宋氏捏緊了帕子，咬牙道：「王妃放心，我就是將死之人了，拚了這條命，我也不能叫您和令尊清清白白的名聲被我們一再玷辱，那負心人和他母親……我等著他們的報應！」

為了兒子，她可以生生割捨下自己眷戀了二十年的少年情意。

傅念君倒是不妨宋氏比她想的堅強，這麼快就認清了處境。她這是和傅念君做交換，她可以翻供說是當年害她之人是寧氏的人，只求此後傅琨替她保下傅寧，不受傅琅和寧氏謀害。

何況傅念君手裡有夏侯纓這個神醫，除了傅念君，宋氏找不到旁人。

傅念君嘆了口氣，只說：「宋嫂子放心，即便我三叔不認傅寧這個兒子，我爹也會認他這個侄兒的。他既是傅家骨血，我們定然不會就此坐視不理，他身上的毒，夏侯姑娘也會幫忙。」

宋氏更是熱淚盈眶，要下來磕頭，「難為王妃，竟是這樣以德報怨，請定要受我一拜！」

傅念君攔不過她，只好受了她一拜，囑咐下人好好看顧，才出了門去。見到傅寧在那邊廊下被兩個護衛攔著，卻還是死命瞪著她。

儀蘭在旁氣憤道：「這個人是怎麼回事，他們那些破事和娘子與相公半點干係都沒有，他卻還要來恨咱們？念了書的人，卻還不如他娘頭腦清醒。」

傅念君想了想道：「大約是他除了恨咱們，也不知道還有什麼能和我們扯上關係的事了吧。」

知道自己不是傅琨的兒子，而是傅琅的兒子，傅寧的心態會有多麼難堪，傅念君能夠想像。

就像個對著父親調皮吵鬧撒嬌的孩子，突然發現自己原來不是他的孩子，這種落差，除了用恨來彌補，怕也無法了。只是今日過後，傅寧就是師出無名，他對傅家大房來說，什麼都不是。

至於他身上的毒，若是夏侯纓能解，傅念君也不會阻攔，畢竟傅寧活著，她才能從他身上發現一些幕後之人的端倪。

傅念君特地囑咐了一句看院子的何丹，「若是我三叔過來，斷斷不能讓他進來見宋氏。」

宋氏恨寧氏是應該的，但是傅念君覺得傅琅未必知道自己老娘做下的這些事，若叫他兩個老情人會面，宋氏一時感動了，難保又要改變主意。

何丹道：「王妃放心，殿下早吩咐過了。我們是王府的人，夏侯姑娘和宋氏也是王府的客人，不必見傅家的人。」傅念君微笑，心想周毓白果真是面面俱到，什麼都想到了。

只是她難免又發愁了一下，宋氏的口供自然重要，卻不足以判寧氏的罪，最好再來一樣證據，也不知傅琨他們那裡討論出什麼章程來了……

這樣想著，她又不免覺得有點好笑，這寧氏卻也是不虧，能勞動這樣大的陣仗對付她。

§§§

傅念君坐在錢婧華的院子裡等周毓白，他和傅淵終於一起出現，兩人的臉色都是諱莫如深。

傅淵見傅念君面前剛有一碗新鮮的魚羹，頭一句便是吩咐下人也去盛一碗。

他剛才也一樣無心用飯，現下到了這個時候，才感覺饑腸轆轆起來。

「三叔回來了，已經去爹爹書房了。」傅淵對傅念君說了一聲。

傅念君點點頭，面色有點鬆動，「不會……有什麼問題吧？」

傅淵只是瞥了她一眼，「難不成長輩的壁角，妳還要去偷聽？放心吧，爹爹能夠應付。」

傅念君明白，她作為出嫁女，已經插手太多。

傅淵喝了一盞茶，又對傅念君說：「這裡有我和妳嫂子，不用擔心，妳出來了幾天，王府不可沒有主母，快快隨殿下回府吧。」這逐客令倒是毫不馬虎。

告辭傅淵夫婦兩人，在往外走的路上，傅念君對周毓白歉疚道：

「對不住，七郎，我幾天總是想著這裡的事，家裡那邊沒顧上。」

「妳不回家，我便來接妳，怕什麼呢？」他淡淡說了一句。

傅念君垂眸微笑，彷彿這麼久以來壓在心頭的一口鬱氣，終於鬆鬆快快地吐了出來。她竟然有點想念和他的家了——只屬於他們兩個人的家。

§§§

周毓白帶著傅念君回府，卻吩咐何丹帶著幾個護衛留下。宋氏的身體不易輕易挪動，夏侯纓現在自然要留在宋氏身邊，他們留下也是順理成章。

離開家裡兩、三日，傅念君發覺自己還真是有點想念這裡了。

新婚時被布置得有些過於靡麗的房間，如今已變了樣貌，不是周毓白獨居時的清雅簡樸，反而因為多了女主人，就多了幾分溫馨和典雅。

傅念君累了幾日，先洗完了澡，便靠在美人榻上由儀蘭給她烘頭髮，烘得她極為舒服，昏昏欲睡的。

周毓白去了一趟前院書房回來，見狀揮手讓人退下，自己橫抱起傅念君，回到了內室的床上。傅念君不想睜眼，只覺得疲憊，抱著他脖子說：「讓我睡一會兒……等會兒再叫我。」

周毓白失笑，「沒叫妳，妳睡吧。」說罷輕輕在她額頭上吻了下，傅念君倒是得寸進尺，反而在他下巴上輕咬了一口。

周毓白不打算折騰她，只好把她的手拉下來，幫她放下帳幔。

再醒來的時候，傅念君只覺得眼前一片朦朧，屋裡已經點起了燈。她看見身邊一個側臥的影子，是周毓白拿著一本書在看。

傅念君忙坐起身，懊惱道：「我這個做人主母的，幾天沒回來，一回來就睡到現在，實在太不好了！」周毓白見傅念君醒了，也放下了手裡的書，笑說：「誰敢來說妳？我叫人擺飯吧。」

原來他一直在等她。

傅念君揉了揉眼睛，覺得還是有點迷糊，周毓白見狀便伸手要來抱她，被她推開了。

傅念君說著：「我也不是沒有腿，被她們看見，像什麼樣子……」

周毓白知她是害臊了，笑道：「妳那兩個丫頭經過這段時日，也算是終於長進，知道迴避了。」儀蘭和芳竹不是特別伶俐能幹的丫頭，但是傅念君並不看重她們多能幹，只要忠心就好。他們兩人也不是喜歡奴僕成群的人，也就不計較這些了。

這頓晚膳來得遲，等用完了已是月上中天。

原本夫妻兩個有這樣獨處的時候該是情熱之際，但傅念君此時沒有半點心思，剛才撐不住睡了一覺，這會兒又精神起來，拿走了周毓白手裡的書問他，傅琨和傅淵到底打算怎麼辦。

周毓白這才說起三人在傅琨書房中拿的主意。

原來傅琨雖然一直對三房照顧有加，卻也暗暗提防過寧氏一手。他書房裡有個匣子，裡頭放了一對手鐲，是上好之物，正是當年傅家老夫人為了感謝寧氏特地送她的。這對鐲子是個稀罕物，大理出的美玉，宮裡也沒幾對。

也就當年老夫人那樣侯府嫡女出身，才有這樣的寶貝。

傅淵反應過來：「這既是祖母賞寧氏的東西，如今落在爹爹手中，這寧氏……難道是把它們當出去了？」

傅琨只說：「前幾年，這東西輾轉落到了你孫世伯家中夫人手上，我瞧著覺得眼熟，確認再三，知是你祖母的遺物，好在我與你孫世伯多年交情，他家夫人才肯割愛。」

當時傅琨就疑了心，寧氏那頭，必然不對勁。

有什麼事能叫她把這對稀罕寶貝給典出去，必然是到了要用大宗銀錢的地步。

聞弦歌而知雅意。

傅淵和周毓白也立刻便明白過來，傅琨這隱含的意思。

傅念君聽了只道：「寧氏當年買凶，必然需得大筆銀子才能了斷乾淨。這江湖上的殺手，又比不得家生僕，定然是死命要價，不論她是否當了這對鐲子湊銀錢，如今好歹可以抓住這個把柄了。」

周毓白笑說：「妳父親和兄長卻是不慣常做這樣的事，那臉色……」

鐲子是鐲子，離證據卻還差了一步，殺手沒有找到，當票憑據也找不到。

傅念君道：「也不算偽造證據吧，只需得找了那家當鋪，自然有說法。」

周毓白說：「京城裡大小質庫、典當行不知凡幾，就是寧氏自己一張嘴也說不清。妳放心吧，這件事有我。」

周毓白藏得深，看似不顯山不露水，但是這京裡的產業，許多他還是能插得上手。

傅念君點頭，加上宋氏，湊齊了人證物證，自然就可以處置了寧氏。

周毓白對她道：「妳不用管這些了，岳父難得用自己的職權，只消他去開封府衙門打聲招呼，這樁案子便很難再有翻案的可能。妳三叔雖有官身，到底權柄還及不上岳父。」

傅念君嘆了口氣，「他心裡必然是不願意做這樣的事，鬧得這般難看。七郎，對不住，我娘家的事，竟這般拖累人，讓你費心了……」

周毓白摸了摸她的頭，「待妳兄長主持了分家，這些後事也都了了。錯不在妳，我與妳之間，何必說這樣的話。」

傅念君抱著他的胳膊，用臉頰蹭了蹭，忍不住問：「七郎，這次傅寧的事，我爹爹和我談過以後，我也想了一些，他說了很多關於從前和我阿娘的事……

「你說，終此一生，是不是許多夫妻都會遇到那樣的問題呢？」

她歪了歪頭，想著夫妻之道，或許真是門高深的學問。

本來許多事都是可以避免的，只要大姚氏願意放下自傲，開口與傅琨確認一下，就不至於鬧出後頭這些事。

周毓白知道她這是又開始胡思亂想了，只說：「我們是我們，妳父母是妳父母，怎麼能一樣呢？一個人尚且還有很多想法，更別說夫妻兩人了。」

至親至疏夫妻，原本他們都是在這條路上不斷學習的。

他想了想，彷彿知她心中癥結，說道：「念君，妳爹爹畢竟只是個普通人，他在朝政上頗有建樹，卻不代表他能夠一手將後宅、家庭關係都處理地游刃有餘。妳做得已經夠好了，不要自責，很多事情本來就和我們無關，妳有自己的人生。」

傅念君點點頭，靠在他肩頭，閉了眼輕聲道：「真的是最後一次了。」

是啊，傅琨和大姚氏兩人，她不想評價，他們的故事已經過去，再去摸索揣測也無意義。她與周毓白的未來，卻是握在他們自己手中的。

周毓白親了親她的額頭，傅念君突然又彈了起來，問他：「你怎麼知道傅寧中毒的事？」

周毓白說：「自妳留意他起，我便叫人調查他日常衣食住行了。他常去藥舖，妳皆以為是為他娘買藥，其實他自己身上也有毛病，買的一些大補藥材，根本不是給宋氏這般虛不受補之人所用。而且從前他從胡廣源處得的銀錢花得那樣快，妳以為是為何呢？」

傅念君不由感嘆他細心，說著：「七郎，我又輸你好幾程。」這話說來便有幾分撒嬌意味。

周毓白笑著捏了捏她的臉，只道：「這般爭強好勝。」

她說：「看來這次也算正好，夏侯姑娘替他除了這毒，宋氏就是不想領情也不得不領。」

周毓白對她道：「這件事暫且先這麼著，妳且等明日的消息吧。還有，傅家如今到底是妳兄嫂當家做主，妳也無須事事這樣操心。」

傅念君點頭，「以後就真不管了，傅寧這事若得了結，我也定下心了，往後我只顧著咱們這個小家。」周毓白如今處境也不算太好，她不能這樣時時拖累他，沒得讓人胡亂抓住把柄。

她又想起了日前答應周紹懿的事，說道：「我明日就去個信給滕王府，早前找夏侯姑娘來，就是打著這個主意，如今卻讓她胡亂牽連進我娘家的麻煩事裡了。」

周毓白只說：「無妨，她那裡，妳不用擔心。」

傅念君又笑得不懷好意起來，「夏侯姑娘卻是個特立獨行的，醫術又好……」

周毓白只笑：「這是哪門子的飛醋，好沒有道理。」

傅念君作勢去捂他的嘴，「我便從來都是個小心眼，你今日才知？只是我不會學我娘，若是哪日得到消息，你在外頭置了個外室，我必然不會同自己過不去。」

「那妳要如何？」他饒有興致地問她。

「必然是將這王妃位置讓給她了。」她調皮一笑，伸手摸上了周毓白的下巴，「不過我卻捨不得七郎這般俊秀的郎君，我要搶了你家去，也讓你嘗嘗做個外室的滋味。」

周毓白拿她沒辦法，翻身壓住她，「又胡說八道起來，什麼內室外室的。妳倒是先將我給妳的情意還我一點才罷，否則我拿什麼去尋外室？」

傅念君只自顧自笑，非要惹得他惱怒才算目的達到。周毓白也曉得她這些伎倆，只低頭吻住了她，不叫她說話才罷。

夫妻兩人這一鬧便到了深夜。周毓白起來點了燈，倒了盞溫茶要給傅念君喝，她哪裡還有力氣，叫也不應，周毓白只得自己喝了，坐在床邊，他想的便是先前和傅念君那未盡之言。

其實，夏侯纓在董長寧那裡算不得一等一的神醫，只是她有個長處，便是對毒藥瞭解甚深。

他一開始並不是為了傅寧才請的夏侯纓，而是滕王……

他知道傅念君心裡多半也存了這個疑竇。滕王那裡，癡傻病是自娘胎裡帶出來的，後來越發嚴重，難保不是被有心人下了藥。從如今傅寧之事也可以看出，他的猜測並沒有完全落空，那幕後之人確實是愛耍這種手段的。

他抬手捏了捏自己的鼻梁，想著一定得叫夏侯纓查查這毒藥的來歷才行。

怕就怕，那幕後之人心狠手辣，但對宮裡那些人呢？

§§

第二日，傅念君起身自然就晚了些，她招來府裡管事問了問這幾天的內務，好在淮王府一直都很太平，也沒有什麼事情，就是周紹懿派人來問過一次。傅念君馬上讓人去回了信，怕這孩子擔心自己食言。

她估摸著到了傍晚，大概夏侯纓就能回來了。

果真，到了下午，傅家的來人報信，說是宋氏一張狀紙將寧氏給告到衙門去了！

這回是徹底鬧大了。傅念君雖有心理準備，卻也沒料到，宋氏這麼個泥人還真果斷。

宋氏是良民，不是傅家的家生奴僕。當年她家破人亡，雖然父母不是直接被害，自己卻也受了大苦頭，僥倖撿回來一條命，所以她要狀告，誰也攔不住她。而且這事是由傅淵在背後一手操持，衙門裡知府大人在官場混了那麼多年，哪裡看不明白其中門道，立刻派人就去了傅家。傅琨沒見到，卻得了傅東閣的暗示。

知府大人一拍大腿，才算是明白了。這傅家啊，是要把家裡陰私給放在公堂上公之於眾了。由此他一拍驚堂木，判道：「隔日審理！」

傅琅早求了兄長無數回，跪也跪了，哭也哭了，卻不見大房有半點轉圜，只再為寧氏求情，傅琨卻一句：「那何人來給宋氏母子交代？」就把傅琅頂回去了。

傅琨的態度已經明白，寧氏吃官司，他便也不計較傅琅當年的荒唐事，畢竟他是長兄，不是傅琅老爹，沒資格抄了板子壓他在祠堂裡一頓打，更何況傅琅是朝廷命官，也隨意打不得。

曹氏本來想使性子，可是這會兒一瞧這陣仗，哪裡還敢。她心中回轉過來後，就恨寧氏恨得不行。若她婚前就知傅琅已養了外室，外室還大了肚子，怎麼還肯就這樣嫁進傅家。

都是這寧氏思量著捨不得這門親事，生生鬧了這麼多事出來，弄得現下還有個這麼大的庶子在眼前杵著。她便與傅琅道：「如今的情況，老爺只得棄車保帥。明日一開堂，傅寧的身世就藏不住了，到時候老爺一世英名怎麼辦？為今之計，只得推給了姨娘，說她當年不顧你們情投意合，私自尋人買兇殺害宋氏，你並不知情，然後我們認下傅寧，這事才算能了，否則還能有什麼主意？你看那宋氏，現在顯然是偏幫著大房的，只是大伯沒將你逼上絕路，你看那宋氏也沒告你，只告了姨娘。這若不是大伯和三郎授意，她哪裡會有這麼多主意？趁著現在大伯還顧及著幾分兄弟情，我們可不能再鬧了啊！」

要不然宋氏連傅琅一起告了，那才是無法收場。

傅琅咬牙，還不肯死心，「他們拿不到證據，我姨娘便無法被定案。」

曹氏邊哭邊罵：「你當誰都是你呢，把個媳婦當白撿來的！大伯對先頭去了的大嫂這樣念念不忘，姨娘可是算計到人家頭上，大伯怎麼還肯忍？沒證據怎麼了，不就知府大人一句話的事，再說那兩個小的呢，都是閻羅投胎，他們又如何肯讓步！你沒見二姊兒多大的氣派，人家可是王妃，咱們惹得起嗎？你又沒個好女兒嫁了王爺！」

至此，傅琅也算徹底洩了氣，知道這回是沒個妥善的法子能解決了。

他心中由不得對宋氏窩火起來，這女人二十年前便安生些嫁人了就好，如今卻又這樣蹦躂，還硬要傅寧認祖歸宗，當真是一場冤孽。原先他對宋氏是有幾分愧疚和憐惜的，只是現今一看這陣勢，還要搭進去他的老娘，怎還會憐惜她，只苦於傅念君的人將她護得死，他卻連面都見不上。

同樣的，到了寧氏這裡，傅淵早前已讓人裡三層外三層給圍了起來，連傅秋華都不得出入。

錢婧華親自來送晚飯，並把上公堂一事告知了她。

「寧老姨娘，如今之計，為著保全三房，我夫君的意思，希望妳還是主動一些，若是不肯認，那怕不只是分家這樣簡單了。」

寧氏咬牙說：「我要見老爺。」

錢婧華卻也不是個性軟的，挑了挑眉毛道：「公爹事忙，今日自然是要進宮面聖的。姨娘，咱們府裡的瑣事，還是不要事事勞煩他的好。」

寧氏只說：「當年老夫人在世時，曾允諾欠我一條命，莫非老爺還能當個不肖子孫不成！」

「姨娘這話又嚴重了。」錢婧華早從傅淵那裡聽來了前因後果，「若不是老夫人記著當年姨娘的一點子恩情，這會兒三叔就沒那麼輕易保住名聲和前程了。若是妳執意要帶累他，也由得妳。」她把飯食往寧氏面前推了推，又道：「也難為姨娘一介婦人，憑一己之力生出這樣多事端來，好好地把府裡鬧了這樣幾日，等分了家單過，若是妳還能囫圇從衙門裡出來，自然還是能回到三叔身邊受他供奉。只是咱們做人，舉頭三尺有神明，當年欠的債，便賴不得，總是要還的，還清了，才算是個了結，姨娘可懂？」

傅琨和傅淵都不曾說真想要了她一條性命，畢竟是一個宅門裡住著，也不好看，只是這罰卻不能叫她躲過了。

寧氏只看著錢婧華，「想不到少夫人也有這樣的好口才。」

錢婧華微笑，「我如今嫁了人，已是和順不少，做事總得顧及著夫君的體面。聽說老姨娘想讓三叔放個外任去江南？真是巧了，我娘家在江南，想必妳也聽說過……」

吳越錢家，誰人會不知。

寧氏咬牙暗恨，傅家大房裡，這一個兩個的，難道淨是妖魔鬼怪投胎的不成！

錢婧華把話都已帶到，也就不多待了。寧氏望著一桌子冷飯冷菜，外頭安安靜靜一片，沒一個人來看她。

她早知道自己兒子會做什麼樣的選擇。

想她一片丹心都只為了他，如今兒子對她，卻可有自己當年對他的一半？

她撚著手裡的佛珠，什麼都不指望了，盼只盼明日進了衙門，還能有口氣能出來……

§§§

傅家這樁事情說大不大，說小也不小，開堂審理的時候，也來了不少圍觀民眾。

宋氏勉力撐著這一遭，全都是為了傅寧。

而傅琅那邊，雖想去衙門走動，但自己在外任那麼多年，京城人脈哪及得上傅琨，知府大人對他也是避而不見。他算是徹底對這事死了心。

曹氏的話其實早就入了他的耳朵。寧氏是自己的生母沒錯，可是為了她，賠上自己的前程和與傅琨的兄弟情義，是大大地不值。

因此寧氏顫巍巍地被扶到公堂上時，竟是膝下子孫一個都沒來。

圍觀的百姓也有同情寧氏的，只是案子一開堂，風向卻又轉了。

寧氏早已木然，也不再辯駁，她只是傅家一個老姨娘，所依憑的不過是傅琨的一點惻隱之心。更何況即便傅琨願意放過她，那幾個小的卻不肯。卻偏偏大房裡的小輩個個都出息。這場角力，本就是實力懸殊的，寧氏心下一片冰涼。

最後的判決，寧氏被判了三十大板，收押在牢房半月，傅寧被判認祖歸宗。

這量刑也不算過分，而礙著寧氏的年紀，也沒有給她判個牢獄之災，收監卻是可以用銀子贖的。主要這一件案子，宋氏母子要的是認祖歸宗，傅家大房要的是替大姚氏洗刷罪名，如今算是兩全了。

寧氏吃了好一頓苦頭，卻終究還是挺了過來。回家去後延醫問藥自是少不了，只是她幾十年來的名聲，也算是徹底敗壞了。原本有那些想走傅琨路子的人，巴結不上就同傅琅交好，如今出了這檔事，又有傅家要分家的風聲傳出，傅琅這裡，算是真的領受到了人情冷暖。

傅念君倒是覺得這是件好事。

傅琅若是就此離京，才是個好出路，最好能將傅寧也一併帶走，她才算是完全放心。

宋氏回到了自己原本城外的家裡，傅寧卻說什麼都不肯回傅家。宋氏知道自己沒幾天好活了，但她信得過夏侯纓，傅寧身上的毛病，她堅信還得看夏侯纓願不願意治，因此逼迫著他回傅家去。

傅寧只要一想到傅琨和傅淵父子，便是心中一陣彆扭。這點眼色他也還有，入了三房，上到寧氏，下到傅秋華和傅遊，哪個會給自己好眼色看。

可是他的身世既公之於眾，卻由不得他了。

由此分家之事進行得很快，傅家請了城外族老做見證，開宗祠，改家譜，收傅寧回族的同時，也將偌大個傅家徹底分了乾淨。

連皇帝都知道了傅家這檔子事，還特地下了道口諭，叫傅琨先處理家事。有如此撐腰的一道口諭，就是四房裡慣會作天作地的金氏也說不出什麼來，可她卻是暗暗地恨上了三房，一個庶房，卻帶累了傅四老爺這個嫡親的弟弟，更是少不得幾天明裡暗裡地找三房曹氏的麻煩。

§§§

傅琨和傅淵早就覺得傅家宅邸過大，也是一樁不稱心的事，因此分家之時，索性就把這宅子也分了。單獨建造獨門獨戶的院落，以後隔著門牆，大家都是鄰里兄弟，卻也不是一個屋簷下住著的一家人了。

傅念君也覺得這個主意好。因為傅家宅子大，鬧出過多少事來，如今索性這樣分，旁人也不會說傅琨苛待庶弟，只會說他為人大方，這樣一座大宅子也願意割捨了分給幾個弟弟。

這樣的安排，就是四房裡金氏都說不出不好來，而二房、三房自然也不會有意見。如此選了個吉日，傅家便開始破土動工。

這廂傅家分家的事如火如荼地進行，自有錢婧華操持，傅念君一個出嫁女，也不用插手，且按下不表。她思量著的，就是剛與周毓白提過的滕王府之事。

她和周紹懿那機靈鬼先通了信。

這天，周紹懿的母妃滕王妃要回娘家，周紹懿便推脫肚子疼不肯和她去。滕王妃原本愛子心切，想著自己今日行程大概只能就此作罷，周紹懿卻任性哭鬧，要吃淮王府裡那個老李子樹結的李子，還是要他七嬸親自剝的那種。

周紹懿素來任性，滕王妃不想因為這件事去麻煩傅念君，最後還是經不住兒子的耍賴哭鬧和底下人的勸誡，去淮王府請了傅念君來滕王府一日。

傅念君自然沒有不應的。到了滕王府，將不放心的滕王妃好歹送出了門後，才鬆了口氣回到內室，周紹懿正坐在床上笑嘻嘻地吃李子。

傅念君搖頭，坐到他身邊低聲道：「若讓你七叔知道我竟夥同你裝病騙你母妃，怕是也要不饒我了。」

周紹懿詫異，「不可能，我七叔什麼都聽妳的。」

傅念君噎了一下，他為什麼會這樣想呢？

「好了。」傅念君不許他再吃，「仔細待會兒真的鬧肚子疼。你娘今天雖去了你外祖家，但是她擔心你，所以一定會提早回來，咱們的時間不多了。」

倒不是傅念君信不過滕王妃，而是她早知滕王府像個篩子一樣，滕王妃身邊的人未必是忠心耿耿的自己人。倒不如周紹懿這裡，除了個奶嬤嬤和她的一個兒子做長隨，其他人或多或少都被他胡鬧任性趕走過，並沒有貼心親近之人。

周紹懿聽她這麼說，立刻肅容，換上了一副正經的表情，「七嬸，那妳的大夫呢？」

傅念君讓夏侯纓上前給周紹懿見禮。

「啊?!她？」周紹懿不信。

他剛才還以為這是七嬸新收的丫頭，竟不想人家正是要給他爹爹看病的神醫！

他開始懷疑七叔和七嬸根本就是坑他的，胡亂找了個人過來湊數。

傅念君見周紹懿嘟起的嘴唇便知他在想什麼，只說：「懿兒，這位夏侯姑娘醫術了得，你萬不可以貌取人。」

周紹懿眼巴巴地望了她一眼，倒是很受教，「好吧……可是……」他歪頭想了想，又說：「可是她的藥箱呢？」

今天因為喬裝，夏侯纓沒有辦法帶著顯眼的藥箱，只把金針貼身帶著，還有幾丸藥以備不時之需。她聽傅念君描述了淮王的症狀，心中自然已有了計較。

傅念君低聲對周紹懿說：「我們等會兒不能大張旗鼓地去見你爹爹，自然也不能帶藥箱，但是你放心，夏侯姑娘的醫術絕不比任何大夫差。」

周紹懿點點頭。

傅念君和他商量起一會兒去滕王那裡的法子，周紹懿人小鬼大，其實早就有了辦法。

其實他以前也常常會溜去看滕王，而滕王不發病的時候，滕王妃也不會一定就把他鎖起來。

因此周紹懿的鬼主意層出不窮，今兒爬窗明兒爬樹的，讓下人們苦不堪言。

傅念君領著周紹懿，假借看園子的名義走到了滕王的小院門口，周紹懿鬧著要進去，傅念君便裝作在外頭勸著。攔門的護衛見到又是這位小祖宗，以及這位不能得罪的淮王妃，自然也不敢真的阻攔，苦著臉騎虎難下。

他們這副表情周紹懿是見慣了，對付起來也得心應手，自然不放在眼裡。他早就叫自己的乳兄放了兩隻大老鼠出來，在侍衛手足無措的當口就鬼吼鬼叫地要他們抓老鼠，然後一下就溜進了院門，根本讓人逮不住。

傅念君由此道：「兩位還是不要在此多糾纏了，我找到小世子，自然就會出來。」說罷也帶著人進了院子，只能留得兩個護衛面面相覷。

周紹懿經常來，早就熟門熟路。傅念君看見他在一扇小門後對自己招手，便快步領了身後的夏侯纓和儀蘭跟上。

進了屋子，傅念君聞到一股子異味，身後的儀蘭和夏侯纓也聞到了。儀蘭忍不住對傅念君說：「娘子，這、這好像是便溺的氣味……」

傅念君看了她一眼，讓她止住話頭，幸好周紹懿沒有聽見。

這裡連著兩、三間屋子，不大，東西陳設擺放雜亂，而且光線陰暗，雖然看來會有人來打掃，但是卻打掃得很馬虎，讓這屋裡始終沒有通風和陽光，還混著一股子古怪的黴味。

周紹懿輕手輕腳地走到最靠前的一間主屋，朝傅念君說：「我爹爹就在裡面……」

他臉上的表情有點不好意思，傅念君知道他這樣的情緒從何而來。她矮下身子，摸了摸他的頭說：「我們是來給你爹爹看病的，沒什麼不好意思的，我們也不會被他嚇到，因為他是你爹爹，不會傷害我們的。」

周紹懿重重地點了點頭，推開一扇半開的格扇。

其實這是滕王自從周紹懿會從這裡溜進來看自己後，清醒時便會拉開這格扇，哪怕寒冬酷暑，他都會等著兒子從門後冒出的那一刻。

只是很多人不相信，一個傻子會認得自己兒子。

傅念君便看到了靠窗臨坐著一個影子，身材胖大，坐姿也不雅觀，頭髮散亂，形容狼狽，正呆愣愣地看著窗外，沒有反應。

這就是滕王了。

11 診治滕王

傅念君瞧著這滕王，突然也覺得有點心酸。皇帝和他幾個兒子，傅念君都是見過的，唯獨滕王，這算是第一次正式面對面見他。就算如肅王那樣像極了徐德妃，模樣也不算太差，幾時見周家子孫出過這般樣子的了？

傅念君記得周毓白和自己說過，從前滕王小時候也並非如此，雖不如周毓琛，卻依然承繼了部分張淑妃和皇帝的好相貌，從周紹懿的樣子也能看出一二來。只是後來他的癡傻病越發嚴重，成日被關在屋內，吃的多，卻又不動，沒人收拾，慢慢成了這副模樣。

周紹懿喊了一聲爹爹，滕王才慢慢回轉過臉來，臉上的表情並無上次傅念君在門縫中看到的猙獰可怖，相反只是憨厚而已。傅念君聽見儀蘭在後頭也鬆了口氣。

周紹懿走近自己的父親，似乎低聲說了幾句什麼，滕王的反應只是張著嘴「嗯嗯啊啊」應著，看樣子呆傻，卻似乎又耐心在聽。

隨後周紹懿就興奮地轉頭，對傅念君說：「我爹爹同意了！大夫姊姊，妳快給他看看吧。」

夏侯纓臉上也露出微微訝異的神色，滕王這個樣子，其實以醫者的角度來說，自然是無法與人順暢交流的。

也罷，他們兩個……或許是父子天性吧。她在心中想著。

周紹懿已經激動地來拉夏侯纓的手了，一邊還說著：

「大夫姊姊，我爹爹他其實不傻，他聽得懂我說話。他發瘋是有原因的，妳快幫他看看吧。」

夏侯纓是受不了小孩子吵鬧的，只說：「請小世子先放開。」

傅念君忙伸手攬了周紹懿的肩膀，帶他立到一旁，對他低聲道：

「夏侯姑娘會給殿下看的，懿兒，你要聽話。」周紹懿才算是安分了。

夏侯纓走上前去，滕王只是沒有反應，嘴裡還「嗯嗯啊啊」說著話，嘴角甚至淌了些涎水，落在本來就已經髒了的衣襟上。夏侯纓沒有露出半分嫌惡之色，只是耐心地替他診脈。

在要求察看滕王口鼻時，雖然遇到了一點麻煩，但是周紹懿一出聲安慰，滕王立刻就肯配合了。雖然依舊是那副雙目呆滯的樣子，可是很安靜。

周紹懿在這裡格外像個大人，還拉著滕王的手安撫，喃喃說著：「別怕，爹爹別怕……」

夏侯纓用身上的金針試了試滕王身上幾個穴位，隨後又轉頭對傅念君說：

「我需要看看殿下的排泄物……」

儀蘭捂住嘴乾嘔，傅念君倒是司空見慣。她心想，這倒不是件難事吧，剛才他們進屋時聞到的不就是……

這種事本來該由儀蘭來做，可她只捂著嘴犯噁心，好在夏侯纓沒把這個當作一回事，很快就找到了塞在榻底下一條褲子，細心掏出一塊帕子……

當她再把這帕子包好收回去後，儀蘭看著她時，簡直恨不得立刻倒退回門外去。

夏侯纓臉色沉重，傅念君心想她或許是有了什麼診治結果，便想先出去再說。

誰知幾人走到門口，再一推適才那格扇，卻是怎麼都推不開了。

儀蘭也上去使勁推了幾把，急道：「似乎是被人從外頭鎖住了！」

傅念君暗怨自己心大，明知道這個滕王府篩子一般，誰都能來監視，怎麼就忘了叫儀蘭在門口看著。她回轉過身，看向另一邊的滕王。如果有人趁機將他們鎖在這裡，那就說明，很可能滕王大概會在這個時辰發病……

傅念君有點忐忑，便朝周紹懿招了招手，輕聲道：「懿兒，你過來。」

周紹懿聽話走了過來，被傅念君一下攬到了身後。三個女人一個孩子，就這樣站在門口看著滕王。果真，還沒一盞茶的時候，滕王嘴裡「嗯嗯啊啊」的叫喚聲漸漸大了起來，語調急促，神態也跟著有了點變化。

儀蘭戰戰兢兢地問夏侯纓：「夏侯姑娘，這、這到底是怎麼了？」

夏侯纓掏出了身上的金針，她這回帶出來的金針都是極細的，她也沒有把握，只是帶著戒備的神色，緩緩地挪動腳步靠近滕王。

「七嬸……」周紹懿拉著傅念君的衣角小聲地開口。

傅念君抬手掩住他的嘴，制止他說下去。滕王發瘋的樣子她是見過的，當真是用惡鬼出地獄來形容也不為過。門外幾個小廝護衛都擋不住，難怪滕王妃要叫人將他鎖起來。

如果他現下在這裡犯了病，那他們幾個有何處可逃？

夏侯纓屏氣走到了滕王身後，正要拿起手中的金針，對著他頭頂的百會穴刺下去，卻不妨滕王突然暴怒，轉身一揮手，便把夏侯纓甩在了身後一個長几上。幸而長几上早不放置任何盤盞瓷器，想來就是從前有那些東西，也被滕王摔了個乾淨。

夏侯纓手裡的金針都甩脫了出去，整個人悶哼一聲。

滕王的神情又恢復到那日傅念君見過的可怖模樣，雙目圓睜，眸心燃火，整個人像隻暴怒的凶獸，呼哧呼哧喘著粗氣，眼神卻盯著傅念君、周紹懿和儀蘭三人。

儀蘭忍不住捧著臉尖叫起來。

傅念君見滕王像座山一般的體型逼近，心裡也是捏了一把汗，感覺抵著格扇的背心都微微濕了。她兩隻手緊緊扣著周紹懿的肩膀，竟是有點顫抖。

「爹爹，爹爹……」

周紹懿顯然也有點害怕，卻仍是一聲聲不放棄地呼喚著自己的父親，想讓他清醒過來。

「懿兒，我數一二三，你往左邊閃，然後躲到那張榻下去別鑽出來，知道嗎？」

傅念君低聲在周紹懿耳邊叮囑，周紹懿點了點頭。

儀蘭早縮在門角瑟瑟發抖，傅念君摟著周紹懿緩緩地靠著格扇移動，努力想掙脫滕王的視線，可是他那雙彷彿被怒火燒紅的雙眼，卻是一直緊緊鎖著他們。

傅念君見無法，踢了踢腳邊一隻滾落的茶杯，咕嚕嚕的聲音暫且吸引了滕王的注意力，卻也只是僅僅一瞬，隨即他就又發出一聲咆哮，胖壯的身體立刻朝傅念君和周紹懿撲了過來。

「跑！」

在分不清是誰的尖叫聲中，傅念君眼疾手快，一把將周紹懿朝左邊推了出去，自己靈巧地一鑽，從滕王大張的右胳膊底下鑽了出去。

滕王撲了個空，整個人重重地撞在了格扇上，那整面的格扇被他撞得抖了幾抖，讓人看著就膽戰心驚。滕王發起瘋病來當真是兇殘，他不但對旁人的傷害性很大，對自己的身體也一樣。他用自己的頭去撞格扇，一下重過一下，撞得披頭散髮，狀若惡鬼。

儀蘭縮在角落，見了他這副模樣，更是驚得扯開喉嚨大叫起來。

周紹懿已經聽傅念君的話鑽到了臥榻底下，夏侯纓扶著腰正撿起掉落的金針，滕王原本的關注已不在他們身上，可被儀蘭這一嗓子喊得又立刻回了神。他喘著粗氣，當即就轉頭盯著儀蘭，緩緩挪動腳步要朝她過去。儀蘭本就窩在這牆角裡，根本無處可逃，只是蹬著腿捂臉尖叫。

傅念君心知不好，哪裡還管得上其他，撿了地上滾落的茶杯便朝滕王腳下砸了過去，希望藉此絆住他的腳步。可誰知滕王卻半點影響都不受，只一步步朝儀蘭逼近。

此時傅念君的身旁躥過一道影子，卻是夏侯纓。她手裡拿著金針，靈巧地一躍便跳上了滕王身後一張圓凳，繼續要朝他頭頂刺過去。

哪知滕王一個錯身，那針卻是扎歪了地方，只擦著他的臉頰落到頸肩上。滕王吃痛，回身便吼著抓住夏侯纓的胳膊，傅念君忙過去要扶夏侯纓。

「小心！」夏侯纓從椅子上翻下來，與傅念君兩個人雙雙倒在地上。

滕王的影子落在她們身上，兩人從下往上看，更是止不住地覺得滕王形容可怖。夏侯纓還想再抬手，卻覺得整個胳膊半點力都使不上。

這下子可算是真糟了。

「爹爹！」這時周紹懿從窗邊臥榻底下衝了出來，哭喊著手腳並用，抱住滕王的腿，說道：「爹爹，你不要這樣，不要這樣……」

「懿兒！」

傅念君很怕滕王盛怒之下抬手就甩開這孩子，就像剛才甩夏侯纓一樣。周紹懿才這麼大點的人，若是被他那樣一摔，豈不是當場就要厥過去。

滕王依舊像頭發怒的凶獸，可是周紹懿這樣抱著他哭喊，他竟也沒有動手，只嘴裡還「啊啊嗚嗚」喊著。看來他就是再瘋再傻，卻也知道遏制住傷害自己兒子的念頭。

傅念君感覺到自己手裡被塞了幾根金針，夏侯纓在她耳邊咬牙道：

「扎他頭頂正中的百會穴，不然我也沒法子了！」

滕王現在雖然一時沒有傷害周紹懿，可難保他等會兒又陷入癲狂。傅念君心裡拿定了主意，慢慢地向後挪，趁著滕王低頭看周紹懿的空檔，迅速爬起來站到他身後。她一踩剛才翻到在地的圓凳，便向上躍了幾寸，揚手將掌心裡幾根金針扎入了滕王的百會穴。

滕王的腳步隨即一個踉蹌，似乎是頭暈目眩得站不穩身子，立刻歪歪斜斜靠著旁邊的桌腿坐到了地上。傅念君忙側身將周紹懿拉開，這孩子還是哭得鼻子眼睛通紅。

夏侯纓立刻掏出自己腰包裡早準備好的丸藥，塞了兩顆進滕王的嘴。

「水！」

她現在只有一隻手能靈活使用，傅念君立刻配合地尋了一碗茶過來，餵滕王吞了下去。

藥很快就見了效，剛才還狂躁不堪的滕王從喘著粗氣慢慢變成了呼吸平穩，眼睛也閉上了，似乎睡了過去。

所有人都鬆了口氣。

傅念君給夏侯纓搭了把手，問她：「妳的胳膊怎麼樣？」

夏侯纓朝傅念君點點頭，「王妃放心，回去拿些藥酒推一推就好。」

她自己就是大夫，自然曉得輕重。傅念君鬆了口氣，只攬住懷裡的周紹懿。

周紹懿一雙眼睛正盯著自己的父親，眼眶裡含著淚。

傅念君嘆了口氣，他今日見自己的父親這樣癲狂失控，差點傷了在場所有人，心裡也一定不好受。好在很快外面就有了人聲，傅念君聽到有人替他們開鎖的聲音，推門一看，正是滕王妃回來了。她聽說周紹懿在此處，就匆匆帶了人過來。

「娘……」周紹懿顧不得旁的，一頭栽到了滕王妃懷裡。

滕王妃臉色煞白，再看傅念君幾人形容，哪裡有不明白的。只是這院子裡人多口雜，也不好說什麼，她只叫人立刻領了傅念君等人回後院整理儀容。

等傅念君重新來見滕王妃，滕王妃卻是比她更加神情慌張。

「弟妹，你們、你們怎麼會被人鎖在裡頭……」

傅念君搖搖頭，只說：「二嫂，不是我危言聳聽，在這府裡，妳一定要護住懿兒的安危！」

滕王妃哪裡會不知道，自己出門一趟，即便周紹懿偷偷帶了傅念君去見滕王，也不該鬧出這回事來。不知是何人起的歹心，竟將他們關於一屋！

滕王發起瘋來，那可真是如猛虎出籠，今天是命大，幾人才都毫髮無傷啊！

傅念君心中還有些話不能和滕王妃說盡，這滕王府，她覺得還是少來為妙。

周紹懿從前也會去看滕王，卻從未遇到過這樣的事。今天這場，明顯是衝著自己來的。

她先前只覺得滕王府像個篩子一般，定然處處都被安排了眼線。如今看來，恐怕對方是輕而易舉就握住了這整個王府，她若要一再接近滕王，恐怕只會惹大麻煩。

打定主意後，傅念君就先同滕王妃告辭，臨去前還特地叮囑她：「二嫂，這件事還請不要聲張。妳身邊歹人未除，不可輕舉妄動，否則若讓宮裡張淑妃知道，平白引得二嫂妳和我們府上衝突。」

本來依著他們的關係，傅念君就不該和滕王府走得太近。

滕王妃抖著嘴唇道：「弟妹，歹、歹人未除，那我們母子可怎辦呢？」

傅念君嘆了口氣，安慰她：「二嫂只要照舊過尋常日子，想必他也不會有什麼動作，若是我們來替妳肅清王府，這就更不好收場了。」

滕王妃也明白她的意思，卻還是忍不住心驚，只好道：「那、那七弟妹有什麼事，一定要告訴我……」

傅念君點點頭，對她道：「懿兒那裡，今日恐受了驚嚇，二嫂還是尋個妥當的郎中替他再瞧瞧吧。」說罷登上馬車便回府了。

回到淮王府，傅念君立刻就先讓夏侯纓回去休息，原本想再派個婆子伺候她起居，卻都被她推拒了。她就是這樣的性子，傅念君也不勉強。

晚上周毓白回來的時候，她立刻就把今天的事告訴了他。

「我瞧夏侯姑娘的意思，滕王這瘋病也多半不是天生的。若說他是被下了毒藥，這該是什麼藥，我竟聞所未聞……這般嚇人。」

周毓白凝眉想了想，隨後對傅念君道：「我倒是曾聽聞過契丹貴族們手裡常有一味藥，用於豢養的奴隸身上，奴隸吃後如同惡獸猛虎，失去心智，兇猛異常，他們便將奴隸放於鐵籠內鬥毆廝殺，就如觀賞猛獸博弈一般，還以財帛做賭注，當個樂子來玩。」

傅念君皺眉，「遼國建國多年，卻還有這般不開化的風氣。這樣說來，很可能滕王身上的毒，與遼國有關？」現在正是朝廷與遼國努力修好邦交之際，這事怕是沒法鬧大。

周毓白頓了頓說：「這件事我會去探查一下，正好遼國的使節如今在東京城內。」

傅念君不放心他和遼人打交道，「上回你遇刺之事，那蕭凜一直拿不出個說法來。七郎，我擔心……」

周毓白笑著握了握她的手，只道：「妳別怕，他有把柄在我手裡，現在是他求我。」

傅念君這才點點頭。

周毓白又多叮囑她一句：「二哥的情況就擺在這裡了，咱們只能徐徐圖之。這些時日，妳暫且不要往滕王府去了，懿兒若是想妳，便將他接到我們府上來。」

傅念君道：「我原先也是這麼個打算，二嫂為人淳厚，卻沒有什麼成算，若我再貿然靠近滕王殿下，怕反而對他不利。」畢竟幕後之人想在滕王府生事太容易了。

周毓白說：「還有張淑妃那裡，今日的動靜，想來是瞞不住的。前幾日爹爹剛下命令，同意讓六哥在府中開館，這事給她回了幾分元氣，如今怕是正好沒處作怪，妳更要小心些。」

傅念君前頭也隱約聽說了這個消息，卻沒想坐實了。

「官家竟允許齊王在府內開館？」

周毓白點頭，「草擬個文學館，六哥擅樂，在禮樂方面素來受爹爹器重，如今又是爹爹登基三十年的時候，便讓六哥編纂兩部樂書出來。」

合情又合理。

這親王府內開館，在大宋朝可以說是極為罕見。在前唐時倒是非常普遍，尤其太子府上，館內文人墨客雲集，甚至有些為官之人，都願意為其效力，頗有戰國時孟嘗君食客三千的氣概。

當然，一方面來說，這樣的情況下，廣納賢士，培植自己的勢力，對一個儲君，或者是儲君的競爭者來說，這是個極大的優勢。有抱負卻無門路的有識之士多了一條捷徑，而作為主公，僅僅只是付出一些小恩小惠，就可以收穫大批人才的效忠，甚至在盤根錯節的勢力之下，能夠影響到朝政。所以前唐時，這皇帝管大朝廷，太子管自己的「小朝廷」，這般境況層出不窮。

只是如今不是唐朝，周毓琛也不是太子。

府內開館一事有如一把雙刃劍，傅念君倒不是覺得周毓琛握不住這把劍，起碼若沒有周毓白珠玉在側，她也會認為周毓琛是個相當聰明有能力的人了。但是再算上他那個親娘，他便稱不上有什麼優勢了。

傅念君瞧著周毓白的神色，立刻道：「此際風聲一出，上趕著去拍齊王和張淑妃馬屁的人必然層出不窮，但是七郎，我不信官家如此偏心，只許齊王開館，卻對你不聞不問。」

周毓白朝她笑了笑，「倒是瞞不過妳，爹爹也有意試探，我卻確實沒有此意。何況我的境況後宮前朝都是知道的，我哪裡來這大宗銀錢開館？」

蓄養大量幕僚、文人的花費不是可以輕易估量的，而且還不比訓練自己的護衛，這些護衛，從小擇了身強體壯的苗子培養長大，到學成能做事，一個人花費個上百貫已是多的；可是尋幾個得力的幕僚幹將，就像千金買馬，大浪淘沙，可能銀錢砸下去，一百個裡頭也出不了一個能幹的人物。所以乍一看齊王這樁事是得了皇帝的恩惠，但是細細算來，卻不是筆合適的買賣。

張淑妃短視，必然將其視為官家立儲的一個預兆，自然是會傾盡心力來做這件事，務必做得風風光光，敞敞亮亮。張氏手底下有許多買賣，外戚親眷也被她塞到了不少肥差上，所以短期內，銀錢對她來說不是問題。

但是往下呢？

何況西北的戰局始終沉甸甸掛在傅念君心上，她多思慮一層，眼下東京城裡雖是一片海晏河清，但多少有下頭為了討好皇帝，刻意營造氣氛的原因所在。待一開戰，軍費吃緊，齊王府裡的文學館，試問張淑妃有幾個膽子，能繼續維持它的門庭若市？

傅念君說道：「這倒是個好機會，想來不過幾個月工夫，得叫張淑妃的銀錢帳目在官家面前露個底了。」沒了錢，就像卸掉人一雙腿，必然走不得長路。

「張氏近來冒進了，想來指婚一事，對她影響還是頗大。」周毓白說著。

傅念君點頭，「我那財神嫂子進了傅家門，她怎能不慌。看來裴家的境況，比她預期的還要更差一些。」

周毓白手指敲著桌面，微微勾了勾唇，說著：「六哥那裡開館也好，我養了這樣長時間的棋子，倒是終於能派上些用場了。」

齊王府內開館，必然引得許多失意文人才子趨之若鶩，自然，有這個機會，幾方人馬都不會錯過。周毓白手下的棋子……

傅念君立刻領會：「蘇選齋。」

那蘇選齋與孫家二娘子成親後，便閉門讀書，爭取下一科再考。只是原本孫家與他結親，就是在權衡之下的折中選擇。孫秀倒是還好，只他那位夫人，卻是個不好相與的。讓女婿住在自家，她便這也看不順眼，那也看不順眼，因此過了那陣子京城裡「蘇才子」的風頭，蘇選齋的境況也不算好。

只是他倒是個曉事的，這一段時日也算周毓白給他最後的考驗，若是他略微表現出些不平之意，想靠著當日江埕助他銀錢一般繼續賴上淮王府，怕是他連做這個棋子的資格都沒有。

好在他還是個堪用和聰明人。所以這樣一個人去齊王府上，也算相宜。

周毓白不是不需要人才，只是他早就在安排了。

「那肅王府對此事打算如何應對？」傅念君多問了一句。

周毓白說：「徐德妃已經連著兩日在太后跟前伺候了，其中之意，不言而喻。」

傅念君低頭抿嘴笑，心想這倒是徐家一貫的作風。

「大哥比起以往來，卻是平和了不少。」

反常為妖，這說明肅王心裡頭的一等大事，還不是周毓琛給他帶來的威脅。

傅念君想了想還是說：「肅王府那裡，我找個機會再去看看大嫂。你放心，循序漸進，我知道的。」

周毓白搖頭失笑，只說：「王妃是個愛操勞的，其實多在家中歇幾日也不妨。」

傅念君卻哪裡有心思歇息，他在外面勾心鬥角，她也不想只在家中乾著急。

「我自然有分寸，你少打趣我。」她朝他皺皺鼻頭，模樣有點囂張。

12 故人來訪

前一日周毓白還說到要讓傅念君在府裡歇息幾日，可是很多時候，往往她還沒有動作，自然有事情來找上她。

這日，江埕讓人遞了封信進來，他除了管帳房，平日裡的往來信件也是他負責。

傅念君心裡納罕，這倒是古怪了，與自己認識的人，一般都會差人遞個話兒，誰會特地寫信，還送去了書房，打開一看，署名卻是舊友。

再細看之下，提及了洛陽之別，傅念君立刻醒悟，一定是那位陳小娘子陳靈舒。

自己和陳靈之一直以為她身死，誰知她卻意外被董長寧所救。

她竟會來京城……

傅念君吩咐下人打點一番，便照她信中所言前去赴約。

§§§

何丹推開包廂的房門，房中之人立刻就站起身來，向傅念君行禮。

傅念君定睛一看，見那人衣著體面，身後站著兩個婢女，確實是當日見過面的陳靈舒。

「快請起吧，許久不見……妳還好嗎？」

傅念君走近她，發現陳靈舒比起去年，當真是變化很大。從前是個天真爛漫，話說不盡的小娘子，如今經歷過家破人亡，臉上染了一層風霜之色，人雖沉穩了些，但以她這個年紀來看，難免有些死氣沉沉。

更讓傅念君注意的是，她已換了婦人髻。

「王妃……妾身唐突，沒、沒想到您真會來見我……」陳靈舒眼中淚光盈盈。

傅念君說：「往後妳要見我，去淮王府上就是，我們之間不必如此這樣。」

陳靈舒卻搖搖頭，重新跪下，給傅念君叩頭。

「如果不是王妃當日伸出援手，我弟弟他……早就已經死了！我替那孩子謝謝您！」

傅念君忙讓身後的儀蘭和芳竹去扶。

她不想受這樣的磕頭跪拜，當日救陳靈之，一部分是出於惻隱之心，還有很多，卻是因為不得不救。陳家的心思她不是不瞭解，他們知道自家將要大禍臨頭，所以縱容陳靈之跟著她離開，雖然也是相信她的表現，但同時也是算計了她一道。

傅念君難道還該感到開心嗎？只是如今都這樣了，她也不想再計較什麼。

陳靈舒漸漸穩住了神情，兩人才坐到茶桌邊開始說話。

傅念君問她：「我聽殿下說，妳被董先生所救，真是太好了。這些日子，妳過得如何？可有何難處？」

陳靈舒拿著帕子揩眼淚，對傅念君說：「我一切都好，董先生救了我，還殺了那姓章的，幫我們報了仇，我就是做牛做馬也難報答他的大恩。」

傅念君的目光落向了她的髮髻，眼中有了然的神色，陳靈舒卻對她苦笑道：

「董先生起初不肯收我，是我硬要跟著他的，我也沒有別的報答他的方式了……」

傅念君在周毓白口中聽聞，董長寧得有四十多年紀了，確實也沒想過他救陳靈舒會出於什麼男女之情，但是看陳靈舒現在的樣子，似乎委身董長寧並無不願，只是有別樣的煩惱罷了。

傅念君無意窺人私隱，便也不接口這個話題，只問：「妳先前見過妳弟弟了嗎？」

陳靈舒搖搖頭，低落道：

「我近日才到京城，我聽說他被送去了那邊……王妃，我想知道，他還好嗎？」

那邊的意思，就是大遼了。

傅念君坦白說：「他的境況，我並不知道得很清楚。妳心裡比誰都明白，他的身世牽扯甚大，不是妳我後宅婦人應該時時打聽的。妳若不能將你們的姊弟之情埋葬，最後只會害了自己。」

她毫不客氣地戳穿了陳靈舒的意圖，陳靈舒絞著手低下了頭去。

「王妃，我、我知道……我知道他不是我弟弟……」

「先前就知道了？」

「只是懷疑。」她說：「他和我們長得都不像。」

傅念君喝了口茶，淡淡地點點頭，「妳父母親……或者說其中至少有一個，應該也是契丹人吧？」陳靈舒微微睜大了眼睛，看著她。

傅念君勾唇，「這並不難猜，妳弟弟的身世與大遼蕭家有關，妳父親必然也是從蕭家出身的。」

陳靈舒點點頭，承認道：「我也是小時候偶然聽見父母吵嘴，母親一時失言才說了出來的。我爹爹確實是契丹人，只是早年就離開大遼，來往宋境做買賣，娶了我身為漢人的娘。我弟弟出生那一年，我已能夠記事了，只知道我父親有一陣子很不對勁，整個人病了兩個月，比母親臥床的時間還久，現在想來，他必然是孤身往大遼去帶了那孩子回來，才受了重傷……」

陳靈舒說的，也都對得上傅念君自己的猜測。

陳靈之和那位南京統軍使蕭凜必然在身世上有所牽連，算算年紀，陳靈之是他兒子的可能性不大，那麼說不定陳靈之是他的……弟弟？

聽聞蕭凜在其父蕭溫在世時，與他的關係並不太融洽，父親的舊部很多也都不肯服他，其中因由外人自然不得而知。他千方百計要滅口知情陳靈之身世的人，卻沒有傷害陳靈之的意思，只能說明陳靈之是個拿捏他的大把柄，而且他還無可奈何。

他甚至親入東京城，只為帶回陳靈之。如果說陳靈之是蕭溫幼子，當年因為遼國內部某些鬥爭，被陳靈舒的父親帶回宋境，倒是說得通。

傅念君知道周毓白要和蕭凜談條件，陳靈之在其中的作用不可忽視。

但是傅念君總覺得不太放心，遼人兇狠，若是蕭凜肯投鼠忌器還好，倘若有一天，蕭凜不在乎陳靈之了呢？殺了陳靈之，他與周毓白之間，也就無甚可談了。

她只是擔心周毓白，在宋遼關係的處理上一著不慎，便很有可能將自己置於險境。

上輩子時，她對淮王到底犯了何罪被理宗皇帝忌諱，乃至於囚禁十年的前因後果，知道得不甚清楚，隱約聽旁人說是被誣陷叛國大罪。

一般情況下，要將皇子處置到這般地步，只有兩個罪名最大，一乃謀逆，二乃叛國。

這兩條是與皇帝的父子關係都無法拯救的大罪。

她隱約記得，肅王府衰敗，就是牽扯到謀逆。只是時過境遷，肅王府如今還是風光無限，周家皇室的許多事因為自己和周毓白，早就悄然改變。

所以傅念君明白，她成為了淮王妃之後，眼光遠比先知來得更重要。

「王妃，王妃？」陳靈舒連喚了傅念君幾聲，傅念君這才拉回思緒。

陳靈舒望著她，小心翼翼地說：「王妃是在想我弟弟？」

傅念君點點頭。陳靈舒的樣子卻讓傅念君有點莫名其妙。

「王妃……難為您這麼惦念著他……」
其實要說多惦念那熊孩子，還真沒有多少，她擔心的只有自家夫君。
傅念君問她：「董先生知道妳出來嗎？」
陳靈舒頓了頓，傅念君就猜到，她一定是背著董長寧來的。
她輕輕嘆了口氣，「如今正是多事之秋，妳萬事還要小心。要是因為陳靈之的事，把妳自己搭進去就不值得了，我也希望妳能好好過下去。」
陳靈舒垂了頭，這才道：「我明白，只是我有些放不下。這段日子以來，我常常會夢到我爹娘，還有奶娘和她的兒子，所有人都死了……雖然董先生替我殺了姓章的，可是我還是怕，那個人、那個人……那個遼人，如果他有一點惻隱之心，就不應該這樣對我全家！」
她恨蕭凜，同時卻又不敢恨。這種矛盾激烈的情緒讓她十分煎熬。
傅念君擰眉，不知道該怎麼勸她，只好說：「日子總要過下去，妳沒了父母，就代表著整個陳家，放不下這些，打算怎麼辦呢？妳聽我說，妳現在只能把自己當作個死人，前塵往事都當作一場夢，醒來也就忘了。若是有機會，等他長大，你們自然還有相見的可能。」
傅念君明白陳靈舒話中未盡之意，難道她指望自己來幫她嗎？
他們陳家人慣會把自己當作救苦救難的觀世音菩薩。
陳家一門的性命，對蕭凜這樣的人來說，根本就是轉瞬即忘的小事，陳靈舒耿耿於懷又能怎樣？她想見陳靈之，然後呢？讓他去殺蕭凜嗎？
這念頭未免太過荒誕。
所以傅念君這些話也只會對她說一次，若陳靈舒不聽告誡，那也是她的事，只是自己也不會允許她隨便去壞周毓白的事。

陳靈舒坐著呆愣了半晌，良久才說：「我明白了……」

傅念君也不再多說，依然只道：「妳若再有困難，董先生幫不了的，可以到王府來尋我。」

但是關於陳靈之和蕭凜，她就不要再想了。

陳靈舒水汪汪的眼睛盯著傅念君，這才點點頭，「好，多謝王妃。」

傅念君見陳靈舒出門也沒有帶個護衛小廝，就讓何丹先送她。

等出了酒樓，傅念君也覺得心情煩躁，上了馬車，卻是叫郭達兜了個圈兒，在街上逛了一圈平復心緒。

沒想到這段路卻走得不順暢。

「前頭哪來那麼多契丹人……」郭達駕車還在嘀咕。

芳竹伸出頭去看，果真看到前方一列身材高大、著裝怪異的契丹人呼呼喝喝走在路中央，周圍百姓都只能退讓，不敢靠近。

「我還是第一次見契丹人呢！」芳竹有點興奮。

那列契丹人都是男子，穿著交領窄袖左衽及膝長袍，底下多著長褲配長靴，頭上還戴裘皮帽子，在街頭十分打眼。

儀蘭把她拉回來，「有什麼好看的，這段日子各國使臣紛紛進京，見到契丹人也無甚古怪。」

芳竹努努嘴，「就看看嘛，平日裡也見不到。」說完又趴回去。

傅念君的馬車駛近，但這些契丹人毫無避讓之意。

遼人在大宋境內著實囂張，即便是犯了罪到了官府，礙於兩國邦交，也多是大事化小。

傅念君讓郭達駕車小心點，盡量別和他們起衝突。

那幾個契丹人顯然是剛喝了酒，不僅大聲喧嘩，走路也左晃右擺的。郭達要避閃他們，卻不料旁邊攤販落下一根支撐舖面的圓棍來，被車輪一輾，車子便陡然一顛，一直趴在簾子旁邊偷看的芳竹就驚叫了一聲，差點被顛出車去。幸而郭達眼疾手快，立刻去拉她，可饒是這樣，芳竹還是險些滾下馬車。

旁邊一個契丹人見了，立刻就托了芳竹的手臂，另一隻手順手就扣住了車轅。

這人倒是力大無窮，原本側傾的馬車被他這樣一扶，竟也穩住了。郭達忙拉住了韁繩。

芳竹嚇白了臉，郭達也趕忙問她：「沒事吧妳？傷到了？」

傅念君在車內也被顛簸了一下，正被儀蘭小心攙著。她不由在心裡暗嘆，這兩個小的，真是會給自己惹麻煩。

果然，很快這架輕便兩輪小車就被那些契丹人團團圍住了。坐在車裡，她們只能聽見他們正在外頭嘰裡呱啦大聲用契丹語說著什麼。

芳竹害怕地揪著郭達的衣襟，白著一張臉問他：「他、他們都在說什麼啊……」

郭達哪裡聽得明白，只好說：「大概……是讓妳道歉吧。」

救芳竹的是個滿面虯髯的漢子，身材高大，鬍子長滿了大半張臉，乍一眼看上去有點兇惡。他倒是沒有為難芳竹，可這會兒旁邊衝上來一個身量略矮的契丹人，指著芳竹嘰裡咕嚕地又說了一串話，還要伸手來拉她。芳竹嚇得尖叫，就往郭達身後躲。

郭達忙出手去攔。那契丹人也不甘示弱，眼看就要交上手了。

「住手！」傅念君的聲音響起。

「娘子……」儀蘭要攔，傅念君卻已經鑽了出去。她掃了那兩個扶住馬車和妄圖來拉芳竹的契丹人一眼，隨即便說了一串契丹語。對方顯然有點吃驚，但是很快就收回了手。

傅念君當然是會一點契丹語的。

她被傅寧當作未來的皇后培養，依宋遼這樣的關係，在舉辦宮宴之時，會一些契丹語當然有必要。她雖然不精通，但是七七八八地也能聽懂。

剛才那人嘴裡念念叨叨，什麼「可忒」「拜洗」，意思是在說什麼，這是上天的緣分，碰到了很高興什麼的，似乎是看上了芳竹的樣子，要為身旁那個幫她們扶了馬車的漢子拉紅線。

這人看裝束應該是有官職在身，三十來歲年紀，此時正目瞪口呆地望著傅念君，眼中是不容置疑的驚豔。

傅念君冷眼看著這人，只覺得心裡不喜。這些契丹人大概在遼國隨意慣了，在大宋境內也不知收斂，竟失禮至此。反倒是那個較高大的遼人揮了揮手，說了幾句契丹話，只說隨手之勞，看上去不想惹麻煩。

聽旁人喚他，似乎是叫做「彌裡」。

彌裡在契丹語中，是「鄉之小者」的意思，一聽便可知他出身不高，看樣子是個護衛。

那三十來歲的契丹人盯著傅念君又說了句什麼，旁人聽不懂，芳竹儀蘭和郭達三個卻只見傅念君臉色陡然就變了，隨即就疾言厲色地又說了一串什麼話。

那人卻是轉而用生硬的漢語道：「你們大宋的女子，不是被碰一下就要叫男人負責的，還有什麼好裝的？」

芳竹差點被氣歪了鼻子，正要理論，幸好被儀蘭一把拉了回來，給了她一個眼神，意思是：妳惹的麻煩還不夠多嗎？

那彌裡卻似乎是不通漢語的，只指手畫腳地拒絕。很快後頭又來了一個人，留著兩撇小鬍子，穿的衣裳是胡服，長相卻似漢人，似乎剛才並不在此處。

他大概是這幾個契丹人的翻譯，說了一口好漢話，站在最前頭，然後禮貌地向傅念君施禮：

「對不起這位夫人，在下劉存先，我們是遼國使臣耶律弼大人的手下。我這兩位兄弟第一次來貴國，不懂禮儀，還望包涵。」聽名字還真是個漢人，而且還算是個有點眼色的。傅念君見他頻頻望向自家的馬車，心知他一定在揣測自己的身分。

傅念君冷著臉，只說：「不敢得罪貴國來使，只是閣下這位兄弟當街欺辱我們幾個女子，實在不是好漢所為，你讓他道個歉，這事我們也不追究了。」

這劉存先倒是好說話，馬上讓那出言冒犯的契丹人上來致歉，聽他話中提及，那人叫做護思。誰知護思卻是個刺頭，嘰裡呱啦地不肯就範，眼睛還一直往傅念君身上瞟。

傅念君心道，這人倒是色膽包天，若不是這裡並非鬧事的場合，她必然要叫何丹給他點苦頭吃吃。

護思道：「彌裡幫了那個小姑娘，她們應該謝我們，怎麼反過來要我們道歉！」

劉存先壓低了聲音用契丹語說著：「尋常宋人哪裡會說契丹話，我瞧這女子出行雖儉樸，但是身分應當不低，或許是親貴大臣或者宗室家中女眷，出來前我是怎麼和你說的？別給耶律大人惹事。」護思這才嘀嘀咕咕、不情不願地向傅念君幾人道了個歉。

傅念君也不想和契丹人多做糾纏，劉存先既然退一步，她也就退一步，讓芳竹向彌裡道謝後，便立刻駕車離開。

她卻不知，那護思在後頭賊心不死，竟是盯著遠去的馬車說：「不知是誰家女眷，主人和婢女都是一般美貌。不如我們跟去瞧瞧，回頭問耶律大人討個人情，也討兩個漢人女子回去做小妾。」說著還用手肘頂了頂身邊的彌裡。

彌裡卻不理他，一雙眼睛只淡淡瞥了他一眼，卻叫護思突然有點說不下去了。說來也古怪，這個彌裡，平日裡不聲不響的一個悶葫蘆，倒是還敢來瞪他。

劉存先還在苦口婆心地勸他們：「這次大家都是沾了耶律大人的體面才到宋境來見世面，等大人首肯，女人會有多少？現在是在街上，萬不可胡鬧了。」

護思也沒有對劉存先多尊敬，見他絮絮叨叨地沒完，脾氣上來，忍不住動手推搡了他的肩頭一把，「知道了，我沒要怎麼樣。」

劉存先無奈嘆氣，卻是拿他們沒有辦法，只盼這次耶律大人面子大，能叫宋朝皇帝賞賜一批美女下來，也算是叫這些饑漢嘗嘗鮮，別再胡亂惹是生非了。

13 契丹來使

回府後，芳竹知道自己闖了禍，跪在地上要求責罰。傅念君革了她一個月月例，告誡她：「往後還敢不敢胡鬧？人人都避著契丹人走，偏妳好奇心大要湊出去看，若是妳獨個兒上街，就是被他們擄了去，我也幫不了妳。」芳竹支支吾吾地不敢回嘴。

儀蘭也勸傅念君：「我們就是知道娘子會護著，才這樣膽大，這次得了教訓，以後真的不敢了。」

而周毓白今日回來得早，見傅念君罕見地在訓僕，倒是好奇：「這是什麼事？我倒是頭一次見芳竹跪在這裡。」

芳竹不敢不服，她也知道傅念君對自己實在是比旁的主子好太多了，今天都是她自己鬧出來的事。傅念君說了幾句就揮手讓她退下，這才與周毓白說起了今天的事。

周毓白沉眉，說道：「妳往後上街多帶幾個護衛，一個何丹不夠就把郭巡也帶上，免得再遇到這樣的事。」傅念君說：「我見是契丹人，也沒想和他們多做糾纏，好在有個叫劉存先的，還算是得體，他也不想把事鬧大。」

周毓白是知道這個人的，便說起他的來歷：

「他們祖上是前唐時的舊臣，唐末中原大亂後歸順遼國，世代事遼。他是劉家不受寵的旁支子，跟在耶律弼身邊多年，卻也沒什麼建樹。上回我在宮裡匆匆見過他一面，見他到底家學淵源，為人淳厚有禮，精通儒學，是個有才的，倒是耶律弼沒做到知人善任。」
在遼國，漢人和契丹人到底還是有差別的，即便這樣歷代事遼的漢氏家族，在契丹貴族看來，也不過是他們的家奴而已，碰上了賢名的主上還能夠得到重用，碰上沒那麼開化、不喜歡中原文化的君主，一樣沒什麼出頭之日。
那劉存先如今跟著的耶律弼，便是個比較守舊古板的。他能夠出使大宋並不是因為對大宋知之甚深，或者是格外推崇漢室文化，不過因為他是如今正當權的皇太叔耶律元的心腹和連襟。
出使宋朝這一趟，旁的不說，這銀錢和女人上，耶律弼必然是滿載而歸。
說來這耶律弼也並非皇族出身，只是這遼國仿漢，皇室改姓做耶律和劉，後族則改姓蕭，世代通婚，皆因遼太祖慕漢室，推崇劉邦與蕭何之故；其餘出身不高卻有功勳和本領的契丹人，後來也紛紛被賜姓，所以宋人能夠聽說的大名鼎鼎的遼人，不是姓耶律就是姓蕭。
傅念君問：「我聽說耶律弼為人頗有些剛愎自用，此次訪宋，可有不敬之處？」
周毓白道：「他倒是不敢，不過我瞧著他卻是個會鑽營的。若是我猜得沒錯，他或許準備走張淑妃的路子。」
傅念君驚訝，「張淑妃？他想做什麼？」
周毓白喝了口茶，神情平靜，「昨日我們才說過的，能為什麼，不過是為銀錢而已。」
耶律弼見宋室如此繁榮富有，焉有不心動之理？只是他在這裡撈油水，也斷斷比不了遼宋邊境貿易獲利之巨。
傅念君覺得張淑妃是瘋了，「這樣的事，張淑妃竟敢沾手？如今雖是太平，一旦出點什麼事，她這把柄，也足夠官家徹底厭棄她了。」
周毓白微笑，「她是沒這個膽子，所以我得幫她壯壯膽。」

傅念君細細一想，就想明白了。

張淑妃那個人，這輩子最喜歡的事就是和人爭、和人比。和舒皇后比做「正妻」；咬緊牙關提拔家族裡上不得檯面的外戚，就為和徐德妃比個娘家的榮耀；有了周毓琛後，更是要比兒媳的出身，要比兒子受寵愛的程度。

逼她主動去做一件事最好的辦法，就是要讓她發現，別人在力圖做這件事。

「七郎上回出城之事，是不是偷偷想法子讓她知道了？誤導她以為你缺銀錢，要和遼人做生意。這樣一來，她必然千方百計要奪你財路，耶律弼遞上橄欖枝，她就會毫不猶豫地咬上去。」

周毓白只是看著她微笑。

難怪這陣子他忙成這樣，傅念君就納罕，即便是接待外國使臣，也不用他這樣早出晚歸，盡心盡力。原來他早設好了局，準備誘張淑妃入套。

這段時日，他一定刻意接近耶律弼，表露出合作的意願，好讓張淑妃準備好了來截胡。

莫怪他會對劉存先有個印象。原本傅念君還覺得奇怪，劉存先這麼個耶律弼身邊的小人物，他怎麼也會記得？就是因為他私下同耶律弼接觸過好幾次了吧！

傅念君挑起了眉梢，繼續說：「七郎是一環套一環，早就安排好了吧？只要張淑妃搭上了耶律弼，做上了宋遼邊境貿易，就由不得她抽身了；又加上齊王府開館的事情，屆時齊王那裡銀錢跟不上，張淑妃必然只得指望耶律弼。她便會為了一個錢字，徹底鑽在這套裡出不來，到時官家一發現，不要說錢了，就是她手下敢牽扯這買賣的人，全部都得遭殃！七郎，你真是好算計。」

周毓白見她似乎有點生氣，拉了她的手道：「氣什麼，妳瞧，我不是什麼事也瞞不過妳。」

傅念君輕輕哼了聲，「我瞧七郎是故意瞧我的笑話呢，心裡肯定還在想，我到什麼時候才能根據你給的線索，猜出你準備做什麼。」

周毓白笑道：「這就太冤枉我了，我戲耍妳有什麼意思？我是知道妳聰明，我說不說，妳早晚都會知道。」傅念君勉強認可了他這番說辭，心道，周毓白大概也是想了很久，才琢磨到這個法子來削弱張淑妃的勢力吧。

就像她所說的，要打敗周毓琛，算計他失去儲君之位，只有兩條嚴重的罪名：謀逆和叛國。周毓白不是這樣的人，會為了權勢陷害兄弟、手足相殘。他和周毓琛之間，更多的是惺惺相惜的兄弟之情，所以他決計不可能使那樣的招數。

不動周毓琛，那麼就只能從張淑妃身上下手了。要一舉摧毀她背後的勢力不是件容易的事，只能讓她自毀長城。若她與耶律弼合作，雖稱不上通敵那麼嚴重，卻也是在皇帝面前捋了虎鬚，後宮嬪妃還敢伸手到兩國邦交之間，就是再愛她的皇帝也一樣無法忍受。

待張淑妃沒了銀錢做支撐，齊王府的文學館也一定會隨之面臨關門的結局，張氏羽翼盡除，周毓琛又還沒有一個得力的岳家，那他就真的只剩自己孑然一身了。

等到那時候，齊王便是受母族拖累，依照周毓琛的性情，不會做不自量力之事，對於儲君之位必然也會心生退卻之意，而皇帝也不會因此就恨上自己這個兒子。

沒有張淑妃，周毓琛就只是回歸到原本屬於他的地位。

這是最緩和、最中庸的方法，也是周毓白精心等待的機會。

傅念君嘆了口氣，握上了周毓白的手。

為著旁人總是考量那麼多，籌畫布局良久，只是要找一個對自己哥哥傷害最小的機會。

他這番苦心，旁人怕是沒有一個能理解吧。

人不為己天誅地滅，一心鑽營之人心冷涼薄，做不得有德之君，可是一味寬縱忍讓卻又會像傅琨一般引起太多不必要的麻煩，這其中的分寸，很難拿捏。

「七郎，我會一直陪著你。」

他不需要她出謀畫策，也不需要她搖旗吶喊，除了這件事，其餘的，她都幫不上他。

周毓白只是抓緊了她的手，眸光閃閃地盯著她，只說：「好，不能食言。」

傅念君點了點頭，覺得他說這話時，神情格外認真。

周毓白鬆開她的手，才嘆了口氣道：「過幾日，宮裡要開夜宴，宴請各國使節，前頭因為太后娘娘身體有恙就耽擱了。念君，這也算是妳第一次正式露面的宮宴，若是有不明白的地方，我去阿娘那裡請個嬤嬤過來？」

傅念君對宮裡那套禮儀早就爛熟於心，更不希望自己身邊多個嬤嬤指手畫腳，便拒絕了。

周毓白自然也不擔心她應付不來那樣的場面，只說：「正好這次外國使節入京，下個月又是太后娘娘的千秋節。近來她身子好了，我看爹爹的意思是要大辦，妳在家中……」

傅念君點點頭，「要給太后娘娘的賀禮，前些日子我就已經命人著手去挑了。」

周毓白挑眉，對她笑道：「王妃果真是能幹。」

傅念君聽他揶揄自己，不甘示弱地瞪了回去。

§§§

傅念君倒是不擔心宮宴，只是旁人顯然比她更在意這件事。

齊王妃裴四娘第一次登了淮王府的門，就是因著這個好藉口。

傅念君當然要命府裡的人夾道歡迎。

自從新婚後與裴四娘一道在舒皇后的移清殿謝恩時見過一面，她至今都還沒有見過裴四娘。

眼前的裴四娘一身宮裝，環佩叮噹，身邊的內監侍女如雲，雖不至於陣仗嚇人，卻也擺足了齊王妃的派頭。

傅念君多少覺得裴四娘這小性子是半點沒改。

從前她家中艱難，便一心簡樸，如今成了齊王妃，倒是忘了這一茬。

也是，各位皇子中，誰能比得齊王府中財資豐足，就是有徐家外戚做倚仗的肅王府，怕也是要略遜一籌。何況如今齊王府開館之事傳出，正是風光好時候，她這派頭委實不算過分。

傅念君將裴四娘迎進了後院，裴四娘卻是打量了一圈府裡，只問傅念君：

「弟妹，妳府上的人怎麼這般少？」

傅念君道：「我和殿下都不習慣太多人伺候。」尤其是宮裡的內監。

裴四娘聽聞她這話，神色就有點難言，只是點了點頭。

傅念君也知道她的處境必然沒那麼好，張淑妃的兒媳豈是好做的？聽聞三不五時，張淑妃就愛將她喚進宮裡去耳提面命，裴四娘連個好覺都睡不上。

比較起來，舒皇后對自己的態度，真可以說是菩薩一般慈悲了。

下人上了茶，裴四娘的神情才鬆快些，頭一件事卻是說：

「宮裡要舉辦宮宴，屆時要宴請此次入京的各國使節，妳我都是新婦，規矩上難免有疏漏。我這裡有兩位嬤嬤，都是宮裡的老人了，這次先借給弟妹，也算是解解妳燃眉之急。」

傅念君似笑非笑地看著裴四娘，已然明白她的意圖。

張淑妃看來是在宮裡實在無甚大事可做，給兒媳婦添堵還不夠，還要來找自己的麻煩。

「多謝六嫂的好意，不過這倒是不必了。」

裴四娘擰眉，「弟妹，這可是……母妃賜的人啊。」

她覺得傅念君看不清形勢，張淑妃難道真的耐煩管她身邊有沒有嬤嬤？她不過就是要個面子，想叫淮王府低一下頭。

還是無傷大雅的那種。

雖然她也覺得張淑妃這樣的做法不大妥當，但這不過是件後宅女人之間最小不過的事，傅念君就是要去帝后面前告狀，怕是也開不了口。

就算去告了，她一個兒媳在公公面前狀告庶母也不妥，去舒皇后面前告狀，就更不用了。舒皇后對張淑妃，從來就是退避三舍，所以她朝張淑妃服個軟不行麼？就她生了一把硬骨頭不成？

「弟妹，我覺得，妳還是再想想清楚吧。」裴四娘勸道。

裴四娘倒也算不上是一個小肚雞腸的人，傅念君本來和她的過節也不大，更何況如今她覺得自己過得比傅念君風光，內心裡也有些優越的感覺，自認該提點傅念君的地方便想提點她一下就是。

這是大人不記小人過。

傅念君搖搖頭，她是比裴四娘更知道自己那位婆母的，只笑說：「淑妃娘娘的好意我心領了，她的人還是留給六嫂吧。若是我缺幫手，自然會進宮問娘娘去討。」

裴四娘道：「妳的意思是，母妃的人比不上娘娘的人，妳看不上？」

她的臉色有點難看。

這傅念君倒是生了一副好膽子。裴四娘篤定傅念君不敢亂說話，傅念君卻總是出乎她意料。

沒想到她卻是壓低了聲音，與裴四娘說：「淑妃與皇后可是同樣的？六嫂心裡難道沒有數？還是說在六哥府上，盧夫人同六嫂妳，也是一樣的儀仗規矩？」

裴四娘臉色陡變，不敢置信地望著傅念君。

「所以，六嫂有些話，還是該想想再說才是，不然傳了出去，豈不是要被問個不敬之罪？」

她倒反過來諷刺自己！裴四娘不可置信，喉嚨裡的話哽住了，這該是她對傅念君說的才是吧？

她竟然敢對張淑妃這樣不敬！

14 花園宮宴

傅念君卻淡淡勾唇一笑，看著裴四娘的眼神也帶了笑意。

她從前以為這裴四娘多少還有點氣性，不料卻是個這般沒本事的。她壓不過自己，以為憑齊王府和張淑妃之勢就能壓過淮王府麼？

但是傅念君可不想給周毓白丟臉。

宮裡的舒皇后退讓張淑妃的原因沒人比她更清楚，舒皇后怕張氏麼？並不是，她只是不在乎，不在乎皇帝的恩寵，和皇后這個位置帶來的虛榮。

放到周毓白身上，張淑妃敢說這些年來從他那裡討得過一分便宜麼？

皇后母子境況可憐，多是外界眾說紛紜，其實周毓白從來就沒有將憋屈賣慘當作打擊張氏母子的手段。

在傅念君眼裡，他就如高山之巔無人可攀的朗月青松，不得旁人任何形式的折辱。

張氏是輕狂了，以為區區一個裴四娘，就能叫自己這個淮王妃妥協麼？她還怕張淑妃不生氣呢，她越生氣，越輕狂，對周毓白的布局就越有利。

裴四娘的手緊緊攥著手裡的帕子，心中暗恨，卻是說不出來。

傅念君提到盧拂柔，便如針扎在心上一般，盧拂柔在齊王府上的存在，還需要她來提醒自己嗎？

妾和妻是不一樣的，傅念君竟敢這樣明目張膽地嘲諷張淑妃，當真是不要命了。

裴四娘冷笑道：「我不過是好心提醒弟妹幾句，弟妹卻這般話中帶刺，倒是不似妳在成親前的作風啊。」

她不就是靠著在帝后面前裝模作樣，才掙來這門親事的嗎？否則她何以能夠指婚給淮王！

裴四娘雖然極力克制，其實一直對這件事耿耿於懷。她也嫉妒傅念君，只是叫修養和家教給強壓下罷了。傅念君卻是如她所願，裝模作樣地把架子端了起來，還點頭道：「六嫂或許不知道，其實我家殿下就是中意我這假模假樣的做派，被六嫂看穿了，真是不好意思。」

裴四娘氣得想拍桌子。這是個正一品誥命的內命婦親王妃該說的話嗎？

「好好好，弟妹生了一張利嘴，是我今日枉做小人了。妳且不用拿盧氏刺我，誰不知她與妳娘家嫂子乃是閨中密友，想她一個妾室，得妳如此相護，倒是值得了！」

傅念君提起盧拂柔，不過是為了諷刺一下裴四娘從張氏那裡繼承來的「妻妾不分」態度，至於盧拂柔在齊王府過得如何，和她又有什麼關係。

裴四娘卻是不知情其中曲折，她不敢再提張氏和舒皇后，就遷怒於盧拂柔身上。

傅念君笑道：「她是我娘家嫂子的閨中密友不錯，卻不是我的。六嫂若是要琢磨盧氏，盡可以去，若是想我給我娘家嫂子傳個信兒宣揚一下妳的威風，倒也可以。」

裴四娘今天盛裝而來，氣勢如虹，不料卻被傅念君從頭到尾刺得一句話都接不上。

她這才是真的明白了，從前她還真是不瞭解傅念君。

傅念君決定見好就收，放軟了態度。

她本身對裴四娘沒有那麼多意見，也不想和她無止境地打嘴仗。今日這一回，也算是讓她知道自己是個什麼人，別沒得上門來尋些不痛快。

「六嫂若是今後想常來走動，我這裡也歡迎，若還是說些不著四六的話，我便只能提醒提醒妳。六嫂，還請不要和我生氣了。」說罷親自給她斟了一杯茶。

裴四娘到底也是世家出來的，從小練得一副好修養，也不是那等隨便就喜歡擼袖子叉腰罵街的婦人，飲了一杯茶，也就恢復了神色。她見傅念君不受教，已不欲再多聊，生硬地又說了幾句便開口告辭，態度有些不加掩飾的敷衍。

傅念君權當看不出，倒是和初時一樣的笑臉迎人，還親自將她送出了二門。

全程在屋裡聽到他們這番對話的儀蘭替傅念君擔心：「如果齊王妃去張淑妃面前告狀怎麼辦呢？娘子到底是晚輩……」

「她不敢。」傅念君說道：「她不算笨，她也怕我告狀，畢竟『妻妾不分』這個意思是從她嘴裡吐出來的。我在皇后娘娘和太后娘娘跟前都比她得臉，她何必要和我賭？更何況她知道自己去告狀，除了換一頓張淑妃的數落，什麼都得不來——她和張淑妃婆媳兩個，不是一條心。」

不是一條心的一家人，比外頭人還不如，這對婆媳之間的問題日後只會越發嚴重，根本不必傅念君來費心。

儀蘭似懂非懂地點點頭，說著：「我明白這個意思，就像殿下和娘子一條心，皇后娘娘也和您一條心，上下齊心，好多事做起來就事半功倍了。」

傅念君點頭轉身，只說：「我們去內屋，把衣裳挑揀一下吧。」

§§§

畢竟是面見外使的宮宴，不能表現得太過馬虎，只是她也不想出頭，否則光衣裳這事上就夠能叫人挑刺了。

自成親後，周毓白在世人眼裡也不似從前如仙人般遙不可及、只能舉目遠望，但當他在宮宴前特地從外頭捧回來一件婦人飾物時，還是叫府裡下人都差點驚掉了下巴。

傅念君倒也不是沒有尋常女子都幻想過的閨房樂趣，與自己的夫君描眉畫鬢、攬鏡梳妝，從大清早就開始甜蜜恩愛，但是周毓白……

她真的對他沒有這樣的要求。

何況這府裡的東西銀錢都是她的，任由她支配，她並沒指望他會學著旁的男子，在外頭買些首飾釵環的，回來哄妻子開心。他們兩個之間，哪裡需要這些。

因此見他特地捧了件首飾回來，傅念君不能不驚訝，「七郎這是從哪裡得來的？」

周毓白帶回之物，是一頂精巧的珠冠，鑲嵌青玉紅寶，雙鸞銜金絲，配著一對纏枝梅花的玉梳篦，端的是流光溢彩，巧奪天工，而且還是齊齊整整的一套。

傅念君覺得它瞧來有幾分眼熟，便拿起來放在手中端詳，被那上頭的光芒差點晃花了眼，卻還是記不起來。

難不成，她前世裡還戴過這樣的珍品？

周毓白見她目不轉睛，便笑道：「喜歡？」

傅念君將珠冠放下，問他：「這是七郎叫工匠去打的？光瞧這對玉梳篦也是上了年頭的好玉，並不是新料。」

周毓白道：「是董先生拿來的。」

「董先生可有說起它的來歷？」傅念君不死心地追問。

周毓白倒是不妨她這般上心，只說：

「董先生手裡的寶貝自然不少，我便托他尋了來……他只說這東西收來還不久，可有古怪？」

傅念君搖搖頭。她是覺得自己古怪。

周毓白看了看那珠冠，也不覺得有什麼不妥。

原也不想交代這樣清楚，還不是某日郭巡又拉著陳進幾個小的在那裡大放厥詞，被他聽到了。他說什麼，做男人的，便要時常留個心眼在，送些女兒家的東西給她們，姑娘家們見了才會歡喜，才會感受到你的真心。

周毓白自是覺得傅念君和俗世的女子不相同，可是轉念一想，自己同她認識這麼久，卻也真的沒送過她什麼。反而剛認識不久的時候，她有一支蝴蝶髮簪落在了他馬車中，至今還被他收藏在書房裡沒有還她。

而且周毓白也聽她說過，她兄嫂當日結緣，便是由一支步搖而起。

周毓白是第一次做這樣的事，自然也沒什麼經驗，見傅念君這副神情，還當她是不喜歡。

「若是不喜歡，我再去尋別的來。」他訕訕道。

傅念君看著他的神色，噗嗤一聲笑出來，立刻又調皮起來，伸手攬住了自己夫君的脖子，在他耳邊吐氣如蘭：「七郎送的東西，我怎麼會不喜歡，你這樣有心，我真是開心。」說罷便朝他眨眨眼。

周毓白攬住她的腰，見天色才剛昏沉下來，外頭還沒點燈。

他一向在某些方面比較克制，不過嘛……現在勉強也算不得白日，說不定他期盼的事，可以早些開始。

他正兀自心猿意馬，傅念君見他沒回應，一轉身又把目光落在那珠冠上。

她說不好心裡這種詭異的感覺，總覺得這頂珠冠熟悉得緊，那冷冰冰的金玉摸在手上，沒來由地讓人起雞皮疙瘩。她覺得自己疑神疑鬼，可就是無法摒除這種感覺，想了想便轉頭對周毓白道：「七郎，這珠冠雖美，卻有些過分華麗，我不想在宮宴上如此大出風頭。」

周毓白點點頭，自然依她，「妳拿主意就是。」唇已經落到了她頸側，緩緩上移。

傅念君笑著躲閃，把心裡那一點古怪的感覺揮去，試圖推開他的肩膀。

「可別胡鬧，從外頭回來不餓？先吃晚膳吧……」

傅念君未盡的話只含在了嘴裡被他吞了去，「嗚嗚」地無助討饒，卻沒有換來他半刻放鬆。接下來，她只覺得自己如置身雲裡霧裡，不知今夕何夕，渾身熱燙，彷彿整個人都不是自己的了。

雖然前世成親的時候就有宮裡的女官教導過她房中事了，她當時也沒覺得如何，現在想來，當初真該好好學學的，也不至於總是這樣狼狽。

傅念君正胡思亂想著，卻不妨渾身一個激靈。

是周毓白正用熱水替她清理。

他怎麼能做這種事呢？

傅念君抬起軟得沒有力氣的手臂去按他的手。

「七郎，我自己來……」

話一出口，她自己都愣住了，話音軟糯地像能滴出蜜來。

周毓白笑道：「我沒有讓她們進來服侍，妳害羞不是？」

他重新窸窸窣窣地上了床，躺在了裡面，伸出左手擁住了她，嘴唇貼到了她的額頭上，他輕輕地吻著她的眉眼，溫柔地讓人心醉，和適才強勁的力道……完全不同。

傅念君嗯了一聲，心跳還沒有緩下去，身體內一陣陣陌生的浪潮還留著餘韻，睏意襲上心頭。

她窩進周毓白懷裡，只覺得四肢百骸戰慄的感覺才稍微好一些，整顆心好像被泡在一汪熱水裡，只想親近他，想擁抱他，不願意推開他。

周毓白勾唇笑了笑，吻著她馥郁的唇角，心裡雖想繼續折騰她，可到底捨不得。這樣抱著，也算是一種別樣的溫暖吧。

「睡一會兒吧，念君。」

他的嗓音比上好的絲竹管弦更動聽。

傅念君再醒來時，只覺得腰腿有些痠軟，倒也還能在接受的程度。想來他是沒有盡興的吧。

傅念君回望了一眼枕邊人，見到他還是平穩地睡著，忍不住俯身親了親他的額頭，隨後自己就探出手去尋肚兜和中衣。

周毓白察覺到動靜，睜眼便看到一片雪膩光滑的裸背在自己眼前晃悠。

真是刺激人……

他伸手攬住傅念君將她帶回被窩，吻了吻她的耳朵，說：

「再睡一會兒……」

傅念君卻掙扎著不肯，「你還沒用膳呢。」

§§§

宮宴那日，傅念君打扮得中規中矩，牙色底八幅繡裙，暗花緞鑲邊對襟大袖，頭上梳了髻，選了玳瑁冠，一身無功無過的裝扮，收拾完一瞧，卻是比實際年齡要大個三、四歲。

儀蘭和芳竹看得直皺眉，覺得傅念君平白糟蹋了老天給她的好相貌。傅念君倒是覺得還不錯，希望這一身最好能讓誰都別注意到她。

周毓白今日也特地打扮一新，親王的朝服穿在身上，清俊端方之外，更多了幾分王孫公子的氣韻。傅念君還出言揶揄他：「倒是空谷幽蘭沾了人間富貴氣，可怎生是好？」像極了在街頭調戲良家女子的惡霸流氓。

周毓白只任由她替自己整理袖口，對她的調戲很淡定，「蘭花牡丹，還不都是王妃手裡養的？王妃喜歡就是了。」

傅念君勾唇直笑，滿肚子笑意憋得難受，心想別人都是夫唱婦隨，嫁雞隨雞，可到了他們這裡，怕是周毓白如今是隨了她罷，這臉皮可不大像初見時的模樣。

宮宴傍晚開宴，下午夫妻兩人便要坐宮車入宮。

現在還是早春，周毓白怕傅念君凍著，早讓人收拾了一件斗篷給她。

原本這春日，宴會辦在紫宸殿裡也妥當，偏那些外國使節嫌在殿中沉悶，鬧著要去城外的金明池和瓊林苑賞景吃酒，但如今的天候自然還去不得，最後折中，便在後宮花園裡辦了。待到徐太后千秋節，再移駕瓊林苑就是。

傅念君婚前就參加過舒皇后的內宴，唯一的區別就是那時來客多是女子，而這次主要是宴請那些外國使節，她們這些宗室女眷，也不過是走個過場露個臉。她心裡還盤算著或許尋個機會，能早些脫身去個僻靜的院落休息片刻。

她實在是吃不得酒。

宮裡自然熱熱鬧鬧的一片，邠國長公主也來了，還是一如既往地搶眼，一身大紅的彩繡散花曳地石榴裙，無疑是人群中最亮眼的，蓋過了無數小輩，傅念君自詡如今她這個年紀都不敢這樣穿。她自然要去向這位姑母見禮的，但是邠國長公主對著她，眼皮都不抬一下。

她與傅念君之間的關係，皇室裡的女眷也早有耳聞，倒是旁人都替傅念君覺得尷尬。只是當事人卻還是一派落落大方，絲毫不覺得冷場。

大家不約而同都在心裡腹誹了一下，這位淮王妃，也不知該說她膽色好，還是臉皮厚。

周紹懿因為這兩天身體不適，加上滕王無法出席這種場合，滕王妃自然就沒有來，因此也沒人能來拉傅念君一把，而現場最有資格的崇王妃，卻是連眼睛都沒敢抬起來，只顧盯著地上。

齊王妃裴四娘倒是有個反應，便是朝傅念君冷笑了一下。

邠國長公主不回應，傅念君這禮就沒行好，她也不管，兀自直起身站回到一旁去。

這時候，卻有那不曉事的來搗亂了，那便是站在裴四娘身邊，與傅念君曾有過一面之緣，張淑妃已經出嫁的女兒安陽公主。

張淑妃和邠國長公主、傅念君都不對付，安陽公主受她娘影響，自然也找到機會能踩一腳便踩一腳。她竟朝傅念君道：「七弟妹，姑母是因為我那齊表弟離京從軍，如今才這般心緒不寧的，可不是要難為妳啊，其中因由，妳都懂得罷？」

這番話一出，在場哪個人敢吭氣。

除了安陽公主，也沒人有膽子敢這樣一句話同時得罪了邠國長公主和淮王妃。

那話裡的意思分明就是直指傅念君和齊昭若之間那些不可說的隱晦，她明明知道邠國長公主最忌諱這個，卻還要刻意在這麼多人面前提起，果然是仗著張淑妃養大了膽子。

邠國長公主聞言立刻就黑了臉，目光掃向了安陽公主。

傅念君卻是道：「我生性愚笨，不知道四姊說的是何事，怎麼齊表弟之事卻來問我，難不成該和我有關係嗎？」她這樣一反問，安陽公主反而說不出口了。

誰能知道這傅念君是個臉皮這般厚的，好似與齊昭若有貓膩的不是她一般。

安陽公主卻還是要顧著點面子的，迎著邠國長公主不善的目光，她只能自己圓場：「哪裡，我不過是隨口說說罷了……」她這樣訕訕收場，傅念君看在眼裡只想笑。

邠國長公主冷冷地哼了一聲，「不會說話就別開口，免得在這樣的場合讓人笑話！」說罷甩袖而去，安陽公主卻是敢怒不敢言。

好在開宴以後，傅念君就回到了周毓白身邊，不必要再忍受這些莫名其妙的女人們。宮宴辦得熱鬧，教坊中最上乘的樂師和舞伎悉數到場，樂音嫋嫋，衣袂翩翩，便似天宮瑤池宴一般。

傅念君遠遠望向正盯著眾舞女樂師的各國使臣，從服制上便能分辨出他們各代表哪個國家。遼使遠遠地看不清面貌，卻能看清頭上的金冠，後簷尖長如大蓮葉，服紫，標準的遼人打扮。

傅念君心想，這人應當就是耶律弼了，果真似七郎說的一般，對大宋並無多少敬意。遼太祖甚愛中原文化，因此服制上並行契丹服和漢服兩制，南班的官員更是因漢人居多而多用仿漢制的官服，這耶律弼自然也有兩種官服可選，但他明知紫色乃是宋室帝王之色卻還要穿，可見內心裡確實不屑漢人。

而遼使旁邊的應該就是西夏使節了。西夏人大多禿髮，耳垂重環，喜穿各式裘衣，都是遵從了鮮卑舊俗。那幾位西夏使臣身邊顯得有些冷清，連個打招呼往來的人都沒有，與旁邊遼使的熱鬧對比鮮明。

倒也難怪，如今宋室與西夏關係緊張，又兼之大遼虎視眈眈在側，與西夏的關係也不如往年交好，其餘諸國都是會看眼色的，這又是在大宋的境內，自然不敢多去和西夏人攀談。

再往後一些吐蕃、大理、回紇等國的使節坐得有些遠，傅念君目力不夠，倒是看不大清了。

「好看嗎？妳瞧得這般認真。」周毓白在旁打趣她，傅念君卻答非所問：「這次西夏來使叫什麼？」

「似乎是叫做李延波。」

西夏與遼室一樣，漢姓統共就那麼幾個，外交使節也算是一門肥差，和皇室沾親帶故的並不算稀奇。

李延波這個人，傅念君倒是沒有印象。

「七郎和他有接觸？」

周毓白搖頭，「與西夏使臣，我也不能有接觸。」

傅念君點點頭，這倒也是，如今與西夏的關係這般緊張，還是對他們避而遠之的好。

沒一會兒，皇帝就攜著皇后與幾位位份高的嬪妃出現了，落座之後，照例便是你來我往的祝禱之詞，而皇帝或許根本也聽不太懂那些意思，只是叫左右賞一些早就準備好的酒食下去。

這會兒的膳食是早就準備好的，放在蒸屜裡熱了一遍又一遍，哪裡還有什麼好滋味。

不過那些茹毛飲血的胡人也不在乎入口的酒菜如何，他們那一雙雙眼睛都目不轉睛地盯在那些旋轉舞動的舞伶身上。想來他們最喜歡的，應是大宋皇帝金口玉言，給他們賜些美女吧。

傅念君忍不住撇撇嘴。

面前碟子裡突然多了一塊酥烙。傅念君微微抬頭，周毓白正朝她微笑著，他輕聲說：「先用一些，這個不難吃，待回去再讓儀蘭替妳準備些宵夜。」

傅念君心中驟暖，點點頭，把酥烙送進嘴裡。

這滿堂兒郎，周毓白該是少有的不往那些舞伶身上投去一眼的人了。他只與自己身邊妻子說話，被裴四娘等人瞧在眼裡，多少有點不是滋味。

不過也輪不到她給傅念君不痛快，自然有人先她一步。

張淑妃也不知是哪裡不對勁，突然便叫人賜酒給淮王妃，這是個體面，傅念君沒道理拒絕。望著那滿當當一盞酒，周毓白的臉色隨即沉了。

傅念君知道這個會見各國使臣的當口，還是不要生事的好，立刻就按住了周毓白的手，低聲說：「七郎還不瞭解她的脾氣麼？不過是心裡不痛快，找個小法子給我添添堵罷了，難不成她還敢下藥，只是一盅酒罷了。」說罷便接過飲盡了。

那內侍卻不肯走，直笑著說：「淑妃娘娘說了，是三杯……」

周毓白手裡的玉箸啪的一聲就擱在了桌案上，嚇得那內侍立刻頓住。

「是麼？」周毓白臉色淡淡，目光平和，只是說：「不是你聽錯了？不若我親自去問問，可是三杯？」

「不敢不敢。」那內侍一頭冷汗，忙撤了下去。

今天這種場合，誰都不想生事，張淑妃也一樣怕周毓白在皇帝面前給自己難堪。

傅念君不善飲，就是只喝一大杯，張淑妃也覺得掙回了點面子，也就不再計較了。

兩敗俱傷而已。

傅念君有時候真覺得張淑妃還挺像那些任性的閨閣少女。她也不想枯坐在這裡，便藉口這杯酒溜出去更衣。

正好周毓白被過來的肅王拉著要去敬酒，也陪不了她。

待傅念君收拾好儀容出來，面前就多了一個小黃門，笑嘻嘻地請她移步。傅念君覺得他有點眼熟，仔細一想，就明白過來了。

這一招還真是無比熟悉啊。

除了那位，誰還這麼巴巴地指望著自己過去陪她說話。

反正對那無聊的宮宴也沒甚興趣，傅念君便點點頭，說：「那你帶路吧。」

15 婕妤相請

在花園中繞了一段小徑，傅念君果真在一間臨水小軒外，見到了一個宮裝女子的身影。

那女子正坐立不安地從鵝頸椅上站起，復又坐下。

不是那位江娘子江菱歌又是誰。

傅念君走過去，江菱歌果真眼睛一亮，忙說：「可總算等來了妳。」

傅念君不知她要幹什麼，先恭喜她：「聽聞江娘子進位份了，如今是江婕妤，一直沒機會親口道聲恭喜。我的禮可收到了？」

江菱歌不耐地揮揮手，「誰稀罕妳那禮物。」隨即她就上下瞟了傅念君幾眼，只說：「倒是我不能參加淮王妃的婚禮，太遺憾也太可恨！」便是到了這會兒，她盯著傅念君的眼神還是藏著幾分妒火。

畢竟傅念君在她眼裡，是最終「抱得美人歸」的那個。

傅念君對江菱歌這種脾性已經很習慣了，自行坐下，問道：

「江婕妤似乎不是想恭喜我的樣子，究竟有什麼貴事呢？」

江菱歌氣呼呼地坐下，絞著帕子盯著傅念君這副樣子，忍不住說：「妳就一點兒不擔心嗎？」

傅念君反問：「擔心什麼？」

江菱歌急吼吼地說：「齊王如今開館了，知道這代表什麼嗎？妳沒見張淑妃近來尾巴都要翹到天上去了？妳就沒想過淮王殿下的處境？哎呀，妳……」

她覺得傅念君好像心不在焉的，手指還在剝著鵝頸椅上的木刺，更是忍不住一把拉下了她的手。這個婕妤倒是比自己這個正牌淮王妃還要操心。

傅念君配合她道：「代表什麼？代表官家對於儲君之位，更屬意齊王殿下？」

江菱歌鬆了口氣，隨即一顆心又吊了上來，說：「妳當真一點都不急？」

傅念君說：「急有什麼用呢？」對江菱歌道：「妳且先想想，最該急的是我家殿下嗎？齊王得勢，張淑妃囂張，對此最忌諱的是誰？」

江菱歌明白她所指，說道：「我知道妳是說肅王殿下和徐德妃。齊王開館的消息一出，徐德妃就去慈明殿伺候了三天湯藥，妳當太后娘娘怎會如此快就病癒？她是不敢再病了，她也為肅王擔心。但是肅王府是一回事，你們府上又是另一回事。儲位之爭，哪裡有鷸蚌相爭、漁翁得利的道理，不過是前有狼後有虎，半點馬虎不得啊……」

傅念君倒是對她有點刮目相看了，在宮裡磋磨了這些時日，沒想到突然長了這麼多見識。

傅念君轉了轉眼珠子，問江菱歌：「江姊姊，妳這段時日一直跟在徐德妃身邊，可曾探聽得肅王府的消息？」

江菱歌倒是第一次聽她叫自己姊姊，心裡挺受用的，面上卻是嫌棄：「淮王妃，我可當不起妳這聲姊姊！我又不是妳的探子！」

傅念君道：「我不過是問問。說實話，我與妳的感覺一致，總覺得肅王這次的表現太理智。」

肅王這人，連民間都多少有耳聞，他雖是皇子中年紀最大的一個，卻是最會到御前哭鬧訴苦的。或許是徐德妃實在教不了他什麼旁的，就從前那件玉璽和氏璧的事，肅王在御前那一套哭天搶地、唱作俱佳的本事，那位比他小十幾歲的弟弟周毓琛都做不出來。

這次齊王開館，他老娘都坐不住了，他卻沒進宮扮孝子討恩典，反而一反常態，表現得十分大度。

江菱歌嘆了口氣，「當日是舒娘娘給我指了明路，讓我跟著徐德妃。徐德妃雖不如張淑妃心狠毒辣，卻也不是個好相與的，且很多事都拎不清，我哪能從她那裡探聽更多事。」

傅念君心道，還真是稀罕了，江菱歌竟然會認識到旁人的拎不清。不過說起來，徐德妃為人做事確實是比江菱歌還蠢幾分，想來她是日日看著徐德妃這般樣子，倒是警醒了些，曉得自己不能犯蠢。

傅念君揮手斥退了左右，低聲對江菱歌說：「我是想問問妳關於肅王妃的事。今日這般宴會，她又沒出席，實在是……」

傅念君還沒說完，就見江菱歌眼中冒出一簇熾熱的光芒，讓傅念君一時覺得無所適從。

江菱歌拉著傅念君的手，聲音中有壓抑的興奮，「我也覺得十分奇怪，她從來不去向徐德妃請安。妳見過肅王妃嗎？她長什麼樣子，當真是十分美麗嗎？」

所以江菱歌在宮裡是憋得有多慌？

傅念君拉下她的手，說：「我確實去肅王府拜訪時見了她一面。」

她粗略地形容了一下，滿足了江菱歌的好奇心，指望從她這裡換取些有用的消息。

江菱歌點頭，嘖了嘖舌，低聲與傅念君道：「倒是先前有一回，齊王妃進宮，在張淑妃的會寧殿裡頭立規矩，正好那天徐德妃在太后娘娘那裡受了氣，路上碰到了她們，也不知發生了什麼事，總之徐德妃回來後就抱怨自己沒有兒媳命。當時我和孫才人拿了針線去請徐德妃指點，便伺候她用點心……」

江菱歌說話一貫拉拉雜雜的，傅念君只好耐著性子，聽她描述漫長的前因後果。

重點是江菱歌說到徐德妃含著一包氣準備午歇，卻是忍不住念叨起肅王妃蕭氏，誰知她一時忘了江菱歌在場，竟然就與老僕說了幾句不得了的話。

「我聽徐德妃的意思，肅王妃好像不是漢人！更要命的是，她之所以這般不受皇家待見，甚至拖累肅王也一併被官家厭棄，有一部分原因，是肅王妃成親前似乎就……」

江菱歌輕輕「嘖」了一下，到底沒說下去，只用眼神示意。畢竟她自己就是成親前先洞房的人，因此那話就不好開口。

「我聽了這幾句話嚇得動都不敢動，後來徐德妃看見我在場，臉色當即就黑了。好在我機靈，當時站得遠，立刻就回了一句『德妃娘子可是在吩咐妾身？妾身沒有聽清呢。』」她說完還洋洋得意了一下，似乎等著傅念君來誇她有急智。

傅念君聽了她這話倒也沒表現出驚訝的神情，只微微擰眉，問道：「妳可聽錯了？」

江菱歌道：「這種話怎麼可能聽錯！我覺得挺有可能的，肅王妃不是姓蕭麼？我看她就是契丹人也說不定！」

傅念君想說以蕭這個姓來判斷未免太過兒戲，但是轉念一想，卻覺得也有可能。

她前世今生也算是見多識廣了，知道當年的蕭太后是何等名噪一時的美人。蕭氏是歷代契丹後族，蕭氏女貌美早就是世人所承認的了。如此一來，江菱歌那無稽的猜測好像又有那麼些道理。傅念君又追問：「徐德妃說的肅王妃婚前不貞之事，是指她與旁人，還是與肅王？」

江菱歌簡直要被傅念君這樣驚天動地的話給驚住了，忙去捂她的嘴，面紅耳赤道：

「到底是成了親，這樣的話也敢隨意說？徐德妃不過是在撒氣時這般罵了她幾句，我又怎麼知道內情？」

傅念君心想自己確實是難為她了，忙把江菱歌的手扯下來，換上了一個笑容道：

「江姊姊，好了，我不會告訴旁人的。」

江菱歌斜眼睨她，又重重地哼了一聲，咕噥道：「殿下一定不知道妳這個德行！」似乎很是為周毓白娶了傅念君這樣一個女人而不平。

傅念君勾唇笑了笑，終於想起來，「話說回來，妳找我來究竟要做什麼？」

江菱歌像是突然被她問住了，扭捏了一下才道：「有個忙，確實想讓妳幫幫……」

「妳說。」

江菱歌自從進宮起，就是同淮王府上了一條船，她若出了狀況，傅念君自然不能坐視不管。只是瞧她這副模樣，又想到昔日她對著周毓白花癡的樣子，傅念君心中不由咯噔一下，揣測道：「妳不會是……同哪個侍衛……有些……」

江菱歌愣了一下，明白過來後隨即大怒，指著傅念君鼻子的手指尖都在顫抖。

「妳、妳把我想像成什麼人了！怎麼可能啊。」

傅念君推開她的手指尖，微笑道：「開個玩笑嘛。」

江菱歌狠狠地剜了她一眼，才不好意思地開口：「我是想……妳能不能去尋個大夫，懂些婦人之術的。我知道民間有些厲害的老大夫，手裡有那種能夠助人快速得孕的方子，我、我想儘快懷個孩子。」

傅念君沒想到她找自己竟是為了求這種事。

江菱歌也知道這話不好啟齒，所以忐忑了這麼久。

「妳知道，官家年紀大了，如今、如今子嗣上已是艱難。何況他近來身子越來越不好，我不知道還能侍寢幾次，若能有個孩子，我後半生才有倚靠啊……」

她算是徹底想明白了，既然這後宮是出不去了，起碼留個孩子還能有個指望。

「何況妳想啊，」她拉住傅念君的袖子，「如今張淑妃這樣得勢，我與她又結了這樣的怨，沒個孩子在身旁，日後、日後豈不是被她隨意就發落了？若我現在有了身子，也是對妳和殿下的助力啊……」

傅念君無奈地扯開自己的袖子說：「好了，我明白。」

江菱歌終於鬆手。

傅念君嘆了口氣，看著她道：「這件事我會替妳問問，但是後果妳也要想想清楚。若是對妳和官家的身體有損害，這可怎麼辦？還有，這樣繞過了太醫院去民間私自求藥，要是被張淑妃捏住把柄，可能妳從此就會被官家厭棄，妳可都想清楚了？」

江菱歌絞著帕子道：「可是我有什麼辦法呢？我也不求生個皇子，若是個公主，我也是開心的。」

傅念君點頭，「好，我知道了。」

江菱歌這事可行不可行，她還要再想想。今天她也算「幫」了自己一個忙，透露了一些肅王妃的消息，傅念君自然也會應承她所求。

話說到這裡，傅念君也該告辭了，江菱歌最後還是忍不住多嘮叨了兩句：「妳和殿下，一定要小心，宮裡有什麼情況，我會想辦法通知妳的。」

傅念君正色，最後一次提醒她：「江姊姊，如今妳已是宮妃，對殿下的心思若是不斷，便是一柄懸在頭上的利劍，有些話，往後妳再不能提了。」語畢便緩步離去。

望著她遠去的背影，江菱歌滿心的酸楚。是呀，她早就沒有指望了，淮王只成了她心裡一個淺淺淡淡的影子，他身邊早就有合適的人了。

長嘆一聲，她才轉身叫左右扶著離開。

§§§

傅念君經過夜風一吹，酒也醒了不少，前頭由宮人領著要回宴會上去，不想突然從斜刺裡磕磕絆絆摔出一個人來。她嚇了一跳，那人已經坐在地上哎喲喲地摸著後腦杓叫了起來。

傅念君身邊的一個高班是個眼力好的，立刻認了出來，忙上前道：

「可是肅王世子？您沒事吧？」這才和旁邊一個小黃門將地上的人扶了起來。

羊角宮燈一照，可不正是周紹雍麼。

周紹雍顯然是喝了酒而來，淡淡的酒味鑽進傅念君鼻子裡。

他嘻嘻地笑著，自己站起身來拍拍衣裳，倒是還不像醉鬼的模樣，見到面前的傅念君，先笑了笑：「是七嬸啊……妳也溜出來麼？」

傅念君有時真的看不透這個周紹雍。

說他如一般少年天真熱情、明澈爽朗吧，但她就是心底總有一股子懷疑莫名冒出來。畢竟這皇家之中，哪裡會有簡單純粹的人？

傅念君點點頭，「世子身邊怎麼也不跟個人？若是磕了碰了怎麼辦？」

周紹雍揮揮手，說著：「男孩子嘛，摔一下也沒什麼。哦，七嬸，我在躲他們，妳別說話……」

躲？

他們？

他是指誰？

傅念君還未來得及深思，就聽見剛才周紹雍過來的方向，有幾道人聲傳來。

都是年輕男子的聲音。

有個少年在喊：「世子，你出來吧，你跑什麼……輸了也不是真叫你罰酒的呀……」
這聲音也有點耳熟。
周紹雍卻是一跺腳，惱道：「七嬸幫我，不能叫雲禾發現了我！」
雲禾？
咸寧郡公周雲禾？
傅念君無語了一下，他們兩個都這麼大年紀了，還在花園裡玩捉迷藏不成？
周雲禾和盧七娘被指了婚，再過一年也要成親了，如今看來，孩子心性倒是還未脫去。
草叢突然被扒開，果然露出了周雲禾的臉。他見到傅念君，也愣了一下，立刻要行禮。
他是宗室子弟，嚴格說來該叫傅念君一聲堂嫂。
傅念君點點頭，也朝他打招呼：「郡公可是在找肅王世子，他就躲在那棵樹下。」
傅念君指了指身後。
周紹雍露出一個頭，頗有被出賣的無奈：「七嬸，妳……」
周雲禾頓了一下，有點不好意思。
只是周雲禾卻不是一個人過來的，他身後還有兩人，等露出了面容，傅念君也想了起來，那是同為宗室子弟的周雲霰和周雲詹。
這陣仗……
上次自己見到他們，還是在去年上元節的時候。他們幾個倒是喜歡一同進出的。只是周雲詹出現在這裡有點奇怪。
他不是被皇城司看管起來了嗎？
周毓白和齊昭若先前懷疑他就是幕後之人，但是照後來的種種情形來看，應該不是他，或者

說，不全然是。

齊昭若差點扼死他，他卻還是一個字都沒有說，反而讓齊昭若得來宮裡一頓臭罵。

顯然這人是個心智堅定的，而且起碼說明，他與幕後之人應該有點關係。

傅念君挑了挑眉，目光不自覺地就落在了周雲詹身上。周雲禾和周雲霰也注意到了，自然就轉頭去看周雲詹。

周雲詹今日確實被特地允許參加宮宴，他已經一年沒有在人前露臉了。他朝傅念君行了個禮，神情古井無波，彷彿對傅念君的眼神一點知覺都沒有。

周雲禾呵呵地笑了笑，覺得傅念君這樣直勾勾地看個男人有點不妥，側身就擋住了周雲詹，對傅念君說：「王妃嫂子，對不住，是我們幾人莽撞，衝撞了妳，還請別和我們計較。」

傅念君點頭笑了笑，說著：「夜裡風涼，幾位吃了酒，還是別吹了風，省得鬧頭疼。」

幾人便拱手要告辭，傅念君卻叫住了周紹雍。

周紹雍神情有些忐忑，小聲問傅念君：「七嬸不會是要向七叔告狀吧？我剛才可沒真的撞上妳啊。」

傅念君打量著他的神色，只是說：「我不過是想問問，馮翊郡公怎麼如今可以出門了？」

周紹雍撓撓頭，說：「我也不是很明白，大概是太后娘娘鬆口了吧。哎，本來嘛，他被關起來這事吧，我覺得有點處置過分了……」

傅念君打量著周紹雍這張和肅王妃極為相似的臉，說道：「是麼？你真這樣認為？」

周紹雍無辜地望回去。

傅念君岔開話題，說：「你母親近日身體可好？」

周紹雍道：「多謝七嬸關心，我娘挺好的，只是這樣的場合，她不習慣。」說罷嘆了口氣，頗為惆悵的樣子。

前頭的周雲禾已經在頻頻回頭朝這裡看了，傅念君便結束了談話，看著周紹雍向前追上了他們的腳步。

試探周紹雍果真是件很難的事。

§§§

傅念君回到了宴上，周毓白已經喝了許多酒，臉上有些不尋常的潮紅。

皇帝此時不在席上，大概是被左右扶下去更衣了。

而那些外國使節更是因為吃了酒，顯露出骨子裡的放浪形骸來，雖然不至於像在宮外那般放肆，可是有幾個已經手舞足蹈地跟著舞伶一塊兒跳了起來，更多的則是三三兩兩地聚在一起勸酒。

傅念君捧著熱茶，想叫周毓白解解酒，他卻是突然握住了她的手腕，眼眸閃亮。

傅念君突然想起成親前，有次他喝多了酒的模樣，兩人在轎中……

她實在說不上周毓白的酒量算好還是不好。

「淮王殿下……」傅念君突然聽見有人用生硬的漢語喚著。

抬頭一看，卻是那遼使耶律弼。

只一眼，傅念君就清楚自己對這個人的反感。他的眼神放肆地落在傅念君身上，雖然不至於到輕薄的境地，卻是讓人十分不舒服。

「耶律大人。」

周毓白朝他點點頭，耶律弼卻是從左邊副使手中接過一杯酒，要朝周毓白敬酒。

周毓白執起面前酒盞，與耶律弼飲了一盅，耶律弼身旁的副使便嘰裡咕嚕地說了一堆契丹話，卻被耶律弼一把推開。他竟是兀自坐了下來，一副要與周毓白痛飲的模樣。

周毓白並未推拒，臉上表情讓人看不清楚情緒。

耶律弼只與周毓白敘談了幾句，卻突然出現了一個內侍，端著酒盞，笑著與耶律弼身邊的副使說了幾句，副使就用契丹語轉述給耶律弼，耶律弼擰了擰眉頭，望過去的方向卻是……

張淑妃和齊王殿下。

傅念君勾唇笑了笑。

果真，耶律弼朝周毓白告了個罪，便站起身，由內侍和副使一邊一個扶著，搖搖晃晃地朝齊王的方向去了。

張淑妃不知何時回到了座上，傅念君的視線正好遠遠對上她的，很容易見到她目光中的幾分譏誚。隨即，張淑妃先轉過頭，笑著與身邊人說話了。

周毓白抬手喝了半杯剛才傅念君為他倒的茶。

「她可真當自己是這宮宴的主子了。」

肅王不知何時出現在了周毓白和傅念君夫妻二人案前，黑著臉盯著張淑妃。

周毓白扶著額頭道：「我吃醉了酒，大哥，對不住，不能再陪你喝了。」

肅王看了他一眼，倒是拍了拍他的肩膀，「老七，你這酒量也太不行了。」隨即目光落向了傅念君，點點頭道：「弟妹，妳要好生照顧老七了。」

傅念君說道：「大哥放心。」

肅王頓了頓，卻說：「前段時日，妳到我府上來看妳大嫂，也是有心了。只是我也沒有空好好招待你們，趕明兒妳和老七來我那裡，最近新來了個戲班子，我正琢磨著在府裡熱鬧熱鬧。」竟是來邀請他們夫妻去他府上做客。

傅念君一邊扶著周毓白一邊應承：「大哥相邀，我們怎敢不赴約。」

周毓白卻是有氣無力地說著：「頭有些暈。」

肅王看著周毓白，嘆息著搖搖頭，「老七你這……弟妹，你們還是先退席吧。」

肅王在某些方面確實還挺像一個大哥的。

傅念君扶著周毓白，由內侍領著先退席了。

聽說皇帝已經讓人扶著回寢殿了，這幾個外國使臣鬧夠了自然有人送他們出宮，周毓白和傅念君留在這裡也沒有什麼必要了。

循著花園裡的小徑走開了些，絲竹聲落在身後，周毓白便也直起身子，不再需要人攙扶。

傅念君嗔怪道：「為何要喝那麼多？回去也沒有醒酒湯給你。」

兩人一起上了馬車，傅念君終究心疼，讓內侍擰了個濕帕子來給周毓白擦臉和手。

「大哥這是什麼意思？終於按耐不住了麼？」傅念君想起剛才肅王的邀約，忍不住問道。

周毓白閉著眼，享受著妻子的服侍。

「八成是他準備好的事有了起色。」

傅念君抿了抿唇，「他怎麼會想著拉攏你？這不是他做事的風格。」

周毓白說：「以往確實不會，如今……他怕是著實被張淑妃唬了一唬，也或許……」

「或許什麼？」

周毓白笑笑，「沒什麼。」

也或許還有幕後之人的推波助瀾。

總之肅王要做什麼，很快就會在他們面前明朗的。

16 王妃作媒

回府之後，傅念君與周毓白兩人也都累了，因此並未多話，就此歇下了不提。

第二天傅念君醒來後，想起了江菱歌的囑託，便去找了夏侯纓。

說到夏侯纓這裡，有一事就不能不提。

話還要說回她剛進府的時候。本來府裡因為殿下新娶進了一位王妃，原本陽盛陰衰的淮王府便多了些嬌嬌俏俏的姑娘。只是傅念君是個不愛用丫頭的，身邊的人數來數去也就那麼幾個。府裡的護衛們瞧著主子和主母恩恩愛愛的很是刺目，而丫頭侍女少得更連飽個眼福都難，其中又以郭巡受的刺激為最。

如果他那個弟弟郭達沒有和王妃身邊的芳竹眉來眼去、眼看就要被指婚的話，他覺得自己還不會這樣難受。

總而言之，身為護衛裡頭年紀最大卻還沒娶上媳婦的光棍，郭巡是十分期盼一段良緣的。所以當夏侯纓入府後，郭巡的心思立刻就活泛了，直覺得忽如一夜春風到來。

要說這郭巡雖然出身江湖，早年間不學好，也是去過那煙花之地的，但是後來做了王府護衛，自然得遵循點潔身自好，儘管嘴上常常會說些不著四六的渾話，但是真讓他出去找粉頭，他卻不敢。

他也不知怎麼就瞧上了夏侯纓。

這夏侯姑娘的冷淡勁兒隨著時日推移，大家都是見識過的。連單昀都勸郭巡放棄這個念頭算了，夏侯纓又不是府裡人，主子也不可能做她的主來指婚，郭巡的單相思有點毫無希望。

但郭巡好像不這麼想，他覺得夏侯纓身上有股子說不上來的感覺，淡淡的，有點彆扭，卻又特別招人。他覺得若能娶到夏侯姑娘是件很美的事。

於是他就經常有事沒事往夏侯纓院門口轉悠，還費盡心思搜羅了外頭的小吃拿進府來，「賄賂」夏侯纓身邊的小侍女果果。

他這副樣子，讓容易多想的果果都輾轉了好幾夜，就怕郭巡這個大老粗看上了自己。

今天果果從後院那裡借了一隻小貓來玩，但是小貓調皮，鑽進樹叢就找不到了。她聽說這是王妃身邊的儀蘭養的，當下就著急了，於是郭巡就被這個小姑娘利用著找貓了。

傅念君來找夏侯纓談事的時候，郭巡正在夏侯纓的院子裡走走蹓蹓。

正好趴在夏侯纓東窗底下的矮樹叢裡找貓的郭巡，一遍遍安慰自己，他不是故意要偷聽的，一切都是巧合，是巧合……要怪就怪他習武之人耳力太好。

夏侯纓也是女人，因此傅念君便也直接說了，問她是否知道些求子的方子。

去找外頭的老大夫，她始終不放心。

傅念君在屋裡和夏侯纓嘀嘀咕咕的，而這些話到了郭巡耳邊，就只聽清了一半。

求、求子？郭巡掏了掏耳朵，有點不可置信。

王妃也太著急了吧，她才嫁給殿下多久啊，就急著求子了。

還是說，難道殿下他……

不行？

郭巡被自己的猜測震了個七葷八素，也顧不得找貓了，立刻躡手躡腳地爬出了夏侯纓的院子。

傅念君和夏侯纓在裡屋，倒是半點沒注意到外頭的動靜。

夏侯纓只開了幾個調養的方子，然後取了手頭的幾味藥交給傅念君，說：

「女子受孕，乃是天地造化，若是用藥用方強求，多少對身體有些損害。這是幾個調理滋補的方子，還有幾味養身的藥，對女兒家有益處，王妃平素也可以服用……王妃那位朋友，先這般調理一段時日，若是有機會，最好能夠讓我替她先看看。」

傅念君想著這樣也好，懷孕求子又不是一朝一夕的事，還是固本培元為重。

原本這也不是件大事。

可是郭巡是個藏不住祕密的，竟是忍不住偷偷摸摸地告訴了單昀、陳進幾個，彷彿他窺得了什麼天大的祕密。

「王妃才嫁進來沒多少時日，怎麼就這般著急？」陳進第一個不信。

而且淮王夫妻感情好，瞧瞧一個月三十天，他們的淮王殿下可是風雨無阻，每天都回後院歇息的。以往他長住在書房，就是張九承勸周毓白，他也懶得回後院。

現在呢，天一擦黑後，誰都絆不住他們英明神武的郎君的步伐。

這樣看來，他們迎來小世子的日子應該也不遠了啊。

主子們的閒話他們也不好再多說，由此就散了。但是單昀覺得他作為盡職、盡責的淮王第一護衛，這事雖小，也該告訴周毓白一聲。

§§§

「求……子？」

周毓白在書房裡聽到單昀說這話的時候，臉上的表情可說是相當難言。

他怎麼不知道她心裡就那麼著急呢？

晚上回後院去以後，周毓白看傅念君的眼神就有些不同以往。

傅念君覺得奇怪，摸了摸自己的臉道：「我臉上有什麼東西麼？」

周毓白搖搖頭。等沐浴完畢，夫妻二人要就寢的時候，傅念君便發覺周毓白今夜看著自己的眸光格外晶亮，暗示的意味有些明顯。

傅念君心中一跳，只支吾道：「這幾天那麼累，七郎，我看我們還是早點歇息吧。」

周毓白笑道：「若是早點歇息，如何早日得個孩兒？」

傅念君愣了愣，不明白他怎麼突然說到孩子上頭，便不由啊了一聲。

周毓白挑了挑眉，「妳不是去找夏侯姑娘……求子？」

傅念君瞠目結舌，只覺得臉上一陣火辣辣地燒，什麼話都說不出來。

「你、你……我沒有啊……」

周毓白失笑道：「先前是補湯，如今又是求子方，妳讓旁人怎麼看我？」

傅念君脫了鞋，鑽到床上去，臉上還是一片紅，咕噥道：

「是誰亂嚼舌頭……七郎你也願意聽這些……」

周毓白點點頭道：「這倒是還要怪我了，若是早日讓妳有了身子，這些話也傳不出來了。」

傅念君稍微有點退了羞色的小臉，立刻又像煮熟的蝦子一般。

「你胡說什麼？」

「這可是正事。」

周毓白的表情卻是一如既往，根本沒有半點不好意思。

「孩、孩子這事，也是要靠緣分的。」傅念君磕磕巴巴地說著。

又不是他們說要就能要的。

周毓白卻笑道：「我倒覺得努力比緣分更重要。」

努力……

比緣分更重要？

傅念君連耳朵都燒紅了。

要知道她雖然一貫在人前臉皮不薄，但是在這樣的事上，到底還是顧及著些的。畢竟前後兩輩子，她在這男女之事的經驗確實不足。

可現在不正經的人，卻是這位如珠如玉的淮王殿下啊！

她覺得自己什麼話都說不出來了。

淮王殿下笑著下床吹熄了燈，然後逕自上床實踐他的「努力」。

迷迷糊糊間，傅念君才想起來要解釋一句，其實要求子的是江菱歌，是淮王殿下你的崇拜者，想要努力為你添個弟弟。

自然，周毓白似乎並沒有聽進去。

§§§

第二天，傅念君生氣地把郭巡叫來了。

都是因為他胡說八道，才鬧出這樣的笑話來。

追根究柢一問，郭巡倒是老實交代了，說自己昨天不是故意聽壁腳的，他是幫果果找貓，說來說去，最後的原因竟是他有意於夏侯纓。

傅念君著實吃驚了一下，「你看中了夏侯姑娘？什麼時候的事？」

郭巡有點不好意思，「這個，卑職、卑職不是年紀大了麼，王妃，請您諒解。」

傅念君看著郭巡這鬍子拉碴的樣子，想著他似乎是有點年歲了。

「夏侯姑娘不是我們府裡人，她是董先生請來的，可能過一陣子就會回歸江湖。你若相中了府裡的侍女，我自然可以幫你，只是夏侯姑娘的話……」

「我知道我知道。」郭巡說：「卑職就是想和王妃請示一下，如果、如果您允許，我想自己問問夏侯姑娘的意思，我、我反正父母雙亡……」

意思是按照江湖上那一套，男婚女嫁，自己做主。

傅念君想了想，雖說王府是王府，規矩是放第一的，但是好在府裡人少，他們幾個又非一般的僕從，皆是周毓白信任多年的死士。

這男歡女愛，本就是人之常情，周毓白也不曾說過要這些人替他白白就賣命一輩子。

這該是她這個王妃幫他想到的事。

傅念君點點頭道：「我不攔你，但是只一樣，若是夏侯姑娘厭了你，你不可死纏爛打，鬧得王府裡烏煙瘴氣。規矩還是不可廢，且你也不能這般隨意出入夏侯姑娘的院落，尊她敬她，必得放在第一位。」

郭巡正色，拍胸脯保證：「王妃放心，我郭巡堂堂八尺男兒，知道有所為有所不為，王妃已是仁心寬厚，我怎麼能讓您和郎君蒙羞。」

傅念君這才放心了點。

郭巡走後，傅念君忍不住同儀蘭芳竹兩個商量：「府裡的護衛們大多都是獨身，我瞧著也該給他們個恩典，有心娶媳婦的，早些娶上媳婦才是，殿下是男子，總是沒有我來安排方便。」

兩個丫頭雙雙羞紅了臉。

傅念君直笑，打趣芳竹道：

「我瞧著妳和郭達認識也這麼久了，彼此也有點意思，不如先把你們的事辦了？」

芳竹咬著牙跺腳，「娘子，我年紀還小，還發過誓要伺候到您二十歲，娘子怎麼現在就要趕我了！」

二十歲，傅念君想著，也不知這幾年郭達等不等得，隨即又轉頭問儀蘭：

「妳呢？妳還比芳竹大一歲，妳若是有中意的……」

她覺得府裡周毓白那些護衛當真都不錯，配給儀蘭也不委屈。單昀、陳進、何丹，她也都相熟。

儀蘭漲紅著一張臉，卻是有點兇神惡煞地瞪著傅念君。

「娘子，我不要您來作媒，我、我如今很好，還不想成親。」

傅念君見這丫頭難得這麼認真，忍不住便又起了些戲弄之心，故意道：「妳不喜歡習武之人？府裡小廝們也有，倒是出身差了點，帳房裡的書生，還得問問江先生……」

「娘子，您、您別說了。我、我不要聽。」儀蘭捂住耳朵，羞憤地跺腳。

傅念君哈哈大笑，晚間便說給周毓白聽，也讓他湊趣一下。

這作媒一事暫且打住，傅念君沒有忘了先前宮宴時應了肅王，要擇日去肅王府裡聽戲一事。

傅念君還同周毓白玩笑說：

「七郎曾經說我嫁了你，必然每日糾纏於勾心鬥角之事，其實累倒累，卻是今日宮裡的宴會，明日肅王府的宴會，確實是忙不過來，我算是體會到做個一品王妃的難處了。」

周毓白的回應是笑著捏她的臉頰道：「曉得妳不耐煩這些，是嫌這些應酬無趣，想離遠些吧。」

傅念君卻哪裡知道，不久之後自己會一語成讖，她即將有很長一段時間，遠離她所厭惡的這些應酬周旋。

17 作客王府

到肅王府上傅念君也算是一回生二回熟了，接待她的依舊是側妃林氏。

這林氏對傅念君的態度已經好了許多，再不敢拿著正經王妃的派頭擺款。

「王妃身體不適，今日也不知會不會露面，若是淮王妃想去見她，妾身先讓人去通傳一聲。」

肅王妃蕭氏是一如既往地不愛露面，連宮宴尚且都不賞臉，自家府裡這樣的宴會不出現，也是意料之中。蕭氏不出現，府裡依然有別的女眷陪傅念君消遣。

肅王府裡的戲臺子搭得很大，請的也是近來京城聞名的南戲班子，聽聞《趙貞女》和《王魁》唱得十分出彩，如今被肅王包在府裡，一日的花銷就要一貫銅錢。

肅王這般捨得花錢，恐怕今日醉翁之意不在酒。

果真，未過多久，傅念君便聽聞遼使耶律弼也到了。這次的筵席更像是肅王府的家宴，甚至幾位兄弟裡，肅王只請了周毓白。

可是耶律弼卻登門了。

幸而男女分席，傅念君自然也不用見那些令她生厭的遼人。

肅王在席間表現得頗有些志得意滿，與耶律弼之間的談話也十分親密，倒是周毓白在側顯得有些多餘，只是他也一貫地置身事外，即便耶律弼幾次示意他，他也沒有接話。

耶律弼心裡正琢磨著：自己手上拿榷場掙錢這門生意來合作，在這幾個皇子中，還是最傾向於周毓白。要說因由，其實多少也受了蕭凜的一些影響。耶律弼和蕭凜並不對付，但是他手下有探子向他稟告，說蕭凜似乎和周毓白有些聯繫。既然是蕭凜看重的人，他倒是不介意拉攏一下。

只是如今齊王、肅王紛紛向自己示好，倒是一開始最早與自己接觸的淮王，反而不比他們熱情了。耶律弼心裡想著，莫非這也是女人家愛玩的那套欲擒故縱的把戲？

周毓白便是瞧著耶律弼這困擾的模樣，都能想像得到這人腦中在想什麼。他只是兀自舉杯喝茶，微不可察地揚了揚唇。

耶律弼一定會選擇和張淑妃做榷場生意的。

至於肅王……馬上他就能幫耶律弼做個決定了。

肅王見酒也吃得差不多了，便眉飛色舞地朝他們道：「馬上就是太后娘娘的千秋節了，正好我也準備了份壽禮。七弟也在，耶律大人也在，你們替我做個參考，掌掌眼。」

耶律弼的漢話還不是太好，肅王一說得快，他就還是要和身邊的翻譯劉存先確認一下。

肅王揮了揮手，很快就有兩、三個小廝抬上來了一件用黑布蒙著的東西。

瞧肅王這模樣，裡頭的東西應該是什麼寶貝。

傅念君在高臺上看戲。

當然，旁人是看戲臺上的戲，她則是努力想看清戲臺下的戲。

她還真是第一次知道，肅王有「炫耀」這個毛病。

肅王叫人把黑布扯了去，裡頭頓時便露出一株流光溢彩的珊瑚樹！竟有半人高，通體血紅，泛著淡淡的光澤，無一絲雜色，枝椏繁盛，且姿態飄逸靈動，更難得的是，細細看來，就可發現這株罕見的珊瑚樹全無瑕疵，無半點人為破壞的痕跡，竟是個囫圇保存下來的。

就連坐得遠的傅念君，都能看清這奪人眼珠子的寶貝。

耶律弼在旁看得也不由震驚，磕磕巴巴道：「這樣的紅珊瑚樹，怕是要、要幾百年光景才能長出來吧……」肅王得意道：「這株寶樹，可是個上千年的稀罕物，送給太后娘娘過千秋節，正是再合適不過。」

周毓白眼神落在那珊瑚樹上，有點出神，卻不知在想什麼。

肅王覺得很長臉，「七弟，你也沒見過這樣的好東西，是不是？」

周毓白點點頭，「這是件無價之寶了，可見大哥的孝心。」

肅王笑著吃了一杯酒，眼神望向耶律弼。他自然不是僅僅炫耀手裡的寶物這樣簡單，他是要讓耶律弼看看肅王府的實力。

耶律弼本也是個眼皮子淺的，他們契丹人從前不過是馬背上的粗人，哪裡見得什麼寶物，遼國實力強盛了，中原的寶貝才陸陸續續流入。

這樣一顆珊瑚樹，他敢說，就是一半大小的，遼室宮廷裡也沒有。

肅王見他這副樣子，自然很滿意，隨即又讓人下去搬了一樣東西上來。

「說來也是巧合，這珊瑚原是『母子』樹，不只這一株母樹是世上難覓的珍寶，就是這小的，也是世間少有啊。」果真，抬上來的另一株珊瑚樹約有前一株的一半大小，枝枒末梢有些淺淺的粉色，卻更顯得色彩柔和，十分漂亮。

耶律弼的眼睛一下子就亮了。

「這件寶貝，我琢磨著，先放在府裡，日後尋個機緣，也好送出去。」肅王這樣說著，但分明就是說給耶律弼聽的。

周毓白怕自己笑出聲，忙又抬手喝了半杯茶。

那廂耶律弼顯然是上鉤了，一副急不可耐的樣子，恨不得上前摸摸這兩件寶貝。

肅王很快叫人用黑布把兩株珊瑚樹蒙上，重新抬回了庫房，然後裝作什麼也沒發生一般笑著招呼：「吃酒，吃酒！」

祭出了這兩件寶貝後，肅王和耶律弼就更加相談甚歡，哪怕是兩人的對話有時會接不上，依然不影響兩人的熱情。筵席過半，戲臺上暫且止歇了，耶律弼吃多了酒，想先退下讓劉存先扶著去更衣休息，肅王很貼心，一揮手叫了兩個美婢上來攙扶。

其中之意，不言而喻。

不過耶律弼大概是心思還沒從珊瑚樹上回過來，對兩個美婢也沒有格外熱情。

財寶美人，這樣的誘惑放在眼前，肅王有信心，光是更衣的工夫，就足夠耶律弼好好想想清楚了。

周毓白是一向看不上這樣的做派的，肅王卻是得意地輕浮了，還與他道：

「府裡新挑選了十來個沒開臉的丫頭，若是七弟看得上，自可以領幾個回去。」

周毓白淡笑，「我就不必了，我與內子新婚，且用不著她們。」

肅王竟還頗為感慨地點點頭，「你對弟妹確實有心……這點倒是和我很像。」

周毓白說：「自然，大哥待大嫂的情分，值得我效法。」

肅王嘆了口氣，似乎想到蕭氏就有點無奈，「你大嫂待我，怕是就沒有弟妹對你這般了……」

肅王並不十分好女色，身邊只有寥寥幾個側妃侍妾伺候，可是蕭氏從來不在乎，全部一個比一個處得好。他的年紀比周毓白大很多，今天也是喝多了酒，才會說起這些。

肅王擺擺手，「不提了不提了。七弟，你這回給太后娘娘準備了些什麼壽禮？」

周毓白淡笑，「都是內子收拾的，我還沒有細問。」

肅王今天擺足了哥哥的款，還和他說起了哪家當舖商號裡常有寶貝值得一淘，若是銀錢上不足，也可以來問他借些。
其實周毓白覺得頗為尷尬，他和肅王的兄弟情什麼時候有這麼好了？
肅王還挑揀著說起去年還想幫他從老六那兒撬媳婦這一茬來，讓周毓白哭笑不得。當時出於情勢，他是誤導了肅王沒錯，但肅王也不是真心想幫他，想叫周毓琛吃癟的因素還占了比較大。
「老七，大哥一直覺得你是個好的，還是嫡出的名分，可是末了，卻是老六比你更受爹爹的喜歡。他如今竟可以單獨開館，著書納文人，可你呢，爹爹對你們兩個實在是偏心啊……」
他看似替周毓白不值，卻是明顯想拉攏周毓白到自己身邊，同周毓琛分庭抗禮的態度。
但肅王想這樣用話把周毓白繞進去，目前看來還是有點難的。因此周毓白只道：「爹爹不論做什麼，都是為我們好。大哥的意思我明白，但是六哥也有六哥的難處，這些小事，我們兄弟之間，也就無需計較了。」
肅王瞪大了眼。這都算小事？
那立儲呢？立儲也是小事？
這老七怎麼現在如此怕事，莫非是他一直都看走眼了？
周毓白卻好像對肅王刻意引導的話頭不感興趣，又把話題繞回珊瑚樹上，「大哥，你這兩件寶貝，都是從哪裡得來的？」
肅王回答得很快：「早就讓人在民間四處搜羅了，好幾年下來才尋訪這兩件稀罕寶貝，花了我好大一筆銀錢。」
周毓白哦了一聲，接著繼續誇讚起兩株珊瑚樹，難得表現得眼皮子淺。
這樣隨便與肅王繞了幾句口舌，周毓白就是不肯給肅王一個他想要的態度，最終也推脫要更衣離開。

繞過半片花園，單昀早在角落裡等他。

「都辦妥了？」周毓白問。

「郎君放心。」單昀拱手說：「今天遼使就會聽到消息。」

周毓白點點頭，又低聲吩咐了幾句。

單昀還沒走開，周毓白多看了他一眼。單昀輕咳了一聲，提醒他：「王妃來了。」

周毓白側身，果然見到傅念君身邊跟著儀蘭，正往他這裡過來。

只是她似乎面色有點沉重，周毓白迎上去，問道：「怎麼過來了？」

傅念君點點頭，只是說：「我猜到你會中途離席。」然後揮手讓儀蘭站得遠些。

「妳那邊，發生了什麼事？」周毓白擰眉。

傅念君搖搖頭，只是低聲說：「七郎，我也看見肅王殿下剛才讓人抬出來的珊瑚樹了……」

周毓白微頓，「妳覺得那東西有古怪？」

她必然是很在意的，所以才會這樣急匆匆地來見他。

「七郎，那東西……」傅念君話還沒來得及說出口，突然就聽到一陣嬉笑喧嘩聲傳來，然後月洞門裡就鑽出了幾個人，大概都是今日來吃筵席的子弟，見了他們，忙垂手告罪。

傅念君急忙轉頭避開，知道不能繼續和周毓白說下去，只能由儀蘭扶著原路返回。

周毓白淡淡地掃了那幾人一眼，依照他的身分，也無須和他們打招呼，便也轉身離開。

但他沒有注意到那幾人最後，卻是兩個面貌、打扮不似漢人的人。

此時其中一個訝然地朝另一個說著：

「彌裡，那女子是不是那天我們在街上碰到的……她竟然是王妃嗎?!」

淮王殿下他們還是認識的，那麼和他這樣親密不避著人說話的，只能是他的妻子了。

彌裡看了他一眼，藏在一把大鬍子後的表情很難看清，只是說：「護思，你別動那些念頭了，她的身分不是你我可以冒犯的。」

護思嘀嘀咕咕地念叨了幾句，難道你就不喜歡美人？再看彌裡的眼神，竟是望著剛才遠去的淮王。

護思不由展開了想像，這個彌裡到了繁華的東京城那麼久，也不喜歡去勾欄妓館，現在卻盯著淮王殿下瞧個不停，他莫不是個好男風的？

護思用肘子推了推彌裡，取笑道：「彌裡，你不對勁啊。」

彌裡皺眉，對他說：「我們進來這裡本就是冒犯了，還是快些退出去等大人吧。」

「你膽子真夠小的，這些宋人，個個都拿咱們當爹娘一樣侍奉，還敢和咱們生氣不成。」

彌裡不再理他，轉身就往外走了。

§§

周毓白回到席上，見肅王越發不像話了，竟讓個還未卸妝的戲子替他斟酒，正飲得不亦樂乎。肅王見他來了，揮手讓戲子退開，就要拉著周毓白繼續老生常談。

幸而肅王飲多了酒，舌頭也有些大，說話不清楚，周毓白便左耳進右耳出了。

只是，肅王很快就酒醒了，身上的得意勁兒也散了七八。

他原本以為耶律弼必然明白他的暗示，不會再有什麼猶豫。

遼宋邊境的榷場生意做好了是椿獲利千萬的大買賣，耶律弼自己能夠掂量清楚該和誰合作。

何況就是剛才那株小的珊瑚樹送給他，也是他一輩子都得不到的珍寶，耶律弼怎麼可能有不動心的道理？

但是，現實往往很難讓人預想得到。

耶律弼更衣竟是一去不復返，只讓人帶話給肅王，說是身體不適，提早離席了。

肅王聽到這個消息，當即氣得摔了手裡的杯盞，雙眼通紅地大罵：「匹夫豎子！竟敢如此玩弄於我！」

左右皆無一人敢勸。

肅王是皇長子，是親王沒錯，可那耶律弼是遼使啊。依照如今的宋遼關係，耶律弼只要不是太不把皇帝的臉面當兒戲，不過區區提前退宴這種事，根本不值一提。

肅王兀自發著怒火，周毓白在旁輕勸了幾句，只是肅王這火氣迅猛，他也勸不住。

戲臺上的樂聲也停了，整個肅王府本來都只是因著一個人的高興而高興。如今肅王這個主人發了大脾氣，其他人還敢熱鬧喜慶麼？

說到底還是要怪那個遼使耶律弼，可是耶律弼到底為何匆匆離去，誰也不知道。

酒宴還要進行嗎？

答案是淮王夫婦被恭敬地送出了肅王府。

臨行前，林氏還對傅念君表示很抱歉，傅念君倒是笑笑，沒有太在意，她現在恨不得立刻離了肅王府回家，把自己心中憋了一席宴會的話好好和周毓白說明白。

18 狼子野心

與此同時，耶律弼已經回到了驛館。

因為遼使面子大，他一個人便享用一所宅院，院子裡僕婢廚娘一應俱全，甚至還多了幾個這些天為了巴結他送來的美人。府裡熱鬧往來，人頭攢動，不輸東京城裡任何一戶三品以上大員的府邸。

只是，此時的耶律弼卻沒什麼心情，兀自背著手在房裡踱步。

剛才身邊的護衛緊急來傳信，說探子有要緊事來報。

本來樂顛顛地暢想著寶物入袋、美人入懷的耶律弼，突然就遭遇了當頭棒喝。

他追問劉存先：「消息可屬實？」

耶律弼這人一向好大喜功、剛愎自用，雖然本事沒有幾兩，卻眼睛高過天，平素跟在身邊的幕僚、謀士都是溜鬚拍馬之輩，只敢看他眼色行事，哪裡是能正經拿個主意的。

遇到了事，還是他看不上眼的漢人翻譯劉存先，腦子夠清醒有章程。

「大人，探子的消息不會有假。」劉存先也是一頭冷汗，「看來這肅王府，您果真留不得了！」

「娘的！」耶律弼狠性上來，胡人粗魯脾氣不改，一腳就踹翻身邊一張椅子。

探子已經確認了這肅王背景不乾淨，竟敢和西夏人勾搭上。

「他既然和西夏人早有了首尾，為何還要和我合作，莫非真這般缺錢？」

他就是想不通這一點。肅王府上的光景和肅王的出手，他也見到了，還有在京中這些日子，多少能夠聽聞外戚徐家的風光，可見肅王根本沒必要拚命斂財。

劉存先用袖子擦擦汗，顫顫巍巍道：「大人，小人有個想法，不知當說不當說……」

耶律弼瞬間轉移怒火，一把揪起劉存先的衣襟，一對銅鈴大眼怒視他。

「你們漢人就是他娘的喜歡嘰嘰歪歪，快給你爺爺說！」說罷一把將他扔在地上。

劉存先不敢再隱瞞，心想自己也就博這一回了，咬牙道：「大人，這肅王……可能有反意！」

耶律弼大駭，忙問：「你怎麼說這種話！怎麼看出來的？」

劉存先爬起來，把一雙手在自己衣襬上擦乾淨，才道：

「大人想想，宋室與西夏這兩年來關係不睦，時有小規模的衝突發生。肅王身為官家長子，卻與西夏商人往來，難道他真是為了圖那區區三分利嗎？」

耶律弼摸著下巴思考，他本來就沒什麼政治才能，靠著巴結耶律元才到了今天這個位置，所以很多事想不通，也不想去想。

「但是僅憑這個推斷他有反意，過於武斷了。」

劉存先心想這耶律大人也太兩耳不聞窗外事，來京這麼久卻連人家皇家家事也不打聽清楚，就敢冒然接幾位王爺的帖子。肅王、齊王、淮王，個個有牽扯，即便就是有遼國狼主這座大山可靠，也不是這麼個折騰法啊。

「大人，如今的宋室嫡庶不分，儲位懸空已久，幾個兒子各有心思，處處鬥法，後宮前朝也是派系爭鬥，權力傾軋，這些，您都細想過嗎？」

耶律弼聽這些鳥事就頭疼，「別扯這些，你們這幫漢人就是心眼子多，爭來奪去，詭計多端，我不耐煩猜！」哪裡像他們大遼，從前幾代也出過不少爭位的事，還不就是砍死了了事，誰拿了兵權，誰拳頭大嗓門響，誰就服眾，就是被斬殺在軍營裡的皇叔、皇子都有好幾個。遼人哪裡管這麼多，他們不興漢人那套什麼禮義廉恥、生前身後名的。

劉存先「呃」了一聲，對耶律弼也有點無言。

說句不好聽的，劉存先比他看得明白，雖說如今宋不敢輕易犯遼，可遼也一樣不敢輕易就攻宋，破了澶淵之盟，他們就是把白花花的銀子往外扔，何苦來哉？

所以你耶律弼是有多大的膽子摻和到人家的儲位之爭裡頭，便是因此被宋朝皇帝發落了，遼國那邊也多半不會計較，畢竟人家師出有名。

劉存先只好抹著汗，把這利害關係簡單易懂地給耶律弼分析一遍。

深奧了怕他聽不懂。

「而且大人也看見了，肅王根本不缺銀錢，他要和您合作什麼呢？宋室每年供奉給咱們大遼歲幣無數，通過邊境貿易形成的差額巨大，即便大人能從中抽利三成，也是幾輩子不愁吃穿。」

耶律弼點頭，「你繼續說。」他確實是想著賺錢的，而且這裡頭還得算上耶律元的一份。那一位，如今可與狼主分庭抗體，自然胃口也小不了。

劉存先道：「大人雖然在榷場有一定權力，但是一直以來，就是宋境的東西賣的比咱們大遼的好，簡而言之，做這筆買賣……」他偷眼看了一下耶律弼，斟酌用詞：「應該、應該是大人比較急於達成，而對方……不該是肅王那個態度。」

肅王表現得太熱切了。像淮王、齊王那樣斟酌一下，猶豫一下，躑躅一下，才是應該的反應。

畢竟這事對他們來說，也不是個太光彩的事。

如果說是不缺錢的肅王，根本沒必要這麼熱切地希望達成和耶律弼的合作，不是嗎？

若是耶律弼去求他，反過來送他那樣的寶貝珊瑚樹，才說得過去。

耶律弼哪裡有那個心思，根本想不到這些，只覺得大宋皇帝的兒子巴結自己還是順理成章呢！他甚至還對比了一下肅王和齊王、淮王兩位的態度，差點就要一口在肅王府應承下來。

但耶律弼就算再笨，經過劉存先這樣一分析，確實也看出點門道來了。

當下他額頭上也沁出了一層薄汗，心想這幫鳥人果真把自己繞進去了。

他對劉存先也沒有剛才的非打即罵，反而正色道：「你說得有理，只有有求於我，才會表現得這麼主動，而且他似乎很希望馬上就和我立下契約一般，生怕我反悔……你說這是為什麼？」

劉存先說：「結合今天探子送來的消息，小人便有了個猜測，肅王想引大人入套，可能並非只是為了賺錢，就像他與西夏貿易那般，大人可聽說，西夏人如今裝備精良的鐵騎軍？」

就是那聞名遐邇的「鐵鷂子」，西夏沒有宋軍人多，便想法子在武器裝備上動腦筋。

劉存先的意思，肅王意在他們的兵器。

「而咱們大遼，有一樣東西，是他們大宋千求萬求，卻是斷斷難以入境的。」

「戰馬！」耶律弼立刻反應過來。

戰馬這東西，其珍貴程度，在戰爭中不輸給糧草，就是現在兩國關係融洽的時候，遼國也極少控制著戰馬的輸出。畢竟一旦打起仗來，他們賣戰馬給宋朝，就是給自己挖坑了。

而在榷場上，這種東西更是嚴令禁止，那可是放在大遼境內都得掉腦袋的大事。

只要有腦子的想一想，就能想到其危害程度，多賣一匹馬給宋朝，很可能就是日後多斷送一顆他們契丹勇士的頭顱。

「他娘的竟想害我！」耶律弼氣得大叫一聲，抬腳又踹翻一張椅子。

想他們契丹人本就是血性男兒，學不來南人的見利忘義，若是肅王誆騙他入局，屆時……

「若是大人與他合作，那日後便是受他把柄要脅了。今日收的美人寶物，他日就是一柄利劍當頭，您到時是從也得從，不從也得從……」

耶律弼狠狠一口唾在地上，神情兇狠嗜血，「你分析得有理，若是在我大遼草原，這等賊廝，我現下就衝出去，非一刀砍了不可。」

劉存先嚇得腿打顫，忙勸：「大人，咱們現在沒有證據，探子的消息到底做不得準，您可要穩著，不可動怒啊！」他勸了半晌，耶律弼才算冷靜了下來，然後大馬金刀坐著，不爽地問：「這麼說，我這門生意不能做了？」

劉存先見耶律弼經過這一番說話竟是會問自己的意思，一副全然倚仗他的表現了，心中大喜，立刻道：「大人別去理會那肅王就是，他反不反的，畢竟礙不著咱們。至於生意，小人覺得白花花的銀子送上門來，何必不賺？」

「哦？那你看我是找……」

「齊王殿下和張淑妃為佳。」

耶律弼微微點點頭，一雙兇狠的眼睛卻還是望著他，讓他繼續說下去。

劉存先清了清嗓子道：「且不說今日看來淮王與肅王關係密切些，大人既然已不打算理會肅王，也沒必要招惹淮王，索性一氣兒捨了……再說，做這樣的買賣本身銀錢周轉就多，小人這些時日也替大人打聽過，張淑妃雖不比外戚徐家幾十年家底累著，到底也不容小覷。比較起來，淮王就稍微有些……」

囊中羞澀了。

耶律弼看向他的目光，便帶了幾分欣賞。

劉存先心中受用，心想機會機會，不就是要這般長期準備著，以應付如今日這般的狀況？耶律弼要做的事，他早就摸清了。

「只是這樣，你倒不怕我牽扯進宋室的皇儲鬥爭裡去了？」耶律弼拿剛才劉存先說的話回堵他。

劉存先耐心解釋：「大人，這是不一樣的。張淑妃和您合作，大家不過是逐利而已，至於賺了銀錢，她拿這錢支持齊王招兵買馬謀反，還是給自己買胭脂水粉，這和大人有什麼關係？您並非直接參與到他們的儲位之爭，即便哪天事發，宋室也沒資格處置您不是？您是遼臣，還不是咱們陛下和皇太叔說了算，屆時憑著您的面子，難不成還真會被治罪不成，不過就是買賣不做罷了。」撈幾筆就跑，張淑妃和齊王擔他們自己的風險，而耶律弼這裡，有皇太叔耶律元這個擋箭牌，也能保證個相安無事。

至於宋室內部那幾個小兒是要手足相殘，還是兄弟鬩牆，更和他半點關係都沒有。

「哈哈哈哈……」耶律弼一陣大笑，聲如洪鐘，直道：「好好好，劉存先，平素是我小看你了，以後你就別再窩窩囊囊做個翻譯了。我先提你做個副使，往後好好效力，少不得你的好處。」

劉存先受寵若驚，忙跪下磕頭道謝。

耶律弼只是惡狠狠又補了句：「至於那肅王，若得機會，我也要叫他吃吃苦頭。」所以，能夠與他分庭抗禮的張淑妃和齊王母子，似乎已是如今唯一選擇了。

耶律弼一掃胸中陰霾，大步跨出了門，回後院去找美人繼續今日的興致去，只留下個劉存先還沉浸在興奮之中。

§§§

那邊傅念君夫妻二人回到了淮王府，府裡人倒是有些意外見到主子夫婦提前回來，而且傅念君還一路拉著周毓白的袖子往後院去，臉色還挺肅穆的。

周毓白忍不住提醒她：「注意些腳下。」一邊吩咐左右，讓端些熱茶和吃食來。

大家瞧得一頭霧水，不知誰問了句：「王妃這是要做什麼啊？」

郭巡嘴最賤，忍不住樂道：「說不定是忙著回去生個小世子呢。」

隨即後腦杓就被單昀不客氣地敲了一記，聲音響亮。

郭巡想嚎，卻被單昀冷冷地提醒：「罰一個月月錢，再亂說話，罰去灶上燒火。」

郭巡想到前兩天的「求子」事件，只好摸著後腦杓不敢言語。

幸而郎君那日心情很美好，表現大度，沒有責罵他，只革了三個月銀米略施薄懲。

其實這件事裡最苦的是他弟弟郭達。這樣算起來，郭巡會有四個月拿不到錢，全部都要吃他這個弟弟的！郭達恨不得吐上三斤血給這個不著調的哥哥看看。

§§§

傅念君急忙扯了周毓白回房。

周毓白給她遞了杯熱茶過去，見她仰頭喝盡了，才說：「有話慢慢說，不必急於一時。」

傅念君點點頭。

儀蘭端著一個木製的匣子過來，聽傅念君的吩咐放在桌上，便退了出去，屋裡沒有留人伺候。

傅念君打開那個匣子，赫然便是周毓白那天送她的禮物，準備讓她在宮宴上戴的那頂珠冠。

怎麼把它翻出來了？

周毓白擰眉，她要說的事竟和這頂珠冠有關？

「妳在肅王府裡聽到，或者看到了什麼事？」

傅念君說：「我只遠遠看到了那株紅珊瑚樹……」

沒辦法，太扎眼了。

周毓白沉眉，「大哥從哪裡得來這樣的寶貝，確實古怪。」不用傅念君說，他也一眼便看到了問題所在。

肅王如果早有這樣的寶貝，依照他的性格，肯定早前就拿出來了，不會留到今日。這說明他是最近剛得手的，而他回自己的那套說辭又很模稜良可，依照周毓白的經驗判斷，可信程度不足三成。

既然傅念君這般在意，周毓白眉梢一挑，「念君，妳知道這紅珊瑚樹的來歷？」

傅念君怔了怔，然後緩緩地點了點頭。

其實初看那紅珊瑚樹的時候，她也沒想起來，也是一點點地揣摩到肅王是哪裡得來的這個寶貝。

她心裡頭總是有個念頭，覺得那紅珊瑚樹眼熟，直到她因為更衣，偶遇了肅王府幾個下人正小心翼翼地抬著那肅王寶貝的珊瑚樹挪回庫房去。

肅王府的老管家在旁邊催著：「小心著些，這寶貝磕了碰了，你們拿什麼來賠，這可是價值連城的寶貝啊……」老管家似乎想炫耀剛才在主家那裡聽來的誇讚這珊瑚樹的話。

有個小廝倒是個油滑的，也是見多了世面，對老管家「這東西摔了就不值錢了」的話提出反駁：「管家，咱們可是知道的，這寶貝就是摔成了千八百份，那也可是珍寶。就這麼一小簇枒丫，喏，我在林夫人房裡見到過相似的，菩薩似地供了起來呢。」

「呸呸！嘴上沒把門的小畜生，敢拿菩薩比這個，活得不耐煩了，趕緊腿腳麻利著些……」

傅念君在旁邊看到了這一幕，突然電光石火間，腦中便想起一件事來。

在她的前一世，似乎在家裡就見過這麼一盆寶貝。

小小一盆，通體血紅的珊瑚樹枝枒，放在青玉製成的盆子裡，就擺在宴客廳裡位置顯眼的博古架上，那還是因為當時的太子來傅家相看她，傅寧才擺上去的。

好像當時連太子見了都誇讚，說如今大內宮廷都少見這般成色的紅珊瑚。

那天傅寧偶然說起，說自己寶貝得不行的這盆紅珊瑚，其實只是某一截枝枒，斷了以後落到他的手裡，原本那可是一整株的紅珊瑚啊，是他沒緣分得不到完整的。

傅寧說起這話的時候，毫不掩飾惋惜和羨慕。

當時傅念君的庶長兄還問了一聲：「這樣的寶貝是哪裡尋來的？若得機緣，我也去替爹爹尋一株來。」庶長兄是慣會拍馬屁的。

傅寧許是因為自己女兒經過太子「驗貨」頗為滿意，也沒有計較，就和兒女說起這紅珊瑚來。「這樣的寶貝，可遇不可求啊，還要囫圇個從海裡挖出來，那是件多難的事，你這黃口小兒哪裡會懂得。」

庶長兄不服氣，「既有前人能尋得，我自然也尋得。」

傅寧卻說：「如今早尋不得了，這樣的寶貝，你覺得若存於世，豈會不被人爭奪毀壞？這珊瑚又不比金銀……那一整株的，是幾十年前剛被人從墓裡刨出來的！之所以保存如此完好，是因為在地裡待了幾百年啊，如今再去海裡找，哪裡還會有……」

這樣一番話，驟然間便鑽進了傅念君的腦海。

所以，肅王這兩株珊瑚，是不是就是傅寧那一盆珊瑚枝枒的前身呢？

傅念君心中後悔當時自己只是聽了一耳朵，並未細問那珊瑚盆景的來歷。

但是細細一想，越想越有可能。肅王府沒落後，徐家也很快失勢，跟著徐太后病逝，這兩件寶貝並沒有機會伴著肅王登上龍椅啊！

那麼被抄沒後漸漸流入內庫、私宅的可能性就很大。

傅念君想到剛才自己還在內心由衷讚嘆過的紅珊瑚，很可能是肅王去死人墳墓裡挖出來的……而且能藏有這樣的寶貝之處，非帝陵后陵莫屬。

當時一想到這一層，傅念君就急急忙忙顧不得旁的，想先與周毓白說一下，他也就能旁敲側擊再試探試探肅王幾句，可惜被幾個閒逛的子弟破壞了。

傅念君對著周毓白一字一句地說完：「七郎，你說過，肅王如今分管修築皇陵一事，這是否說明，他手底下確實有這樣盜墓掘陵的高手？」

修墓的和盜墓的，說到底一脈同宗，若是肅王偷偷養了這樣一批人，也是合情合理。

周毓白眼中有冷芒閃過，他道肅王哪裡來的橫財，原來出處在這裡。

傅念君握住了周毓白的手腕，然後拿出那頂珠冠來，說著：

「當時我見了這東西便覺得有兩分古怪，如此精巧，卻半新不舊。七郎，你看這珠冠是否更像是皇家之物？」如今皇宮裡敕造的首飾自然不可能隨意流入民間。

那麼這一頂珠冠……可能是前朝皇室的。

周毓白明白她的意思，或許董長寧收這東西的時候也沒考慮那麼多，只當是滄海遺珠，借花獻佛便給了周毓白。

而它也是近來面世的，很可能是因為肅王要換取大宗現錢，只得把這些零散首飾都叫人拿去民間處理掉，卻偶然流轉到了他們手裡。

傅念君心底慶幸自己的直覺很準，一次都沒戴過這東西。

周毓白將珠冠放回匣子裡扣好，閉了閉眼道：「我馬上讓人去查。」

傅念君心裡也忐忑，「七郎是怎麼打算的？肅王不惜盜掘陵墓斂財，他是否……」

真有反心？

無怪傅念君會想到這一層。

徐家雖有錢，但是有兩位國舅，還有徐太后、肅王幾位表兄弟在，肅王可以說私人的財物並不算很充足。他要做什麼事，需要整個徐家首肯，他就代表著整個徐家，徐家也視肅王為日後的倚仗。

如果肅王有了些不為人知的想法，做起事來難免束手束腳。

他要這樣一大筆銀錢，還是他的私房，除了用作軍費開支，其餘的，傅念君真的想不到了。

周毓白抬手捏了捏自己的鼻梁，神情有點凝重。其實他一點都不意外肅王會做這樣的事。

他也算了解肅王這人，無腦又衝動，而且庸俗。他雖然讓人透露肅王的消息給耶律弼，引導他們往肅王的野心方面猜，讓耶律弼以為肅王有反心而拒絕合作，乖乖地去找張淑妃和齊王。

這一招沒有錯，卻不代表周毓白自己也覺得肅王有謀反之意。

雖然肅王覬覦儲位已久，但他並非毫無退路，因為他身後有徐家在。

肅王若自己想作死去謀反，反而是把整個徐家都拖累進去，一旦不成，所有人都會被他毀於一旦，牽連在內的包括邠國長公主、齊昭若等人。

他就是再笨，也不至於喪心病狂，拿著這麼多人的命陪自己玩。

周毓白知道耶律弼身為遼人，雖然身邊的劉存先有幾分聰明，但是憑他們的腦子，也就多半只能想到「肅王謀反」這一層，更深的，關於宋室和朝廷內部的彎彎繞繞，他們身為外國人，怎麼可能知道多少。何況他們也沒有必要知道的那麼清楚，肅王本來就不是耶律弼的第一選擇，出了這麼個岔子，即便確認肅王赤膽忠心，耶律弼自然還是會照著周毓白的預期走向張淑妃，畢竟他沒有必要冒險。

人都有下意識趨避風險的直覺。

周毓白將自己謀畫的這一步告訴傅念君，然後擰眉道：

「若大哥真有反意，他會這樣大張旗鼓地拉攏耶律弼麼？他知道自己的斤兩，六哥和他身邊人也都不是吃素的，大哥連這一點都想不到？」甚至之前還讓周紹懿看到過他讓胡人出入自己的府上。

這也是條要命的消息。

傅念君也皺起了眉頭，心想不能拿揣度周毓琛和周毓白的念頭去揣度肅王，再想想肅王的性子，平白這樣炫富倒是也有可能。

所以肅王或許真是抱著做生意的念頭？是他們一直太過草木皆兵，把這事看嚴重了？

傅念君立刻又否定這個猜測。

肅王府和幕後之人一定有聯繫，肅王府也一定有事……只是他們現在還沒有猜到而已。

傅念君問道：「那現在肅王讓人盜掘陵墓之事，七郎打算放任下去嗎？」

周毓白罕見地以沉默回應她。

傅念君替他倒了杯茶。他們兩個都有彼此沒有想到的地方，坐下來一點一點分析，她有信心能夠把所有關節都梳理通順。

她把茶杯遞給周毓白，說道：「七郎現在是否猶豫糾結著？盜掘前朝帝陵這樣的事，從前好幾位泥腿子出身的皇帝都做過，只能說傷陰德，卻判不了大罪。朝上有前朝世族遺老在，卻是雷聲大雨點小，肅王做這樣的事足夠受罰，還不夠斷絕他的儲君之路……七郎苦心安排，是希望肅王犯的錯能夠在官家容忍的度內，不傷他性命，但讓他無緣儲位。」

周毓白一直在盡心調和兄弟間的矛盾，幕後之人幾次三番想要讓他們手足相殘，周毓白便是反其道而行。

只是這樣未免太難為他。

傅念君嘆了口氣，握住周毓白的手。

「七郎，有時候，咱們也控制不了所有的事，如果肅王和齊王有一天……」若有一天真的出了事，就像她的前一世知道的那樣，家破人亡。

「……也不是你的錯。」

周毓白攤開手掌，攥住了她的指尖，抬頭對她笑了笑。

「我明白，一切量力而行。大哥和六哥要做什麼，我終究不能件件都替他們決定……我去找張先生，這件事，還要從長計議。」

傅念君想了想，對他說：「我也一起去。」

周毓白點頭笑道：「也好，如今，我也不能缺了妳這個幕僚。」

§§

張九承是知道周毓白對耶律弼用了計的。他聽完周毓白說的話，只是摸著鬍子微微頷首，最後說：「郎君想得不錯，為今之計，咱們先將肅王殿下散落在外頭、看來似是剛出土模樣的物件收來，也好先做個證據。」

周毓白點點頭，「這件事讓董先生去辦吧，他在江湖上有門道，有些東西普通人還辨不出來。」

傅念君問道：「不知道董先生能不能找到線索，看看肅王殿下是用了什麼人？挖了哪裡的陵墓？我們心裡也能有個底。」給人定罪是要人證物證的，先搜羅齊了總沒錯。

張九承點點頭，然後提到了一個問題：「老朽覺得，如肅王殿下這般出身，不會自己想到要做這般事情。包括他麾下幕僚、護衛，皆是良民出身，不通些江湖門道的，哪裡會知道這樣的活計，所以到底是誰提出了這個想法，說服了肅王殿下……」

傅念君眸間一亮，不錯，依照肅王那個性子，要說服他也沒有那麼容易。

想來從前和氏璧那事，也是邠國長公主自上而下擺出了姑母的派頭，再兼之許了好處，肅王才肯聽她幾句。能夠說服肅王的人在這世上其實並不太多。

傅念君立刻把目光投向了周毓白，眼中神色不言而喻。

也許能夠說服肅王的，就是那個幕後之人。

結合先前傅念君對肅王府上下的猜測，那個人，果然更有可能就是肅王妃蕭氏，或者肅王世子周紹雍！

周毓白明白她眼裡的意思，微笑著點點頭，然後朝張九承道：「有勞張先生了。」

張九承道：「哪裡哪裡，這本就是老朽該做的。」

現在來了個王妃跟自己搶活兒幹，他還怕自己淪落成了個吃閒飯的呢。

周毓白說著：「大哥挖墳掘陵，是為圖財，但這只是他為達目的的途徑，終究要想通的關節，是他和耶律弼合作的目的。」

張九承沉吟：「如今咱們手頭的線索，確實不夠證明肅王殿下有反意。但是郎君，肅王殿下對官家忠心，卻未必對齊王殿下沒有殺心，招兵買馬動靜太大，不影響他先準備著，如果他是等著那一天……倒也說得過去。」

張九承的意思是，肅王在做兩手準備：如果他繼承大統，那當然是好，現在的準備都是白搭；如果有一天周毓琛繼承了儲君之位，要登基為帝，那他就可以很快行動起來。

畢竟這兩年，皇帝的身體確實大不如前了。

周毓白搖搖頭，「未雨綢繆是件好事，卻沒有人會為『謀逆』而做。大哥雖對六哥不滿，卻是一心要算計他無法取得儲君之位的。他也不是個沉穩的性子，從來不信『忍』字訣，必然是要在如今這個當口再爭一爭。」

等儲位真的落到周毓琛身上，就算肅王要發瘋，徐家、徐太后、邠國長公主上上下下那麼多人也都會拉著他。若說屆時肅王沒有反心不可能，但是真要起事，起碼要個幾年工夫。

比方先怎麼拆解了張淑妃的勢力，然後架空皇帝，拿捏權柄，最後才能順理成章地「反」。

傅念君便道：「那會不會有一種可能，他是為了『嫁禍』？」具體情況雖然不明，但是肅王和西夏、大遼來往，是否有可能是打算用通敵之罪，嫁禍給周毓琛呢？

張九承在一旁點頭同意：「王妃說得有理。」

周毓白的手指一下一下點著桌案，似乎是陷入了沉思。

他習慣在腦中梳理千萬思緒，然後理出一條最準確清晰的來。

傅念君也在琢磨，雖然這個理由說得過去，但要嫁禍「通敵」這罪名，還是太難了。

就算幕後之人擅長做這種事，但這可不是一塊傳國玉璽和氏璧那樣簡單，傅念君相信他要是操控肅王「通敵」確實可行，但是要操控著肅王去嫁禍給齊王「通敵」，這就有點……太神了吧。

周毓白都沒這個本事。大家都是人不是神仙，有這能耐的話，周毓白還用得著在這兒頭痛嗎？

傅念君自己又先一步否決了這個猜想。

「不對不對，做出這種事，肅王是在自尋死路，說起來容易，實行起來太難了。」

剛剛才同意過她的張九承，這時就有點尷尬了。

周毓白失笑，竟是先對張九承道：「肅王世子近來攬了修築皇陵的活，一直在城外待著，偶爾才回府。先生點幾個人去跟著他，向我彙報行蹤。」

怎麼突然就說起了這個？不是在分析肅王的動機和目的嗎？

張九承應了，反正主子的吩咐他不能不聽。

「那就……勞煩先生了。」周毓白淺淺地笑了下。

張九承先頓了一下，想了想才反應過來。

這是周毓白今天第二次對他說「有勞」了，剛才的頭一回是真的有勞，而這一回是……示意他走。

張九承心中暗道，你們夫妻兩個有話不讓我老頭子聽，何苦還叫我來書房，自己待在後院裡講個明白不好嗎？話說了一半就止，莫不是把夫妻情深來給我這老頭子看的，這些年輕人真是不厚道啊！張九承心裡嘀咕，面上還是識趣，這便退下了。

傅念君不滿，「怎地讓張先生離開了，咱們還沒論出個章程來呢……」

周毓白道：「不忙。」

然後指了指剛才張九承坐過的椅子，讓她坐上去。

傅念君坐過去，那感覺……與他面對面，好似真是他幕僚一般了。

周毓白正色：「念君，妳還能夠記起幾分，前世幕後之人用何種手段來害……『我』？」

他說出那個「我」字顯然費了點力氣。畢竟他從來就不承認那個「周毓白」是他。

傅念君心道，原來是要說這個，怪不得不能讓張九承聽去了。

其實她早前就和他論過這件事，但是很抱歉，傅念君真的記不得太多了。

三十年前的舊聞，還是個落魄王爺的往事，試問待嫁閨中、要成為太子妃的她會關心到哪裡去？

倒是小時候她偶爾會對傅家的往事有點興趣。

現下傅念君只好老老實實地把記憶裡每一點細節說出來。

她唯一有印象的，似乎和那位「淮王」牽扯到的，就是通敵。

像極了今天這樣的狀況。

傅念君說完立刻渾身一凜，望向了周毓白，「七郎是說，幕後之人把原本準備對付你的招數……提前用到了肅王身上？」

周毓白但笑不語，一切都只是他們的猜測而已。

傅念君心裡也在想，或許對方早就打算好了，對付他們幾兄弟準備了幾套方案擺在那裡，先前一計不成，再施一計，也並不會比前世的套路差到哪裡去。

在他的預期中，肅王該是第一個無緣儲位的人，但是肅王因緣際會平安至今，眼看儲位之事就要定下了，幕後之人不可能再不行動。

傅念君呼了口氣，直視周毓白，說道：「七郎，你曾說過那人做事布局的手法很像你，那麼我問你，假設在如今這樣的境況下要設計肅王，你會怎麼做？」

周毓白挑了挑眉，眼神裡帶了兩分揶揄。

傅念君的目光卻很認真。有時候他們想問題的思路太正，難免就入了死胡同。

周毓白笑了笑，說道：「若是我要算計肅王，頭一件事，便不會讓他直接去和六哥對上。」

傅念君眼眸一亮。

他繼續道：「雖然爹爹在很多事上沒有個明確的態度，但是提拔六哥超過我和大哥，他很明白這意味著什麼，即便他不明白，朝上如岳父這樣的人，也會提醒他。」

傅念君點點頭。

齊王現在就是那隻出頭鳥，是領先於其他兄弟的那隻。

「那麼……焉知這不是另一種試探呢？」周毓白淡笑。

19 暗箭難防

傅念君也勾了勾唇角，「官家提拔齊王殿下，卻又沒有立定儲位，說到底對諸皇子的考核仍未結束。」

她眼眸晶瑩，其實早就與周毓白心領神會。

因為她那一句話，他也已經心如明鏡。

按照周毓白素來的做法，如果他現在要動手算計肅王，那就一定會避開齊王。

畢竟大多數人都有腦子，肅王任何稍失分寸的舉動，大家都會聯想到算計齊王這件事上去，包括皇帝也是。

剛才，他們不就是走入了那樣的誤區麼？

損人不如利己，所以如果是周毓白來布局，他一定會使肅王從另一個方面行動。

這個辦法就是基於肅王想努力爭取蓋過齊王一頭的心思，迫使他急功近利，迫使他作繭自縛。心急必然就會有疏漏，肅王因為周毓琛給他帶來的競爭壓力，便會努力想法子討好皇帝，想做一番大事，想儘快達到與周毓琛一樣、甚至比他更高的高度。

這念頭原本沒有錯，但是肅王這人的想法和能力實在有些過於簡單。

若是周毓白出手，他有把握能夠讓肅王自亂陣腳，露出破綻和馬腳，反而徹底喪失接近儲位的機會。

這無疑才是高手的做法。

若是只曉得離間挑撥兩位兄長內鬥，使他們兩敗俱傷，這也不是周毓白了。

所以說，如果幕後之人做事的風格很像周毓白，那麼這一局裡頭，他應當也是這樣的籌謀。

可以不必要牽扯到周毓琛。

「大哥想法簡單，雖然他先前想害六哥，但是經過去年的事，他也應該明白了……就是自己沒有計量，他身邊的人也會提醒他，想比計謀，他是很難討到六哥的便宜。」

是啊，他們怎麼會忘了，肅王雖然年紀最大，卻是在長輩面前最會「撒嬌撒癡」的一個。

「也就是說，他與西夏和大遼聯繫，可能是為了討好官家？」傅念君接口：「唔……那現在官家最缺什麼？」

他們換了一個思路想這個問題，眼前竟豁然開朗了。

周毓白也想了想，才說道：「第一，應當是缺錢。」所以肅王這樣拚命斂財的說法也對得上。

但堂堂大宋皇帝會缺錢嗎？

答案是當然。

大宋比不得前朝，當今聖上也不算是個昏庸的，當然他也不敢昏庸，所以在銀錢之上，他真的沒有百姓們想的那般寬裕。

不消說大內皇宮可說是歷朝歷代最簡樸的，幾近寒酸，就只說皇帝每月的「俸祿」，只有大概一千兩百貫，由左藏庫負責打點。宮裡嬪妃們也是一樣，若只靠月例，怕是都得餓死。所以張淑妃和徐德妃才會這般看重錢財，而張淑妃見到了錢婧華這個財神，才會像餓虎撲食一般。

就連滕王府的窘境，傅念君也是見識過的，而他們淮王府裡頭，周毓白雖有產業，卻是私下叫董長寧打點的，其他都在他外祖舒文謙手裡，不敢稍有顯露。堂堂淮王府，地方不大，下人也少，時時刻刻都透露給外人一個字：窮。

所以皇室就是那麼個狀況，國庫裡的銀錢，皇帝是沒有資格動的，便是要舉辦什麼慶典宴會，也不能隨心所欲。

大宋富裕，百姓們安居樂業，身為帝王，卻過得這般憋屈，尤其還是自覺「勤勤懇懇」了一輩子的當今聖上，肯定心裡不舒坦，就連登基三十年要大辦，恐怕還是和朝臣們唇槍舌劍爭取來的。

傅念君說著：「肅王殿下是想替官家弄錢……」

她覺得還不止，就因為這一個由頭，還不足以使肅王甘之如飴地跳進陷阱。

她想了想說：「七郎，我覺得，邊境之患也是官家所擔憂的一樁大事。」

這就其二了。

她一向有很敏銳的直覺，周毓白很清楚。他撥弄著眼前的茶碗，對傅念君微笑道：「念君，若是按照妳的記憶，幕後之人要害我，如果用了這一招，確實我是避無可避。妳知道的，身為皇子，有時候有無法推卸的責任。」

傅念君明白他說的，一顆心被揪緊了，「西夏與大宋的不和，豈是這麼容易就能解決的？」

但是不自量力，確實挺符合肅王這人的作風。

周毓白嘴唇微抿，沒有說話，傅念君看出了他眼中罕見的深沉。

他們兩個都想到了，在她前一世的那位淮王，可能也是因為這樁事……

他不想見到蒼生黎民受苦，幕後之人就用蒼生黎民做要脅，周毓白只得插手西夏軍務，然後結果可想而知，一定是沒有成功，反而遭到皇帝和朝臣的猜忌和厭棄，加上有心人算計，之後就是被幽禁十年。只要一想到按照原本的步驟，他會獨自經歷這些，傅念君就止不住地心疼他。

那一世的周毓白，到底受過多少委屈呢？

她安慰自己，好在如今，他身邊有她，她永遠也不會離開他。

周毓白道：「如果是我的話，知道這事不好解決，卻也只能勉力一試。而大哥，他未必有這樣的覺悟。」還是那句話，肅王殿下的本性就是不自量力。

這樣所有的一切都對得上了……

和西夏的一場戰事，使得大宋朝廷元氣大傷，邊境依然戰火不斷，直到三十年後，這種狀況依然沒有得到任何改善。

要說傅念君以前痛恨那幕後之人，只是因為她害了周毓白、自己和很多人，那麼現在，她恨不得將他千刀萬剮，因為對方為了權勢，為了私欲，把這麼多軍民的性命置於何地？

在軍事上的軟弱，是會給一個朝廷造成無數難以預料的隱患和後果的，如果幾代當政者無法用強而有力的措施干預和改善，那麼終有一天，在夾縫中生存的大宋王朝會江河日下，積重難返……

「七郎，」傅念君皺緊了眉頭，「這樁事情，可能不止牽涉到肅王一個人了，我們、我們一定要阻止……」

周毓白握著茶杯的手指有點泛白，她能想明白的事情，他如何想不明白。

何況現在深陷迷局的不是他，還是肅王那個有勇無謀的。一個疏失，很可能就會被他捅成更大的紕漏。

而他們甚至現在還不知道究竟幕後之人具體是如何安排的……

但是有一點，顯然他在西夏邊境有一定勢力，甚至當地文武官員，也絕對有他的人。

周毓白微微一嘆，終究還是他輕敵了。

他重重地放下茶杯，對傅念君道：「眼下的情況應當不至於壞到如此。大哥那裡，我們要繼續盯著，河北東西兩路那邊，我也要立刻去信，還有我外祖那邊……」想要攪黃這事還是有點難度。

傅念君擔心道：「你若插手，會不會被他……」會不會被幕後之人又算計進去？

周毓白微笑，對她道：「難道因為這事有風險，我就不做嗎？」

因噎廢食，從來都不是他的風格，何況幕後之人在智謀方面比起他來，一直都是略遜一籌。

傅念君振奮了一下精神，「現在那邊還有狄將軍呢，有他在，形勢應當不會太差。」

當時周毓白和傅琨聯手在聖上面前力薦的狄鳴，如今在西夏邊境便如猛虎在側窺伺，西夏人若要輕舉妄動，也得掂量掂量。

傅念君想到了執掌樞密院的王永澄，「王相公那裡，七郎準備去打個招呼嗎？」

牽扯到邊境軍務，就繞不開這個人。

周毓白說：「那倒不必，依我現在傅相女婿的身分，他未必肯多與我說話。」

傅念君有點赧顏。

「不過，」他道：「王相為人守舊剛直，我雖近不得他，旁人也一樣，暫且可以放心些。就是大哥有什麼動作，第一個大概也是想著要繞開他。」

傅念君點點頭，卻依然還是有點憂心，「七郎，王相公一直是主和派，加上今年是官家登基三十年，我瞧著官家也是不想打。如今我爹爹在朝的地位略低於王相公，我怕這事再往下拖……」他們都知道西夏和大宋必有一戰，但是現在朝廷的風向，是傾向於拖延這一場戰事的到來，而且是拖到不能拖為止。

尤其是去年年底西夏因為青黃不接，也停止了對邊境的騷擾，眼看要燃起來的戰火突然就熄了，當今聖上和主和派都鬆了口氣。

聖上年事漸高，如今越來越想著安逸和享受，根本不想打仗。一打仗，他心心念念的登基三十年慶典，便又要不了了之。

大宋本來軍費支出就龐大，若遇上戰事，國庫便要空一半，底下那些人要對他這當皇帝的說的話，他早就一清二楚，什麼陛下當身先士卒，節衣縮食云云。

本來就窮的大宋皇帝還要節衣縮食到什麼地步去？吃飯連肉都不吃只配菜嗎？

周毓白這個當兒子的很清楚，自己老爹對戰爭的牴觸情緒是一天強過一天。

「念君，一場突如其來的戰事確實可以改變很多事，也可能導致幕後之人的計畫中途變化。若是我們預估錯誤，西夏人早就與他串通，那麼這場戰事，即便大宋勝了，也可能只是兩敗俱傷。如今我與蕭凜並未完全談妥，在他人攪局之下，打毫無準備之仗，付出的代價太大。」

國與國之間的邦交變化莫測，傅念君也曉得自己剛才的想法有些過於天真了。

何況現在看來，不止是他們，肅王那一頭，也在爭取與遼國牽線。

可以說，現況實在是很讓人頭疼了。

「還有一個問題。」周毓白的手指摩挲著一根筆桿，眼神有些放空，他這表情很少出現，傅念君早就習慣了他對一切都成竹在胸的模樣。

傅念君覺得這一回遇到的事，可能是他和她遇到的最大困難。

「就是邊境軍隊的戰鬥力，狄老將軍領兵帶兵的能力，我與岳父大人都信得過他，但是……」

「但是錢糧跟不上。」傅念君接口。

話題又繞回了「窮」上面。

國庫充盈，但是養兵的費用實在太過巨大，還有如張淑妃伯父張宣徽使這樣的蛀蟲在，各地守軍能和抵抗西夏的精兵同等待遇嗎？

巧婦難為無米之炊，要打仗，國庫裡的銀子起碼要跟上。

但是看現在朝廷上下這副懶怠的樣子……「七郎，這是個自上而下的過程，一時半刻怕也改動不了。」傅念君說著。

她的記憶裡，後期傅琨一手主張的新政，就有這樣關於軍隊的改革。但這是件相當繁瑣的事，沒有個十年怕是見不到成效，他們肯定等不及的。

不知能不能有什麼速成的法子。

傅念君有個很大膽的想法，若是能將肅王斂的財、幕後之人七七八八的產業，還有張淑妃和耶律弼做生意的銀錢，都投入到與西夏的軍務上去，倒是個很簡便的法子。

但她也知道這有些異想天開了。

周毓白說：「我明日去傅家與岳父和舅兄商議一下。無論如何，軍費開支那一部分，得儘快爭取。」傅念君點點頭，心裡一片沉重。

話說到這裡便也差不多了，她見周毓白眉頭深鎖，瞧著自己面前一疊宣紙，知道他還有好幾封信要寫，便提議先回了後院。

回去之後，她先讓儀蘭去小廚房看著，等著周毓白回來再安排幾樣吃食，心中卻也明白，他今日怕也不會早回了。

傅念君獨自坐在床沿發呆，看著周毓白平日裡睡的那個枕頭出神。

她難道還不夠瞭解他嗎？

雖然他沒有明說，她也有直覺，也能從他欲言又止的話裡窺得半分意思。

他大概會往西夏邊境去一趟的，在那裡，有很多事等著他去做。

與遼國的和談也不能放鬆，甚至還要防著張淑妃又折騰出么蛾子。
他身上到底背負著多少壓力，她從來沒有哪一次像今天這樣清楚明白過。
她很想幫他做點什麼，但是涉及到軍國大事，她一個女子，實在能力有限，唯一可以替他盯著的，也只有個小小的肅王府……

20 兩條線索

周毓白又重新開始忙了起來。另外一邊，他手底下的人，也一樣全部都派上了用場，就連郭巡都無法再每日準時準點地「騷擾」夏侯纓了。

夏侯纓不由覺得院子裡的鳥鳴聲都輕快了很多。

陳進、郭巡領著幾個人去探了肅王負責監管的皇陵修築工程。

當然表面上看來肅王這樁差事瞧不出任何問題，那些修陵的工人都算本分，不過郭巡他們也是江湖裡混過的人，加上董長寧又派了個精通此道的盜墓賊來，四下裡一打探，事情便有了進展。

肅王讓人盜掘的陵墓藏得有些隱祕，據說是因為挖皇陵的時候，偶然發現了夾縫裡的通道，從地底下挖了通道，進了一所前朝的后陵，然後運了裡頭的東西出來。

傅念君打聽這些的時候便多問了一句：「肅王世子可有參與這事？」

陳進搔搔頭，說：「人家父子兩個，老爹做這樣的事，兒子怎麼可能不知情。」

而且據單昀回報，說是周紹雍前不久幾乎鎮日待在城外，事事親力親為，養了這麼一夥白天修墓、晚上盜墓的人，他怎麼可能一點都不曉得。

傅念君又問單昀，周紹雍近來可有任何不尋常的動作。

單昀奉周毓白之命盯著周紹雍，自然有義務把探查結果彙報給主母。

「肅王世子除了監管皇陵的工作，平素便是和幾個宗室子弟玩樂戲耍，未見旁的異常。」

周紹雍年紀還不大，似乎對花街柳巷什麼的興趣也沒多濃，倒是常和周雲禾出去跑馬玩耍，就像他們這個年紀的少年該做的一樣。

「他常去找宗室裡那幾位郡公玩麼？也包括馮翊郡公周雲詹？」單昀道：「馮翊郡公依然不得自由，但是比之先前好了一些。肅王世子常提了酒菜去看望他，兩人說話聊天，留的也不長久。」

聽起來也很正常。

周紹雍一向與他們的關係就不錯，傅念君想到了前不久宮宴的時候，周紹雍在自己面前還為周雲詹鳴不平。

但是她總覺得哪裡有些不對勁。

這些事還沒理出個頭緒，傅家那裡倒是先派了個人來報信。來的小廝是錢婧華娘家的家生子，帶了些江南口音，說話條理清晰，有詳有略，倒是把這段時間傅家的事說了個趣味橫生。

傅家已經開始動工分房，工匠們揮汗如雨了好些天，就快要完工了。三房經過這一遭事，也算是厚著臉皮才繼續住著傅家的老宅，畢竟若要有骨氣地搬出去，東京城裡嚇死人的房租價格便會叫人立刻沒了脾氣。四房裡，金氏一如既往地喜歡占便宜，院牆過了一寸，門開得偏一尺，都要去找錢婧華糾纏半日，好在錢婧華也是見招拆招，索性讓工匠們撂挑子不幹，扔下了一堆沙土磚頭讓金氏自己想辦法。金氏要去理論，錢婧華便說：「這是我自己出嫁妝做的主，這堵牆……」她敲了敲，「特地加厚兩寸，就是想和嬸娘分得開一些，嬸娘這樣有本事，這一片就自己想辦法吧。」

可那一片正挨著三房啊，誰樂意和他們抬頭不見低頭見。

金氏咬牙，只得服軟認輸了。

但是在場沒有人笑，因為其中最重要的消息是，傅寧的母親宋氏，終於過世了……

夏侯纓先前早就診斷過宋氏命不久矣，何況她心願已了，對世間也再無留戀，走得也算安詳。說回到傅寧，過了公堂後，傅家三房自然只得認下他這個兒子，只是宋氏未過世的時候，他名義上雖是搬進了傅家，卻幾乎還是住在城外，伺候宋氏湯藥。

原本母子兩人因為他的身世問題隔閡已久，倒是在宋氏臨死前，他算是誠心侍奉了母親幾日。

但是此後，他便堂堂正正成了傅三老爺家中的「長子」了。

傅琨和傅淵沒有計較被傅寧占去的「便宜」，他要繼續留在國子學念書，也由著他，往後這些事，自然都得由他的親爹傅琅出去賣面子走關係。

至於因為城裡的這些風風雨雨，他那些同窗、朋友是怎麼看他的，這位傅家的公子還能不能結交到他夢寐以求的才子文人，這就要看他日後的造化了。

最後那小廝轉達了錢婧華的意思，傅寧似乎想見她一面。

當然這由傅念君決定去不去。原本她覺得自己和傅寧沒有什麼話說，但是想到宋氏剛死，而他畢竟是目前最直接與幕後之人接觸過的人，想了想便也同意了。

兩天後，傅念君便帶著丫頭護衛一干人，坐上一架輕便小馬車出了城。

宋氏的墳修得簡單，靠著一片清淨的小山坡，礙於她畢竟婦德有虧，便無法和傅寧的「老爹」葬在一起。宋氏自己的遺願也是希望離傅家族中的墳塚遠一些，她到人生的最後關頭大概是想通了，不再想和傅家的男人有任何牽扯。

傅寧一身麻衣，立在墳前，人很瘦削，倒是罕見地有了幾分磊落姿態。

其實他生得和傅淵也有幾分像，傅琅和傅琨模樣相似，他們堂兄弟在眉眼之間就也有點相同之處。

傅寧見了傅念君，便躬身行了個禮。

傅念君讓儀蘭在宋氏墳前擺上了祭拜的東西，才與他道：「你有什麼話想說？」

傅寧的笑有點冷，只道：「王妃，在下三年重孝在身，不適宜留在京城讀書，已經決定趁這個機會出去走走，眼界開闊些，想來對自己日後也有幫助。」

他幹嘛和自己說這個？

不過他有這樣的想法還不錯，但是他身上的毒……

傅寧彷彿知道她要說什麼，又行了個禮。

「多謝王妃和夏侯姑娘，在下身上的毛病已去了七七八八，出遊已然是無礙。」

傅念君看傅寧的眼神相當古怪，像是看一個陌生人一般。

他怎麼突然這般有禮了？她真的不太適應，甚至有點懷疑當日那個在傅家堂中面紅耳赤、暴怒兇狠，恨不得吃了自己的人不是他。

傅寧長揖不起，說著：「昔日對王妃多有得罪，還請您見諒。」

他確實似是轉性了。傅念君摸不透他，索性便不說話。

傅寧接著直起身，卻從懷中掏出了一封東西，似是信件模樣，要交給她。

傅念君讓芳竹去接了過來。

他說：「這裡頭，是在下從前搜羅到關於和樂樓胡老闆的一些線索、他名下的一些產業，還有他提及過的一些東西，鉅細無遺。只要是在下知道的，都已經記錄在內，想必對淮王殿下和王妃有點用處。」

傅念君說不驚訝是假的，其實她早就不打算從傅寧這裡挖到什麼有用的線索，畢竟這個人一直在給傅家添堵，他對傅家有這樣深的恨意，難道能指望在須臾片刻間就化解嗎？

可他現在……

傅寧道：「我雖不聰明，但是到了如今，很多事也想明白了。從一開始，我不過就是旁人設局用的一顆棋子，從胡老闆找上我開始，他和他背後那位『郎君』，大概早就知道了我的身世，然後才設計了這一串事情，用我來算計傅家……我確實對傅家沒有好感，但是他們的出現，卻是讓我走上了一條本不該屬於我的路。」他眼中的神采黯淡了下來。

或許沒有這些，他一直做著一個普通的學子，才學還可以，過幾年就能考上個舉人，按照傅家對族中的照顧，他可以略微謀個小官職，然後一邊繼續羨慕傅淵，一邊無奈地生活，盡量減少去傅家打秋風的次數。依著宋氏的脾性，想必一輩子也不會告訴他關於自己的身世。

或許他依舊會活得不忿，依舊對生活充滿怨氣，卻不會像現在這樣難堪。

他想明白了，也知道自己無力去向胡廣源爭討什麼。既然對傅念君有用，索性把這些消息都告訴她就是了。他知道他們夫妻一直在找胡廣源口中所說的那位「郎君」。

傅念君愣了愣，最後才道：「那就……有勞了。」

傅寧抬眼望了她一眼，還是問了出來：「還有一樁事，我想請王妃告知，王妃是否對我……很厭惡？」

難道她從一開始就知道自己是受胡廣源教唆？

當然傅寧也不是說很想取得傅念君的好感，只是往後可能都不會再見了，他只想要個明白。

傅念君側頭，正好看見宋氏墳邊有點點白花，隨風搖曳著……

她只說：「你信不信有時候人會得到上天的預兆？關於前世今生保留的一些記憶？」

傅寧嘲諷地勾了勾唇角，便道：「那看來我在前世，一定是個王妃十分厭恨的人。」

傅念君嘆了口氣，心道：其實不是，你我在前世還有些父女緣分。只是這緣分，她不想再繼續了。

傅寧見她不說，也不再追問了，便拱了拱手道：「多謝王妃今日百忙之中抽空，我和我娘……謝過您了。」他指的是墳前那些祭品。傅念君對他雖不怎麼樣，對宋氏倒是一向還好。

傅念君點點頭，便也轉身離開了。

前世和自己最親近的兩個人，都有了他們新的人生。陸婉容在內宅相夫教子，與表哥傅瀾雖不能說情深愛篤，卻也相敬如賓；而傅寧，也有意遠離京城，待過幾年他再回來，一切都該是新樣貌了……

§§

傅念君回到府裡，便迫不及待打開了傅寧提供的線索。

紙上從傅寧和胡廣源第一次見面，對方給的銀錢，說的話裡的重點開始，一直記錄到最後一次兩人見面的情形。

一開始，胡廣源很少提及他那位背後的郎君，傅寧也瞭解不多，直到後來周毓白等人查到幕後之人的幾個接頭處：王婆子茶肆、綢緞莊等，胡廣源知道不好，就匆匆準備離京，所以將名下一部分產業也轉移了。至於轉移的方向，傅寧知道的也不清楚，卻也意外用一筆不太多的銀錢從胡廣源那裡得到了一間小鋪子，當然這間小鋪子後來又被他轉手賣了換成現錢。

之後胡廣源音訊全無，傅寧和宋氏用的銀錢，都是賣那間鋪子的所得。

傅念君看到這裡已經明白了七、八分，胡廣源其實也沒有那麼忠心，他不愧是生意人，在替幕後之人打理財產的同時，不忘藉機準備自己的私產。他匆匆離京前，處理的就是自己的私產，其中一樣，就是轉到了傅寧手裡的那間小鋪子。

傅寧不善經營，又兼之有讀書人的清傲，決定把這鋪子賣掉。但是積年舊帳卻是要整理出來的，誰知看到幾十年前老帳的時候，發現這鋪子的第一代主人卻是不同尋常。

那是位皇室中人身邊的老管事。

傅寧留心去查了查，並不難查到。

主人是周昭，周雲詹的父親，已故秦王次子，追封了廣陵郡王的那位。

當然，現在這些證據已經都被傅寧處理掉了，他當時想的是何必引火焚身。

看到這裡，傅念君渾身都僵住了，立刻就想通了這其中因由。

她和周毓白從前就很懷疑，幕後之人年紀尚輕，是如何在這般年歲就斂得如此財富，培植如此勢力？即便他帶著預知之能托生，要開始有能耐用人在外，也得八歲以上吧？十年左右的工夫，金錢、人手，竟是一應俱全，這太不合常理。

今天答案就出現在這裡了。

這線索藏得極其隱晦，傅念君梳理了一遍。

應當是周昭在過世前，將自己名下的財產、人手全部交托給了那幕後之人。幕後之人開始在他的基礎上壯大自己的勢力，但是同時他又怕人查到周昭的產業，便培養了一個得力心腹胡廣源，慢慢處理掉周昭的舊產業，換成新屬於他的產業；而胡廣源動了私心，或許是想著那時候主人年幼，便自己掏腰包吃下了幾個鋪子用來牟利，鋪子並沒有如幕後之人的想法在市場上易手，因為是自己私用，胡廣源肯定也沒費心清理舊帳，所以關於周昭的線索便一直保留在鋪子裡，直到落在了傅寧手裡。

傅念君腦中千萬思緒不停閃過。

這說明了什麼？

說明那位已故的廣陵郡王周昭，才是第一代的幕後之人，他弄這些……到底為了什麼呢？

難道也是為了皇位嗎？

而且有一點可以肯定，直接接手他那些產業的人，絕對不會是他兒子周雲詹。

周雲詹「別籍易財」的罪名，查到的他名下那點產業，說實話並沒有多少。

何況周昭直接把這樣的事託付在自己兒子身上，不是太明顯了嗎？

那他又何必？因此幕後之人的範圍又可以縮小了……

與周昭、周雲詹父子關係密切，同樣身為皇室子弟，而且年紀不大。

幾乎有幾個人選想都不用想就蹦進了傅念君的腦海：周雲霰、周雲禾、周紹雍……

結合之前的種種分析猜測，周紹雍無疑就是那個有第一嫌疑之人。

真的是他嗎？

那他為何要害肅王府？他恨周毓白、周毓琛，攪得皇室天翻地覆的動機呢？

論動機，他根本就沒有周雲霰和周雲禾站得住腳。

傅念君暫時壓住翻湧的心思，繼續把傅寧的信看完。

後頭便是胡廣源離京之後的事了。起碼就傅寧的信上來看，胡廣源本來是打算再也不回來的。

那段時日正好是周雲詹被齊昭若那個太歲纏上，還差點被他失手扼死之際，其後周毓白和傅念君也意識到心心念念要抓的幕後之人可能並不是周雲詹。

胡廣源奉命離京，周毓白就立刻找到了董長寧相助。兩人就像貓捉耗子一般，從北到南，期間董長寧還摸索清了不少幕後之人藏著的產業。當時周毓白的策略並沒有想著一定要在那時間抓出幕後之人，因為他知道，幕後之人一定會選擇韜光養晦躲起來，所以不如守株待兔，等他重新露面就是。

一直到了最近。

傅寧提到胡廣源在京城與他相見的時候，姿態頗有些侷促，並不復當年在和樂樓見他時自信瀟灑的員外模樣，而且身邊跟著幾個陌生的江湖漢子，看起來不好相與。

傅念君也記起了這一茬，當日她帶著周紹懿在街邊茶樓偶遇傅寧，便是他去見胡廣源之時。事後她讓何丹去探路，何丹只說他身邊那幾人都是高手，不得靠近，由此回府再做打算。

傅寧不知道自己是何時被胡廣源下毒的，但是他對此並不感到驚訝。胡廣源透露給他自己的身世之謎，就已經是個前兆了。只是傅寧當時因為胸中一口鬱氣，恨不得立時去傅家門上大鬧三天，也顧不得胡廣源在其背後的籌謀。

有很多事情，本就是當局者迷旁觀者清，等到自己走出迷局，再回頭想想，許多原本被忽略的細節就都能夠想明白。

最後傅寧提到，胡廣源大概依然藏匿在東京城中，只是自己也好久沒有見過他。胡廣源自從這次回京，似乎就結識了很多江湖勢力，在偌大一個東京城中想要藏匿起來，並非難事。

傅念君將厚厚一遝信紙放下。

傅寧最後這幾句話沒有說錯，董長寧到京已經很長一段時間，中間也只回過一次江淮。他留在京城，就是想替周毓白把這個交手好幾次的胡廣源給徹底抓出來。

當然董長寧和周毓白也考量著要留著胡廣源引出幕後之人，但是有一點不得不承認，胡廣源確實挺狡猾，這麼些時日以來，他們也沒討到什麼便宜。

有錢能使鬼推磨，傅念君猜測，胡廣源東躲西藏和董長寧鬥智鬥勇，有可能也只是一部分偽裝。他籌措大筆銀錢，結交了江湖勢力，確保自己的安全。

這裡還有一個很關鍵的問題：他回京是幕後之人的主意，還是他自己的主意？

依著他離京前將私產快速脫手的做法，應該是不打算回來了才對。那麼他帶著護衛、保鏢重新回到東京城，冒著被周毓白的人抓住的風險，是為了什麼呢？

或許先前一直都是她先入為主了。胡廣源是個狡猾的商人，從自置私產這件事上，也能看出他的機變和貪心，說明他對幕後之人並沒有那麼忠心。

傅念君甩甩頭，覺得自己又陷入了一個迷局，好在傅寧的信給了她兩個極有用的重大線索。

第一，關於已故廣陵郡王的事情，要查。

第二，胡廣源這個人，一定要抓出來，立刻。

她突然有了很多信心，那個一直像噩夢一樣纏繞著她的幕後之人，那個心心念念想殺了她的幕後之人，很快就要浮出水面了。

前塵往事數不盡，心裡解不開的謎團，她都會得到一個她想要的答案。

21 快意恩仇

傅念君很快便將這事告訴了周毓白，周毓白立刻便讓人去請董長寧過府。

傅念君知道江湖人的脾氣，所以一次都沒有見過董長寧。不是因為她不想見，而是董長寧天生就對王府高門有些排斥。他年輕時是走江湖的，身上還背過人命債，如果不是舒文謙，他也就是個流落江湖的草寇命。雖然這麼多年過去了，但他依然對豪門權爵有些嗤之以鼻。

周毓白倒是還好，只是她的情面卻沒有那麼大。

傅念君便提議，不如她出府一趟，找個僻靜所在，見一見董長寧。

周毓白也沒說什麼，只是笑著提醒她「董先生脾氣不大好」，便替她安排了地方。那是在東水門西邊的桂花巷裡，獨門獨戶的小院落，裡頭的女主人，是陳靈舒陳小娘子。

傅念君一聽便知，這處是董長寧的私宅了。

董長寧是個四十多歲的中年漢子，面龐黝黑，一臉麻胡，身板結實，一看便是練家子。聽陳靈舒說他當日救她，有一個契丹人就是被他親自一刀砍死的，後來被同伴抬著屍身跑了。

大概因為今天要見傅念君，所以他穿了身料子上乘卻不合身的直裰，顯得有點束手束腳，活像悍匪硬要裝文人。但是傅念君對他不敢有任何小覷。

董長寧原本是不耐煩見個女人的，礙於她是周毓白的妻子，也就留了幾分薄面，雖然板著臉依舊有幾分嚇人。

傅念君將來意和董長寧說明白了。

董長寧聽得頻頻皺眉，看樣子確實是脾氣不太好的樣子，不過他一開口，就讓傅念君見識到了「脾氣更不好」是什麼樣子。

「為了這些鳥事！你們兩個小娃也太把我當個人物了。老子雖說在江淮尚且有些能耐，可這東京城裡嘛，要錢也有，要旁的……還要去翻你們周家一個死人的破事，做不來做不來，你們去找王母娘娘得了！」

傅念君微微汗顏，也知道他話糙理不糙。

董長寧畢竟黑道轉良民也有好多年了，在江淮一帶或許還吃得開，黑白兩道都賣他個面子，但他到底不是神仙，在遠隔千里的東京城還想要翻雲覆雨，就有點太難為人了。

他手裡頭有錢，可以盡給他們花，弄幾個有本事的江湖人過來也成，但是要探什麼消息，查什麼底細，肯定還是要打些折扣的。不然前頭肅王妃蕭氏的事情，也不會就這麼查不出來。

傅念君嘆了口氣。胡廣源或許也是明白這一點，在自己的大本營裡頭，他還是有優勢的。

董長寧聽到胡廣源的事，又氣得拍桌，「王妃的意思，那賊廝躲我根本就是鬧著玩的？他有錢給自己鋪退路，就不是我老董打敗了他……娘的，還以為商場上那一套讓他學乖了，根本是他娘的一個滑不留手的東西！」

傅念君心想，周毓白怎麼就稱呼他董……先生？她不明白這「先生」兩字從何而來。

她還以為董長寧是個與張九承、江埕差不多風格的人，才稱得上先生啊！

就算不是類似，那好歹是個做商人的，也該有幾分書卷氣吧？

她感覺自己被騙了。

陳靈舒在旁顫顫巍巍地上了茶過來，有點忐忑地勸董長寧：「老爺，您、您嗓門小一些，畢、畢竟這是王妃……」

董長寧看也沒看她一眼，似乎並不買帳，陳靈舒只好又乖乖地退下了。

傅念君心底又一嘆，陳小娘子怕是也被「英雄救美，美人以身相許」的話本子橋段給騙了的吧。她倒覺得董長寧滿身江湖氣，當日救她可能只是純粹看不過眼拔刀相助，沒料到會被這個年輕小娘子纏在左右，硬要當自己小妾。

果真，董長寧拍完桌子就改拍胸脯，很講義氣。

「這樣吧，既然是我答應了殿下的，肯定是要把那老小子料理乾淨。再給我一個月，我把他抓出來給你們，到時候該怎麼處置，我也不管了。」

有一點他沒說，其實他早就和胡廣源玩得有點不耐煩了，董長寧是個商人不錯，但心裡頭依然是個江湖人。用商場上的方式太拖延，一旦正路走不通，他還是覺得黑吃黑，用拳頭最有效便捷。

傅念君冷汗涔涔，忙道：「先生，這可是天子腳下，咱們做事還是要注意點的，別鬧大了。」

畢竟胡廣源現在背後還有沒有得到幕後之人的繼續支持，她也不確定，萬一牽扯上了官府，那她就真是於心有愧了。本來董長寧都是個良民了，還沾惹這些，那就是結實地坑了他一把。

董長寧反而訝異：「就是注意著的，不然怎麼要一個月？」

傅念君無話可說，當然她知道董長寧身邊也是有人的，不會由著他胡來。

「時限倒也不用這般苛刻，先生看著辦就是，但是關於廣陵郡王的消息……」

周毓白現在在忙肅王的事，傅念君覺得這邊的調查由自己接手比較妥當。

董長寧覺得這小丫頭是在和自己討價還價，只擺手說：「當時我答應殿下幫他料理乾淨胡廣源，現在他那邊出了岔子，是我沒辦好，我老董肯定是要盡力補救的。不過妳讓我底下的人去偷雞摸狗地做這些情報工作，這就太大材小用了吧？再說，王妃女娃，妳男人手底下不是沒人用，你們夫妻倆就自己辛苦點吧。」說罷便大笑起來。

傅念君忍不住想瞪他一眼。

周毓白手底下是有人，但是哪個不是一個當兩個用，他們皇室裡頭那些人三天兩頭的不安生，他要做多少事？哪裡能什麼都叫他操心？

傅念君漸漸有點摸清了這董長寧的脾氣。

他這人，就是為了報舒文謙的恩才幫周毓白的，根本就不是周毓白的下屬，所以談不上什麼忠心不忠心的，兩方就是合作關係。當然傅念君覺得這樣也好，他這樣的人本來就不可能被收作旁人的下屬，況且周毓白日後登上儲位，要是讓滿朝文武知道他隨隨便便就和董長寧這樣過去背景不清白的江湖勢力勾結，那可真是一樁值得被詬病百年的大事了。

所以董長寧也沒做錯什麼。

傅念君清了清嗓子，甩開了王妃架子，決心換一種思路。

和江湖人談話就要講江湖人的規矩。

她道：「董先生，你和我家殿下的帳我不管，今天是我來和你談合作。那廣陵郡王的事我得查查清楚，不為什麼，因為他的傳人心心念念要殺了我，幾次三番動手，我都僥倖躲過了。所以這叫什麼？有仇報仇！我不是在做無用功，我找到了線索就是要去殺人的，這叫快意恩仇！」

董長寧震驚地張大了嘴。他剛才從一個如花似玉、典雅端莊的王妃嘴裡聽到了什麼？

傅念君接著瞟了董長寧一眼，說：「先生助我，我便欠你一次人情，拿什麼抵都行！」

董長寧一拍桌子，這小丫頭倒是對他胃口，有血性，難怪殿下這樣費心求娶。

要說董長寧從以前到今天，對傅念君的印象都只有「紅顏禍水」，那麼到了此刻，他就是扭轉態度，直接變成欣賞了。敢把打打殺殺、快意恩仇放在嘴上的小娘子，這世上可不多了啊！

再看她一雙閃閃發亮的眸子，根本沒有半點膽怯。

「說得好，王妃女娃，我老董欣賞妳！雖然難辦，但是我已經有了想法……妳那個仇人，等我找出來，到時候妳可別手軟啊！」這就是答應了。

傅念君朝他一笑，「絕對不會。」

§§§

回去之後，傅念君把和董長寧的對話同周毓白說了，他也有些驚訝。

「董先生雖是為還恩而來，我卻不敢把他當作我的下屬。他素來就是個生意人，我也不願勉強他。」強人所難的事他做不來。

傅念君轉了轉眼珠，說道：「董先生其實是個頗為矛盾的人。」

他既是生意人，不願意平白無故就幫周毓白做事，但他又是個江湖客，很重恩義這一套。

她微笑道：「他是生意人，卻又把恩義算作生意，自然，我不是說他挾恩圖報什麼，反而董先生自己受了旁人恩惠，便一定要盡心償還，但同時又喜歡拔刀相助，將自己的恩義像貨品一般典給人家。你瞧陳小娘子、夏侯姑娘，不都是這樣？」

周毓白倒是第一次聽到這個說法，仔細一想她的歪理似乎又有點道理，慢慢點了點頭。

她說著：「所以我想，我欠他恩情，董先生反而會是樂意的。」

她又不是誆騙董長寧什麼，只是按照他們江湖人的方式辦事。

周毓白輕笑，捏了捏傅念君的臉道：「在識人之能上，我斷不如王妃。」

傅念君隨即又問：「但是，董先生真的有能耐查到廣陵郡王生前的事嗎？」

周毓白深深地望了她一眼，說：「不見得全部，但是他全力以赴的話，應當可以挖一部分出來。畢竟，有錢能使鬼推磨，妳前幾日才剛這麼說過。」

胡廣源就是。

無論廟堂和江湖，錢總是萬能的通行證。

傅念君點點頭，心想那倒是也還好，董長寧似乎在銀錢上不至於短缺，何況他也可以挪用屬於周毓白和舒文謙的產業出息。

「但是付出的代價可能又不止是銀錢。」周毓白繼續：「江湖上的事，不是錢，就是刀，董先生手下有人，只是看為什麼事、值得不值得犧牲罷了。」

傅念君渾身一凜，「什麼意思？難道查個事情還會死傷人？」

那她這樣是不是做錯了？

周毓白不置可否，只對她微笑道：「別瞎想了，哪裡就那麼容易的，先睡吧。」

傅念君默了默，心想若是周毓白和董長寧都查不出來的事，大概早被幕後之人抹去痕跡了，若是再不行，她也不該勉強。

§§§

徐太后的千秋節到來了，皇帝也是藉著這個機會，想要順便辦一下登基三十年的慶典。

為了這個「順便」，朝堂上下已經爭論了個把月。

皇帝想要大操大辦的心他們也能理解，但是朝中也有不少對前景比較悲觀的官員，覺得這樣懈怠疏懶，萬一和西夏突然打起了仗來怎麼辦？

何況前頭的皇帝也沒開這樣的先例，眼看又到了給遼國交歲幣之時，現在拿國庫裡的錢這樣折騰，該是個明君所為嗎？

如此種種，各有道理，吵得皇帝頭大。

倒是傅琨和皇帝相處多年，曉得他的心思，最後上書勸誡，說再過一段時日各國使臣都要回去了，沒人會再過來一趟慶賀陛下的慶典，如果慶典另外安排時日，那就不能享受「萬國來賀」的榮耀了是不是？

皇帝又被說動了一半。

傅琨再接再厲，說如果聖上既然要辦，肯定要把慶典辦得圓滿，眼下還能「萬國來賀」，再拖下去，為了達成他這個美好的夢想，各國使臣留在這裡吃吃喝喝，甚至上花樓的錢都要我們買單，大宋當了冤大頭不說，這些錢本來省下來能給陛下您當經費的呀。

一直過得比較拮据的大宋皇帝，立刻被這番話說服了。

於是最終在決定辦徐太后千秋節之際，順便也辦一下他登基三十年的慶典。

這對於東京城裡的百姓也是一個好消息，因為一年之中，在上元過後，他們就沒有這樣長時間的節慶了。如今還能去宣德樓城門口看看熱鬧，運氣好的更能領到一些吃食果子，除了沒有燈會，簡直就和上元節一樣熱鬧。

由此民間便也多了些誇讚皇帝的風聲，什麼「體恤百姓」「勤政愛民」之類的，皇帝聽了更加龍心大悅。

而徐太后千秋節這天，傅念君和周毓白自然是要進宮去赴宴的。

宮宴內宴參加了許多次，傅念君也算是駕輕就熟了，知道就是那麼一回事兒。她作為後宅女眷，也不需要有什麼太出頭的表現，陪著皇后等人說說話便是。

只是難為了周毓白，怕不只是要喝酒，還要與那些使臣、官員虛與委蛇。

不過，今天這千篇一律的宮宴也有不同之處，因為那位肅王妃蕭氏竟然露了面。

這可真是難得。

只見蕭氏神色淡然，渾身似是繚繞一股子仙氣，容貌又極致秀麗，哪怕是上了年紀，也把屋裡同輩不同輩的比成了庸脂俗粉。

但是蕭氏身邊卻沒有人圍繞，宗室女眷也都是識趣的，這個肅王妃，平日裡架子比天大，宮裡的主子就沒一個喜歡她的，這會兒露面，還值得她們巴結嗎？

只有一個老實人滕王妃，倒是與蕭氏有淡淡兩分交情，能在她旁邊說幾句話。

傅念君倒是不怵，走過去見禮。「弟妹見過大嫂二嫂。」

她笑語晏晏，蕭氏見是她，也是和藹一笑。「多日不見，弟妹可還好？」

傅念君回了：「都好，勞煩嫂子掛心。」

蕭氏卻連應付著說一、兩句假話都不願意，連傅念君上回去肅王府裡吃筵席，她都一句沒提，好似全然與她無關一般。

傅念君心道，幸好自己對這位肅王妃本來就是別有用心，不然和這蕭氏談話，確實也感受不到對方的重視，讓人直想扭頭就走。

滕王妃見了傅念君，倒是真心實意的開心。

「懿兒念了他七嬸好些時候，我曉得這孩子鬧起來沒章法，不好意思叫他打擾你們……」

傅念君也道：「確實有幾日沒見了，我也有點想他。」

於是在徐太后的慈明殿拜壽行過禮後，傅念君就被周紹懿迫不及待地拉出了殿門外說悄悄話。而徐太后本來也不大喜歡周紹懿，覺得這孩子鬧騰，也沒說什麼。

站在門口的石階上，周紹懿一張小臉汗津津的，直望著傅念君，眼神中似是有很多話說。

傅念君笑了笑，刮了刮他的小鼻子，輕聲說：「吩咐你的事情，辦得還好嗎？」

周紹懿迫不及待地點點頭，揚了揚小下巴，似乎等著她誇獎。

傅念君微微在心中嘆了口氣，滕王中毒的事她雖知情，卻無法一勞永逸地解決，最後同夏侯纓商議，只能取了個聊勝於無的法子。

夏侯纓本來便會配製一些祛毒的丸藥，傅念君將它們搗碎了，摻在給周紹懿吃的點心糕餅裡。一來是預防周紹懿也被人下毒手，二來周紹懿時常去偷看自己父親，傅念君便囑咐他要將這些糕點偷偷帶給滕王。由他親自拿給滕王吃，想來不會有太大的問題。

整個滕王府，傅念君只信得過周紹懿。

周紹懿悄悄地對她說：「七嬸，那妳多送點過來。上回的杏仁糕還挺好吃的。」

傅念君道：「若是太多，就要讓人懷疑了，懿兒，你可不能露餡了。」

周紹懿鄭重其事地點點頭，彷彿覺得自己背上有了個不輕的擔子。

傅念君和他說了幾句，內殿的女官就來叫人了。

兩人重新回到殿內，卻完全見不到徐太后的半根頭髮絲兒。她已經完全被錦繡珠翠給淹沒了。

不過傅念君還是感受了落在自己身上、穿透了層層屏障的兩道火熱眼神。

……來自江菱歌。

傅念君早知今日是逃不過她的。

江菱歌是宮妃，而且是個明面上與淮王府關係不怎樣，選擇抱了徐德妃這條大腿的宮妃。傅念君當然不能像探望舒皇后一樣隨時進宮來見她，兩人便只能在這樣人多熱鬧，容易混水摸魚的宮宴時分見面。

傅念君還了她一個眼神，意思是等會兒就去找她。當然她也希望江菱歌能夠稍微收斂一點，不要再對自己露出這種讓人看了不由得起雞皮疙瘩的眼神。

太后的千秋節自是大辦，本來打算去城外金明池，可是趕上天氣不大湊巧，禮部又早就定了日子，所以就還是辦在了宮裡。規模與上回接待使臣的宮宴自不可比，連舞樂班子都更豪華隆重了幾分，更別提賀壽時流水一樣的禮物耀花了人眼。

肅王可說是大出風頭，誰都知道今天他獻上的珊瑚樹是個百年難見的寶貝，就是國庫裡也難找個可以匹敵媲美的，由此連帶著徐德妃在徐太后身邊坐著，面上都格外有光，笑得容光煥發。

傅念君抽空低聲對周毓白道：「我原本以為肅王殿下會低調著些，如今他當著這麼多人的面送禮，那些外國使臣且不論，有些前朝老臣，又是個有目力的，若是瞧出來這是個……陪葬品，如何是好？」

周毓白微笑道：「大哥素來做事就這般，何況他既然敢明晃晃地這樣抬出來，大概也不怕旁人拿風言風語擠兌他了。」

捉賊拿贓，肅王似乎已經打算收手了。

不過太后娘娘似乎是被哄得挺開心的。

宴會過半，傅念君照例要溜出去，這次周毓白也是知曉的，只提醒她要當心些，然後叫來了兩個他信得過的內監。

傅念君也頗無奈，每次進宮都要「私會」自己公爹的小妾，總歸是有點怪怪的。

但是她不去，難不成讓周毓白去嗎？那江菱歌的花癡模樣立刻重新浮現在她眼前。

她依舊七拐八繞地到了一處太湖石堆砌的假山後頭，這有一處小迴廊，江菱歌正盛裝迎接她，卻不敢叫周圍的人點太亮的燈。

她還對傅念君說：「今日我不便與妳多說話，我們就快點吧。」

傅念君：「……」難道是她硬湊上來見面的嗎？

傅念君將懷中藏著的幾個方子和幾瓶丸藥遞給江菱歌，吩咐她：

「這只是幾個調養的方子，丸藥的用處也是滋補調理的。至於妳要的求子方，在不傷身的前提下，神醫也不敢隨便給妳開，若是下回得機緣，我帶她親自來替妳診脈。」

傅念君原本以為自己沒帶來江菱歌想要的，她會朝自己發作，沒想到江菱歌卻是如獲至寶般把那些東西捧了過去，還對傅念君抱怨：

「太醫院裡的太醫都讓徐德妃和張淑妃收買盡了。每回我請平安脈都在徐德妃宮裡，妳沒看見，她一雙眼睛瞪得有多大。」

江菱歌如今在宮裡，可以算得上是承寵最多的了。徐德妃雖然有了這麼大的兒子，仍也怕其他小妖精生出孩子來，鬧得皇帝更多時候留在江菱歌那裡。

年幼的皇子不可怕，怕的是仗著兒子就能給皇帝吹枕頭風的嬪妃。

但礙著張淑妃曾經的乾女兒這個名頭，她也不可能把江菱歌當作心腹。

這後宮裡頭的模樣，傅念君也大概清楚，淡淡地點了點頭。

江菱歌卻是突然湊近了傅念君，朝她嘻嘻地笑。

傅念君聞到了一股淡淡的酒味，往後退了半步，不由說：「妳想著懷孕，怎麼還能吃酒？」

「哎呀，」江菱歌去拉她的袖子，說著：「官家賞的酒，難道我還能不吃？妳躲什麼，我是要和妳交換情報來著，我可不願意欠妳人情。」

傅念君覺得她大概有點醉了，自己又不是周毓白，和她拉拉扯扯的幹什麼。

「妳說妳說。」

江菱歌要和自己交換什麼消息？

帶著酒意的嗓音湊在她耳邊，輕聲說：「妳不是想知道肅王妃蕭氏的事？我今日見著她了，確實一副好相貌，我瞧著一半男人都得把眼珠子盯在她身上……」

聽聽這酸意。肅王妃的年紀都夠做她娘了。

「說重點！」傅念君忍不住打斷她。

「我剛才走僻靜小路過來，平素那裡都沒有人的，但妳猜我見著了誰？肅王妃！她和個男人拉拉扯扯的……」江菱歌吃吃地笑，「而且是個年輕男人！」

傅念君一驚，「妳沒看錯？」

江菱歌不滿，「妳當我什麼眼神。」她這雙眼睛可是很好的。

22 大內探祕

傅念君忙問：「是什麼男人？你會不會把肅王世子給看岔了？」

江菱歌也確實是個這樣的人。

江菱歌很不滿傅念君這麼質疑她，辯駁道：「怎麼可能！母子間說話和男女間『私會』，我還是能分得清的！」私會兩個字著重咬了咬。

也是，誰都沒她對「私會」有經驗。

「那妳到底看清是誰了沒？」

傅念君不耐煩江菱歌說話拉拉雜雜的，她平素就不是很有條理，喝了兩杯酒更加沒完了。彷彿是知道她在想什麼，江菱歌輕輕地回應了一個酒嗝，傅念君屏住呼吸又倒退半步，心裡安慰自己，皇帝就是喜歡這樣的。

江菱歌揮手叫來了自己的貼身心腹，是一個面目機靈的小黃門。

「陳全是我信得過的人……來，你自己和淮王妃講，你跟著那人過去，看清是誰了沒有？」

小黃門口齒俐落，先把那人形容了一遍，衣著舉止，面目談吐，然後才下結論：

「小的覺著，挺像宗室裡……馮翊郡公。」

馮翊郡公周雲詹？

又是他？

這小子也機靈，他把那人大概描述一遍，卻又沒一口咬死，傅念君如果有疑惑，自然可以自己去求證蕭氏到底見的是誰。

「他近來倒是常往宮裡來，莫不是就這樣減免刑罰了……」傅念君皺著眉輕聲說。

江菱歌只道：「這反正和我沒關係，什麼馮翊郡公、肅王妃，都不是我該關心的人。總之話帶到了，就當和妳這些方子、藥丸交換。」

傅念君勾了勾唇道：「江婕妤倒是會做生意。」

江菱歌望著鼓樂聲傳來之處，腳步下微微不穩，叫陳全立刻扶住了，說著：「我該走了，免得官家尋我，淮王妃，妳且再等等吧。」

「慢。」傅念君叫住陳全，「你可聽清他們說些什麼？」

陳全搖搖頭，老實交代：「該說的已經和王妃說清楚了，小的不是高人，自然無法隔這麼遠聽清他們的談話。」

傅念君點點頭，也知道不能難為他，對江菱歌還是說了聲：「多謝江姊姊了。」

江菱歌幾人遠去見不到蹤影後，傅念君才跟著給自己領路來的小黃門往筵席回去。

只是路上不順，碰到了兩個冤家。

齊王妃裴四娘和她的大姑子安陽公主兩個人相攜出來，大概也是要醒酒的，見了傅念君，裴四娘只道：「弟妹是個心大的，怎麼這樣愛亂跑？」

傅念君知道上回讓她沒臉的事終究叫她記恨上了，酸言酸語必然少不得，只淡淡說：「出來走走活動活動，嫂子多想了。」

裴四娘卻不肯放過她，「為了避嫌，弟妹還是不要一個人走動才是。若是隨便撞上哪個使臣和官員，對妳的名聲也不好吧。」

傅念君在心裡直笑，哪有那麼嚴重，何況今天不比上次，後宮和宗室裡的女眷和朝臣、使臣們都不是一個活動範圍。

傅念君只是笑笑地看著她，裴四娘見她不回應，也有些惱怒，「弟妹，妳是不是找不到旁人一起出來走動啊，妳……」她正說著，突然就見傅念君款款走到自己身邊，模樣竟十分乖順，還伸手挽住了她的手臂，說道：「還是六嫂細心，知道我沒幾個能說得上話的人，特地邀請我一起走走。」

裴四娘：「……」這人到底是個什麼臉皮？

另一側的安陽公主本來一直一言不發地看熱鬧，見狀也有點忍不住了，嗤笑了一聲：「莫不是七弟妹這般沒眼色，慣常喜歡和人裝瘋賣傻的？」

這個安陽公主早就對自己居心不良了，傅念君也不用客氣，立刻回道：

「若人人都像二姊一樣耿直無遮，有什麼說什麼，自然世上就容不得我這樣裝瘋賣傻的人了。尤其是姑母，我想她也格外欣賞二姊的『快口直言』吧？」

意思是提醒安陽公主小心被邠國長公主呵斥。

安陽公主果然臉色一黑，重重哼一聲，一甩袍服，轉身就走了，也沒管裴四娘怎樣。裴四娘略顯尷尬，卻也不敢再逮著傅念君胡說八道，甩了傅念君的手匆忙去追她大姑子的腳步。

傅念君笑笑，這幾個女人，她對付起來還用不著什麼太厲害的招數。何況張淑妃那裡的人，她恨不得氣得她們個個七竅生煙呢。

回到宴中，傅念君便格外留意不遠處的肅王妃蕭氏。果真見蕭氏目光迷離，兀自出神發愣，看樣子很不對勁。

看來江菱歌說的話有七、八成是真的。傅念君心中一涼。

但是要說蕭氏私會周雲詹，這實在是讓她覺得太過詭異……

他們差著輩分不說，論年紀也實在搭不上，何況就傅念君短短幾次和蕭氏的接觸來看，她並非是那般喜愛親近男子之人。她的院落裡連個護衛小廝都看不見，對所有人都表現得很淡，包括夫君肅王，只對自己的兒子周紹雍才會露出點笑意來。

那麼，就是周雲詹對她有什麼特殊的意義？

傅念君思緒轉得飛快，猜想莫非蕭氏今日出席，根本就不是給徐太后這個面子，而是來見周雲詹的？

她越想越有可能，上回周雲詹和周紹雍便一起出現在宮裡，周紹雍回家去後，大概是會和蕭氏講的。這肅王府的事情實在是……

傅念君搖搖頭，端起自己面前的一盅酒，淺淺地飲了一口。

這是專為女眷供應的，酒味不濃，卻有股淡淡的甜味，十分可口。

「不能多喝。」

周毓白的手卻是伸了過來，少見有點霸道地奪過了傅念君手裡的酒盅。

傅念君側頭朝他一笑，「為什麼啊？」

周毓白的目光若有似無地瞟過她的腰身，就著她剛剛喝過的地方把一盅酒吃盡了，將酒盅反扣在桌案上，吐出了一句：「早做準備。」

算算時日，她嫁給自己，他也算耕耘勤奮，差不多是該有消息了。

傅念君見他目光所落之處，立刻會意地臉紅起來，心裡不由嘀咕，他是被江菱歌上身了嗎？孩子這事，要靠緣分的啊。

§§§

徐太后今次很高興，她年紀漸大以後，已不如年輕時潑辣強悍，倒也就有點喜歡團團圓圓、兒孫繞膝的氛圍。雖說她對絕大多數子孫常常是擺個冷臉，但老人家就是這麼個古怪性子，他們做小輩的也都只能受著。

於是徐太后高興地叫了一班小輩到了跟前派賞，就如民間過壽的老夫人們一樣。周紹懿因為年紀最小，還額外多領了一份賞。

輪到傅念君和周毓白的時候，徐太后倒是記得傅念君，還誇了一句：「這孩子有副好手藝。」一時引來幾道憤恨的目光。

當然是來自於張淑妃的後輩，安陽公主、裴四娘幾個，素來在徐太后跟前是得不到好臉的。

舒皇后聞言在旁笑道：「如果太后娘娘喜歡，就讓這孩子多進宮陪陪您。」

徐太后不置可否，只讓人給了賞賜就沒再多問話。

如此折騰了一陣，傅念君只覺得渾身骨頭都快散架了，她也不知怎麼的，今天好像就是特別累。終於被人重新領上了宮車，剛鬆一口氣，又聽到車外就有一個內監說話，是舒皇后派來的人，讓傅念君三日後進宮到慈明殿給太后娘娘解悶。

原來剛才徐太后和舒皇后不是和自己開玩笑。

周毓白此時正一手扶著傅念君，一手正撩開車簾，淡淡地朝外說：「知道了，屆時你們派人去府上迎一迎王妃。」一說罷收手，回頭就看到一張有點鬱悶的臉。

傅念君不由想，是不是當初自己施力過猛了，讓徐太后這般惦記她。

周毓白輕笑一聲，然後道：「妳在太后娘娘跟前也好，依照妳的性子，她不會為難妳，妳也就隔幾日陪她說說話，如果願意就下廚做個菜……」

傅念君突然一把抓住了他的袖子，定定望著他。

他這意思，是讓她多進宮了？

周毓白迴避她的目光，「妳也不用擔心徐德妃和張淑妃給妳難堪。」

傅念君那對周毓白最熟悉不過的杏眼裡，此時有好幾種情緒混雜著，擔憂、緊張，和些微的憤怒……她說著：「七郎，你何必瞞我？你讓我陪在太后娘娘左右，是因為你打算離開了，是不是？」

周毓白呼吸窒了窒，只道：「妳胡說什麼？我為什麼要離開？」

傅念君突然有種被輕視的感覺。

和他認識這麼久了，難道他還覺得她是那種能被他用三兩句話外加美色就迷暈了頭的小娘子？他忙碌了這些日子，連帶著手底下人也一刻不停……

她知道，他是打算離京去西夏的。

邊境河北東西兩路、陝西永興軍既然疑似被幕後之人的勢力滲透，那麼那邊的軍務和官場一定有很深重的隱患，非周毓白親自料理不可。

她當然明白，她太明白了。

前世今生，就算是同樣的招數，周毓白也一樣只能就著那餌吞下去！

他怕自己離京，牛鬼蛇神都會有異動，尤其是肅王府。若是傅念君在徐太后身邊待著，無疑是最能保障安全的一個方式。舒皇后在後宮之中，也只能勉力做到一個保全自身。

這些關節，傅念君只要稍微想一想就能明白，他卻還要瞞著自己嗎？

傅念君鬆開手，冷著臉，一言不發地轉過頭，再不看周毓白一眼。

周毓白一愣，見她似乎是有些動怒，便低聲湊近，卻是被她冷冷地推開。

「殿下身上有酒味，我聞不得。」

她這是在和他置氣嗎？

周毓白頭一次見傅念君和他置氣。她從來不似那些小家子的女子們愛與夫君置氣，對他永遠是支持和信任的。

「念君，我……」周毓白嘆了口氣，「我沒有那個意思，就算要去西夏也不是現在，我只是……」

只是什麼？

未雨綢繆，早做打算？

傅念君不想聽，依然是背對著他。

周毓白還想再說什麼，馬車卻已經到了家門口。傅念君也不肯叫周毓白扶，只讓後頭車裡的儀蘭和芳竹來攙自己，然後也不等夫君，當先頭也不回地進了二門。

這是……什麼情況？

府裡下人不多，卻個個都是有眼色的。

主子夫妻那感情好的真是常常讓人看不下去，可這會兒怎麼就吵架了？

周毓白的侍衛們也都不解，王妃還會跟自家殿下生氣呢？太陽是要打西邊出來了。

周毓白苦笑了一下，在眾人不解的目光下，自己走回了後院。

當天晚上，周毓白被妻子關在了門外。

堂堂芝蘭玉樹、朗月清風般的淮王殿下，被無數懷春少女視為夢中情人的淮王殿下，被……甩臉子了。

周毓白扣了扣格扇，耐心道：「念君，開門。」

沒有聲響。

看院子的小丫頭霈霈都對他露出無限同情的眼神。

周毓白只好回書房去過夜，這當然也是他新婚後頭一次在這裡過夜。

房裡頭，芳竹和儀蘭都是一臉忐忑，想勸傅念君又不敢，雖然她們也不清楚是發生了什麼事，但是殿下和娘子都不是壞脾氣的人，素來感情又好，怎麼就突然冷戰了呢？還挺嚴重的樣子。

「娘子……」

儀蘭剛期期艾艾地開口，傅念君就知道她要說什麼了，揮手打斷道：

「我有分寸，妳們別勸了，都早些歇了吧。」

傅念君心煩意亂，她也不知怎麼回事就發起了脾氣來，但是這樣的事生氣也是正常的吧？誰讓他好像有點那麼不信任自己。

她到現在還有什麼不明白的，舒皇后在徐太后面前故意說那樣的話，一定是周毓白授意的。一直以來，她都不覺得自己是個需要他費心打點好，才能放心離去的累贅。她去徐太后身邊伴駕也無不可，甚至還能多聽些關於肅王府的消息。

但他總該和自己先商量吧？

他會擔心她，那她也會擔心他啊！她會在家裡打點好一切等他回來，可他這樣，搞得好像……好像他這一去凶多吉少，要她給留妥後路似的。

傅念君一想到這個心裡就覺得堵，在枕頭上躺著翻來覆去地睡不著，又發洩似地捶了捶身邊屬於周毓白的枕頭。

迷迷糊糊間，她又還是捨不得，把個枕頭抱在懷裡，這才睡了過去。

§§

睡了一個不怎麼踏實的覺，傅念君醒來以後就有點迷糊地坐在床邊，腦中第一個想法就是：他呢？

她當然不會問出口，芳竹素來機靈，立刻道：

「殿下早起便出門了，早膳也未吃，瞧著臉色不大好，眼圈底下青著一片……」

傅念君淡淡地掃了她一眼，只道：「妳什麼時候學的那些婆婆媽媽們碎嘴了？」

芳竹低了頭不敢言語，再不敢勸。

傅念君心底還是忍不住擔心周毓白，怕他在書房裡睡得冷，他不睡那裡許久了，被褥什麼的一定不習慣。她也沒指望過周毓白學城裡那些懼內的男子般做小伏低地來哄她，男人們常說，自家娘子拿小性子出來使，都是為了討男人哄的，傅念君覺得自己才沒那麼矯情。

若說自己是生周毓白的氣，倒不如說是她更是生自己的氣。

她就是捨不得他、擔心他啊，好像只有這樣生一回氣，才可以不去注意他會離京這個事實。

傅念君愣愣地看著面前的白粥出神，一時也忘了吃。

這一番舉動在芳竹和儀蘭兩個眼裡，就自動變成了「悲憤絕食」。兩人急得不行，私下裡還悄悄琢磨著怎麼就鬧得這麼大，難不成是殿下在外頭有小的了？

而周毓白清早出門，午飯亦沒有回府吃，正當大夥都替王妃捏把汗時，晚膳前他就終於回來了。只是他神色肅穆，臉上不止是出門前顯得些微「落魄」的神態。

畢竟被自己的愛妻拒之門外，淮王殿下也是想走一走落魄風格的。

他換了副這般嚴肅的表情，且吩咐先不要傳晚膳，他和王妃有事相商，下人們看了心裡就更慌了。

難不成還沒鬧夠，殿下是回來立威的？

要在吃飯前嚴肅談論的事，不是小事啊！

周毓白卻顧不得旁人的眼神，只逕自回了後院。傅念君倒不妨他就這樣回來了，只是一見他神色，就立刻心領神會這是有事發生了，轉頭便叫丫頭們端上茶水後迴避。

房門外的芳竹和儀蘭更加忐忑。

「不會打起來吧……」

「殿下不是那樣的人啊。」

「我是說我們娘子……」

§§§

「出什麼事了？」房內，傅念君擰眉問道。

周毓白將手中的東西推到她面前。

「妳讓董先生查的東西，有結果了。」

傅念君心怦怦跳，問道：「這麼快？他怎麼查的？」

周毓白頓了頓，還是道：「讓人夜探了大內架閣庫和吏部甲庫。」

大內架閣庫是什麼地方，傅念君自然知道，那裡保存著各司各部很多重要檔案，更有國家往來之間的盟書、契約等等，乃是重中之重禁地，甚至從前皇城司探來的隱私、見不得光的一些祕密，也埋葬在此處。

如今和平盛世，皇城司也早不做那等陽奉陰違、探人隱私的情報工作，但架閣庫可以說依然是整個大宋檔案最詳盡、祕密最多的地方，就是史官修史時也難得進入，需要向上頭申請。

因此架閣庫有重兵把守，想入內更是要用層層密令，經過幾道關卡嚴查，一般人休想踏足半步。而吏部甲庫的職能便稍微寬鬆些，在朝或致仕，凡國朝大大小小的官員檔案皆收錄在此，若要查誰，都有跡可循。

董長寧竟然敢讓人去探這兩個地方……

傅念君聽周毓白說完，忍不住倒抽了一口氣，有點無法反應，「當真？」

周毓白點點頭，微微嘆了口氣，「昨天太后娘娘千秋節宮宴，人多雜亂，夜半的時候架閣庫一角失火……」

不言而喻，便是董長寧底下的人做的。

「可有傷亡？」傅念君心一揪。

周毓白點點頭，「架閣庫由禁兵把守，想全身而退自然沒那麼容易，禁兵都頭張廣言殞命。今天早上清理現場，發現一具焦屍，判定乃是昨日盜入架閣庫賊人之一，現在此案已經移交大理寺，由皇城司協辦。」

傅念君哽住了。董長寧這樣的手段，分明就是用人命去換消息。

當日周毓白說有些事董長寧不是做不到，只是代價太大，大到可能要用人命去換，她還不覺得會如此誇張，可是今天，她信了。

兩條人命啊！

「昨天盜入架閣庫的人最少有兩個，失火的時候還連帶燒了一部分卷宗，但也算是有所收穫。」周毓白伸手點了點面前的幾張紙。

傅念君沒有先看那用人命換來的東西，只問周毓白：「還有人受傷嗎？」

周毓白見她一臉自責的樣子，軟聲道：「有，但是命能保住，挑昨天動手也是因為防衛懈怠，不然恐怕皇城司和董先生那裡還要有折損。念君，這已經是最少的犧牲了，既然決定做了，就不要後悔。」

傅念君揪著自己的衣襬，覺得內心一陣翻湧。她手下也用人，卻從沒打算過讓誰為自己去死。雖然她也知道有時候這無可避免。

周毓白握住了她的指尖，因為吹了風進來，他的手有點涼。

「董先生既然答應了，就知道會有這個結果。江湖人做事有江湖人的規矩，事已至此，妳不要把什麼都怪責在自己身上。」

傅念君嘆了口氣，眼中似如秋水盈盈，對周毓白輕聲道：

「七郎，我從前心冷，但是如今，倒是怕不能給孩兒積德……」

昨天周毓白在席間對她說那樣的話，可見他是很期盼孩子的。

周毓白卻笑道：「這又是哪的話了？孩子的事，是上天的緣分，和我的……努力。」

傅念君瞪了他一眼。

「何況妳與董先生是平等交易，他又不是個開善堂的，日後自然會索取報酬和人情，妳且看看他查到什麼了吧。」

傅念君望向他，「你沒看？」

「不是我的東西，自然不看。」他倒又擺出了一副朗朗君子之風。

傅念君握著那幾張紙，也有些怔忡。

廣陵郡王和幕後之人都是皇室中人，她卻沒想到，只要是皇室之人，在甲庫和架閣庫中便一定能尋得些蛛絲馬跡。想到董長寧那天一口就答應了自己，恐怕那時候就想到要走這一步了。

傅念君苦笑，不過隨即念頭一轉，即便她早點想到，她也不會走這條路。這兩個地方不是尋常能闖的，就是單昀那樣的高手也未必能夠全身而退，何況為了脫身，一定需要對那地方有所破壞，就如昨夜那一場火，不知毀了多少珍貴的文書和檔案。

可以說是個破壞和犧牲非常大的法子。

周毓白或許在調查幕後之人的時候也曾想過，但是他也不會採用。

當時因為沒有周昭這個線索，無異於大海撈針，而且他是皇族，做這樣的事更加有風險。

傅念君心念一動：這就說明，幕後之人可能也沒有辦法完全毀滅掉這些線索。

他的能力或許足夠抹去在民間存留的蛛絲馬跡，卻未必連大內的架閣庫都動得了。

這麼想著，傅念君便覺手中這幾張紙分量更重了不少，立刻便打開去瞧那紙上究竟寫了何等春秋。

周毓白一邊睇著她的臉色，一邊給兩人倒了溫茶，心裡卻有股子不合時宜的慶幸。

他忍不住慶幸……昨日那一遭置氣，他還沒想好用什麼法子再同妻子說話，幸好今天這事打了個岔子，她便依然還是從前模樣，而且還惦記著給他生孩子的事。

周毓白想到昨日自己還叫郭巡到書房問了一通，便覺得有些尷尬。別看郭巡平日裡一副很有經驗的樣子，遇到這般事體，卻也只搔著頭說對他什麼「對女人家還不就是講究個臉皮厚」，周毓白一句未說便讓他回去了。

他真的很想再扣他幾個月月錢。

現下看來，幸而他的夫人與旁人不一樣。

傅念君手執著薄薄幾頁紙細看，半晌過後，卻覺得它們似千金般沉重，手腕竟微微有些發顫，額上也沁出一層薄汗來。

「七郎……」

傅念君忍不住將那幾張紙的邊角捏皺在手心，一雙眼睛就這般定定地望著周毓白。

周毓白擰眉，向她攤開手，傅念君便把那幾張紙遞了過去。

他一目十行地快速看完，臉色也一下子沉重起來。

紙上的事自然無可厚非是傅念君所好奇的，關於周雲詹父親廣陵郡王周昭的消息。

傅念君還記得從前聽聞關於那周雲詹的身世，他是廣陵郡王庶子，卻也是獨子，皆因周昭一生並未娶正妻，周雲詹的母親不過是一名低賤的西域胡女。

只是她卻不知道這短短幾句裡頭，卻跳過了很多事。

話還要說到太祖和太宗皇帝的親弟弟秦王周輔在世的時候，他與繼任長兄之位登基的太宗皇帝關係並不如何親厚，從在朝握有一定權勢的王爺漸漸變成個閒散宗室。而他的次子周昭生得風流俊俏，少年時便喜歡外出遊歷，時常一年半載不歸，家裡要替他說親事，他也不肯配合，只愛往外走，便是父親和長兄都找不到他的人，如此也管不得他。

直至有一年回京，周昭卻跪在父母面前，說自己已然在外成親，懇求父母成全。

秦王周輔自然不肯認這親事，尤其是聽說此女似乎還不是漢人，更加憤怒，直言沒有父母之命、媒妁之言便算不得親，還要替他另尋佳婦。

周昭與老父大鬧一場便離家而去，一年多後，卻領回一個身懷有孕的西域胡女，眉目鮮明，顏色甚異，似是突厥人後裔，當下周輔便被氣了個仰倒，發誓要將這「妖女」趕出門去。

這些家醜，當時肯定是被他們給捂嚴實了，卻還是有一星半點的消息透出來，只言周雲詹的母親身分低賤，礙於他是周昭獨子，卻也不得不叫秦王府承認。

或許是當年太宗皇帝不放心秦王一家，叫哪個皇城司的探子眼線早盯著他們，如此才一五一十記載了他家這些事。直到近二十年，當今聖上當政，皇城司大權旁落，才停了這些探查窺視的紀錄。

而周雲詹的生母，外界傳聞說大概是難產而亡，但這份紀錄上面卻說很可能她是生下兒子後死於非命，皇家丟不起這個人，秦王丟不起這個人，所以一個無根無萍的女子性命，不過如草芥罷了。

還不止如此，這女子來歷古怪，探子查得周昭當年的蹤跡，明明他已經好幾年沒有西去過，而那女子竟來自北境，也就是遼國境內。

生得有異域血統，卻不代表她一定是來自某個遙遠番邦，也可能來自近鄰。

竟是與遼國扯上了關係。

還有一點，寫這份紀錄的人曾經幾次探過秦王府，也奉命跟蹤過周昭一段時日，同時也寫下了他自己的疑惑。他覺得周昭似乎對府外周雲詹的生母並未有多「深情不悔」，愛得「難捨難分」，相反周昭卻在酒醉之際，在書房中畫過一些女子肖像，都是同一個人，有一張一併附在了其中。

而且只此一張，其餘的早被周昭在清醒後焚毀。

兩人抖開一看，這張小像因為年代久遠，已有些模糊不清，好在架閣庫的文本書冊保存完好，傅念君和周毓白還是能夠依稀看清小像中人的面貌。

究竟這人是不是周雲詹的生母，寫這份紀錄的人也不敢肯定，他只是懷疑，那麼自然如今世上，也無人再能夠辨認。

但是傅念君一看之下，第一反應就是：「七郎你看……她像不像肅王妃？」

傅念君對蕭氏印象不深，但是他知道傅念君已經盯著蕭氏很久了，便微哂：

「妳看看仔細。」

傅念君也覺得心驚，所以適才才會驚詫成那樣。

肅王妃蕭氏，難道真的和周昭、周雲詹父子扯上了關係？

而這幅小像，實在怪不得傅念君，她一看之下，就覺那飄飄然的仙氣，除蕭氏外當今世上就沒有第二個人了。

或者只能說周昭的畫工實在太好。

傅念君問周毓白道：「算算年頭，當時是成泰七年，肅王妃已經嫁入肅王府了嗎？」

周毓白仔細想了想，也道：「差不離。」

傅念君更忐忑了。

現在容不得她不想歪了，如果自己的推斷沒錯，周昭和蕭氏扯上了關係，那麼很多懷疑就能順理成章了。

周毓白大約也猜到傅念君所想，便道：「大哥大嫂相處這麼多年，也並未聽說過什麼夫妻感情不睦，若真是出這樣的事……」那就是皇家的大醜聞。

他的意思是，蕭氏理當不至於如此，作為正一品的王妃，她該會掂量掂量。

傅念君嘆了口氣，「我家不也是這樣？只是一樁事是一樁事，也不能就說死了，人人都有自己的苦衷和故事，若非不得已，我們又何苦去挖旁人的隱私。」還是已經往生的人。

周毓白點頭，說道：「這份東西是出自前皇城司探子的手，想來不會有假。但是與肅王妃的關聯，到底還有點牽強。」兩人的視線便又不自覺落到那幅小像上頭去。

傅念君這才想起來自己還沒跟周毓白說起昨天在宮裡聽江菱歌說的那事，肅王妃和周雲詹兩人似乎確實有點關聯……

從宮裡回來後，兩人便置上了氣，她沒有機會說。此時一講，更讓這紙上的內容可信了幾分。

很多時候，對於不清楚的事只能結合種種蛛絲馬跡來猜，傅念君倒是還挺擅長此道的。

她想到之前江菱歌另說的一件事，她只道大約肅王妃成親前便非完璧，惹得徐德妃對她極為不滿。這樣女人家談起來尚且顧忌的話題，未得證實之前，傅念君不可能隨便與周毓白提起，然而現在聯繫起來，或許事情並沒有江菱歌認為的那樣簡單。

如果蕭氏本就是他人婦，是叫肅王殿下硬娶的呢？

這樣的事也並不少見，依蕭氏這樣的容貌，放在民間，便是想妥善嫁個尋常百姓，恐怕也難得圓滿。如今世道雖還算清明，只是水至清則無魚，不論哪個朝代，男人的權勢和錢財終歸會助長他們的色心和野心，結局也必然是權勢越大的男人，就更有能力掠奪更多的財富和女人。

而且皇帝在男女之事上也並不算檢點，江菱歌不就是個活生生的例子擺在後宮？若蕭氏只是婦德上有虧，怎麼會讓他這樣不喜，甚至還對肅王越發冷淡，連徐德妃和徐太后都未曾在這事上多說什麼，實在是不合他們素日的脾性。

所以傅念君猜測，必然是當年肅王娶蕭氏一事，是著實讓皇帝、太后等人膈應過的。

蕭氏的來歷一定沒有那麼簡單。

再結合那紀錄上的事，周昭其實早已在外娶了一門妻室，只是不被秦王和皇室承認，這個親結得便算有些不倫不類。而在他稟明老父已娶妻一年多之後領到府門前的胡女，已經身懷有孕，所以眾人便默認她就是周昭在外頭娶的「妻子」。

但假設他的「妻子」與這胡女並非同一人呢？

所以，周昭在醉後畫的畫像，並非是他兒子的母親，而是那個形似蕭氏的女人。

這樣一梳理下來，雖然內容荒誕，卻竟是意外能夠說通。

或許是周昭與蕭氏情投意合，結為夫妻，但因為名不正言不順，蕭氏也不能入秦王府的門。

誰知她卻意外被肅王看中，硬是強娶上手，當然想必肅王也不知她與周昭的關係，否則依照皇家的規矩，蕭氏便只有死路一條。

或許是礙著這些那些的原因，周昭選擇放手，後來便與那胡女有了周雲詹。

當然現在看來這胡女的身分還是個謎，但是能夠確定她與遼國或許有些關係。

而周昭納她的意圖不明。

再接著，周雲詹出生，蕭氏也與肅王有了周紹雍。

這乃是傅念君推斷的前因，有這筆孽帳在，周昭的作為便也有理可循了。

周昭嫉恨肅王奪自己所愛，或許也有幾分衝著太宗皇帝當年得皇位不正之意，便一直暗中經營產業，豢養人手，以圖大事。

周昭為人颯爽，年輕時就遍遊江湖異國，傅念君覺得他完全有能力做到這些。只是他雖有心，卻短命，大事未成，便撒手西去，手下經營的人手和買賣只能交給了周紹雍。

而他這樣做只有一個解釋，周紹雍很有可能就是周昭的兒子。

肅王妃蕭氏婚後不貞。

若周紹雍就是帶著記憶轉生的幕後之人。周昭這些東西無疑便助他如虎添翼，他完全可以借一個毫無心機的少年皮囊，瞞著眾人，操縱很多大事。

而周毓白等人即便再聰明，怕也是很難疑到他頭上去。

傅念君將自己這番論調簡明地和周毓白說了說。

周毓白沉了眸子，確實無法找到其中明顯的漏洞。傅念君擁有兩世記憶，在分析這事上，周毓白知道自己不如她。

「原本我也有些疑他，只是無法謀得有力的證據。」

周毓白難得地臉上出現了沉凝之色。

「若他真是我們想的那個人，又豈會不知自己已經被疑？這麼長時間蟄伏、隱藏線索，若是真的動手，怕是已有了一擊必中的覺悟。」傅念君這樣說著，心裡不由沉甸甸的。

周毓白和幕後之人必有一場較量，各自心中也是早就有籌算。他們這樣的人，沒有試試動手，失敗了就再來一遍的道理。

周毓白寬慰她：「我們既能將人找出來，便是破了他藏匿於暗處的優勢，又有何懼？」

傅念君伸手握住了周毓白的手腕，反而有些心疼他。

「若真是周紹雍，七郎，你心裡會不會……很難過？」

他們叔侄關係一向親密。

周毓白朝她笑了笑，「念君，妳覺得我是那樣優柔寡斷、婦人之仁的人嗎？只能說，佛祖和惡鬼，我兩者皆不是。」

既不會陷害手足、骨肉相殘，也不會臨陣心軟，妄圖同敵人講情義，以德來感化他。

23 是是非非

周毓白對傅念君緩緩說道：「世上很多人都有難解的仇怨，因此便有報仇雪恨之說。我並無害人殺人之念，卻管不住別人的想法，何況說到底，別人如何，於我又有什麼干係呢？」

周毓白從不認為自己有佛性，他做不來渡人向善這樣的事，普渡眾生更非他所求。

他雖被世人稱讚謫仙再世，可他深知自己內心不過一介俗人罷了。

他知道傅念君對齊昭若、對幕後之人有恨，在她身邊幫她助她，皆是因為她是她，是他所愛之人。

如果幕後之人真是周紹雍，又做了那些事，他必然不會顧及往日情面，更何談心軟猶豫？

其實說到底，周毓白如今做這樣多的事，並非出於保護周毓琛、保護肅王這樣的念頭。他一直以來的初衷，不過是求母親和外祖父一個平安，之後，又多了個傅念君。

至於奔走勞心，想阻止肅王的計畫，也不是只為了和周毓琛的兄弟之情。固然他想保全他們兩個的性命，但在最開始不知道這一切背後有雙推手的時候，他是想作勢布局看大哥同六哥內鬥的，甚至不惜犧牲表弟齊昭若。

後來他的一切計畫，都是為了要將幕後之人抓出來。

所以這丫頭，把他想像成什麼人了呢？

「我並不是個很善心的人，」他那眼角微揚的眸中有璀璨的光芒滑過，叫傅念君瞧得有點心醉，「除了在妳面前。」她是他心底最柔軟的一處。

傅念君握住他的手，小臉貼上他的掌心，微微嘆了口氣，說道：

「可七郎到底是心懷天下的。幕後之人用西北百姓和軍隊做要脅，你明知危險也要去。」

有點像小女兒的撒嬌。

周毓白失笑，「妳還在想著這件事嗎？」他輕輕摩挲了一下她柔軟的臉頰，說道：

「念君，我知道，一開始在妳爹爹眼中，包括很多大臣眼裡，我並不是個最合適的儲君人選。

大宋需要一個有德行、愛民如子的皇帝，卻未必需要一個聰明有籌謀的皇帝。」

傅念君微哂，她知道他沒有說錯。若不論一切背景，張淑妃舒皇后等等外力因素，傅琨一開始確實更欣賞性子溫和、偏近於當今聖上的六皇子。

而周毓白這樣的人，注定不可能成為像當今聖上一樣的皇帝。他自己也心知肚明。

「我愛妳，我並不愛天下子民。」他說著，眼中深情能夠叫任何一個女人心甘情願掛念著他一生。

他的愛很少，在遇到傅念君之前，他不覺得自己會有這樣的感情。

遇到她之後，那些少得可憐的愛，都在她身上了。

他周毓白一直都是這樣的人。

傅念君心中感動，忍不住鼻酸，「七郎……」

他笑道：「假設有一天天崩地裂，妳和黎民百姓只存其一，要叫我來選的話……」

他做了一個假設。

一般這樣的問題都是女人問男人的，但是傅念君不是那樣的女人，平素甚至想不到這些。

他卻風輕雲淡地說了一句世上任何一個女人都想聽的話。

「……我不會因為皇位，因為想拯救天下蒼生，就對妳放手。」

這個故事在他這裡並不成立。

「因為那原本就不是可以放在一起比較的。」

都要天崩地裂了，他還管什麼其他呢？

他笑了笑，覺得她應該明白一些了。

「我要去西北，並非因為我心繫天下。要阻止幕後之人是其一，而其二則是因為，這是我要接大位前必須要攬下的責任。」

這是傅念君第一次聽他剖析自己的內心。

周毓白苦笑，「我對天下都已經沒有博愛了，若是連這點責任都不去擔，還有什麼資格爭儲呢？何況妳要知道，我的祖父，太宗皇帝得到這個皇位的因由至今仍被人說道。這件事已是陳年舊帳，如今，乃至往後的子孫都不會冒犯自己祖宗，但是這件事造成了一個很惡劣的後果，影響深遠。」

傅念君一點就通，立刻會意：「便如當今聖上一般，皇權之上處處受轄制。」

這是沒有辦法的事，太宗皇帝當政時難道不清明嗎？打的仗難道都輸了嗎？

沒有。

但這是沒有辦法的事。

歷來皇帝和官員集團便是相護扶持、同時又相互制約的兩股勢力。太宗皇帝因為這個無法言明的因由而理虧，朝上的官員，尤其是大宋倚仗那些個個七竅玲瓏心的文官，他們在無形之中，早就透過幾十年的施壓，增加了與皇帝談判的價碼。

更何況其中還有當今聖上的軟弱仁厚做輔助。

若要改變現狀，尤其是周毓白要繼任皇位、順利把握這個國家的命脈，他所要付出的努力還有很多。

如何取得一個滿意的平衡，讓他不至於處處被掣肘，能夠發揮自己的才能，而不是僅僅作為一個性情溫和、善於納諫的繼任者，是要由他自己累積籌碼來實現的。

天下最大的大事，皇權的分割，很多時候其實也像賭桌上的賭博一樣。

傅念君雖聰慧，又受過太子妃的教育，卻從來沒有想過這一塊。

周毓白無疑是將她昨天生氣的由頭，從頭到尾解釋了個清清楚楚。

她甚至覺得是自己太小心眼了。

周毓白根本就是走在一條永遠屬於他自己的孤獨的道路上啊。

如今的對手兄弟，日後的文臣武將，包括他的岳父和舅兄，她傅念君的父兄，永遠都不可能同化成他身邊之人。

因為一條通向強悍帝王的道路，注定只能是孤身一人的征程。

如果他的妻子不是她，那麼他的皇后，恐怕也不會與他一條心。因為皇后也有娘家，有家族，有孩子。

做皇帝又哪裡是天底下最得意的事情了。

傅念君心有所感，將五指扣進了周毓白的指間。

他珍惜自己，是因為他也知道，她是永遠會走在他身後的人吧……

他信任她，離不開她，就像她信任他離不開他一樣。

周毓白在她無所顧忌向自己傾吐愛意的那一刻，其實就明白了這一點。

還沒娶她那時候，他會躺在床上想，看吧，其實他多自私，留住她，是因為知道錯過了她，自己這一生，怕是要永遠孤身一人行走了。哪怕老了以後妻妾相伴，兒女成群，他卻會遺憾沒有得到過無條件的愛和永遠熱切的支持。

所以他為她，做再多都不夠。

傅念君心中也在想，是啊，她又何嘗需要做那樣的選擇題呢？天下蒼生和她更沒有關係，她只要他平安。

傅念君靠在周毓白的肩頭，聲音也有些甕聲甕氣，問道：「七郎，假如你有一個親哥哥爭氣些，沒有張淑妃、徐德妃，官家他也更厲害強幹些，你是不是……就不想當那個皇帝了？」

周毓白覺得她是多此一問，說道：「那便是自然的。清閒的生活不好麼？不過……」他笑了笑，「若是妳設定的前提成立，大概我從小時候開始，就養成了個閒散性子吧，那妳可還會中意我？」

傅念君心想，這倒不假，如果他有健康幸福的家庭，便不會在六、七歲時就那樣懂事。摔下馬來有娘親來抱，有爹爹來哄，養得嬌氣些，不需要逼自己成長堅強。他依然聰明靈秀，依然風采卓然，卻不會學著如今的謀算和隱忍了吧。

想到這個，傅念君忍不住眼眶就是一酸，但是她晃了晃他的手。

「我們的孩子會那樣的！」她俏皮地笑了笑，「再說，我瞧中的是七郎世無其二的俊朗皮囊，哪裡是看你內在了。」

她膚淺地理直氣壯。

周毓白微微地笑，卻是難得也湊趣了一句：「真巧，我也是。」

傅念君皺皺鼻子，心底裡突然冒出一個苗頭。

是兩人剛剛的談話給了她一些靈感。

如果周毓白有選擇，皇位對他就一定那麼重要嗎？

答案顯然是否定的。

並不是人人都有那樣的野心，何況大宋的皇位比前代都要難做，權力太受限制。

所以……

「七郎。」周毓白聽見她突然喃喃說道：「我從前可能走入了一個很大的誤區。前世的時候，殺我的人是齊昭若，而即位的聖上……我是說你三哥崇王，他們全家，包括那時的我，也都全部受牽連死於齊昭若之手。可是黃雀在後，他卻死於幕後之人手上……」

而且下一個就是你淮王殿下，當然這一句她沒有說，怕周毓白膈應。

「彼時皇室已凋零無幾，肅王府被抄家貶做庶人，齊王夫妻又早被滕王給……」

被發瘋的滕王提刀砍了。

幾個皇子，無一善終，所以最後的新皇一定是出於宗室。

因此之前傅念君才把猜忌放在宗室那幾個子弟身上，太祖皇帝之後周雲霰，秦王周輔之後周雲詹、周雲禾。

「可如果，其實對方的最終目標不是為皇位呢？」她這樣一句話，是問周毓白，也是問自己。

世人都像她一樣理所當然，視皇位為最終勝利者一定要奪取的寶貝。

所有的流血和廝殺都是為了這個高不可攀的位置和背後的權力。

可是細細一想，這何嘗不是他們俗人庸人的想當然耳？

傅念君今日才覺如醍醐灌頂，她犯了和那時候的周紹敏一樣的錯誤。

周紹敏是個武夫，根本沒有他父親的心思和智計。他的想法很簡單，誰最後登上了皇位誰就是最後的勝利者。

順理成章，誰登上了皇位，誰就是當年害他爹的兇手。

但焉知這不過是聰明人的一個障眼法罷了。

皇位並非是最終的勝利果實，這個道理很容易想明白，但今日由周毓白點破，傅念君才恍然大悟。自己這麼久以來身在局中，竟是到了此時此刻才想明白。

因為她不是皇子，不是有資格靠近那個位置的人，所以不知道那條布滿荊棘的路上有什麼。

皇位就像個巨大的誘餌，引誘著人不斷為了它殫精竭慮、嘔心瀝血，更引誘著周紹敏那樣的人，將他的恨意全部發洩到坐在皇位上的那個人身上。

最後看似勝利者的崇王，可能不過是被養肥的誘餌，接著死在周紹敏那匹惡狼的齒下。

然後真正的獵人才會出現，一箭將惡狼除去，贏得功成名就。

傅念君如今已是皇家的媳婦，自然瞭解更多的周家人內幕。崇王夫婦在宮裡無疑是最透明的一對，若他們真有那本事奪位爭儲，她和周毓白怎麼可能一點都沒有察覺。

而更深一層，再仔細想想，在慘烈的爭儲過程中，最先倒下的肅王府除了肅王被幽禁，肅王妃和周紹雍卻是平平安安地活了下去。

置之死地而後生。

最不可能的人，卻往往是最可能的人。

用失敗做掩護，誰會想到早已倒了臺的肅王府中，卻藏著最後的勝利者呢？

何況若周紹雍真是周雲詹的親弟弟，他又何必去做那個皇帝。

屆時太宗皇帝一脈死絕了，他們大仇得報，肅王也身敗名裂，周昭在天之靈就可以瞑目了。

世上還有他們兄弟兩個做不到的事情嗎？

誅殺周紹敏一眾叛黨後，此等功績，便是放在哪裡都無法讓言官置喙。宗室入繼，如果是周雲詹登基，周紹雍甚至可以入朝為官，因為他已經是庶民白身，再不是無實權、只能掛空名的宗室了！

在太祖開國之時並不是沒有過此等先例，秦王周輔早年便官拜過一陣子丞相，大小事決斷殺伐，只是後來太宗繼位，周輔耿直，只尊長兄，不敬二哥，太宗皇帝這才漸漸完善了這些限制宗室的法令，再加上文人治國，周輔的權力便被一點一點順理成章地卸去。

也是因為這些削弱親王宗室的法令，某種程度上造成了太宗皇帝的兒子——當今聖上如今權力受限、孤立無援的境地。

古話「打虎親兄弟，上陣父子兵」並不是虛言。這就是剛才周毓白同傅念君說的皇權分割的問題。任何事情都很難有一個完美的解決方案，不過是被藏於時間之後的隱患罷了。

而另一種攬權的辦法便是，只要周雲詹登基，周紹雍藉著誅殺叛黨的功績入朝，便如當年太祖與秦王掉了個個兒。周雲詹可以做太祖皇帝，而周紹雍，則可以大權在握，做當年的秦王。

這樣的結局難道不是最好的嗎？不比當個處處受人掣肘、空有名頭的皇帝更好嗎？

傅念君想明白了這些，再也控制不住，汗如雨下，整個人突然如魔怔了般全身僵硬。

就似是糊塗了那麼久，突然一直想找尋的真相，豁然在眼前開朗了一般，刺激得人一時無法回神。

周毓白連忙扶住她的肩膀。

「念君，念君……」他的聲音好像很縹緲，來自無限遙遠的地方。

周毓白皺著眉，一時找不到帕子，只好用寬大的袖口替她擦拭額頭上的冷汗。

傅念君一個激靈，一把揪住了他的袖子。她攥得很用力，骨節甚至泛白，手指都有微微的扭曲，一雙大眼睛有些可怖地盯著面前的周毓白。

「我想明白了，我終於想明白了……」她喃喃自語，模樣有些癡妄。

周毓白心中焦慮，適才兩人還好好的，話才說到一半，她卻突然就陷入了怔愣，臉色變了好幾變。他知道她大概是想到了什麼關鍵的東西，自然也不敢出聲打擾，可是瞧她神色越來越不對，心中如何能不擔心。

他彎腰將她一把橫抱起，直接抱進了內室的床上，隨即便高聲召喚門外的人：

「快去請夏侯姑娘！」

傅念君彷若未聞，只是抓住了周毓白的袖子，一瞬不瞬地盯著他。

周毓白心中似火苗煎烤一般，只摸了摸她的臉道：「我給妳倒杯水喝。」

「不要！」傅念君尖叫，這聲音甚至把門外的儀蘭都嚇得三魂去了七魄。

「七郎，他們這樣害你，他們這樣害你……」傅念君只是喃喃地重複著這一句話。

不僅害你，還將你一門血脈趕盡殺絕啊！

她突然覺得心臟就被緊緊捏住了一般。

周毓白看著她這模樣，心中也似有無數股怒氣，卻無處發洩，恨不得腸胃都攪和在一起。他有點恨自己這樣的性子，若是能叫她好過點，不要露出這樣的表情，叫他做什麼都願意。

他是個不慣於將大喜大悲顯色的人，經營自己的情緒就像是平素鎮定自若布局籌謀一般。

可是有時候……

真是難受。

他攬了她擁在懷裡，傅念君卻是不自覺流下眼淚來，伏在他肩上，一開始只是壓抑地掉淚，可是見他這般溫柔，終是忍不住嗚嗚地哭出聲，最後抽泣聲卻是越來越大。

她知道自己不是該流淚的時候，她該憤怒，該生氣，該想盡法子報仇。

可是她控制不住自己。

她想到了自己的死，想到了上一世的時候周毓白的處境。

那一世……他們的人生，不過是在她幼時有過一次短短的相交，然後什麼也沒留下，便是再無回頭路。

本不該這樣的，本不該這樣的……

她多捨不得他，她多捨不得他。

他前世的路必然更難走，如果她都沒陪在他身邊的話。

傅念君的手指用力地攥緊他的衣襟，彷彿和那件織錦緞的衣裳有深仇大恨一般。

那個在青檀樹下、坐在輪椅裡的影子，又驟然躍進了她的腦海。她揪得更緊了……

去請夏侯纓再匆忙趕回來的芳竹和在門口守著的儀蘭都心急如焚。

尤其是儀蘭。她們娘子何曾這樣哭過？她那樣一個人，碰到再大的事也不肯流一滴眼淚的。

可今天……殿下究竟要把她欺負到何種程度，才會讓她這樣放聲大哭啊。

也顧不得旁的，儀蘭推開了門，對一邊也蹙著眉的夏侯纓說：「夏侯姑娘，您快進去看看吧。」

到底夏侯纓算是客，這些日子與傅念君相處熟稔了，也算是她半個朋友，總比她們這些下人體面些。

夏侯纓走進門，卻聽見聲音來自內室。

那是淮王夫婦的私密所在，她如何能隨意進去，儀蘭通報了一聲，裡頭沒有回音。

周毓白攬著傅念君，只輕聲與她道：「是夏侯姑娘來了，先讓她替妳看看……」

傅念君卻只是伏在他肩頭不肯起來。

兩輩子心底的痛楚如何是一時能發洩得完的。

傅念君心中清明，只想著就讓她任性一回吧。

她從來沒有對周毓白無理取鬧過，今天，就讓她試一回吧。她攀著他的脖子和肩膀不肯鬆手，周毓白自然也不可能下力氣去拉她。她這樣如孩子一般的模樣，他又何曾見過。

他攬住她，將臉埋在她髮間。

他眷戀她，就像她眷戀他一樣。

他不太會說甜言蜜語哄人，畢竟沒有經驗，卻又心疼她這樣流眼淚，只勸她：

「哭多了，總要喝水的吧。」

夏侯纓見裡頭不止，也沒法子，隨儀蘭去了次間，詢問她們究竟怎麼回事。

儀蘭也心急：「……殿下剛回來臉色就不好，想是有事，都這會兒了，晚膳也不叫，不知道說什麼。這不，娘子還哭起來了。」

夏侯纓冷笑，對周毓白意見很大，「原道貴府上淮王殿下是個疼愛妻子的，卻也是個這樣害女子流淚的狠心人。」她到淮王府住了這些日子，也是昨天第一回見他們兩個鬧不愉快。

裡頭還久沒止住，過得一會兒，芳竹聽見周毓白在裡頭叫傳膳，說是擺到內室來。

傅念君不想這狼狽模樣叫人看見，他自然依她。

儀蘭嘆氣，「也不知今兒還能不能好了。」

夏侯纓起身道：「想來這裡也用不著我了，女人家哭一場的事，自己想開了就好。想不開的，就叫男人哄一哄，保管藥到病除，開什麼方子都沒那管用。」

話中略有諷刺之意，儀蘭聽了心想，這夏侯姑娘倒是一副看透癡男怨女的樣子。

臨走前，夏侯纓到底還是丟下了一句：「若是王妃再不舒服……她認得去我那院子的路。」

儀蘭嘆氣，這也是個嘴硬的，其實心腸倒是不壞。

§§§

傅念君在內室中吃了一些清粥小菜，眼眶還是紅通通的，像隻兔子。

周毓白即便手頭一堆事情，卻也只能擱下，叫芳竹去前院書房裡傳訊，只說自己今天不過去了，讓張九承他們幾個各自去歇下。

時辰已經晚了，傅念君卻在內室裡吃晚膳，她不由想，今天確實是很任性了。

「真是叫人笑話了，竟還叫了夏侯姑娘過來。」她低頭說著。

周毓白微微嘆了口氣，「明日再請她過來看看吧，我不放心。」

傅念君搖搖頭，「我沒事。」只是很多事情想明白了，一時難以消化，情緒才有些失控。

眼下他好好的，她也好好的，她根本無所懼、無所怕。

周毓白今日格外溫柔繾綣，待她吃完了東西洗漱完畢，又要親自替她脫鞋寬衣。傅念君縮了腳踝不肯就範，他倒是很堅持，她擰不過他，最後縮腳躺下了。

兩人並肩躺在床上，周毓白不想再與她說那些不開心的事，只是擁著她，彼此交換呼吸，靜謐又溫馨。

傅念君卻無法放下，終究還是忍不住。

「七郎，對周紹雍，你打算……怎麼做？」

周毓白的呼吸淺淺地落在她的額際，他沒有任何情緒波動，只是淡淡地說：

「等。」只有這樣一個字。

傅念君曾經聽過別人閒話，說在山林裡最有經驗的獵人遇到難以搏殺的虎狼時，便只等候在原地與其對視，等到獵物不耐煩，先有動作，他才可以抓住破綻，一擊致命。

搜羅證據這樣的事，顯然已經無法對付一個如此強大的敵人。他們都已經等了那麼久，等到幕後之人再次出手，如今能做的，也確實只有順著他的局走下去。

傅念君淺淺地嘆了口氣。

周毓白輕笑，「倒也有個簡省的法子，我寫封信給齊昭若，告訴他仇人已經尋到。他必得千里奔回京，提著刀趕到肅王府上去砍人。」

傅念君忍不住失笑，這倒確實也算個法子。

說起齊昭若，也不知那人在西北軍營裡歷練得如何了。

「他要砍，人家難不成能乖乖站著被他砍不成……」她嘀咕著，似乎還真在考慮這個事情。

周毓白道：「雍兒近來去了西京，領了個吏部的差事，一個月內會回來，我一直叫人盯著。妳放心，目前咱們只得靜觀其變。」他的淡然和自信永遠是治癒她不安的良藥。

傅念君點點頭，也伸手摟住了周毓白的腰，這才逼自己沉入夢境。

§§§

第二日醒來的時候，周毓白照舊已經離開了。傅念君今日打算抽空研究幾道新菜式，免得進宮去慈明殿侍奉太后娘娘的時候，沒有拿得出手的本事。

只是她卻不知這兩天她和周毓白夫妻的事，已經將淮王府裡所有人都給嚇得不輕，尤其是昨天那驚天動地的一「鬧」。

郭巡都被幾個弟兄推著，強撐著臉皮到後院來求見。求見的目的，自然是勸王妃回頭。

傅念君覺得好笑，心想原來她在他們眼中，就是這樣無理取鬧的人不成？

她只壞心眼地什麼也不說便打發他下去了。

到底還是儀蘭有兩分眼色，見傅念君今晨起來眉目舒展的模樣，就知兩人大約已經好了，但還沒來得及與前頭通個信，這班愣頭青卻是找上門了。

出了二門後，她才與郭巡道：「王妃和殿下想來已經好了，你們別瞎操心，忙正事才是正經。」

郭巡聽了很開心，簡直比自己討了媳婦都歡喜。總算不用看殿下的臭臉了，以及不用絞盡腦汁替他想哄媳婦的餿主意，更不用因此被他藉故扣俸例了！

儀蘭回到屋裡，見傅念君手撐著下巴，頭一點一點的，似乎是又有些犯睏，不由擔心道：

「娘子這幾日精神都不大好，要不再讓夏侯姑娘來看看？」

傅念君覺得有點尷尬。她都能夠想像昨天夏侯纓一本正經被請到這裡時的表情，還有她臨去前和儀蘭說的那幾句話，或許也將自己視作了一個無病呻吟的後宅女子了。

傅念君道：「夏侯姑娘是客人，並非我們府中專供差使的郎中。我身體無恙，有什麼好看的？妳隨我去廚房，正好我想了幾個新點子，想試試……」

24 終需一別

千秋節後三日，是傅念君答應舒皇后要進宮的日子。

在移清殿請了安，她便被女官請去了慈明殿。

徐太后年紀大了，精力越發不比從前，三天兩頭生病，上午便習慣由左右扶了去園子裡走走，因此傅念君等了片刻。

徐太后見她已經到了，也沒說什麼，被左右服侍著洗了臉和手，才出來與傅念君說話。

「妳是老七家媳婦……我還記得。」徐太后的聲音蒼老得不像話。

傅念君恭敬地應了。

徐太后卻不滿：「妳很怕老身？先前倒是看妳還有兩分膽氣。」

徐太后話並不算多，也習慣只說一半，另一半不知是喜歡讓人猜，還是懶得說。

傅念君覺得還是懶得說的可能性比較大。

殺豬匠家裡的姑娘，風風火火的潑辣性子，一輩子都是如此，到老了不僅身體衰敗，連口舌都已經不聽使喚，所以徐太后必然是厭恨多說。

傅念君揣摩了一下徐太后素日的脾性，便也能拿捏七、八分，索性便抬起頭，直視起這位老太后。徐太后的臉上還是面無表情，不過目光卻是落在她臉上。

「擺飯。」她淡淡地吩咐，左右立刻應了，身邊兩個女官便起身扶她移步。

傅念君兀自站著擰眉。

此時一直侍立在徐太后右後方、一位上了年紀的老嬤嬤便給傅念君使眼色，說道：

「淮王妃還愣著做什麼？快去給娘娘布膳吧。」

傅念君會意，立刻提步跟了上去。

徐太后這脾性不好相與，但是傅念君覺得自己有些摸到了與她相處的竅門。

§§§

淮王妃這兩天成了宮裡的大紅人，因為她突然間就得了徐太后的青眼。

整個皇宮的人對這事都覺得挺莫名其妙的，只有舒皇后從一開始就一副很放心的樣子。

「這孩子自有她的過人之處。」她只是與左右之人這麼說。

要知道徐太后這個人最是護短，除了徐家血脈，她哪個都看不上眼，甚至還非常重男輕女，連侄女兒徐德妃在她跟前伺候，都是幾十年來戰戰兢兢如一日。

舒皇后脾性好，也沒見徐太后對她有多少好臉色，更別說故去的那位孫皇后，更是被徐太后十分厭棄。

就這樣一個頗刻薄的老人家，倒是不知怎麼瞧上了傅念君。

伺候用飯時徐太后十分挑剔，不愛吃那個不愛吃這個，傅念君卻有那個膽子硬是一筷子夾在了她碗裡。

徐太后口舌不便利，卻還是會黑著臉怒道：「滾！」

尋常聽到這一句，就是徐德妃都得嚇破半個膽。而這個年紀輕輕的淮王妃卻一點都不害怕，反而會在一眾宮人目瞪口呆中笑著繼續勸：

「娘娘就嘗一口吧，這是我做的，與御廚的手藝不同，保準吃不出半點韭菜之味，這對您是很好的……吃完了罵人才更有力氣啊！」

如此種種，慈明殿的宮人皆以為她馬上要被趕出去了，誰知一天、兩天、三天，倒是徐太后離不得她了。

有天因為天候不好，淮王妃沒進宮伺候她用飯，到了時辰，徐太后垂著眼睛，卻沒有半點動筷的意思。宮人們不敢勸，只得去問伺候慣徐太后的老嬤嬤，老嬤嬤卻是笑著勸徐太后：

「娘娘，淮王妃明日就進宮了……」

徐太后的反應只是冷冷的一聲「哼」，這才開始吃飯。

眾人皆是震驚得掉了眼珠子。

有人說淮王妃是靠著手藝博得了太后的喜愛，但慈明殿的宮人心知肚明不僅是如此，淮王妃確實有過人之處。

簡單來說……就是臉皮厚？

畢竟不是誰都能忍下徐太后的臉色和脾氣的。

那位得了婆母示下，也到慈明殿來服侍過一頓飯的齊王妃，就是個最好的例子。

徐太后心情不好的時候，抬手摔杯盞是常有的事。

換了傅念君一定是快速抬腳閃開，然後把桌上的碗筷往遠處推推，裝作看不見徐太后的怒瞪。其實齊王妃的反應比較正常，由著徐太后砸在了自己腳背上，然後孝順又體貼地跪下，磕頭認錯了。

誰知徐太后的性子就是喜歡前者，不喜歡後者呢。

所以這些天淮王妃在徐太后面前得臉的程度，竟是有隱隱蓋過徐德妃的勢頭，實在讓人吃驚。

有一回，皇帝來看老母親，也說起了這事。

徐太后卻是對他道：

「可惜……」

可惜什麼？

「老大家裡的那位。」徐太后冷笑著說。

皇帝想了想才明白，徐太后可惜的是傅念君是周毓白的妻子，而徐太后自己最看重的肅王，卻娶了那樣的王妃。皇帝覺得心情有點複雜，老人家的心情當真是捉摸不定，不過他卻是賞了許多東西到淮王府。

都是贈給兒媳的，沒有兒子的份。

§§§

兩人和好後的第十天。周毓白接到了一封來自邊境的急信，當他拿著信走進門，只是一言不發地盯著傅念君時，她其實便猜到這是什麼了。

「七郎……要去西邊了？」

周毓白沉默地點點頭，良久才道：「狄將軍的密信，西夏人又有動作，已經兩次不打招呼劫掠宋地，恐怕很快就要送上戰書了，更有可能……不送戰書。」

過了徐太后的千秋節，千里迢迢來京的各國使節也都相繼準備回國。

西夏的使臣走得最快，三天前就頭一個出了東京城，動作之急迫，只能讓人冷笑。

不像遼國的耶律弼等人，待在東京城中彷彿不想走一樣，想來是與張淑妃談得也很暢快，已經盤算好了往後天天數金銀財寶的日子。

「朝廷打算派使節去了麼？」傅念君問出口了，才覺得多此一問。

戰前這樣的招呼是例行的，若是談得好，來使本事大，簽了議和書的也有。

周毓白點點頭，「明早我會進宮去見爹爹。」

他要離京，必須要皇帝認可，且不能是在戰事發生的時候。如今他要走，還能像齊昭若一般便宜行事些，等真的打起來，依照他金尊玉貴的身分，皇帝如何可能放人。

竟這麼快就要動身了。

「念君……」他的聲音帶了點不安，傅念君抬頭，才發現自己好像出了神。

她抬手拍拍臉，朝周毓白展顏一笑，經過之前一番話說開，難道她會繼續鬧脾氣嗎？

雖然前路艱險，可是他並非普通人，只是因為夫君離開就傷懷，那些武將的女眷豈不是天天都要鬧了。

「七郎，你放心，我不會讓你有任何的牽掛。只是路途遙遠，你要準備充分。」

周毓白眉目舒展了些，坐到她身邊，盯著她道：「妳一定要當心。」

幕後之人想分開他們，一定還會有後招，他想殺傅念君的心思，或許從來沒有停過。

「我是淮王妃，在京中這麼多雙眼睛盯著，他若有點腦子，就該知道不能動我。」

周毓白點頭，「若是太后娘娘留妳，也可在宮裡稍住。」

傅念君笑了笑，反而壞心上來，學著浮浪的紈絝子弟去捏周毓白的下巴。

「七郎，我好忙呀，肅王府、滕王府、齊王府、宮裡，處處都要我盯著麼？做你的王妃好累，偏月例又這樣少，我不甘心。」

周毓白拉下她的手，輕輕吻了下她的額頭。

「又沒個正經，我都會安排好的。還有，董先生這兩天出城了，但明後天就會回來，且會在京城留很久，張先生也在府裡，沒有我，妳隨便差使他們就是。」

她事事都有主意，幕後之人從前敢殺她，也不過就是仗著與她武力懸殊，如今她可半點都不輸人了。

「那你身邊的護衛呢？」傅念君心急，「要不全帶去吧！」

傅念君雖然心心念念，恨不得讓周毓白帶上所有好手去邊境，但是周毓白自有他的考量。他是皇子，而且是個樸素低調的皇子，府裡雖然有好幾個功夫高強的護衛，在數量上卻不能太多，否則難免招人猜疑。上回北上就是個最好的例子。但那一次是領了密旨，如今要西去，自然要添加人手。

舒文謙和董長寧那裡當然有合適的人選，也早都備著的，只等他出京後再會合，所以周毓白就想給傅念君多留幾個人。何丹和郭達是早就指派給傅念君的，再留一個陳進下來，府裡單昀的工作也需要他頂替。

陳進因此非常委屈。難道他是武藝最差的嗎？

郭巡卻是拍拍他的肩膀道：「因為你是年紀最小的。」

陳進的眉擰得更深了。

單昀道：「別聽他胡說，殿下是倚仗你，以後府裡的事……都要落到你肩上的。」

陳進忙問：「那單大哥你呢？」

郭巡在旁哈哈笑，「你單大哥當然要留著空間娶婆娘生兒子，早晚要出去單過。」

陳進聽完，眼中就露出些羨慕的神色。

「別胡說了。」單昀呵止了他。

郭巡笑得更響亮了。

王府裡的護衛似乎一點都沒有因為即將遠行而有所惆帳。

比起來，後院裡的氣氛就有些怪了。

傅念君這兩天忙著打點周毓白的行裝。他這一去上山路遠，冬天未必能趕回來，因此厚厚的大氅裘衣都得備著。她又特地去尋了夏侯纓，想請她給些用得上的丸藥，以備不時之需。

傅念君覺得夏侯纓現在看她的目光有點奇怪，似乎帶了些……恨鐵不成鋼的意味。

比傅念君更焦慮的是芳竹和儀蘭。尤其是芳竹，竟然還很正經地和傅念君說什麼「殿下這一去若是久的，半年都回不來，娘子不如抓緊些，留個子嗣才是」。

傅念君不知她是哪裡聽來的這樣的話，一時有點無言以對。

芳竹卻是朝她眨眨眼，似乎是鼓勵傅念君的意思，還說：

「娘子，要不咱們去問問夏侯姑娘……」

最後實在是儀蘭聽不下去，扯了她出去嘀嘀咕咕好一陣，八成是叫她別亂說話。

傅念君只是嘆氣搖搖頭，心裡卻也有點沉甸甸的。

周毓白西去的事並不是什麼祕密，他自有一套能夠說服皇帝的言辭，將真實目的隱瞞下來。

作為皇子領命辦差也是件很稀鬆平常的事，就連周紹雍這般年紀，近來也都領了命去洛陽，就如同周毓白早前領旨督辦江南治水一樣，雖然實權是落在隨行官員身上，但是皇子只要拿出個不錯的計策來，都夠叫皇帝和朝臣欣悅了。

所以周毓白西行的事打點得很快，宮裡也派出了一支禁兵全程護送，但傅念君知道京裡的禁兵多數嬌生慣養，除了保衛皇宮的精銳，其餘的只能說花架子多，真本事的少。這次跟著周毓白的那些人，真掂量起來恐怕連蠻荒之地山裡的悍匪強人都打不過。

好在沿路都有廂軍護衛，安全方面自然還是有一定保障，而且周毓白還明裡暗裡增添了很多自己的人。

徐太后知道周毓白和傅念君夫妻分別在即，也准了傅念君幾天「假」，讓她留在府裡好好陪陪夫君。

但是周毓白近日來卻更忙碌了，府上絡繹不絕的訪客皆是來送禮和送行的，還有外頭的文武大臣，都要請周毓白過去吃酒席，他必然有幾個推不過。比如同行的那幾位大人，少不得要賣幾分薄面給他們。

那幾位親王的府上也都來人了，女眷自然只能由傅念君來招呼，既然來了，又必得留飯，因此傅念君也忙上加忙，一張臉都快對人笑僵了。

每日到了很晚夫妻才能相見，兩人俱是疲憊不堪，傅念君由衷地嘆一句：

「七郎以後可少出遠門吧，我是經不起這般折騰了。」

今日周毓白的笑容還帶著酒意，只言：「辛苦夫人了。」

兩人躺下後，芳竹說的那幾句話就控制不住地鑽進傅念君腦子裡。雖然她自認並不是個烏鴉嘴，不像太祖朝時一樁故事裡頭，一位將軍家裡的巾幗英雄那樣，朝出征在即九死一生的丈夫吼道：「你先給老娘留個種再走，免得你死了以後，你家祖宗沒人上香！」，氣得那將軍臨行前死活不肯進夫人的房門半步，還撂下話「老子就是要回來再讓妳這婆娘生個夠！」

這被民間百姓傳成夫妻情深的一樁佳話，誰都知道那夫人是言語相激自己的夫婿，想讓他平安回來，而很多武將家中的夫人也都有這樣的期許，想在夫君臨行前留個孩子。

傅念君想著想著，手臂就不由攀上了周毓白的腰。

他愣了愣，忙道：「怎麼了？」

傅念君湊在他耳邊輕聲道：「七郎，你就要走了……」

話尾的音節無限纏綿，周毓白渾身一震，但是他從來不是輕易被慾望所左右的人，再細細一想她這反常的舉動，便笑道：「妳想生孩子？」

傅念君在黑燈瞎火裡紅了臉，心一橫，「是想生。」

「等我回來吧。」他摸了摸她的頭頂。

他給出的答案和那故事裡的將軍一樣。

「懷孩子那樣辛苦，我怎麼捨得讓妳獨自一個人吃苦。」

傅念君心裡一暖，卻還是嘀咕道：「本來懷孕生子，便是你也幫不上忙啊……」

他在她頭頂笑了一聲，「聽說女子懷孕，脾氣性子便會變化，飲食習慣也會變，甚至無端愛發脾氣。若我不在妳身邊，妳朝誰去發脾氣？」

傅念君不滿，「我對七郎發過脾氣麼？」

「就是沒有發過，我才希望妳朝我發一下。」

他怎麼突然這麼會說話了！

傅念君臉紅，只聽著他有一句沒一句地說著這些話，每個字都不遺餘力地拚命往她心裡鑽，叫人熨帖極了，到最後才迷迷糊糊地睡了過去。

分別在即的淮王夫婦直到臨行前一晚，淮王殿下才終是忍不得了，不捨地與妻子行了一夜周公之禮。

§§§

傅念君親自送周毓白到了城外，馬車掩住了他清俊挺拔的身影，絕塵而去，她卻遲遲不肯叫儀蘭把車帷放下，一個勁兒地愣神失魂。

「弟妹，我送妳回府吧。」

身邊是一道溫和輕柔的嗓音，來自周毓琛，今天他也來送周毓白。

「多謝六哥了。」傅念君隔著車簾與他道謝。

周毓琛淡淡地笑，「都是一家人，我與七哥兒打小一起長起來的，妳又何必客氣。」

傅念君在車裡微微嘆氣，其實她覺得齊王周毓琛真是個不錯的人。

甚至她面對他時，還隱約有點藏不住的羞愧。

因為傅梨華的事。

傅梨華當日不知廉恥，丟盡傅家的臉面攀上了周毓琛，白白叫他著了道，後來乾脆跪到傅念君面前悔過，求她再幫自己一次。傅念君與周毓白商量後，將她再從齊王府中弄出來，周毓琛不是個笨人，自然也隱約知道這些，卻沒有計較。他雖厭傅梨華，到底還是給了傅家和淮王府臉面，讓傅梨華以完璧之身出了齊王府，離京遠去再尋姻緣。

事後他會被張淑妃如何念叨，傅念君也想像得到。

傅梨華雖然被趕出家族，到底也是傅琨的女兒、傅念君的妹妹，留著這樣一個妾在齊王府裡打罵，張淑妃也會覺得能掙回些面子。

周毓琛這樣的人，可惜卻有張淑妃那樣的母親，妻子裴四娘又不是個頭腦很清楚、只愛為自己和娘家打算的。

傅念君回到淮王府，難免有些悵然若失。只是她還沒有來得及失落多久，滕王府的下人就匆匆地來了，說是小世子突然腹痛不止，疼得下不了床，王妃打發人來請她過去。

傅念君聽到周紹懿病了，心下也一急，便叫儀蘭去請了夏侯纓，也顧不到天色已經擦黑，坐馬車去了滕王府。

但是傅念君的著急心慌也只有一瞬間，坐上馬車後，她就清醒過來了。

周紹懿生病，第一時間不去請太醫，而是到淮王府裡請她，只有兩種可能性。

第一，滕王妃確實是上天下地只信她傅念君一個人，兒子突然腹痛她沒了主心骨，所以立刻來請人。

第二，就是滕王妃懷疑周紹懿腹痛和傅念君有關。

傅念君問同車而坐的夏侯纓：「夏侯姑娘，近日給滕王殿下父子兩人的藥可有問題？」

她與夏侯纓兩人之間如今形成了一種特殊的默契，沒必要拐彎抹角，直來直往反而方便。

夏侯纓也沒有生氣，立刻明白了傅念君心中所想，只道：

「藥在我手裡和貴府上一定是沒問題的，但是到了滕王府……」

到了滕王府，就不是她們能知道的了。

傅念君心裡嘆氣，希望不是最壞的結局。

滕王府上竟是連周紹懿的一塊糕點都被人監視了麼？

被人發現她送的糕點不對勁，然後偷偷摸摸加了東西，害得周紹懿腹痛，所以現在反而倒過來咬傅念君一口。

傅念君希望不是這樣的緣故。

但是她的預測和推斷一般不會出太大差錯，她第一次得到周毓白的青眼，也是因為她善於觀察和揣摩。

到了滕王府，不用滕王妃多說什麼，從她疏離的肢體和欲言又止的表情裡，傅念君就八九不離十肯定了。

果然是後一種猜測。

傅念君直言：「二嫂，懿兒在哪兒？我帶了大夫來，請讓我們進去看看。」

滕王妃卻是阻攔，「也、也不用……本來就是想、想讓七弟妹妳來的，大夫不用，有、有太醫在裡頭。」

傅念君卻一改平素對滕王妃的客氣，直接強硬地領著夏侯纓越過滕王妃，逕自往內室去了。

「妳、妳……」滕王妃急得紅了眼，卻是一點辦法都沒有。

傅念君知道滕王妃是個性軟懦弱的人，只要她強硬一點，滕王妃是連大氣都不敢出一口的。

傅念君見到周紹懿疼得在床上打滾，哼唧地叫著，彷彿極為痛苦，旁邊正有一個老太醫手上顫巍巍地拿著金針，指揮手下兩個小童：「按住世子，快按住，不得再動彈！」

周紹懿見了這平素給他看病只會開苦藥，還動不動就猙獰著一張臉拿針扎得他嗷嗷叫的張太醫，哭得聲音更響了。

「娘、娘，救命啊！救命啊！」

滕王妃已經衝進來了，心疼地直流眼淚，一邊道：「懿兒乖，給張太醫看完病，你就好了！」

她要靠近周紹懿，傅念君一個眼神，儀蘭和芳竹竟是叉腰攔住了她的腳步，讓她沒法接近自己兒子。

滕王妃今天第一次領會到了七弟妹這樣的霸道，竟然連她的侍女都學了這架子！

傅念君沒空理會滕王妃，反而上前一步，一把攥住張太醫枯瘦的手腕，說道：

「張太醫是吧？且等等，我這裡也有個大夫，等她看過了，你們兩人辯辯證再下手不遲。」

「七嬸……」周紹懿哀哀叫了一聲。

張太醫擰眉看著傅念君，「老夫可不是能讓庸醫來指手畫腳的。」

他見到了背著藥箱的夏侯纓，眼神更是不屑，竟還是個小姑娘。

傅念君笑道：「張太醫最好先給自己治治眼睛，難道不認得我是誰？我可是淮王妃，當然也許你認得，只是覺得我這王妃名頭不夠響亮，也沒關係，明兒我要進宮服侍太后娘娘，不如和她老人家舉薦舉薦你？想必太后娘娘的脾氣你也是知道的，最好張太醫的醫術也能配得上你狂放的口氣哪！」

張太醫一聽淮王妃大名，就知道壞事了。誰不知道這位如今可是太后身邊第一紅人。他立刻跪下瑟瑟發抖，一根金針也緊張地扎進了自己手指，卻不敢吭一聲。

那邊本來忿忿不平的滕王妃一聽傅念君提起了徐太后，突然也偃旗息鼓了。

是啊，她怎麼忘了這一茬！傅念君現在在宮裡可比她得臉多了。

傅念君笑了笑，對滕王妃道：「二嫂，張太醫看來手挺抖的，倒是抽空還給自己扎了一針。」

滕王妃眼神一落，果然見到張太醫右手上有幾點血跡。

25 先聲奪人

傅念君過來就一頓先聲奪人，本來底氣很足的滕王妃現在徹底蔫了。

最有資格說話的老太醫也跪在地上瑟瑟發抖。

而另一邊，早在傅念君和他們說話的時候，夏侯纓就已經跪在床邊替周紹懿診脈了。

周紹懿當然記得她，他也知道這個姊姊是好人，當日父王發狂，如果不是她，還不知道他們幾人會怎樣呢。

夏侯纓探了他的脈息，又讓侍女拿來他的排泄物和嘔吐物查驗。

「怎麼樣？」傅念君問道。

她之所以過來就一頓排揎，搶占了上風，就是要讓滕王妃無法開口說是她和夏侯纓害周紹懿。待周紹懿被夏侯纓診治了，那話就更站不住腳。

夏侯纓舒了口氣，說道：「無礙，我寫個方子，熬了給世子喝下去，明早應該就能見效。」

「不用扎針？」傅念君看了一眼張太醫落在旁邊的金針。

「不用。」夏侯纓回答得很簡潔。

周紹懿聽到自己沒事，還不用被那臭老頭扎，心裡也一鬆，可是額頭上冷汗還是密密地流下來，嘴裡呻吟道：「疼……疼死了，我、我的腸子斷了……」

夏侯纓蹙了蹙柳葉眉，終究還是沒躲過周紹懿可憐巴巴的眼神，從藥箱裡掏出一個瓷瓶，倒出兩枚丸藥，交給伺候周紹懿的乳母，「和水搗碎了給世子服下，止疼的。」

乳母戰戰兢兢地望向滕王妃。

滕王妃忙大叫道：「不行！」

傅念君的眼光望過去，滕王妃突然就氣短了半截，只是轉而望著地上的張太醫。

「得、得先讓張太醫辨過……」

傅念君道：「張太醫，請起吧。」

張太醫戰戰兢兢地站起來，看過了夏侯纓的藥和方子，點頭確認，「無礙的。」

可滕王妃還是咬著嘴唇不同意，「不、不行的……」

「怎麼不行？」傅念君朝滕王妃走近一步，帶著點咄咄逼人的氣勢。

滕王妃在她面前輸得一塌糊塗，但是作為一個母親的信念支撐著她。

「因、因為……弟妹送來的玫瑰餅，懿兒吃了半個才生病的……」

她越說越氣短，傅念君只是靜靜地等她說完，半點都沒有要澄清的意思，滕王妃一咬牙，認輸了半截，指著夏侯纓說：「你們府上就她懂藥，一定是她！」

連張太醫都覺得滕王妃這番話說得底氣也太不足，本來該是義正嚴辭指責對方，現在好像突然有點無理取鬧。

滕王妃簡直快哭出來了，事情怎麼會這樣呢？臨到頭，她就是不敢指著傅念君說那話呀，她都快嚇死了，只能推說是夏侯纓了。

夏侯纓眉眼不動，很平靜，從一開始到現在，她都是這個反應。

傅念君道：「去把玫瑰餅拿來，叫兩位大夫驗一驗。」

其實張太醫的徒弟剛才就驗過了，不然滕王妃也不敢這樣貿然便去請傅念君。

張太醫在淮王妃的威勢下又檢查了一遍，才顫巍巍地說：「裡、裡頭添了番瀉葉和過饑草，才讓人腹痛難當……」

他看完後夏侯纓也驗了驗，肯定了他的說法。

夏侯纓配的聊勝於無版解毒藥，都是藥丸，被傅念君磨成了粉撒在餡和皮裡的，不太可能查出來。

而滕王妃正一臉悲憤地看著傅念君，似乎等著她的解釋。

傅念君也把那玫瑰餅端到自己面前來看，細細觀察了一遍，確實是出自她之手。

滕王妃顫抖道：「是、是弟妹妳做的吧……」

傅念君卻沒理她，只道：「剩下的呢？每個都掰開來查。」她吩咐下去，剩下的兩個餅也都拿了上來，張太醫和夏侯纓一起查驗，確認都是沒有添東西的。

期間周紹懿痛叫聲更大，滕王妃沒法子，還是同意用了夏侯纓的藥，才終於安靜了下來。

兩塊餅裡頭，就只有一塊加了料。

但是滕王妃覺得很合情合理，畢竟平日傅念君送來的東西都不多，只夠周紹懿一個人吃，三選其一，既不容易被發現，又能起到作用。

傅念君卻是在一瞬間就想明白了，沒有人可以對完整無缺的餅裡頭的餡下藥，所以應該是先讓周紹懿中了毒，再把「證據」添到玫瑰餅裡。

所以只有這半塊餅裡能查出來。

傅念君望著這屋裡的人，縮小了範圍。周紹懿這孩子警覺得很，近身伺候的只有兩、三個，敢下藥的一定是知道他近日的習慣。因為傅念君送來的糕點，周紹懿會吃一半，剩下一半他要悄悄地帶給滕王吃。

「這確實是我做的不假。」傅念君拿起那半塊餅嗅了嗅，對滕王妃道：「不過裡頭的東西，是別人加的。」

滕王妃一臉不信。

傅念君笑了笑，舉到滕王妃面前晃了晃，笑道：「玫瑰餅不是玫瑰香味，卻帶著這樣淡淡的草藥味，二嫂覺得懿兒會心甘情願吃下去半個？還有兩個餅，他不會扔了換個旁的？」她說得有道理，但不足以作為證據。

滕王妃沒吭聲。

「罷了，既然是我做的，我是該負責。」

傅念君笑了笑，隨即便把那半塊餅推入了自己口中，嚼了兩下嚥了下去。

眾人都驚呆了。

芳竹和儀蘭更是尖叫：「娘子！不可！」

「如果我要害懿兒，就叫我陪他好了。」傅念君吞下去後，用帕子擦了擦嘴角，一臉雲淡風輕。

芳竹和儀蘭早就一邊一個把傅念君扶到繡墩上坐好，一個忙倒水，一個忙叫煎藥。

夏侯纓立刻把一顆丸藥推到傅念君嘴邊，也帶了兩分急切：「吃下去！」

旁邊的張太醫目瞪口呆，心道不愧是能讓徐太后青眼相看的人，對自己也太狠了。

關鍵是……她把證據吃了……

傅念君依然還保持著淮王妃的風度，就著儀蘭倒來的茶，才把夏侯纓的藥丸吞了下去，隨即便對滕王妃道：「我若無事，便證明夏侯姑娘不是庸醫罷？二嫂還覺得她的藥方不可靠？」

滕王妃突然間無話可說，望著傅念君的神情複雜。

竟是理虧的硬生生變成有道理的了……她好像遇到了高級無賴。

張太醫見狀，也立刻打圓場，對傅念君道：「王妃服用了這東西，還是先診治一番為好，不如先到側間……」他的眼神望向滕王妃，顯然平素是很受滕王妃倚仗的。

滕王妃沒法子，只能咬牙吩咐左右道：「帶淮王妃過去。」

她自己則坐到兒子床邊，拿帕子幫周紹懿揩著額頭。

周紹懿吃了止疼藥，此時人便有些昏昏沉沉的。夏侯纓吩咐的藥已經煎好了端過來，乳母和侍女小心地服侍著周紹懿喝藥。

「沒事，沒事，馬上就不疼了。」滕王妃軟聲安慰兒子，心疼如刀割。

但她終究還是不放心，偷偷地與張太醫道：「要不等會兒還是麻煩張太醫，你再給這孩子扎幾針吧。」

芳竹正好在旁邊替夏侯纓收拾藥瓶，聽到了這句話，氣得差點仰倒。

她跟著傅念君到了隔壁的次間，也沒管裡頭還有兩位滕王府裡的侍女便氣呼呼道：

「從前有什麼麻煩就想著讓娘子解決，如今一有點什麼事，卻還是頭一個要懷疑您！」

她沒指名道姓，可話裡的意思傻子都聽得出來。兩位滕王府的侍女臉色尷尬，低了頭不敢言語。

儀蘭忙給芳竹使眼色。芳竹卻不怕，就是當面說給滕王妃聽又有什麼？她敢對淮王府怎麼樣嗎？

傅念君叫那滕王府的兩個侍女下去倒茶來，有意支開她們。

「王妃，妳身上怎麼樣？」夏侯纓在一邊問傅念君。

傅念君說：「還好。」

她的肚子果然有些隱隱作痛起來，但是還能應付，何況藥也已經讓人去熬了。

儀蘭不放心，對夏侯纓道：「夏侯姑娘還是再替我們娘子仔細看看吧。」

夏侯纓也覺得該如此，傅念君便坐在圓桌前讓她診脈。

本來傅念君也覺得這沒什麼事，畢竟夏侯纓的醫術是有目共睹的，而且剛才張太醫也說了，那兩味藥並非是很厲害的毒藥，不至於傷人根本。

誰知夏侯纓診脈卻診得眉間微蹙，纖秀的手指搭在傅念君的腕上，遲遲不肯鬆開。

儀蘭自己嚇自己，只覺得出了一背心的冷汗，忙追問：「這、這是怎麼了？可是很嚴重？」

傅念君也覺得稀奇。夏侯纓確實抬眸盯著傅念君，一字一頓道：

「妳知道自己有喜了麼？」

傅念君啞口無言。

儀蘭和芳竹齊齊目瞪口呆。

「沒診錯？」傅念君弱弱地問了一句。

怎麼就那麼巧呢？

周毓白今天剛走啊。

夏侯纓臉上一黑，對著這麼輕賤自己身體的女人，她真是不想說話了。

芳竹和儀蘭反應過來，兩人卻不是欣喜，儀蘭更是差點飆出淚來。

「娘子！您這又何苦！犯得著拿自己和肚子裡的小世子開玩笑嗎？就是整個滕王府，又怎麼抵得過您和肚子的小世子啊！」

她根本就忘了剛才還呵斥過芳竹對滕王妃的不敬，現下自己也這麼說起來。

「是啊娘子！殿下今天才剛走，您就敢這樣，還、還懷了身子……」

「不行，咱們得趕緊回去，好好補一補，夏侯姑娘，妳快再開兩副藥……」

兩個很快轉而又從擔心變成欣慰。

「阿彌陀佛，娘子果然是有福氣的，很快就能給咱們府上添丁了呢！」

兩人像一千隻鴨子，輪番在傅念君耳邊聒噪，情緒之變化猛烈，簡直讓傅念君想讓夏侯纓替她們扎兩針。

「好了。」傅念君朝她們兩個做了個噤聲的手勢。

她自己也很開心有了這孩子，但是眼下這不是自家，不能太掉以輕心。

「動靜小點。」

可她倆卻有點神智不清了，芳竹還道：「要不再讓張太醫也來看看？」

夏侯纓冷嗖嗖的目光射過去，芳竹立刻閉了嘴。

夏侯纓只道：「妳們主子心大，妳們也心大，兩個月的身孕，多久沒換洗都不曉得？早些讓我診了脈，也沒這樣的事。」夏侯纓是女人，自然旁的大夫不敢說的話她能說。

芳竹和儀蘭羞愧地低下頭。

「好在那塊餅裡添的兩味藥藥性散了大半，不會傷了胎。」

她還真是服了這主僕三人。

傅念君也有點愧疚，抬手摸著自己的肚子，心想真是奇妙，這就有孩子了？今天還真是做了件對不起他和孩子的事啊。她嘆了口氣，對兩個丫頭道：「別叫滕王府的人知道了，咱們回去再高興。」

今天滕王妃對傅念君這般態度，確實很難讓人再生出好感來，芳竹忿忿不平地點頭。

傅念君倒不是記恨滕王妃，她沒空理會這樣的糊塗女人。她是怕滕王府裡的眼線知道了消息，會立刻朝自己的孩子動手，現在什麼都沒有她的孩子重要……

這滕王府，她還是少來為妙。

可是懿兒那孩子……傅念君暗自琢磨著，要是能領到她身邊就好了。

這樣想著，緊閉的格扇被敲響了，外頭是個怯生生的聲音來請傅念君的。

原來是周紹懿情況好了些，吵著要他七嬸。

傅念君出去見他，周紹懿靠在床頭，一張小臉雪白，卻還是一遍遍用稚嫩的嗓音和滕王妃解釋：「不是七嬸害我，她不會害我的，真不是她……」

滕王妃心疼地握著他的手，只是道：「好好好，娘信你，不是她不是她。」

態度之敷衍，就是周紹懿這個孩子都看得出來。

他素來早慧聰明，剛才的事落入眼中，也早明白了七、八分，因此一清醒就撐著身體要想和自己的親娘說清楚。只是滕王妃心裡早就怨上了傅念君，哪裡又肯聽一個孩子的話。

傅念君瞧著周紹懿，想到自己如今也做母親了，這麼一個懂事的孩子……

「二嫂，我想和懿兒單獨說兩句話。」

滕王妃聽見她一來就提這樣的要求，立刻嚇得抱住周紹懿，好像傅念君是什麼吃人的惡鬼一般，忙道：「不行！」

傅念君知道她糊塗勁兒又犯了，只冷笑，「若我要害他，有一萬種法子，卻沒有一種是故意兩人獨處特地來傷他。這種法子有腦子的正常人都不會做，還是二嫂覺得我會蠢成那個樣子？」

滕王妃抿著嘴不說話。傅念君講這話的意思，那不就是說她蠢？

滕王妃本來就是個糊塗人，也不會分析傅念君要害周紹懿的原因、動機、手法，反正就是認死理了，心裡自然是不同意的。

周紹懿推開他娘，嚴肅道：「我要和七嬸單獨說話！」

滕王妃很痛心，恨不得立時就要掉下淚來。

但她終究拗不過兒子，同意到旁邊次間裡去等，卻還是限制了時間，生怕傅念君像頭惡狼一樣一口吞了她兒子。

傅念君抓緊時間和周紹懿說話。

這孩子卻很愧疚，「七嬸，對不起，我娘她……她是太關心我了。」

傅念君嘆了口氣，「我沒和她生氣。」

周紹懿一喜。

「但是懿兒，有些事你該要清楚。」

傅念君的神色略顯嚴肅，她知道這孩子的接受能力比自己想像的要強，有些從前不對他說的話，她今天也會和他說明白。

「給你下藥的人不止是要讓你難受，更要挑撥你娘和我的關係。你七叔剛離京，我又是個女人家，旁人便處處想來對付我。你娘對你是一片拳拳愛子之心，今日疑我也不算過分，她與我畢竟只是妯娌，你們府裡又到處都是眼線。」她迎著他一雙水汪汪的大眼睛，依舊不客氣地說：「平素伺候你的乳娘、侍女，還有你娘身邊積年的陪房、管事，沒有任何一個人可以完全信任。懿兒，這是你家，我不能插手太多，你看到了我一再越俎代庖的後果，就是發生今天這樣的事，而且不會只有一次。」

周紹懿聽了她的話心中懼怕起來，拉住傅念君的袖子不放，哀求道：

「七嬸，七嬸，妳別走，我、我怕……妳、妳還答應要幫我、幫我爹的，妳別不管我……」

傅念君把他攬進自己的懷裡，放柔聲音：「我不會不管你。現在我有個主意，你自己決定要不要聽我的。」

周紹懿拚命點頭。

「我明天會進宮去見太后娘娘，到時我會提起你家中的事。你七叔最近離家，我也可以以此為藉口接你過去住一陣子，但是你娘一定不肯放人，這件事要你配合。」

周紹懿明白傅念君的意思了。

他留在家裡，七嬸沒法子面面俱到管他，接去淮王府，他就安全了。

「可、可是我娘……還有我爹他們……」

「別人要害的是你和你爹，因為你們姓周，是皇室子弟，而你娘相對來說沒有危險。至於你爹，他如今這個樣子，一時半會兒也害不了救不得。懿兒，七叔七嬸不是神仙，你還小，可能很多事都不懂，其實如果我早前沒有要幫你們的意思，今天或許你也不會受這樣的苦了……是我要說對不起。」

滕王府越是和淮王府關係密切，他們母子就越是被人盯得緊。

何況周紹懿本身沒有自保的能力，光憑傅念君一個人和滕王妃鬥智鬥勇、暗中護他，是根本護不久的。如今傅念君又有了自己的孩子，她難道會選擇先不管自己的孩子，義無反顧地陷在滕王府這潭渾水裡嗎？

她還真沒有那麼偉大。

讓周紹懿暫且離開滕王府，或者說留在自家的時間減少，是目前唯一的一個法子。

傅念君打定主意，若是周紹懿肯配合，她自然有辦法勸徐太后，讓這孩子在每個叔伯家裡都住一陣，來來去去的，有別人幫著護他，可以安全很多。

畢竟他若在哪個府裡出事，哪家的主母就難逃干係，住在別人家裡，反而會比在自己家安全數倍。這個複雜的因由，傅念君原本以為周紹懿聽不懂，畢竟滕王妃都肯定不明白。

可是這孩子比傅念君想像得更明事理。

他堅定道：「我都聽七嬸的。」

傅念君嘆氣，「但是也許你娘會因此很傷心很傷心……」她還是要先告誡他。

周紹懿眼中卻閃過堅定的光芒，「我現在沒有本事，只能先讓我娘傷心，等我也像我七叔那樣厲害了，自然就能保護我爹娘了，到時候我再和他們解釋清楚。」

他竟那麼小就懂得動心忍性，傅念君不由想到周毓白的童年，哪有本來就懂事的孩子，都是被環境逼迫出來的罷了。

「好。」傅念君和他說定，「這兩天你在家等著，乖一些，應該很快就會有人來帶你進宮，去見太后娘娘。」周紹懿對徐太后一直是有點怕的，這次卻是勇敢地點了頭。

滕王妃早就不耐煩地叩著格扇，傅念君最後和周紹懿拉勾允諾保密後，便親自過去開了格扇，由著滕王妃一陣風似地掠過她身邊，去看兒子有沒有又被她下「毒手」。

傅念君也無意在這裡多留，在滕王妃不鹹不淡的話音中告辭離開。

今天滕王府這事，雖然讓傅念君身邊人都感覺像吃了蒼蠅一般噁心，但是好在傅念君有身孕這個消息大大地鼓舞人心，這可是府裡第一個小主子啊！

唯一遺憾的是，淮王殿下今天剛剛離京。

儀蘭問傅念君：「要不要讓陳進先追上去給殿下報個信呢？畢竟是件喜事。」

傅念君想了想，卻還是搖頭，「這件事先不要說，只咱們幾個知道就行。等我明日進宮先回了皇后和太后再說罷。」

儀蘭一想也是，舒皇后是傅念君的正經婆母，周毓白不在，傅念君確實該頭一個告訴她。

傅念君心裡卻還是有一層隱憂，作為母親，心底裡最珍視的寶貝就是自己的孩子，如果讓幕後之人知道了……她甩甩頭，覺得自己可能是想多了，她現在是堂堂正正的王妃，誰能輕易動她。

喝了一碗夏侯纓開的安胎藥，傅念君便帶著複雜的心緒入睡了。

許是這一天發生了太多事情，傅念君這一覺只是睡得沉，沒有任何的不適應。

她轉換心情也很快，肚子裡多了個寶貝，現在滿心都是溫柔，並不會有從前沒懷孕時的忐忑和恐懼，怕自己會照顧不好他。

她相信自己會是個好母親。

§§§

隔天一早，傅念君便神采奕奕地進了宮。

她先去了徐太后的慈明殿。徐太后倒是見她這般容光煥發，也有點意外。

「妳不用急著進宮。」她只這樣淡淡道。

原本夫妻分別，總是需要些時間調整的。

傅念君只是彎唇笑了笑，親自給徐太后倒茶，然後讓侍女退下，跪在了徐太后面前。

徐太后看著她，等著她說話。

傅念君吸了口氣，道：「孫媳今日有樁喜事要告訴娘娘，昨日剛診出來的喜信，我已經懷了兩個月的身孕。」她把這件事當作個好消息，頭一個先告訴了徐太后。

徐太后也微微面露訝色，旁邊兩個伺候多年的女官便先道喜了，還道：

「不如再請太醫來給王妃看看，懷了身子，可不是等閒的。」說著其中一個還來扶傅念君，懷著身子還要跪，可真就是作孽了。

傅念君順勢站起，臉上卻還是一副有話要說的表情。

「娘娘，其實今日我進宮，主要並不是要說這件事。」

旁邊的姑姑倒是先愣住了，「王妃真是說笑了，哪有比您有喜更重要的消息。」

傅念君只是滿面愁容，對徐太后道：「說來也是孫媳糊塗，發現自己有了身孕還是因為昨兒的一樁事，昨天滕王府裡突然有人來報信，說是小世子腹痛……」

她把昨夜的事情向徐太后講述了一遍，說到自己沒法子，一口吞了那半個餅，才被診出懷有身孕時，不僅是徐太后蹙眉，連旁邊的嬤嬤和姑姑都倒吸了一口涼氣。

「王妃也太胡鬧了。」最被徐太后仰仗的李尚宮忍不住說了一句，傅念君只能厚著臉皮接下來。

傅念君卻是盯著一直一言不發的徐太后，苦著臉道：

「娘娘，這事吧，其實我腹中孩兒無恙也就沒事了，但是滕王府中顯然有細作要挑唆我和他們的關係。有人要害小世子，到底我於心不忍，所以今天進宮來想求個恩典。」

「妳打算怎麼做？」徐太后問。

傅念君老實道：「我覺得小世子暫且去我府上住一段時日比較好。」

徐太后每天精力有限，也素來最煩別人嘮嘮叨叨，所以傅念君對著她一向是直言不諱。有時徐太后沒有反應，換了旁人早就戰戰兢兢地跪下不敢再說，傅念君卻是要把話從頭到尾說完的。

「娘娘明鑒，且不論是什麼人要害我和小世子，總歸這事查出來不好看。小世子安全，我安全，就是最好的解決之道了。」

徐太后心裡立刻會意。

誰耐煩去挑唆滕王府和淮王府的關係？不過就是皇室裡肅王和齊王最有嫌疑。

徐太后當然不願意相信徐德妃和肅王會莫名其妙去做這種事，但是張淑妃那邊是看熱鬧不嫌事大的，她再不喜歡周紹懿，他也是她的孫子，到了該拿出來膈應人的時候，她會毫不猶豫地選擇把這孫兒拿出來。

徐太后是真不耐煩一把年紀還要和小輩去鬥心眼。

她是個市井裡長大的潑辣人，年輕時候就不怎麼會耍心眼，不然算計自己兒子娶自己侄女那事也不至於做得那麼難看，叫皇帝膈應了幾十年。

更別說如今徐太后已經老了，每回看見自己女兒邠國長公主和徐德妃兩個人，話裡有話地想要她出頭去和張淑妃、舒皇后耍心眼，說實話她老人家覺得很心累。

傅念君之所以如今這麼受她青眼，就是因為這丫頭雖聰明，在她面前卻爽快敞亮。

她今日這番話也說得很明白了，沒必要把事情鬧大。周紹懿不死，徐太后也是對周家列祖列宗有交代，至於滕王府受什麼委屈不委屈的，她本來也不關心。

於是徐太后同意了。

慈明殿裡的心腹都有點不可置信，素日徐德妃來求一件事，也得小心翼翼地揣摩著老人家的心情臉色，幾次三番，也未必能勞動徐太后說幾句話。

今天傅念君倒是一通直白地傾訴，還很惡霸很理直氣壯要把侄兒從他娘手裡奪過來，聽起來就不是能讓人輕易同意的一件事，太后娘娘卻一口答應了?!

傅念君笑了笑，對徐太后道：「多謝娘娘，過幾日讓懿兒來給您磕個頭吧。」

徐太后有點疲憊了，只揮揮手說：「妳看著辦就行了，有什麼事找李尚宮就成。」

李尚宮素日是她最倚仗的嬤嬤，連皇帝也要叫一聲姑姑，此時正微笑著盯著傅念君。

徐太后在處置周紹懿這件事上，比傅念君想得更通融，從宮裡發布的旨意，滕王妃是無法拒絕的。

「去見見你婆母吧，畢竟是喜事。」徐太后又說了句，她指的是傅念君的身孕。

隨後太后便由身邊姑姑扶了進內室歇息了，李尚宮卻是親自領傅念君去挑了幾樣寶貝，問她喜歡的，便要送去淮王府。

傅念君真是哭笑不得，什麼時候她在慈明殿還有這樣的特權了，徐太后的賞賜還能隨便挑？

李尚宮卻說：「王妃，娘娘這是喜歡妳呢。這麼些年了，宗室裡這麼多女孩子新媳婦，還沒見她有哪個特別中意的。」

傅念君在心底擦汗，徐太后對自己確實是不錯了，只是可能她對人表示喜歡的方式也是黑著臉吧。李尚宮又對她一臉惋惜，「可惜就是年紀大了幾歲……」

年紀？

怎麼提到了年紀？

隨即傅念君就明白過來了，之前替兩位親王賜婚的時候，徐太后最疼愛的孫子周紹雍的親事，不是也差點定下嗎？

一想到他，傅念君的眼神就黯了黯，好在李尚宮並沒有看出來，只笑：

「我老婆子不會說話，王妃還是青春正好、風華正茂的年紀呢。」

傅念君也笑了笑，「嬤嬤取笑我了，我馬上也是做娘的人了。」

李尚宮瞧了一眼她的腰身，便道：「王妃不能仗著年輕就怠慢了身子，宮裡的御醫和藥材若是有需要的，千萬不要客氣，只管開口就是。」

傅念君笑著點點頭，心想這御醫一來府上，倒是方便了張淑妃和徐德妃兩個監視自己了。不過自己府上有夏侯纓，也不會出什麼問題。

§§§

傅念君隨即就到了移清殿叩見舒皇后，舒皇后一聽她懷孕這件事便十分高興，但是傅念君卻有意不想張揚，舒皇后也理解她。

她嘆氣道：「自妳嫁給七哥兒，家裡都勞煩妳一個人操持。如今他剛有事離京，妳就懷了身子，一個人難免辛苦，若有什麼需要的，儘管和我提，宮裡不會虧待妳和孩子的。」

傅念君笑道：「如今一切都好，娘娘不用太過掛心，我在府裡吃穿也全由我主張，自在得很。」

舒皇后便打算點兩個經驗豐富的宮女，過去照顧傅念君的日常起居，她娘家沒有母親，很多事自然也不會太懂。傅念君推辭不過，舒皇后的人，她只能收下。

婆媳兩個一道用了飯，舒皇后捨不得她離宮，又道：「今日官家事忙，待過兩天妳再進宮，也讓他高興高興。這兩天妳好好歇息，千萬別累著。」帶著殷切叮嚀，傅念君才出了移清殿，她難免覺得有點脖子疼，心想這樣的囑咐她還要再聽十個月，倒是想來又感動又無奈。

傅念君打算回家後就讓人去傅家通知，想必聽到了這個消息，傅琨父子、錢婧華都坐不住。無奈她總是事情趕著事情，連自己懷了身孕這樣的消息都得一點點放出去，否則一下子人都過來，她還真是應付不來。

移清殿裡的女官一步步要將她送到宮門口，原本還想叫她坐步撵的，傅念君好不容易才推脫了。倒是在宮裡看見了幾個穿胡服的身影，傅念君便問身邊女官：

「這些可是哪國使節的隨從？」

那女官道：「遼國的耶律大人就快要準備著回去了，因此這幾日到宮裡的次數也頻繁些，官家就是忙著這事。」

傅念君心道，看來耶律弼迫不及待要回遼國去履行和張淑妃的契約，好掙上一大筆銀子。

回到府裡後，傅念君自然是被左右當成個金母雞一般保護起來，連腳下走一步路，儀蘭都恨不得瞪大了眼睛，怕地上有東西扎她一樣。

傅念君覺得她們太過誇張，無奈之下只得祭出夏侯纓這個擋箭牌。夏侯纓說傅念君身體康健，並不需要如何過分地調整飲食與運動，順其自然即可。

第二天傅家果真來了很多人，傅淵夫妻，還有一起跟來的漫漫。

傅淵只是板著臉叮囑了她幾句小心身體，還道傍晚傅琨也會過來看她，傅念君心裡自然暖融融地十分熨帖。

後來傅淵先走一步，留她們姑嫂兩個說私房話。錢婧華顯得更喜不自勝，還帶了兩個她娘家的陪房婆子過來，只說都是她母親在她出嫁前給配的，人品淳厚，精通婦人之事。傅念君如今在偌大王府裡就她自己一個主子，自然用得著她們。

傅念君估摸了一下，她這一懷孕，王府裡頓時就多了許多口人要吃飯，平素清淨的家裡這下不得不鬧騰起來了。她無奈地摸著肚子，說著：「你瞧你才那麼點大，外頭迎你的陣仗可不小。」

錢婧華嗔怪她，「他是淮王殿下的第一個孩子，官家正經的頭一個嫡孫。崇王殿下不是這麼些年也無子嗣麼……就是再大的陣仗，他都當得起。」這可真真是母憑子貴了，傅念君忍不住笑出聲來。

錢婧華的目光不由自主地落在傅念君的腰腹處，眼裡帶了點羨慕。

她比傅念君成親更早，卻還沒有消息。

傅念君會意，安慰她道：「嫂子不用太急，我的小侄兒很快就來了，這事兒也不是妳能急的，還要哥哥他……」多出力。

她話沒說完，兩個人臉上都是一紅。

傅念君暗道自己胡說，那不是叫人誤會，傅淵不夠努力，周毓白卻很努力？

錢婧華清了清嗓子，對傅念君道：「夏侯姑娘不是醫術很了得麼？她在不在，要不請她來說說話吧？」說說話的意思，就是讓夏侯纓來替她看看了。

傅念君無奈了一下，心想怎麼嫂子也和江菱歌一樣，覺得夏侯纓就一定很懂生子之道呢？她自己都還是個雲英未嫁的姑娘啊。

傅念君讓芳竹去請夏侯纓。等她過來的空檔，傅念君和錢婧華說起了自己昨日進宮回話的情況。

錢婧華知道她近來得徐太后青眼，卻一直有點不放心。

「妳頭一個把這消息告訴太后娘娘，會不會有點……畢竟妳一旦有了嫡子，對肅王那裡來說，無疑是增大了壓力。」徐太后可是支持肅王的中堅力量啊。

傅念君笑道：「太后娘娘如果是喜歡使陰招的人，嫂子覺得滕王、齊王還有可能被生下來？」還讓個張氏在後宮蹦躂那麼久。

徐太后和徐德妃不一樣，對於徐太后來說，這些孩子都是她的子孫，都是她夫君的血脈。她雖偏心，卻沒有要害他們性命的打算，否則她自己都無顏去面對天上的丈夫和公婆。

錢婧華立時便沒話了。確實，她沒有傅念君瞭解徐太后，只道：「那妳一定要在府裡好好養胎，等殿下回來。」

傅念君點點頭。

夏侯纓到了，依舊是神情淡漠，不過錢婧華也不介意，她與夏侯纓上回在傅家時也有過一些接觸，知道這女子雖是江湖人，卻自有一種不輸大家閨秀的氣質。

夏侯纓替她診脈，半晌後只道：「夫人的身體沒有問題，不知……」

錢婧華臉一紅，直白道：「我夫君身體也沒問題。」她以為夏侯纓是說這個。

夏侯纓被她的話一噎，突然啞了聲。

傅念君在旁邊忍笑，錢婧華還當夏侯纓和她們一樣都是成婚了的，說話這樣直白。

夏侯纓呼了口氣，才說：「我是說，不知夫人平素在飲食調理上有什麼習慣？」

錢婧華知道自己誤會了，也尷尬了一下，這才和貼身侍女一起回答了她的問題。

夏侯纓近來對「求子」這方面可說是頗有心得，照著給江菱歌的方子大致改改，也就能夠應付過去了。

她自己也是女人，明白一個道理，很多時候，這些急於當母親的人，不過是需要個心理安慰罷了，哪有一吃就中的生子之方啊。

26 階下之囚

錢婧華與人熟悉了之後便好玩起來，很是欣賞夏侯纓，便拉著她一起說話，三個女人圍著圓桌閒聊。

自然大多數時候是錢婧華說，她們兩個人聽。

錢婧華知道很多京城裡女眷們的消息，比傅念君這個長在京城的人認識的還多。

她說話又妙趣橫生，帶了幾分軟軟的江南口音，幾次聽得夏侯纓都忍不住勾了唇角。

不知不覺到了傍晚，傅琨果然如傅淵所說的一般，親自到了淮王府來。今日一大家子齊聚，傅念君便也不打算分席了，叫人準備了一桌席面，和自家父親兄嫂一道用膳。

原本還想留下夏侯纓的，她卻是為了避嫌執意不肯。

這一頓吃得頗為開心，傅琨不由感慨：「妳出生時的模樣還在眼前，如今卻是一眨眼十幾年過去，妳都要做娘了……」

錢婧華偷偷朝傅念君道：「昨夜裡公爹一聽到妳有身孕的消息，便去祠堂裡上香，和婆母說了好一會兒話呢。」

傅念君心有所感，便也對傅琨道：「我這兩日便抽空回去，給娘上炷香，叫她也高興一下。」

傅琨卻是微笑說：「妳已是出嫁之身，沒得常往娘家跑，養好身子才是要緊。實在悶了，有妳嫂子和妹妹來陪妳說話。」

一家人吃完了飯，傅琨臨去前還對傅念君道：「殿下此次西行是為何，已與我透過底，如今妳孤身在家，又有了身孕，外頭大事能不予理會的便不理會就是。眼下妳已嫁做人婦，還是皇家的兒媳，不比成親前，妳該知道如今的責任是什麼。」傅念君心中明白，她早就已經不是一個人了，無法肆意妄為，但是聽傅琨這麼說，傅念君總覺得他有什麼事瞞著自己，不想叫她插手，可再要問傅琨，他卻又不肯多說了。

送走了娘家人，傅念君心中也稍定，之前不知道自己懷了身孕倒是也沒什麼，如今竟突然覺得腰痠背疼起來，只得叫芳竹和儀蘭服侍了早早歇息。

隔了一天，徐太后那裡果真召了滕王妃和周紹懿母子進宮。

傅念君比他們早一步到慈明殿，一直在旁邊眼觀鼻鼻觀心，不做聲響。

滕王妃紅著眼眶，卻是忍不住把目光投向了傅念君。雖然時間很短，傅念君也能感覺到落在自己身上火辣辣的凝視。

她只作不知。

徐太后正不耐煩地對滕王妃說著：「妳素日也進宮得少，正該去移清殿多問候妳婆母。」

滕王妃低著頭應是。她對著徐太后一向懼怕，哪怕現在是徐太后提出要讓周紹懿到各位叔伯家裡去輪流借住，她這個做娘的，卻是一點都不敢有所違背。

這是她的親骨肉啊，她們憑什麼？

可終究再多不平，滕王妃也都習慣化作了一句逆來順受的「是」。

「懿兒留下，老身還有幾句話要問問他。」

滕王妃沒法子，只得由女官帶了退下，那一步三回頭依依不捨的樣子，叫徐太后看了更不喜，好似她這裡是龍潭虎穴一般。

周紹懿其實面對這位太祖母平素也有點害怕，但是他記著傅念君的囑託，不敢露出太多的怯意。徐太后隨便問了他幾句讀書習武的情況也就沒繼續了，隨後傅念君就帶著周紹懿去後花園裡散步。

周紹懿讓宮人們退得遠些，小心地問：「七嬸，我的表現還可以嗎？」

傅念君點點頭，拉了他的手，還是小聲說：「抱歉。」

周紹懿卻對她露出了一個極可愛的笑容，然後盯著她的肚子，好奇道：「七嬸真的有孩子了？」傅念君有喜的事自然不會瞞太久，各家王府裡也多少都聽到了消息。

傅念君點點頭，「是啊，你會多一個弟弟或者妹妹。」

周紹懿小小地驚呼了一聲，眼睛更是挪不開，然後問：「那他現在多大？有這麼大嗎？」他比畫了一下。

「沒有吧。」傅念君想了想，「可能還沒你的拳頭大。」

周紹懿滿臉不信，倒是傅念君見他逗趣，忍不住笑起來。

傅念君領著周紹懿，問過他想不想去見張淑妃，這孩子卻滿臉排斥，也就只能作罷。

花園裡東南角，突然出現了一個穿青色宮裝的人，正朝這裡來。傅念君心中一凜，該不會是……她立刻轉身，對慈明殿的宮人說著：「咱們回去吧。」

誰知身後的人卻是已經發現了她，竟是揚起聲音喚她，並快步追了過來。

好一個不期而遇。

傅念君無奈，只得轉身：「江婕妤別來無恙。不過在禁中這樣吵鬧奔跑，宮規可允許？」

江菱歌的胸口起伏，微微喘著氣，一對眼睛充滿受傷的神色盯著傅念君，好似傅念君做了什麼極不厚道、背叛她的事一般。

傅念君嘆了口氣，換了個角度，與她並肩，似是兩人偶遇後隨意談話一般。

江菱歌只盯著傅念君的肚子，更加氣憤，說道：「妳、妳怎麼能比我快！」

傅念君就是知道自己懷孕這事會刺激到她，才想避避的，誰知還是避不開。

「這我怎麼知道。」

江菱歌哼了一聲，咬牙切齒，「一定是妳偷偷地問神醫拿了方子，妳好小氣！」

這樣的指控還真是……

傅念君笑出來，「江婕妤，妳說什麼呢？妳在這兒可是要好好思量思量該說什麼話，要是被聽到了……」江菱歌冷靜下來，四周望了望，好在這裡只有她和傅念君的人，也都跟在後面，倒是一低頭，周紹懿睜著一雙眼睛正盯著她。

江菱歌不由自主地嚥了口唾沫，想到當日就是這孩子先撞破了自己的事……

她面色難免尷尬起來。

周紹懿撇撇嘴，沒看她，只又繼續把帶著探究的目光放在了傅念君的小腹上。

傅念君摸了摸他的頭。

江菱歌湊近了傅念君，咬牙道：「不管，妳得給我想法子！」

傅念君嘆氣，「行了，我改天就想辦法把夏侯姑娘帶進來，但是靈不靈，可不是我說了算的。」江菱歌一喜，但隨即又惆悵起來，「可是要怎麼帶來？這麼個大活人……」

傅念君要隨便帶個人進來並不容易，尤其是她的貼身侍女都是宮裡人早就知道的，像慈明殿、移清殿這樣的場合，芳竹和儀蘭皆沒資格拜見皇后和太后，宮裡指路帶路的，自有專門的內侍和宮人。

所以想把夏侯纓這個大活人帶進來給江菱歌瞧瞧身體，確實不大容易。

傅念君笑道：「這妳不用管，我自然能安排。」
江菱歌卻不信，覺得傅念君又是拿話哄她，拉著傅念君就不鬆手。
「妳又要哄我，別等妳孩子都生出來了，我都沒見到神醫的影子，妳是不是說話不算話？」
傅念君無奈，她倒是還對自己撒起嬌來。
「我說有法子便是有法子，妳要不信我，怎麼還信我府上的神醫？」
「那妳說，是個什麼法子？」她偏要胡攪蠻纏。
傅念君只好道：「妳先鬧幾日病，在自己宮裡躲著，屆時點一位太醫，叫做張林壽。」
「誰？」江菱歌沒怎麼聽過他。
「他在太醫院裡也不是太出名，依妳的身分讓他來看診也合適。」
江菱歌狐疑：「他是妳的人？」
「不是啊。」傅念君一副理所當然的態度，「太醫院早讓張淑妃和徐德妃把持了，妳又不是不知道。」
江菱歌氣得嘴都快歪了，「那妳還讓我點他？」
傅念君笑了笑，說道：「他有把柄在我手上，妳只管照做就是。屆時夏侯姑娘打扮成他的藥童，是最合適的法子。」不然後宮裡頭，哪有那麼容易出入。
就是她這個淮王妃，在這宮裡四處的虎視眈眈之下，難不成能堂而皇之地帶著侍女去江菱歌那裡？那可真要無端引來徐德妃和張淑妃的猜忌了。
而這位張太醫，就是在滕王府給周紹懿診治的那位，毋庸置疑肯定是張淑妃從前安排授意的人，但是他一定不是個張氏倚仗的，甚至應該是個早就被遺忘的。張氏的心腹是太醫院的正副使，還有尚藥局的幾位，真輪不到這個張林壽。

此人為人頗有些迂腐沒眼色，連傅念君都不認識，醫術也並不很好，因為周紹懿中毒之事，傅念君一手掩過了，但張太醫可是那天滕王妃的「人證」，傅念君還沒來得及「回報」他呢。她現在有舒皇后、徐太后撐腰，可張太醫呢？滕王妃和張淑妃難道會護他嗎？

這點利害關係，張林壽一定明白的，如果不想直接背上「謀害皇嗣」的罪名，他就只能在傅念君面前聽話一點。

而他也不可能去向張淑妃告密，就算告了，難道張淑妃就會提點他嗎？

對他那樣的人來說，平安終老就是最好的結局。

所以傅念君打算過幾日就去找找那張太醫的晦氣。

江菱歌聽傅念君這麼一說，終於放心了，只催促她：「那妳一定要快些哦。」

傅念君應了，兩人才終於結束了這段「偶遇」。

周紹懿的事既然宮裡都安排好了，滕王妃也死了心，舒皇后和張淑妃沒一個替她說話的，隔了一天，她再不捨，也只能看著周紹懿上了淮王府的馬車。

因為受不了這個打擊，她反而還病倒了。

傅念君倒是適時表現出了體貼，同意周紹懿每天都回去探望她。

周紹懿在淮王府裡也沒有像從前那樣無法無天。這段時日來他成長了不少，即便沒有人催，也會自己逼著自己早起念書習武，教他的文武先生也會隔天就到淮王府裡來一趟。

因為滕王府的特殊情況，兩位文武先生本來也就沒有住在他們府上，如此來回，對他們來說不過換個教學地方，並不影響。

到了淮王府，傅念君終於有機會給周紹懿好好進補，不再怕有什麼亂七八糟的人下毒害他，就連他一向最親近的乳母乳兄，也被傅念君用督促周紹懿用功的藉口隔離開來，斷斷沾不到他的吃食。跟著周紹懿的人對傅念君不是沒有怨言，可是一來周紹懿自己就只聽這個嬸娘的，連滕王妃說的他都不聽了，他們還能說什麼；二來這淮王妃如今確實囂張，誰敢活得不耐煩去惹她？

就連齊王妃上門來探視，當然探視是藉口，據說是想把與她關係更近的周紹懿送回滕王府去才是正經，誰知卻也被傅念君幾句話噎得沒話說，連飯都沒留下吃，匆匆就走了。

有人說，淮王妃對自己這個六嫂說的最後一句話是：

「六嫂也別說自己多疼愛懿兒這孩子，既然這麼喜歡孩子，怎的還不趕緊自己去生？」

聽聽看，自己有了身孕，就這樣排揎別人，哪裡是個和氣的性子啊，差點就讓齊王妃當場飆淚了。

不過對傅念君不滿的人也就這些了。淮王府上下皆是一條心，包括宮裡舒皇后送來的、娘家錢婧華送來的人，相處起來也沒個爭執，便有什麼不該有的心思，不過是一盞茶的工夫，從正房裡出來，保管個個勤勤懇懇，再不敢多說一句話。

也不知都聽淮王妃說了些什麼。

隔了幾日，江菱歌剛開始裝起自己得了個會傳染不能見人的病，先婉拒了去徐德妃那裡請平安脈，正等著和張太醫唱那齣雙簧。

期間倒是先有一件傅念君重視的事等來了消息。

這天陳進嚴肅地朝傅念君稟告：「王妃，董先生終於回來了，他想要見您。」

傅念君彼時正在繡孩子的肚兜，雖然知道為時尚早，但是手一空下來就忍不住。

一聽他這話，傅念君便欣喜道：「董先生自己回來的？他給我帶什麼話了沒有？」

陳進交代：「他說……沒有違背與您的一個月之期。」

傅念君心中大喜，看來是胡廣源終於抓到了！

「實在是太辛苦他了，我這就在府裡備宴，請他過府……」

陳進忙拒絕：「董先生說他不方便出入王府，還得勞煩王妃再去老地方見他。」

傅念君應承下來，還吩咐陳進：「董先生喜歡什麼酒菜還得問問你們，去的時候給他備些才是。」說罷又吩咐儀蘭：「還有前幾天宮裡賞的各樣東西，也挑幾件去。」

§§§

傅念君隔天就收拾妥當，去了上回見董長寧的小院，依然是陳靈舒親自到門口招待了她。

董長寧已經在屋裡等她了。他見到傅念君，就是一抱拳，恭賀道：「還沒祝王妃喜訊。」

傅念君知道他說的是自己身孕一事，便微笑著說：「多謝董先生了。」

董長寧問她：「殿下可知道了？」

傅念君道：「還沒特意說，想著收到第一封家信的時候，在信裡說罷。」

也不可能瞞著周毓白瞞到他回來，何況他就算在千里之外，這府裡的動靜想必也是知道的。

就是不知道他得知這個消息時，臉上是什麼表情？

傅念君有點遺憾自己不能親眼目睹。

傅念君感謝上回董長寧送來的架閣庫的文書，「上回的事，消息我收到了，謝謝董先生，但是聽聞你手下有人殞命，這安撫費……」

董長寧揮揮手，「我既答應了王妃，事情便要做到，其餘的請妳放心。」

從架閣庫裡偷出來的檔案能看出些什麼，他也不想去猜，這都是傅念君的事，而他到底用什麼代價換取的，這是他的事，傅念君也不必插手。

傅念君曉得他是這麼個性子，嘆了口氣，這才問道：「董先生，不知道人……現在在哪？」她問的是胡廣源。

董長寧笑了一笑，說道：「王妃女娃，妳且跟我來。」他頓了頓，「不過，最好有點心理準備。」

傅念君隨董長寧到了院子後頭一間略顯破敗的偏房外，他揮揮手，兩個護衛模樣的人立刻垂眸退下。董長寧親自推開屋門，一陣破敗難聞的氣味撲鼻而來，傅念君用帕子擋了擋鼻子。

雖然她早有預料，到底還是被屋裡的情形震懾了一下。

屋子不大，正中擺著一張圈椅，此時正坐著一個被五花大綁的人，滿身骯髒泥濘，垂著頭，頭髮也是凌亂不堪，整個人狼狽得好似剛從垃圾堆裡扒出來。

「嚇著了？」董長寧問。

傅念君放下掩鼻的帕子，竟先他一步走了進去。

芳竹和儀蘭早被她留在了前頭，傅念君就是怕她們看了這場面，用什麼身孕不身孕的話來勸她。

陳靈舒一路扶著她，在門口也止了步。

董長寧跟著進來，把門虛掩上。傅念君站定，那椅子上綁著的人卻毫無反應。

「胡老闆是不是？久仰大名，今日終於得見。」

她清泠動聽的嗓音和這間陰暗逼仄的小屋顯得格格不入，面前的人似乎動了動，卻依然沒有抬頭。

董長寧看不過眼，一腳就踹了過去，那椅子立刻被踹得仰倒，可是眨眼間他腳尖一勾，卻又安安穩穩地落回了原處，只椅子上綁著的人不得不直起了脖頸。

這人滿面血汙，連鬍子上都是大片乾涸的血跡，幾乎瞧不清原本的面貌。董長寧本質上來說還是個江湖人，傅念君能指望他對胡廣源怎麼手下留情呢？打成這樣怕是已經心慈手軟後的結果了。

董長寧冷笑，「你這老小子和大爺貓捉老鼠一樣玩了一年多，你爺爺我手上事多，一時由得你逃竄，如今不想玩了，你還不老實交代乾淨！你那主子都不要你了，沒得學什麼忠心的狗，叫人看了笑話。」

胡廣源卻是也笑，聲音沙啞可怖：「抓我過來，能費你手下四、五條人命，我也算值了！」

傅念君聽他這句話忍不住又倒吸一口氣，董長寧為了答應她的一月之期，竟然又折了手下幾條好漢的人命？加上上回架閣庫裡盜檔案……可真真是一筆超出她想像的人情債了。

董長寧啐了一口，罵道：「你倒有本事，請得動江湖上赫赫有名的『河南四傑』給你保駕護航，廢了這幾個見錢眼開的混帳，我也是替天行道！」

胡廣源咬牙，「那你又好到哪裡去！難道你不是趨炎附勢、投靠王府的小人！」

董長寧臉皮抽了抽，眼看又要抬腳踹人。

傅念君頭疼不已，她對於江湖人動不動就要把人打得吐血的行為，實在是不能太苟同，忙攔住董長寧道：「董先生，我有些話想單獨問問胡老闆。」

董長寧望了她一眼，蹙著濃眉，有點不放心，「王妃女娃，妳膽子大，但是這老小子不好對付，我怕妳……」

「他都這樣了，董先生還怕什麼？你放心，我很快的。」

董長寧曉得這位淮王妃素有些膽色，再說這胡廣源本來就該由他們夫婦處理，便依言出去，守在門口。

傅念君在胡廣源面前的椅子上坐下，雖有點不乾淨，但是她也不想計較了。

她如今懷著身孕，什麼事都不能叫她苦了自己。

「胡老闆，」傅念君說著：「想必你對我也不陌生了吧？對我娘家也更不陌生才是。咱們明人不說暗話，既然都到了這一步，很多事也可以攤開來講了。」

胡廣源卻是不回答，一雙眼睛裡帶著隱隱的譏誚，似乎很輕視這個年紀不大的淮王妃。

傅念君毫不惱怒，只道：「我知道的事比你想像的更多，胡老闆大可不必還覺得自己奇貨可居，覺得拖時間下去，就會有什麼出路。」

她打量了一下這間屋子的環境，笑了笑道：「或許胡老闆還備著後手？」

胡廣源眸中之色變了變，卻依然沒有說話。

傅念君道：「胡老闆跟了你主人這麼多年，不說攢下金山銀山，萬貫家財總是有的。用財寶換自己一條命，想想也是無可厚非，我相信什麼『河南四傑』，未必就是你最後一張牌了吧？」

胡廣源怕死惜命，傅念君早就看穿了這一點。但只要他有怕的，這個人就能夠被掌握、被對付。

「胡老闆即便能逃出去，卻還是要過流亡江湖的日子，甚至不知道什麼時候會被我們的人重新找到。更有甚者，你先前的主人也不容你，兩方人馬同時追殺，你又沒有辦法安安穩穩停下賺錢，花錢買時日，能拖得幾時呢？」

傅念君的話說得一針見血，胡廣源也是商場上京城裡混過那麼多年的人，怎麼會不懂這些道理。

但是在權力面前，他這種人能做什麼呢？

他現在還有錢，可是除了錢，什麼都沒了。

他的主子早就打定主意要廢他這顆棋子，所以無論怎麼樣，都是一樣的結果。

所以還有什麼好掙扎的？

傅念君看出他神色鬆動，便微笑道：「胡老闆是買賣人，先聽聽我這筆買賣值當不值當吧。胡老闆想求一個平安，眼下在大宋治下恐怕是很難做到了，但是好在四海列國，無處不是生根之所。我王府裡前頭打算和董先生合作一筆生意，要派船隊出海，南洋、錫蘭皆是做生意的好去處。胡老闆一身本事，若得了這個機緣，豈不是一樁大好事？」

這也不算唬他的，錢婧華娘家在這個行當裡有些門路，傅念君原本就打算過做海貨生意。

胡廣源愣住了，一雙眼睛直直地盯著傅念君。

他原本也是有妻兒的，只是在倉促離京時妻子不願離去，如今也算是和離了，幼子在南去途中卻染病不治，如今正是孑然一身。

若真有機會出逃，那他可真是海闊憑魚躍了，雖是背井離鄉，卻完全可以東山再起！

「尋常百姓要出海是有些難處的，但是對於淮王府來說，這點權力還是有的。你那主子就算想殺你，也得掂量掂量派殺手一路追到南洋、錫蘭去，划算不划算。」

胡廣源盯著傅念君，終於道：「王妃想知道什麼？」

傅念君盯著他，「我知道很多，比方說你那郎君……是出自肅王府。」

胡廣源瞳孔陡縮，這反應就足夠說明一切了。

傅念君繼續：「你曾利用過的傅寧，他就是個識時務的，我沒有傷他性命，如今他也平平安安。所以胡老闆，我不會刑訊逼供那一套，要的只是個雙贏罷了。你這主子的身分已不是個祕密了，恐怕他也知道，當初沒一刀殺了我，早晚就會被我猜出底細來，此時你的供詞已經無關緊要……但是你的價值，是你自己決定的，不是麼？」這個意思，是讓胡廣源自己選擇，他要用什麼消息，值得傅念君來跟他換。

好厲害的小娘子！

胡廣源不由心驚。他開始有點明白，為何當初郎君一門心思就想殺了她。

他啞聲開口：「看來王妃已經查清楚很多事了。我這樣一顆早被厭棄的廢子，除了充作『人證』，實在對妳來說別無用處，王妃當真願意放了我？」

傅念君冷笑：「胡老闆到底是做慣生意的，不肯輕信旁人。你知道你主子是什麼人，我也知道，難道光憑手上有證據，我就能扳倒他麼？胡老闆，你還覺得我是那樣天真不知世事的小女子麼？」

將仇人繩之以法，站在正義的角度去報仇雪恨，讓天下人來做見證，她早沒這種幼稚的想法了。幕後人和周毓白之間，是一場用全天下最高的權力作為賭注的鬥爭，贏的人得到一切，輸的人粉身碎骨。

誰會在乎滔滔洪流中一個傅寧，一個胡廣源？

她來見胡廣源，不過是要得到更多有用的信息，爭取做更多的防備，而非打算將他作為證人，送到皇帝面前去。

胡廣源默了默，終於道：「王妃雍容大氣，胸有溝壑，是我……太眼拙了。」

他想了想，這才道：

「我跟了郎君十年，也不甚瞭解他為人，但是我總有些預感，他似乎能夠預判前事一般。」

傅念君臉上並沒有露出什麼太驚訝的神色。

原來她連這個都知道。胡廣源把原本要說的話都嚥了回去，換了一個話題：「而且他似乎認識王妃妳一樣……我是指從很早以前……」

傅念君挑了挑眉，似乎終於對這話有了反應。

胡廣源說起那時候幕後之人因為傅淵和魏氏那件事後，竟是第一次有些失態地命令手下，無論如何都要殺了傅念君。

這個他伺候了十年的主子的反應，無疑是他知道的最失態的一次。

傅念君閉了眼開始回憶。

那是她重生成「傅饒華」後，做下的最露鋒芒的一件事。幕後之人帶著一世的記憶歸來，前十幾年卻對個瘋瘋癲癲的傅饒華一直沒有什麼戒心，等她一旦出手了，他卻立刻想把她置於死地。

這就說明，周毓白曾經推測過的一個可能性是成立的。

在幕後之人的那一世中，「傅饒華」這個人，就是她自己，一定是讓他十分忌憚，所以他在一有苗頭的時候，就迫不及待地想殺了自己。

而後來為什麼沒有再動手，恐怕也是因為她逐漸和周毓白關係密切有關。

「那他對淮王殿下的態度呢？」傅念君問胡廣源。

胡廣源默了默，只說：「郎君他其實……並未想過要害淮王殿下性命。說來王妃或許不信，我總覺得，郎君對淮王殿下……很特別。」

傅念君琢磨了一下這句話：「特別的意思……是他想贏淮王殿下，卻不想害死他，是麼？」

胡廣源首肯，大概就是那個意思。

胡廣源雖然也會去見他主子，但是他的主子從來不會和他談心。這些年他安排自己做的事，也就是斂財，傅念君都查得很清楚了。

傅念君想到了周毓白和周紹雍之間的叔侄關係，心裡的想法雖然彆扭，卻也不得不承認，很可能在周紹雍自己那一世的記憶中，周毓白教會了他很多，而他現在用周毓白教他的東西，反過來害他。

所以周毓白在最早的時候也說過，那人的布局籌謀，倒是讓他覺得很熟悉。

「周紹雍與肅王、肅王妃的關係如何？」傅念君再問。

胡廣源頓了頓，說：「關係尚可，王妃，他不會與我說這些的。」

「你不瞭解肅王妃蕭氏的娘家？」

胡廣源老實交代：「他看重自己的母親，但是從來不曾提過外祖家，甚至有了銀錢勢力，也未曾對外祖家有什麼助益。」

傅念君了然，看來蕭氏果真出身神祕。

胡廣源從前雖然算是周紹雍的心腹，到底還是做不來他的謀臣幕僚，何況傅念君也不覺得周紹雍會用什麼謀臣幕僚。

怪力亂神之語說出口實在要好好思量，傅念君自己的經歷在當今世上，也只吐露給周毓白一個人知道罷了。

何況幕後之人向來自負，定然全盤都是自己拿主意。

傅念君道：「好，我且不問你家主子。那時候你們蹤跡暴露，推出來的擋箭牌周雲詹，你可曾為他效力過？」

胡廣源說著：「是，馮翊郡公與郎君關係很好，郎君對他很放心。當時出了事，我以為憑他的心性，定然不會留下馮翊郡公的命，誰知到底還是保下了……」

傅念君在心底冷笑，倒是也有兄弟情深的戲碼。

胡廣源說了一些周雲詹的事，基本和傅念君所猜想的八九不離十。

門外董長寧已經在叩門了，傅念君站起身，對胡廣源說：「今日便先說到這裡吧，胡老闆，你是個聰明人，應該知道現在什麼選擇對你最有利。我會和董先生說，你先好好留在這裡養傷，如果還想著安排去亡命天涯，那麼什麼船隊、南洋，也就是一場夢了，你自己想想清楚吧。」走了兩步，她又回頭：「畢竟你對我的價值，沒有人比你自己更清楚了。」

傅念君推門出去，董長寧正有點焦躁地在門口來回走動。

「王妃女娃，那老小子還聽話嗎？」董長寧的語氣，聽起來很像是想進去把胡廣源再揍一頓。

傅念君笑道：「都挺好的，只是我有個不情之請。」

她請董長寧對胡廣源稍微好一些。

董長寧不可思議，「妳這是把他收服了？這老小子竟這麼被妳說動了？」

他看傅念君年紀輕輕，怕她被胡廣源騙了。

傅念君只說：「先生放心，我自有主意，他也不會想跑的。」

董長寧看出點門道來了，狐疑地打量了一眼傅念君，終於說道：「其實，他對妳來說，也沒那麼重要吧？」

傅念君笑了笑，很多事猜透了以後，胡廣源的作用確實沒有之前那麼重要了。

「怎麼會？先生可是幫了我大忙了。」她依舊誠懇道。

送傅念君出門的依舊是陳靈舒。

她比從前更沉默了，臉色蠟黃蠟黃的，整個人看起來不甚康健。

傅念君看不下去，還是說：「妳如果身上有什麼不舒服的，就到淮王府裡來，夏侯姑娘醫術了得，又是女人，沒什麼大礙的……」

陳靈舒笑了笑，對她道：「多謝王妃關心，我沒事。」仍舊心事重重的樣子，想來是心病。

「倒是還沒來得及恭喜王妃，難為王妃還想到我，分些府裡的喜蛋喜果給我沾沾喜氣。」

傅念君見她倒真是喜歡那些，想來陳靈舒雖年紀不大，但是嫁做人婦後也想著生孩子了，便道：「妳若喜歡，我再叫人送些來就是。」

「那就太謝謝您了。」

陳靈舒的目光總算有了點光彩，可是那種神情，總讓傅念君覺得透著古怪。

27 橫遭暗算

回到淮王府，周紹懿也剛巧回來沒多久，但是神情有點落寞。傅念君帶他回到正房，聽他期期艾艾地說著：「我、我娘說，我爹爹的病最近似乎更嚴重了……」

傅念君挑眉，猜測這是滕王妃的哀兵之計，還是滕王真的情況有變。

畢竟她不能阻止人家父子之間想親近的天性。

傅念君握住周紹懿的肩膀，嚴肅道：「懿兒，你可以去看你父親，但是七嬸還是那句話，你出門一定要帶著陳進，半步都不能讓他離開你身邊，包括在你自己家裡……」她嘆了口氣，「只是這段時間，不會讓你難受太久的。」

周紹懿似懂非懂地點點頭。

他剛剛被帶下去寫大字，前院的江埕便匆匆趕來求見了。

張九承一把老骨頭，這次卻還是不肯服輸，跟著周毓白西行了，王府裡的書房就由江埕管著，平素沒什麼事情，傅念君見他的機會也不多。

江埕來見她，肯定是有朝堂上的事情要稟告。

「快請進來。」傅念君忙道。

江埕此來說的事情，是關於今天一早發生的一件事：

肅王進宮的事。

原來肅王在府裡憋了那麼多天的氣，終於忍不住，在耶律弼離京之際，匆匆就到皇帝面前去告了他一狀。因由當然是張淑妃和耶律弼過從甚密，圖謀非法之事。

誰知他這一狀沒告成，倒是把自己盜掘皇陵的事給抖了出來。

「是齊王殿下的意思？」傅念君問。

江埕道：「這事怕是齊王殿下也早有懷疑，卻不是他說的。是張淑妃耐不住脾性，還沒查到實證，就先在官家面前抖落了出來。」

傅念君深知周毓琛雖然沒有周毓白那麼聰明，但是做事絕對還算有分寸，肅王莫名其妙來咬他一口，難道他第一反應就是立刻咬回去？

他沒有那麼蠢。

是張淑妃心底有鬼，怕皇帝聽了肅王的話對自己不利，這才咬住了肅王盜掘皇陵一事不肯鬆口。

「倒是古怪了……」傅念君低聲說了一句。

江埕有點不明白其中之意。

傅念君只是兀自低頭思量。張淑妃那件事是周毓白給她做的把柄，而肅王那件事則是幕後之人給他做的把柄，肅王為什麼會這般沉不住氣，自己先去做這個出頭鳥？張淑妃和耶律弼現在還沒有完全締結成同盟呢。

她突然想到了周紹雍離京去了洛陽。

難道是他一時不察之下，讓肅王給鑽了空子？

「那現在呢？官家是什麼態度？」傅念君忙追問江埕。

江埕道：「官家有點生氣，覺得肅王殿下是沒事找事，現在派了人去查他私掘皇陵之事，但是調查結果還未可知……」

傅念君對他道：「看來這事鬧不大。」

肅王盜掘皇陵的證據到了現在，大概都已經被清理得七七八八了，淮王府先前搜集了一些，但是傅念君當然不可能這時候拿出來，而另一邊張淑妃和耶律弼的生意才剛剛開始有苗頭，更談不上什麼罪證不罪證。

兩件事都不足以造成什麼對對方的致命傷害，不過隔靴搔癢罷了。

江埕聽傅念君說這事鬧不大，便拱了拱手，「王妃明鑒。」

周紹雍和周毓白都不在京，那幾個再怎麼耍心眼，也耍不出什麼花槍來。

倒是本來肅王這一招馬失前蹄，該是齊王周毓琛的好機會，可惜他有個不遑多讓的親娘，和個肅王也是半斤八兩。

如此兩廂扯平，大概皇帝從中調停一下，還是當做什麼事都沒發生的可能性大。

江埕見傅念君陷入沉思，便道：「若王妃有什麼想不通的，大可去封信給殿下。」

傅念君道：「信的事，就麻煩江先生代勞了，不過……」

她笑了笑，江埕頓時就明白了。

等信到了周毓白手裡，早不知京城是個什麼光景了。

他汗顏了下，心想自己真是多此一言，這位王妃一向是個有主意的。

江埕說完了話也就出去了。

儀蘭在旁輕聲問傅念君道：「娘子，那您這幾天還要進宮嗎？」

「自然。」傅念君說著。

雖然不排除肅王腦子抽筋，自己挖坑給自己跳，但是她總覺得這事透著不正常。

會不會之前她和周毓白的推斷有誤呢？

但是轉念一想，足以讓皇帝下定決心立儲的，非西北軍務這樣的大事不可。

只是不知道現在周紹雍對肅王的態度到底如何，是像她記憶中那樣使肅王府敗落，或者是做得更過分……

當然放過肅王府顯然是不可能的。

肅王不倒，對於周紹雍來說，這個正當壯年、且可能不是他親生父親的人，永遠是他面前不可逾越的阻礙。

靜觀其變吧，傅念君心想，這京城的雲波詭譎，也不急於在一時半刻就勘破。

§§

傅念君又照例進宮，只今日和往常不大一樣，除了風颳得格外大，今天還是她答應江菱歌要帶夏侯纓進宮的日子。

張林壽太醫那邊已經打點好了，夏侯纓自然會被領進江菱歌的寢宮，原本傅念君是無需露面的，江菱歌卻還是不放心，偷偷差了個小黃門來尋傅念君，還拿了一身內侍的衣服讓她換。

傅念君真想拒絕她這樣的要求，倒是一起進宮的周紹懿乖巧地主動表示會替傅念君掩藏，他們待在舒皇后的後殿裡，周紹懿藉口午睡，大約有一個時辰的時間，足夠傅念君來回了。

傅念君只當配合江菱歌的小性子了，何況她在心裡也想著，江菱歌或許有新的消息要告訴自己。

摸到了如今江婕妤所住的瓊花閣，張太醫等人已經到了。

傅念君躲在簾子後頭，見到張太醫身後立著兩個藥童，她眉心一蹙，看清一個是夏侯纓，另一個自然是張太醫的人。

但是她瞧張太醫這放不大開手腳的模樣，心中不由生疑，莫非這藥童還是張淑妃安插在他身邊的棋子？再看那藥童生得模樣普通，氣度也尋常，便又放下了半顆心。

張淑妃何曾會有工夫盯著張林壽，但若是旁人……

她卻突然被一個聲音打斷了思緒，是江菱歌的貼身侍女請她去後頭坐。

江菱歌自夏侯纓進門，一雙眼睛就落在她身上移不開了，好似能讓她懷孕的不是皇帝，而是夏侯纓一樣。

江菱歌先前藉口皮膚上生了傳染人的疹子，這些時日便也沒往徐德妃那裡去，此時隔著一幕簾子和張太醫說著話。

等都準備好了，她從簾子後伸出一截皓腕，蓋了條帕子，讓張太醫上前替她搭脈。

當然她原本就沒什麼病，張林壽心知肚明，診了半刻，又問了幾個問題，便讓宮人準備筆墨寫方子，寫好了之後就交給宮人。

宮人要去尚藥局取藥，卻是再三推辭說自己怕出錯，江菱歌便對張太醫說：「太醫還是差個藥童陪她吧，她是個蠢笨的，別將本位的藥給弄混了。」這就是為了支開張太醫身邊另一個礙眼的藥童。

那藥童出去後，張林壽便自然而然退居到西牆一架屏風後，以作避嫌。

江菱歌迫不及待地喚夏侯纓近前，嘩啦啦的珠簾晃動聲音，江菱歌終於見到了這位自己期盼已久的神醫。

看來很年輕……

她將失望之色掩去，忙換了副親切的模樣。

夏侯纓原本待人就不親近，就算江菱歌是宮妃也並未有太大的奉承，只是眼觀鼻鼻觀心地診治。

傅念君穿著內侍的衣裳，已經繞到了江菱歌美人榻後。

「怎麼樣？」她聽見江菱歌迫不及待地問。

半晌過後，夏侯纓清爽的嗓音才低低地響起：

「娘子身體康健，調養得也得宜，但是探了脈息，又結合每月葵水之期的腹痛狀況來看，娘子從前可是吃過什麼陰寒傷損之物？尤剋女人的那種。」

江菱歌渾身一顫，立刻便不言語了。

她之所以一定要請夏侯纓進宮，就是怕這個。她這些女人家的事，是無法對太醫院那些太醫說的。

當時她與皇帝有了首尾之後被送回家，她娘端來一碗湯藥，說是為了她好，若是一旦她的肚子有了消息，就算官家想認，宮裡太后和皇后也不會放過她，讓皇家失德的女人，只有死路一條。

她當時心灰意懶，便仰頭喝下了。

現在想想，她娘手裡的東西哪來的？還不是只有張氏！

她竟然從那個時候就已經……

江菱歌臉色大變，拉住夏侯纓低聲道：

「可能確實吃過，用、用作避子……但是具體當時喝的是什麼藥，我也不知道了，姑娘可能幫我？」

夏侯纓微微擰了擰眉，說道：「好在不是毒藥，娘子先前也一直吃著我交給淮王妃的調養丸藥，身體虧損，唯有養之一道罷了，大約一年光景，便不會有礙。」

「一年！」江菱歌大失所望，「也就是說這一年之間，我不能有孕？」她揪著帕子追問。

皇帝一年比一年年紀大，誰知道一年後，他還能不能讓自己懷孕呢？

夏侯纓見她如此急迫，只好道：「若要強行受孕，也不是不可能，但是娘子最好先想妥，那樣的話，懷的孩子可能並不健康。」

夏侯纓的話已經說得很明白了。依照江菱歌現在的狀況，要好好調養一年，以後受孕機會自然加大，她要求速成，那懷的孩子就很有可能受損傷。

就端看她是要孩子爭寵用，還是真心想讓他健康成人了。

江菱歌糾結地擰著帕子。傅念君從江菱歌榻後轉出來，卻是直接道：「聽夏侯姑娘的，還有什麼比妳自己的身體更重要。」她看了一眼江菱歌，「妳現在在後宮裡是活不下去麼？需要用自己的骨肉去爭寵？」

江菱歌望著她，也不說話了。

夏侯纓見江菱歌沒有反駁，心下也已經明瞭，便出了簾子去寫藥方，再把隨身帶來的丸藥交給侍女們，講解了如何使用，把珠簾裡的空間留給她們。

傅念君坐在江菱歌榻邊，還是道：「總算沒有傷了身子，妳現在鬥不過她，別將怨恨積在心裡，反而悶出病來。」

江菱歌紅著眼眶點點頭，隨即道：「我知道利害，只要她當不成太后，自然沒她的好日子！」

傅念君失笑。

江菱歌情緒穩住了，倒是打量了一圈傅念君這打扮，卻道：「這一身卻是挺合適妳的。」

傅念君無言：「妳非要讓我一起來，究竟有什麼話要說？」

江菱歌卻是用眼梢看她，「我知道淮王妃懷了身子，想沾沾喜氣還不成麼？」

這等酸言酸語傅念君早就習慣了。她坐在江菱歌榻邊，順手端起了一杯新茶就喝，問她：「徐德妃和肅王妃近來可有消息？」

江菱歌橫了她一眼，「妳倒是不把自己當外人。」

不過說歸說，她隨即就朝簾外望了望，壓低了聲音對傅念君道：「還真有個古怪的事，前天，肅王妃竟然主動進宮了！她去見了徐德妃，只是我沒這個面子留下來聽，但肯定是大事。妳說她一年到頭都不往宮裡來，怎麼會突然就進了宮呢？」

傅念君心下沉了沉，問道：「後來徐德妃有什麼反應？」

江菱歌說：「似乎也沒什麼反應。妳倒還來問我，近來妳一直伺候在太后娘娘跟前，她就沒什麼話說？」

傅念君搖搖頭，「如今太后娘娘身體一天不如一天，我看她已經什麼事都不想管了。」

除了立儲的事，或許還會爭上一爭。

江菱歌說：「我似乎聽聞，不是最近肅王又鬧出事來了麼？去官家面前告了齊王和張淑妃一狀，反牽扯出自己藉職務之便盜掘前朝皇陵之事，妳說這是不是真的？」

她眼睛裡冒星星，很期待傅念君給她一個解答。

傅念君只道：「外頭的事妳什麼都信？如果是真的，必然朝廷上會拿個章程出來，妳又瞎打聽什麼。」

江菱歌嘟囔了幾聲「掃興」，只道：「我還不是聽說太后娘娘千秋節時，肅王獻上的那株百年難遇的珊瑚樹可能是墓裡盜出來的，好奇而已。」

連江菱歌都聽到了風聲。

傅念君心想，難道肅王妃真是為了給肅王求情才進宮的？

不太像她做事的風格。

何況罪都沒定，這情有什麼好求的。

此時外頭取藥的藥童和宮人已經回來了，傅念君聽見動靜，對江菱歌說：「妳且顧著養好身體，別多想，孩子的事，急不來。」

江菱歌努努嘴，忍不住又酸道：「妳有了自然不急。」

傅念君懶得理她，重新繞到美人榻後，打算從後殿摸出門原路返回。

前頭由小黃門領路，只是傅念君出門還沒走多遠，突然被喚住了腳步，扭頭一看，竟然是夏侯纓。

她背著藥箱，走了過來，壓低聲音道：「宮裡路難走，還請兩位貴人帶路。」

傅念君狐疑，卻是抬了抬眉示意前面的小黃門，她兩人便落後一步。

夏侯纓這才低聲與傅念君道：「……出來路上碰到了一位老太妃身邊的宮人，似與張太醫是舊識，要請他過去針灸，張太醫命我回太醫院和尚藥局取脈案和幾味藥來。」

後頭便不用說了，夏侯纓根本不認得路。

傅念君心下雖有些狐疑，卻也只道：「太醫院不遠，我們一道過去。」

她現在是內侍打扮，不會引人懷疑，當然她也不能隨便丟夏侯纓一個人在禁中亂晃。

進了太醫院，雖偶爾有藥童和小黃門向他們投來疑惑的目光，但到底沒有什麼人上來查問。瓊花閣裡出來的小黃門也算有幾分體面，不敢有人輕易為難。

傅念君和夏侯纓一起進了屬於張林壽的一間小小值房，裡頭雜七雜八堆著不少醫書，還有沒來得及收拾好的器具和藥材，沒想到這老兒竟這般不愛整潔。

傅念君無法，只得對夏侯纓道：「妳先找，一會兒找出來了，我讓嚴明送妳過去。這裡離移清殿不遠，我就先走一步了。」嚴明就是門口等著的小黃門，是江菱歌的心腹。

夏侯纓應了一聲，手上翻找的動作很快，她一邊說著：「王妃，今日我一直想說，張太醫似乎有點古怪……」

她停下了動作，抬頭看過去，只見傅念君卻盯著眼前一扇窗戶，剛才的話也沒說完。

「王妃，怎麼了？」夏侯纓問道。

傅念君只是壓低了聲音道：「只是覺得很安靜。」她心弦一跳，快步走到門邊一推格扇，卻發現推不開，心中立刻暗叫不好。

與此同時，夏侯纓也感覺到背後一陣微風拂過，裹挾著一股淡淡的香味，作為一個經驗老道的大夫，她立刻抬袖掩鼻，誰知卻還是快不過偷襲之人的身手，眼前立刻一陣暈眩。

傅念君一回頭，就見夏侯纓已經軟了身子，歪在了書桌畔。

而她身後那博古架旁邊，卻出現了一個似鬼魅一般的影子。

也就是說，這個影子在她們進屋時就已經在了！

傅念君頓時頸後冷汗直冒，背心貼到了身後格扇上。

那影子終於露面，不是張林壽身邊那個貌不驚人的藥童又是誰？

難怪他可以出入太醫院不被人發現。

此時他正目光呆滯地盯著傅念君，看得人無端頭皮發麻。

「你究竟是什麼人！」傅念君盡量穩住自己的聲音，逼自己冷靜下來。

這人對著她似乎是稍微抬起了些臉，突然對她笑了笑。這一笑之下，那整張臉便似突然活泛了起來，眼睛裡的光芒讓傅念君覺得很熟悉。

他拿下壓得過低的帽子，掏出一塊手帕在自己臉上抹了抹。傅念君這才明白過來，為什麼她總覺得這藥童臉上的神情有些僵硬，原來竟是做了易容的，顯然這裝扮不過是為了糊弄一時，他現在已經不需要了。

這個人是本該在洛陽的——周紹雍。

「七嬸。」

他悠悠開口，此時臉上的偽裝還未全部卸載，沒有以往的風采照人，卻好似借了旁人半張臉一般，叫人看了有一種詭異木然的陰冷之氣。

他把帕子收回袖中，輕輕嘖了一聲，說道：「弄得我真難受，卻苦於沒有一盆清水可以洗洗臉。剛才我都不敢說話呢，就怕七嬸聽出是我的聲音。」

他邊說邊走近了傅念君幾步，傅念君咬牙道：「你站住。」

周紹雍顯得有點迷惑。

「為什麼？七嬸，妳很怕我？」

傅念君冷笑道：「你不在西京待著，卻擅自回京，官家可知道？還要這樣裝神弄鬼地嚇人，到底想做什麼？你七叔不在，可我也是你的長輩。」

周紹雍偏了偏頭，只是低聲道：「七嬸怎麼這樣說？我要做什麼，妳不是很清楚麼？妳見過胡廣源了吧，怎麼樣，得到妳想要的答案了？」

傅念君設想過無數次，就算在夢裡都想過，自己和幕後之人對峙會是怎樣的一幕。

但怎麼也沒想到會是這樣的情形。

在這間充滿藥味的、小小的值房裡。

她的背心已經被冷汗浸透，這在她前後兩世的人生中，幾乎算是頭一回遇到這樣的情形。

毫無防備，毫無把握。

周紹雍卻似能夠窺破人心一般，笑了一聲，「七嬸沒想到吧？是不是覺得很意外？我怎麼敢在宮裡就這麼動手，哪裡都可能，怎麼能是宮裡？」他歪頭看了看昏迷的夏侯纓，突然降低了語音：「正是因為妳在宮裡消失，他們才最不敢查啊。」

消失……

傅念君咬牙，「你想殺我？」

「殺？」周紹雍吃吃地笑道：「七嬸覺得我這樣兇殘，動不動就要殺人？我當然不會殺妳了，妳畢竟是我的長輩……」

傅念君閉了閉眼，逼自己理清眼前這局面。

周紹雍突然回來，是早有預謀還是突發奇想暫且不去管。他敢直接在這裡露面，證實了她的一切猜想，說明他一定有接下來的部署。

殺她，他就是再有本事也難在宮裡動手。

不殺她，也一定不可能放她走。

既然他決定露面，就一定確認了她沒法全身而退。

綁架她、威脅周毓白，是他最可能做的一件事。

但是周紹雍早就被周毓白的人盯緊了，他是怎麼神不知鬼不覺地安排好這一切的？

要綁了堂堂淮王妃，他得避過多少耳目。

傅念君頓時明白過來了，他一定還有幫手。

只是不知道那個人是誰。

傅念君冷靜下來，目光直視著眼前的周紹雍。長久以來一直籠罩在迷霧中的人，突然就這樣大大方方地走了出來，人們總是對看不見的東西有些恐懼，可當真能看見的時候，倒是沒有以前那點兒恐懼了。

她穩了穩心神，對周紹雍道：「你也不必和我繞舌根，我是見過胡廣源，但是他沒對我說什麼有用的話，所有該知道不該知道的，我心裡早已有數。」她頓了頓，「我相信你也是一樣。」

如果他對傅念君能夠猜出他的身分也表現出驚訝的話，那這人也不配周毓白和傅念君兩人把他當對手這麼久了。

周紹雍笑了一聲，目光漸漸發沉。

傅念君終於相信，這目光根本不可能來自於一個十六、七歲的少年，他必然早已活得通透了。活的年歲當是比她長多了。

「七嬸就是聰明。」

他的聲音也沒了以往那滿滿的少年氣，反而有了一種完全不符合他外表的從容和冷漠。配上此時他這副模樣，卻是萬分合適。一個扭曲而陰狠的人。

「妳一直都那麼聰明，讓我猜猜看，為什麼妳和我最初想的不太一樣呢？妳大概也有同樣的想法吧，我們所提前預知的『未來』，似乎不是同一個啊。」

他笑了笑，目光裡的晦暗隨著西斜的日影流轉。

「那麼自然，妳和我所見到的各自的結局，也是不一樣的。」

他說完這話，傅念君喉間一緊。是了，他後來沒有再想殺自己。

不僅僅是因為殺她的難度變大了，而是因為他和自己一樣，慢慢地發現了他們各自的「前世」有重合，卻不完全一樣。

他在好奇。

所以他等著親自來問問她。

「七嬸這樣淡定，想必都已經弄清楚了吧？那麼妳有沒有興趣為侄兒解惑呢？」

他又走近了兩步。

「七嬸」這兩個字如今在他嘴裡吐出來，只讓傅念君從心底泛出一股子寒意來。

她不答反問：「那我的疑惑呢，你又可願意解一解？你有多恨周家和你七叔，到底還要害多少人才夠?!」

周紹雍笑了笑，說道：「七嬸不愧是女中豪傑，和我認識的『妳』一模一樣呢……沒有問出我為什麼要害人這樣的蠢問題來。」

他抬手隨意撥了撥案邊筆架上的幾支毛筆。

「如果時間充裕的話，我還真想和七嬸好好敘敘舊，畢竟和聰明人說話不費力。像齊昭若那種莽夫，著實沒有意思，我與他演了這麼長時日感情甚篤的表叔侄，他卻沒從我身上發現半點端倪，只一個勁兒盯著周雲詹出氣，妳說蠢不蠢？」他嘆了口氣，「我都覺得膩味了，這樣的人，妳還費心救他做什麼？難不成和他還留了點舊情？」

傅念君擰眉，立刻抓到了話中的一個重點。

旁人說她和齊昭若的舊情，多是指「傅饒華」和「齊昭若」的舊情，但是從周紹雍嘴裡說出來，難道在他的那一世裡，自己和齊昭若竟是也有牽扯的？

28 綁架王妃

只是眼下情勢容不得傅念君多想這些。

周紹雍似乎不願意再說下去了，只道：

「罷了，我一片誠心向著七嬸，奈何七嬸對我防備甚深，一句半句有用的也不肯和我說。」

他笑了笑，「不過沒關係，我也不好奇了，反正知道不知道，又有什麼差別呢？」

他一步步朝傅念君走近，傅念君臉色鐵青，說道：「你不要過來！」

周紹雍一步步靠近她，淡淡道：「七嬸可以再喊得響一點，太醫院裡頭，怕是沒人敢來救妳。」

「張林壽也是你的人？」

傅念君瞪著他，手已經摸到了門邊一側放著梅瓶的高几。

周紹雍冷笑，「那種蠢人，我會用麼？」

傅念君抬手便把手邊的梅瓶甩了過去，周紹雍側身避開，梅瓶摔在地上，嘩啦啦碎成無數片。

「何必白費力氣。」

傅念君一驚，周紹雍卻已經閃身到她面前，捏住了她的手腕。

原來他的功夫竟練得這樣好，難為他平時藏拙了！

傅念君屏住呼吸，卻已經遲了。

周紹雍的手一揚，她的目光就漸漸發黑，視線轉換，只能看到眼前人的一雙鞋履。

周紹雍似乎還在她耳邊輕聲說了一句：「到時候妳就會感謝我的……」

傅念君掐著自己的手心逼自己清醒，可是終究掙扎不過那漫天席地而來的昏昏欲睡感。

§§§

再次醒來的時候，傅念君只覺得頭疼。

她是被一股嘈雜的人聲驚醒的，似乎還有人在她耳邊敲了敲，發出「篤篤」的聲音。

她忍著頭痛，打量四周，但眼前是一片漆黑。她摸了摸四周，似乎是被關在一個箱子裡，非常狹小，夏侯纓不知去向。

突然她整個人被顛簸了一下。

傅念君忙護住肚子，心裡默默對孩子念叨著：別怕別怕，一定會沒事的。

這顛簸讓她意識到自己好像在馬車上。

傅念君突然驚覺，剛才那人聲和敲擊聲，可能正是盤查出城的官兵。

想到這裡，傅念君便卯足了勁頭拚命捶打著箱壁，可是外面早已沒有半點回應。

她深呼吸了一下，告訴自己要冷靜。

她現在不是一個人了，還有肚子裡的孩子要顧，一定不能做出什麼得不償失的事情來。

她安靜地盤腿坐在裡頭，設想著所有最壞的情況，努力保持著最平和的心態，保存著最有必要的體力。

宮裡知道她不見了，會怎麼樣呢？

首先就是懿兒那孩子，其次就是舒皇后。傅念君不得不承認，周紹雍此招雖然冒險，但是卻很高妙，依照傅念君對舒皇后的瞭解，她多半會尋個托詞說淮王妃染病，此後讓淮王妃閉門不出，隔絕外頭所有的猜測，儘快通知遠在邊境的周毓白。

因為無論她是怎麼消失的、去了哪裡，畢竟她是個女人，即便找到了，對於她的名譽也是不可挽回的損傷。

而江菱歌也多半不敢透露半點風聲，因為她是那個間接害傅念君被綁的始作俑者。如果她還想在宮裡好好活下去，絕不敢去皇帝面前自首。

舒皇后在後宮並沒有隻手遮天的能力。在周毓白不在的這個當口，宮裡的女人們，除了自保，什麼都做不了。只有宮外的陳進、董長寧等人或許能夠幫上一點忙，但是恐怕也有限，畢竟他們都有自己的職責在內，淮王妃失蹤一事又不可聲張。

傅念君嘆了口氣，突然有個想法，難道說，自己才是周紹雍最大的目標？引周毓白西去還有一個更重要的原因，就是他想抓自己？

傅念君抱著膝蓋，突然又覺得好像有點自作多情。

這樣胡亂想著，估摸著過了大概一個時辰，傅念君感覺自己所在的馬車停下了，然後外頭傳來了動靜。

沉重的箱蓋打開，日光已經漸漸消散，她卻因為長久的黑暗，眼睛還是覺得有點不適應。她睜開一條眼縫，見到有兩個男人正在說話，看裝束打扮……

契丹人！

傅念君腦中有線索飛快地串結在一起。

她前些日子進宮時，就看見耶律弼帶著人來往於禁中，即將辭行回大遼……

而慈明殿裡的宮人也說起過，大遼狼主崇慕中原醫術，此次還特地派人來學習，聽說要帶一部分醫書和藥材回去……

所以這段時日能夠和太醫院頻繁往來且不被懷疑的人，是遼國使臣！

傅念君咬牙暗恨，周紹雍倒是好籌謀。他一邊指揮肅王府和西夏人有了聯繫，使周毓白的調查目標放在西夏，另一邊卻又偷偷聯繫了遼國人。

他到底想做什麼？難道非要看到天下大亂、生靈塗炭才肯甘休麼？

傅念君很快就想到了遼國的蕭凜，他與周毓白之間的聯盟是大宋朝廷首肯的，而聽說耶律弼與他是政敵，耶律弼背後的皇叔耶律元更是與遼國狼主可以分庭抗禮的人。

這麼說來，遼國皇室的權力傾軋，也已經分別被宋人滲透？

和周紹雍合作的是耶律弼，傅念君心想，或許她只要聯繫上蕭凜，那就安全了。

何況她對他還存著一份恩情。

她的心放下了一半，中原北上必得路過燕雲，使臣隊伍途徑不可能不做打點。蕭凜掌管南院軍權，鎮守一方，她只要保證自己安全，就有機會能夠見到他。

頭上那兩個契丹人嘀嘀咕咕地爭論著什麼，隨後一人似乎是說服了另一個人，一推他肩膀，就給傅念君扔下了一個水袋和一些乾糧。

接著就要重新闔下箱蓋。

傅念君剛才思緒萬千，沒仔細聽他們的說話，但是猜也能猜到，兩個人大概是在如何處置她這個問題上起了分歧。

「等一下。」傅念君用契丹話喊道。

那要闔箱蓋的人愣了愣，顯然有幾分吃驚，和旁邊的人道：「他竟然會說契丹語！」

旁邊的人也過來看了傅念君一眼，沒做什麼反應，說著：「大人說要好好看管他，不許我們隨意和他說話。」

說罷，兩個人就合力一起把箱蓋闔上了。

傅念君：「……」這些蠻子！

傅念君又重新陷入了黑暗中，摸到了手邊的乾糧，她拿起來啃了幾口，水卻是不敢多喝的，關在這小地方，解手會是個大麻煩。

使臣隊伍裡多是粗獷的契丹莽漢，她又沒有武功傍身，怎麼敢輕易胡來。

好在她現在扮的是個內監，看上去年歲又小，細皮嫩肉倒也不會引人懷疑，耶律弼也斷不可能通知全員自己的身分。

但想想還是不放心，她便在箱子底部摸了幾把，然後把手裡的灰往臉上抹了抹，盡量弄得髒一些，免得自己的容貌引來不必要的麻煩。

她有點擔心夏侯纓，按照她的猜測，周紹雍不可能把她再放回去，但是殺掉她……

在大內宮廷也沒那麼容易得手。

所以最有可能的是，或許她也在這列契丹使臣的車隊之中。

傅念君估算了一下路程，宋與遼之間的距離，因為燕雲十六州被遼人霸占而大大縮短，從開封一路北上，走官道過瀛洲、大名府，就到了河間府雄州，再就是宋遼邊境了。若是快馬，也就四、五天路程，他們車隊行得慢，十天半個月也能到了，過了河間府的關隘就進了遼國境內，不出幾日，就是蕭凜的地盤。遼國的南京，原來便是漢家的幽州，這樣算下來，至多也不過二十天左右。

這一路沿途駐地有很多廂軍，尤其是到了大名府，幾乎是傅念君可以逃脫的唯一機會。

但是她眼下沒有任何能證明自己身分的東西，實在太過冒險，況且若是失敗，惹得耶律弼發怒，她倒是沒什麼，就怕損傷肚子裡的孩子一丁點。

一旦過了大名府，胡人便漸漸多於漢人，即便到了幽州，見到了蕭凜，可遼人多是虎狼之輩，一個蕭凜未必抵得上太大用處，還是不能把希望全寄託在他身上。

傅念君踟躕不定，想了想，為今之計，還是先得與夏侯纓會合到一處，再做打算才是。

傅念君打定主意，便開始敲打箱壁，用契丹話喊著：「我要解手。」

馬車停下了，兩個契丹人嘰裡咕嚕地打開箱蓋，讓她出來，傅念君腿腳發麻。

這時候已經是半夜了，月明星稀，這些契丹人竟然不投宿也不紮營，顯然是怕事情敗露難以離開宋境，想加快時間連夜趕路。

給她水和糧食的契丹人不滿地要用一條細鍊來鎖傅念君，生怕她逃走。傅念君避開，對他道：「宋遼是兄弟之國，我不是你們囚犯，你們大人要利用我做大事，我應當是你們的客人。你放心，到了這裡我不會再逃，所以你們也不用來鎖我。」

那人倒是沒料到眼前這個小子這樣有膽識，倒是也收起了鎖鍊，把她往草叢裡推了一把，催促她快點。

車隊並沒有因為她而停下，傅念君藉著不明亮的燈火匆匆掃視了一圈，車隊比遼使入境的時候長了很多，顯然這一趟名為訪宋的旅程，耶律弼的收穫頗豐。車隊後方還有好幾輛平頂大馬車，應該是被朝廷作為官奴送給遼國的女子們。

傅念君回到沒有頂棚的車上，便和兩個關押她的契丹人商量：

「兩位大哥，可否不要將我關在箱子裡了？大晚上的我也不敢亂跑。說實話，我很是欽慕大遼，所以才自己學了這一口契丹話，不然依我一個小小內侍的身分何必如此呢，你們說是不是？」

這兩人頭腦簡單，竟被傅念君一番舌燦蓮花給說動了，三個人就坐在一起吹噓了半天遼國皇帝，兩人就真的同意不將傅念君鎖在箱子裡了。

這一車確實都是從太醫院裡搬出來的藥材，傅念君還能夠聞到旁邊幾個箱子裡透出的草藥味。

那兩個契丹人不知道傅念君是誰，只曉得是頭領叫他們看管的，便也有些好奇他是什麼來歷。

傅念君便道她是瓊花閣江婕妤宮裡的小黃門，那兩個契丹人一聽便露出些曖昧的表情來，追問他大宋皇帝的宮妃長什麼模樣。

傅念君與他們虛與委蛇，卻還是注意著四周。她身後一輛車上有個大箱子，似乎隱隱有動靜，可能是夏侯纓。

她便試探那兩個契丹人：「我原本是陪著張太醫的一個藥童到太醫院取藥的，卻不知怎麼被帶來了這裡，二位大哥可知那藥童何在？」

兩個契丹人對視了一眼說：「在你後頭，也被關著的，原來你們還認識。」

傅念君見他二人不是太難忽悠，便還想再多說幾句，看是否能說動他們把後面的夏侯纓也放出來。

可這時前頭卻傳下令來，就地紮營歇息。他二人跳下車去，和前頭的契丹人呼喝叫喊起來。

傅念君沒法子理解這些蠻人。

遼人本就習慣住營帳，餐風露宿對他們來說根本不是問題，所以想在驛館巧遇宋人的機會算是幾乎沒有了。

傅念君見那兩個粗心的契丹人沒空管自己，便跳下馬車，摸到後面一輛車上，費了九牛二虎之力才打開了那個大箱子。

果真見到了夏侯纓冒出了個頭，一張臉有點失了血色。

她的嘴唇很白，雖然眼神不至於慌亂，卻顯然缺了平素夏侯姑娘的鎮定。

傅念君扶她站起來，夏侯纓也和剛才的她一樣腿麻不便，整個人靠在了傅念君身上。

她握住了傅念君的手腕，夏侯纓便低聲道：「王妃，我們要逃麼？」

傅念君瞧了眼四周道：「恐怕逃不了，靜觀其變吧。我會些契丹語，和他們也能交流，妳別怕，跟著我就是。」

她們兩人站在馬車上當然顯然，很快後頭就走過來一個兇神惡煞的契丹人，揮著刀大聲地說話，比看管傅念君的那兩個凶多了。

傅念君忙解釋：「誤會誤會，我們是相識的，被耶律大人『請來』的，現在就是起來鬆鬆筋骨罷了，絕對不會逃！」

那人卻聽不進去，一雙眼睛瞪得極大，嘴裡罵著髒話，彷彿很是厭惡漢人的模樣，罵得不過癮，竟抬手一刀就劈在了兩人腳下。

傅念君腳下的木板立刻裂開了一道。

幸好此時看管傅念君的那兩個契丹人及時回來，和那揮刀的推搡起來。

「這兩個是大人吩咐看管的，傷了他們，你拿什麼抵命！」

「漢人都是臭蟲螞蟻，殺了才乾淨！」

「努赫你住嘴，竟敢不將大人放在眼裡！」

眼看就要動起手來。

這些蠻人兇暴，一言不合便拳腳相向，夏侯纓緊緊地攀著傅念君的胳膊，心裡不由想，若真是要逃，怕是要被他們生生給砍死。

這時前面騎來了一匹馬，馬上坐著一個戴氈帽的契丹武士，顯然地位很高，不像那三個一樣髮辮凌亂、面孔骯髒。那武士一鞭子就甩在鬧事的努赫身上，罵道：「再胡鬧就抽五十鞭！」

努赫立刻低了頭不敢說話。

那契丹武士掃了傅念君和夏侯纓一眼，便呵斥了幾句那兩個看管他們的人，隨後道：「把他們帶到大人的營帳裡去！」

兩人應了。

傅念君握了握夏侯纓的手，等那武士騎馬走後，就和兩個契丹人商量，可否吃點東西喝點水再過去。

無論什麼時候，總得保持著充沛的精力和體力。

那兩人因為她們挨了一頓罵，對傅念君也頗有微詞，不再像先前一樣和她閒聊。

傅念君和夏侯纓吃了乾糧喝了水，便跟著那兩個契丹人往前走。

此時營帳都已經搭起來了，在大宋境內，也沒有他們遼國一樣很多虎狼出沒，幾頂大帳燈火明亮，還能聽到其中隱隱傳來的女人說話聲，說的是漢話。

傅念君不由想道，這耶律弼真是一時半刻都忍不得，路上就享受起美人來了。

進了大帳，傅念君就見耶律弼盤腿坐在正中，面前放著酒食，懷裡摟著兩個漢人女子，剛才那契丹武士還執著馬鞭，湊在他耳邊說了幾句，耶律弼揮揮手，目光落向了底下的傅念君和夏侯纓身上。現在她兩個，一個是內侍裝扮，一個是藥童裝扮，臉上髒兮兮的，都沒有露出女子面貌。

傅念君心裡也有點忐忑，想到與這耶律弼匆匆見過兩次，他的目光讓人覺得十分淫邪猥瑣，是個貪色之輩。

不過耶律弼此時卻似乎根本沒認出眼前的傅念君一樣，反而推開懷裡的兩個漢女，對她們說：「去小帳裡好好伺候這兩位，有什麼閃失，砍了妳們的人頭。」

那兩個漢女立刻嚇得臉色慘白，忙端坐起身子。

伺候……

傅念君現在是內侍打扮，想來她們也不會誤會。

耶律弼根本沒把視線放在傅念君身上，只吩咐下去：「明天給他們準備一輛輕便的小馬車。」

終於不再是硬邦邦的箱子。

傅念君覺得耶律弼的樣子有點古怪，卻又說不上來。

他身邊還遠遠站著傅念君曾經見過的那個翻譯，如今也是耶律弼身邊的幕僚，劉存先。

劉存先只是垂著手，眼睛盯著自己的腳尖，全程沒有向傅念君投來一個眼神。

這些遼人倒是還很遵守君子約定，將她綁來了卻是一句話都不問，還特地吩咐兩個漢女官奴伺候她？傅念君猜不透眼前這情形，便也沒有說話，很快又被那契丹武士帶出了大帳。

在臨時出去前，燈影一晃，傅念君似乎看到耶律弼身後的屏風上好似有個人影，待再要細看，卻又消失了。

離那些粗莽的契丹人遠一些的一頂小帳，就是傅念君和夏侯纓今晚的歇息之處。

那兩個漢女跪在地上朝傅念君通報了姓名，一個叫柳枝，一個叫新芽。柳枝皮膚有些粗黑，身段卻豐腴，新芽則瘦弱些，但是樣貌還算有股子漢人的清秀。

兩人都屬於中上姿色，都是教坊出身的低等官奴，皆已不是處子。當然絕色的美人和出身好些的官妓，也不可能白白送給耶律弼和其部下糟蹋消遣，像這樣的，多半祖輩就是奴隸出身，或是各部各國吃了敗仗送來遣去的俘虜。

她們兩個原本還戰戰兢兢的，只是到了帳子裡，傅念君和夏侯纓一脫帽子，她們就知這兩個是女人了。

兩人沒見過多少世面，也不敢胡亂揣測，悶聲不敢言語。

外頭送來了熱水熱茶熱的飯食，這待遇已經相當不錯。傅念君和夏侯纓沒吃多少，多數推給了柳枝和新芽吃。

柳枝和新芽沒什麼伺候人的經驗，傅念君也聞不太慣她們身上的香粉味，晚上便叫她們歇在靠簾子口的地鋪上，自己和夏侯纓縮在一架小屏風隔斷後的矮榻上。

明天還不知道是個怎樣的光景。

夏侯纓和傅念君各有心事，好在都不是軟弱的性子，什麼都想到了，就是沒想到要抱頭痛哭。夏侯纓還很冷靜地執起傅念君手腕，在黑暗中給她把脈。

她在傅念君耳畔低聲道：「妳明天還是和他們說一下才好，胎氣有些不穩，這樣的日子過下去，對孩子不好。」

兩人因為這一遭患難，彼此間的距離就親近了不少，夏侯纓也不再客套地稱呼傅念君為王妃，只妳我相稱。

傅念君只是說：「我明白自己的身體狀況，沒有大礙的。看今日耶律弼的樣子，他們並不知道我懷了身孕，就是皇室之中，我也沒太聲張，若是說了，我怕……」

畢竟她肚子裡是大宋皇帝的嫡長孫，她不能給契丹人隨便增加籌碼。

夏侯纓頓了頓，說道：「可我怎麼覺得今日將我一併迷昏的人，卻是知道妳有身孕的？我會醫術，陪在妳身邊是再合適不過……」

夏侯纓的腦子也很靈敏，立刻就察覺到自己的用途了。

是啊，傅念君想著，周紹雍將夏侯纓一起送過來，可能不是偶然，他多半是知道自己懷孕了，那他為什麼不和耶律弼講呢？

莫非只是純粹抱著看好戲的心態？

傅念君道：「是我對不住妳，無端連累妳跟我受苦。那人……本來就是我的仇人。」

夏侯纓沒有追問那人是誰，只是道：「我相信淮王殿下一定會來救妳的。」

傅念君嗯了一聲，手撫上了小腹，心裡也微微發澀。

她真的很想念周毓白。

§§§

第二天傅念君醒得早，畢竟是第一次睡在這樣的野地裡，晚上的風呼嘯地讓人睡不踏實。

柳枝和新芽打來了熱水，送上早餐的同時還端來了兩身女人裝束。

皆是契丹女人的服飾。

傅念君只是淡淡道：「這兩身衣服若妳們喜歡，就賞妳們了。」

柳枝和新芽齊齊愣住，傅念君只是穿回昨日的內監衣服，袍衫幞頭，圓領窄袖，一身青色，本來人人都輕視的低等內監服色，穿在她身上卻也有種說不出來的好看。

夏侯纓也已經穿戴妥當，也還是昨日一樣的藥童裝扮。

上早膳的時候，傅念君一改昨夜的食欲不振，吃得津津有味，讓柳枝和新芽看得有些發愣。

經過昨夜，她們自然能夠看出來，夏侯纓也就罷了，這個內監打扮的女子卻是個絕色，且氣度不凡，恐怕出身也非常高貴。這樣的人在遼國使臣的隊伍中出現，又是這樣的打扮，多半不是自願的。

可她竟然半點都沒有露出驚懼害怕的神色，在這都是粗魯胡人的隊伍中，安然地大口吃著早飯。

傅念君卻是頭腦很清醒，無論如何，她不能虧待自己和孩子半點，哭哭啼啼如果有用的話，這世上的女人也不會都是弱者了。

吃完了早膳，隊伍拔營啟程，傅念君和夏侯纓坐在耶律弼特地吩咐準備的小馬車裡。她們的待遇並不像俘虜，傅念君確實覺得有些奇怪。

外頭那些契丹人似乎早就領了指令，並不敢輕易靠近她們，總歸是相安無事。

就這樣又行了兩天路，傅念君算算腳程，大概明天就能走到了大名府。

當晚住在了驛館裡，傅念君和夏侯纓也避開了大部分隊伍裡的契丹人，分到了一間獨立的小院，柳枝和新芽依舊跟在她們身邊伺候。

其餘被大宋送給遼國的官奴們，這幾天開始，也因為那些契丹人忍不住，早有被拖到房裡、營帳裡、甚至野地裡行了事的，柳枝和新芽卻逃過一劫，不用去應付那些如狼似虎的野蠻胡人，因此她倆對傅念君和夏侯纓伺候得更加用心。

傅念君與夏侯纓商量，明日是唯一一個可以脫逃的機會。兩人如今是一體，傅念君的任何決定，自然也有夏侯纓的參與。

夏侯纓有些不安，「我們毫無武器傍身，若是碰到那天那個兇悍的契丹人一般的，該如何是好？」

傅念君壓了壓聲音：「妳身上可帶有一些用來防身的東西？」

夏侯纓坦白道：「我的藥箱沒有了，身上帶了一點能夠叫人昏迷的蒙汗藥，但是只夠一個人用。」也就是說，即便蒙倒了看管她們的一、兩個契丹人，再要出逃，依然是難上加難。

傅念君掌心一翻，卻是露出了一片利刃，閃著一層淡淡的銀光。

夏侯纓見了微駭。

這是傅念君身上一直藏著防身的武器，當日與周紹雍對峙之時，她甚至想過用此來一搏，但是後來試探了他一下，發現他的身手遠比自己想得更好，就歇了念頭。

這片刀刃她一直放在身上，已是她的習慣。

當日她曾受過齊昭若、蕭凜的威脅，深知身上藏一、兩樣武器以備不時之需有多麼重要，好在這些契丹人也沒動過要搜身的念頭，讓她將這東西藏到了如今。

「那妳預備怎麼做？」夏侯纓問她。

傅念君頓了頓，只道：「明日晚上，只能權且試一試了。」

兩人的頭湊在一起，喁喁低語了半晌方才止歇。

§§§

第二天進了大名府，老天似乎也願意幫傅念君大忙。這大名府的楊知府不算是個好官，對契丹人很是諂媚，不僅早早領了人在城門口相迎耶律弼，還千催萬請地派了好幾波人請耶律弼到府上一聚，說是準備了大宴，大名府裡有頭臉的權貴都在恭迎他大駕。

耶律弼似乎不大想去，最後還是推脫不過，被楊知府用明月樓的幾個美人以餌給誘了過去。

傅念君心中微鬆，今夜他走不了是肯定的，說不定耶律弼喝多了酒，明晚都離不了大名府。

當夜裡，她與夏侯纓兩人便藉口驛館的伙食不乾淨，鬧起了肚子。

柳枝和新芽膽子小，立刻去通報了。

來的人是那天那個坐在馬上的契丹武士，慣使一截長鞭，名字叫做塔列葛，通漢話，似乎在耶律弼面前很得臉，這幾天傅念君已經幾次看到他和劉存先在一起說話。

塔列葛對她們兩個抱有懷疑，對夏侯纓說：「妳不是懂醫術嗎，怎麼還會鬧病？」

夏侯纓冷道：「我們中原人有句話叫做『巧婦難為無米之炊』，我雖為醫者，手邊卻無藥，難不成還會用法術治病？」

塔列葛看她們兩個滿臉冷汗，確實不舒服的樣子，便叫人去城裡請了個漢人老大夫來。此時已經入夜，人還沒請來，傅念君與夏侯纓肚子疼卻又變本加厲，柳枝和新芽也更不放心，期期艾艾地對塔列葛說，裡頭兩位都是姑娘家，恐怕這毛病尋常老大夫來看不方便，能否去尋個懂些婦人事的來。

自然，這也是傅念君暗示她兩個的。

塔列葛覺得漢人女子嬌氣麻煩，卻也不敢動氣，只好說：「妳們好生看管她兩個，我親自去請。」契丹使臣今夜大多被楊知府邀請去喝酒了，包括劉存先等人皆是，剩下的一些，都是不通漢話的粗人，這事只能塔列葛自己去辦。

傅念君見差不多了，便抬手喚來了柳枝和新芽，對她們道：

「今夜我們姊妹太麻煩大家了，我這位姊姊說，剛才廚房端來的這兩盅湯，女人喝是不大好的，對男人卻是無礙，妳們端去給守門的兩位大哥吃了吧，當作我們的歉意。我這些銅錢，是給妳們的。」為了以防她們自己喝了加入蒙汗藥的湯，傅念君只好這麼說。

柳枝和新芽喜不自勝，接過了錢，哪有不應的，出門時還說著：「這兩位姑娘可真是好人，又和氣又大方……」

29 奮力一搏

等柳枝和新芽回來，就見到屋裡的燈黑了，兩人奇怪：「兩位姑娘這麼早就歇下了？」

等推開了門，一片黑暗中，她們卻只覺得腦後一痛，立刻就不省人事。

夏侯纓和傅念君扔了手裡的瓷枕和瓷瓶，心裡對她們歉疚了一下。蒙汗藥不夠，也只能這樣了。

兩人快速剝下了柳枝和新芽的衣裳換上，推開門閃了出去。

院子裡的燈光不明亮，靜得幾乎聽不到人聲，兩人快速到院門口，只見那兩個契丹人已經歪在地上睡著了。

夏侯纓提醒過傅念君，這蒙汗藥本來也只夠一個人用的，現在給他們兩個用了，難保很快就醒過來，因此她們的動作必須要快。

白天的時候，傅念君藉口散步，摸清了這驛館的方位，她比尋常女子認路的能力好，何況這又是事關生死的逃命之路，因此更加小心謹慎，當即拉了夏侯纓的手就奔向路途最近的東側門。

兩人一句話都沒有說，胸口裡卻像是揣著兩隻小兔子，撲通撲通跳個不停。

夏侯纓雖然是江湖人，但從來也沒經歷過今晚這種緊張的情形，雖然面上不顯，心裡卻一樣很沒底。

傅念君的手剛剛摸到門栓，卻聽見身後草叢裡一陣響動。

夏侯纓忍不住低呼了一聲。

一個高大的黑影跌跌撞撞地鑽了出來，說的是契丹話：「什麼人！」

傅念君背上的寒毛立刻倒豎。

她認得這聲音。這就是那個差點一刀砍了她們的兇狠契丹人，名叫努赫的。

是了，他厭惡漢人，楊知府的酒宴怎麼可能會去參加。

傅念君見識過他的武力，一時拉住了夏侯纓的手，示意她不要動彈。

努赫喝多了酒，正是稀裡糊塗的，此時藉著朦朧的月光一打量，還是能看清這是兩個女子。

他啐了一口，隨即大笑起來，然後用契丹語叫囂著：

「卑劣的漢人女子，比母豬還不如的東西，等我先洩了火，再殺了妳們才乾淨！」說著就朝她們走了過來。

傅念君從第一天就知道了，這個努赫是個仇視漢人、心裡扭曲的變態，碰上誰都好，偏偏卻是碰到了他。

努赫朝她們撲過來，傅念君忙一把推開夏侯纓，自己側身從他腋下鑽了出去。

夏侯纓跌坐在一旁，雖然心中害怕，卻也知道這個時候無論如何都不能大叫出聲，否則她們今晚的行動就是功虧一簣。

別說她們兩個是不會武功的弱女子，就是尋常漢人男子，也應付不了這個努赫。

他站在門口，就像一座大山一般。

傅念君咬牙，轉身鑽進了右側的草叢。

白天的時候，她深怕遇到突發情況，便將從廚房裡順手牽羊出來的一根臂兒粗的燒火棍，藏在了這樹叢中。

她只願沒有人發現。

努赫在她身後桀桀笑著，山一樣的身軀就朝傅念君撲過來。

傅念君終於摸到了那根燒火棍，一轉身立刻用盡氣力，往努赫頭上揮過去。

燒火棍應聲而斷。

努赫根本沒想到還有這一招。

傅念君半坐著，見到眼前的人影頓了頓，卻沒有像她預料的那樣倒下，心中頓時涼了半截。

眼前的人似乎抬手摸了摸額頭，隨即就是暴怒，用契丹語大聲罵著不堪入耳的髒話，立刻就以雷霆之勢壓到了傅念君身上。

傅念君躲避不及，被他壓住了半邊身子。

努赫嘴裡帶著渾濁酒氣的惡臭撲面而來，讓她忍不住作嘔。

臉上有熱熱的東西滴下來，傅念君知道，這是努赫被她打破了頭流下的血。

他的大掌一把掐住了傅念君的脖子，粗糙的手掌像是最沉重的枷鎖，立刻奪去了傅念君的呼吸。她沒有哪一刻比現在更恨自己身為一個柔弱的女子，面對這種最原始的暴力，卻無半點招架之力。

傅念君盡量平復呼吸，一遍遍地壓抑自己心底的慌亂，掌心裡翻出那片被她藏在腰身處的利刃，在努赫再次罵罵咧咧俯下身的時候，用盡全力朝他的頸側劃了過去。

這利刃削鐵如泥，傅念君感受到自己因為太過緊張，大拇指擦過利刃立時迸出的鮮血，但是於此同時，努赫的半隻耳朵也被她硬生生削了下來。

掌心裡是一片濡濕的黏稠。

努赫的大掌放開了傅念君的脖子，仰首大聲地嚎叫起來。

傅念君知道，這一聲嚎叫過後，很快就會有人過來。

她還沒來得及下第二刀，努赫的右手就再次扼住了她的脖子，力氣是剛才的十倍，甚至捏住她的後腦杓，往地上狠狠地摜下去。

饒是傅念君頭底下是濕軟的泥土地，也被他摜得眼冒金星。可想而知，若是石子地，怕是她現在早就腦漿四溢。

傅念君用盡最後的力氣，把手上的刀刃擲了出去，落在努赫身後石子路的小徑上，發出清脆的聲響。她被大掌死命扼住，神智漸漸迷糊。

她覺得自己快死了。

真奇怪，明明夜色深濃，她卻似乎能看見眼前人透出兩道像狼一樣兇狠的綠光。

「夏、夏侯……」她連完整的字都吐不出來了。

耳邊只有這個兇惡的契丹人齷齪骯髒的咒罵，轟隆隆地似雷鳴一般。

不過就是須臾之間，就在傅念君覺得自己快死了的時候，伏在她身上的努赫突然停住不動，嘴裡哀哀叫了兩聲，一口粗氣喘不上來，趴在了旁邊。

傅念君也不知自己是哪裡生出來的力氣，顧不得頭暈目眩和幾乎疼得快沒知覺的喉嚨，從他身下奮力爬出來，看到夏侯纓坐在努赫身上，那利刃被她狠狠地戳進了努赫的後頸。

傅念君心下一鬆，幸好，幸好夏侯纓明白了自己的意思。

時間緊迫，傅念君似乎聽到了遠處的腳步聲。她一把推開還在愣神的夏侯纓，拔出利刃，血濺到了她的前襟卻絲毫不覺，然後下一個舉動，饒是夏侯纓見了，都忍不住顫抖。

傅念君抓住努赫的頭髮，提起了他的頭顱，將利刃拔下，右手繞到了他的喉嚨口，一刀下去，俐落割喉。

傅念君控制不住地喘著粗氣。眼前努赫的身軀抽搐了兩下，卻再也不動了。

她在心底慶幸他今晚喝多了酒，且沒有帶隨身武器，否則她和夏侯纓，怕是小命難保。

她殺人了，剛才就這麼一刀結果了一個契丹人。

對於這個認知，傅念君卻是出奇平靜地接受。

彷彿是她心底最狠的血性被勾了出來，此時她竟連手都不抖一下，冷靜地可怕。

她兩隻手上都是鮮血，便往努赫後背上擦了擦，立刻對夏侯纓說：「快走……」出口的嗓音沙啞地駭人。

夏侯纓立刻回神，攙起了傅念君，身後的腳步聲已經越來越響，但是她們並沒有回頭。

夏侯纓抽開門栓，和傅念君兩個人相攙，跌跌撞撞地跑了出去。

東側門出去是一段陰暗的小巷，兩個人沿著小巷飛快地跑，直到看見盡頭有了一片暖色的光。

大概是連著的主路。

兩人都是精神一振。

身後斷斷續續的人聲像是催命的鼓點，兩個人只知道埋頭往前面跑。

可是跑出了巷口，一轉身，傅念君立刻便覺得老天爺實在愛和她開玩笑。

前一刻當她以為終於逃脫了這些契丹人時，下一刻老天爺卻又重新將她所有的希望澆滅。

兩個高大的契丹人正驚愕地盯著她們。

傅念君第一直覺就是拉著夏侯纓要跑，卻始終快不過他們。她被前頭那個滿面虬髯的契丹人狠狠捉住了手臂。

她被迫抬起臉看他，卻覺得這張臉有一絲熟悉。

她想起來了。

當日在東京城裡，路上遇到了幾個契丹人，自己還被他們冒犯過，其中就有這兩個。

他們是跟在劉存先身邊的，這個滿面虬髯的，是當日扶了差點跌下馬車的芳竹一把的。傅念君記性好，記得他似乎叫做彌裡。而他後頭那個，就是對漢人女子表現輕浮的，似乎叫做護思。

巷子裡的腳步聲越來越近，那彌裡捉住傅念君手臂的力道卻不鬆，直接對身後的護思道：「你去看看。」護思此時正抓著夏侯纓，聽彌裡這樣吩咐，竟也沒有反駁，只是側身朝巷子裡用契丹語喊了一聲。

很快就有人回應，似乎在說：努赫被人殺了。

護思和彌裡兩個人的臉色都有點古怪。而傅念君身上那一身血跡再顯眼不過。

傅念君此時卻在想一個不合時宜的古怪問題，當日自己遇到他們，分明這個護思很囂張，而這個彌裡只是劉存先身邊一個無足輕重的護衛，人微言輕。為什麼今日看兩人言語，竟是掉過來了？

她抬眼再去看眼前那人，卻冷不防被他轉了個身，彌裡對護思道：「處理一下，等下把她帶過來，我先去。」說罷竟是扯著傅念君往後走了十步，這裡繫著兩匹高頭大馬，傅念君還沒回神，就被他提著腰肢攬到了馬上，跟著後背就貼上了他的胸膛。

他身上沒有一般胡人的臭味，但是傅念君依舊覺得排斥，冷冷道：「放我下去。」

「我是在救妳。」他的漢話說得字正腔圓，嗓音沉穩，讓傅念君聽出了一絲熟悉感。

他很快催馬，在空曠無人的街道上疾馳。傅念君不知道大名府晚上的街道能不能馳馬，但她知道對於這些契丹人來說，宋人的一切規矩都可以不是規矩。

驛館在城南，彌裡帶著傅念君馳馬，很快就到了城北。

在一間不太起眼的小旅舍前，他下了馬，將傅念君帶了進去，並且在掌櫃顫巍巍的眼神中用漢話吩咐去尋個郎中來。

傅念君右手上的傷口早就停止了流血，但仍是一抽一抽地疼得厲害。

彌裡把傅念君帶上了二樓一間最好的客房。

郎中很快就來了，是個就住在附近的，藥箱裡只有些跌打酒、大力丸等等，顯然並不是個有資格在哪個醫館裡坐堂的郎中，但是處理傅念君手上的傷還是不成問題。

郎中走後，傅念君便一直盯著桌前坐著的男人。

彌裡給她倒了一杯茶，放在桌前，對她道：「喝。」

傅念君的眼中閃過一絲光芒，只道：「不用了。」

彌裡的眼神望向她，說著：「妳竟敢殺人。」

「是。我殺了你的同胞。」傅念君鎮定地坐著，臉上沒有一絲慌亂，反問他：「所以，你要為他報仇麼？」

彌裡頓了頓，只說：「努赫死有餘辜。」

傅念君眸中的冷光更甚，嗓音也冷了幾分，「我竟不知，你有權決定他是否死有餘辜。」

彌裡似乎對她這句話有些不解，愣住了沒說話。

傅念君勾了勾唇，心下只有一片冰涼。屋裡的燭火很亮，她的臉白得幾乎能反光，身上穿著柳枝的衣服，不僅不合身，還有一股子讓人反胃的廉價香粉味，可饒是如此，她看起來依然不同於普通女子。

「你叫做彌裡是吧？我沒記錯的話。」傅念君說著：「我想你該不會這點記性都沒有，不知道我是誰。」

彌裡沉默了一下，說道：「我知道，妳是淮王妃。」

「是，我是淮王妃。」傅念君再說：「那麼我想問問你，你抓淮王妃過來，究竟是何目的？」

彌裡粗獷的眉毛似乎跳了一下，然後說：「淮王妃，我剛才救了妳。」他提醒她，「不然妳現在被驛館裡的人逮住，殺了努赫這條罪，恐怕連耶律大人都平息不了他們的怒氣。」

傅念君嘲諷地勾了勾嘴角，說著：

「所以我該謝謝你嗎？你救了我？難道我現在這樣的情形，不是拜你所賜?!」

彌裡的呼吸彷彿在這不大的空間裡窒了窒，然後緩緩說：

「我不太明白妳的意思。」

傅念君抬手喝了一口面前的茶，茶是粗茶，水卻是滾燙的。

只是此時喝了這樣的熱茶，她卻覺得四肢百骸依然涼透。

傅念君覺得自己太蠢了，蠢透了。

她竟然到了此時才想通這一切。

她抬手就把茶杯朝對面的男人擲了過去，茶杯擦過他的臉頰，他卻不動如山，連眼睫毛都沒眨一下。傅念君冷冷地道：「你還要裝下去嗎？蕭凜，蕭統軍使？」

蕭凜，蕭統軍使……

這話一出，屋子裡頓時陷入了一種叫人壓抑的寂靜。

傅念君對面的人毫無反應，這也在她的預料之內。

她從第一次見到這個彌裡就覺得有些熟悉的感覺，哪怕他留了一把幾乎將全部面容遮住的大鬍子，也依然無法叫她把這種感覺抹去。

只是初時他隱藏在人群之中，傅念君的那點疑惑很快就被沖淡了。

這些契丹人綁架自己的原因，傅念君一直想不通，但如果這是蕭凜的意思，那就很明白了。

這個人遠比耶律弼心機深沉，想法也更多。

耶律弼沒有必要來難為她一個女人，但是這個蕭凜，卻是和她有過一面之緣的。他還與周毓白有過聯絡，更有甚者，他們中間，還摻雜著陳靈之的身世之謎。

所以，將她這個堂堂淮王妃從大內綁出來，根本就是蕭凜早就和周紹雍通了氣，合夥起來布下的陷阱。

他背叛了與周毓白的盟約，更背叛了與大宋的盟約！

遼人乃是虎狼，果真半點不假。

傅念君望著他，臉上嘲諷之色更重，可笑她竟還覺得自己或許可以得到蕭凜的幫助。

加深她肯定的是，這一路上她一直在懷疑的一件事，耶律弼為人作風，實在和她在京裡見到的大相徑庭。

愚蠢猥瑣的耶律弼，在東京城裡與他們夫妻見面之時，就不加掩飾自己對她的淫邪目光，可這一次再見她，卻連個眼神都不敢落在她身上。

這當然不可能是因為他害怕大宋皇帝天威，更不是他忌憚自己這個區區淮王妃，而是因為他這個名義上的使臣，早就不是這批契丹人真正的頭領了。他不過是個受人脅迫的傀儡。

真正的始作俑者，此時正坐在她的面前。

所以她殺了努赫，對於面前這個人來說，不過是一句「死有餘辜」就能隨便蓋棺定論。

「蕭大人還要裝下去嗎？過家家玩得可有意思？」傅念君冷嘲。

面前的人終於有了反應，他先是低頭給自己又倒了一杯茶，然後仰頭一飲而盡，接著在傅念君直視的目光中，不疾不徐地抬手掠去了自己臉上的鬍子，手掌抹了兩把之後，再次出現在傅念君眼前的這張臉便更加熟悉了。

他的聲音也是傅念君從前所聽過的。

「妳的膽子很大，敢這樣殺人。當然，也很聰明，我知道早晚瞞不過妳。」他悠悠地說，一副與舊友敘舊的口吻。

傅念君恨不得將這人千刀萬剮，她穩住自己的情緒，冷聲質問：

「為什麼！我對你有過恩情，我夫君也盡力與你大遼修好，你卻做這樣出爾反爾的小人之事，目的到底為何?!」

對面的人正摩挲著自己光潔的下巴，似乎是有點不習慣突然除去了假鬍子。

「妳問我為什麼？你們漢人有句話將恩將仇報，就是這樣的吧？」

無恥！

傅念君第一次見到臉皮這麼厚的人，可以把不要臉的話說得這般冠冕堂皇。

她道：「不錯，我們漢人有則故事，叫做『東郭先生與狼』，我卻是個笨的，做了那東郭先生。」

蕭凜笑道：「王妃何必如此說話，當日妳放我一馬亦是形勢所迫，但我總歸記著妳這份恩情，否則妳覺得妳現在還能活命？」

傅念君斜眼看他，只說：「不勞尊駕提醒，我知道我自己的斤兩，你難道還指望我對你感恩戴德不成？沒有你的插手，周紹雍不敢動我。」也完全沒有必要動她。

罪魁禍首，還是眼前這個人。傅念君很清楚這一點。

蕭凜頓了頓，才說：「妳確實像他說的一樣，善於揣摩人心，我沒有在妳面前耍心眼的意思。」

她卻對他的恭維表現得很不耐煩，「我不過是個手無縛雞之力的弱女子，碰到了你這種下三濫做事的人，便毫無辦法。」

蕭凜的手掌緊緊握住了杯子，似乎下一刻就要生生把它握碎了，最後逼迫自己冷靜了一下，才對她說：「妳也不用激我，我做了東郭先生的狼，轉頭與肅王世子合作，妳難道不知是為什麼？」他勾唇笑了笑，側臉在燈火明滅之間，顯得十分冷峭。

下一刻，傅念君便徹底被他的話震驚到了。

「我們遼人學不來你們漢人那些彎彎繞繞，有想要的東西，便要奮力搶奪，有想要的女人，也一定要娶回家裡。」

傅念君目瞪口呆，可她又清楚地明白這人不是開玩笑的。

他此刻盯著她的眼神，就像是叢林裡饑餓的狼。

難道她一直都對自己有什麼誤解？她難道是什麼九天仙女下凡不成？

還是這人根本是個瘋子？

「你……你有病吧。」最後傅念君只能從牙齒縫裡擠出這幾個字來。

蕭凜對她笑了笑，「我們遼人不管你們貞潔烈婦那一套，妳雖嫁過人，對我來說，卻是一樣的。」是了，他們遼人，兒子能娶父親的女人，弟弟能娶哥哥的女人，根本就沒有倫理綱常那一套，自己這麼個有婦之夫的身分，對蕭凜來說也什麼都不是。

傅念君臉色鐵青，生平頭一回感受到了秀才遇到兵的境況。

和野蠻人講道理是世界上最愚蠢的事之一。

她呼了口氣，臉上沒有半點被人堂而皇之表白後的驚惶和羞澀，只是擺正了神色直視蕭凜，說道：「你既然說想娶我，想必也明白我的價值。我不僅僅只是一個普通的漢人女子，也是一個足夠讓周紹雍忌憚的人。他與你合謀，將我送到遼境，你就沒有想過他的目的究竟是什麼？」

蕭凜無所謂地說：「我不管你們宋朝皇室裡的鬥爭，妳丈夫周毓白是個少年俊才，肅王世子也不遑多讓，他們的鬥爭我管不了，大宋的天下誰去坐都一樣。我蕭凜也不是沒有腦子的人，肅王世子不敢動妳，是因為忌憚妳的夫君，將妳送給我，除了他心頭之患，同時制約了妳的丈夫。周毓白若想奪回妳，便涉及到宋遼國祚，即便他日後做了皇帝，怕是在這事上也不敢輕舉妄動吧。」

傅念君冷笑，這人倒還不算太蠢，只是太自大。

她嘲諷道：「你若覺得我夫君和我會因為這般小小伎倆就範，那便太看輕我們了。」

蕭凜默了默，只是盯著她道：「妳對妳丈夫，倒是情深意重。」

「因為他值得。」她的眼角眉梢含著毫不掩飾的嘲諷，彷彿是在告訴他，他蕭凜，是遠遠及不上周毓白之萬一的。

蕭凜再次壓抑下心底泛上來的怒氣。他告訴自己沒有必要急於一時，他還有很多時間可以征服她，征服這個聰慧狡黠、充滿傲氣的女人。

「妳只管逞口舌之便，我知道大宋皇帝遲遲沒有立儲，淮王一直有心那個位置，若他成事，他身後便有天下萬民，可會為了區區一個女人與我大遼撕破臉？」他雙手抱臂，好整以暇地盯著她，「若他沒成事……那更不用說了，他還有什麼能力來救妳？」

這是個兩難的選擇題，因為他們身分的特殊，因為周毓白不可逃避的責任，所以蕭凜理所當然地認為傅念君必然會被捨棄。

若是換了旁的女人，聽了這樣的話，怕是心中就要惶惶怯怯了。

傅念君卻依舊神色不變，只是淡淡地說：「我和天下江山，從來不是他二選一的答案。」

很早以前，在他們還沒有成親的時候，周毓白就對她說過這樣的話。她一直堅信著。

「無論身在何地，我都會等著他來接我。我相信他，一如他相信我，我們夫妻之情，無人可撼。」她冷冷地直視蕭凜，那一瞬間，他只覺得看到這雙眼睛裡光芒璀璨，叫人失神。

他從來沒有見過哪個女子對丈夫有這樣的信任和貞烈。

他心裡有所觸動，竟隱隱生出了一種無論如何都想要得到這樣目光注視的嚮往之情來。

他想到了那個年紀輕輕的淮王周毓白，風度智計，皆是無可否認的首屈一指。

蕭凜沒來由一陣煩躁，站起身來就要走。

「妳先休息吧。」他僵硬地說。

「慢著！」傅念君叫住他的腳步。

蕭凜身形一頓，聽得她在後面說：「既然話都說開了，那你能不能告訴我，你究竟和周紹雍是怎麼談的？還有他接下來要做的事？」

蕭凜轉身，微微啟了啟唇，正要說什麼，突然聽見了身後咚咚咚的腳步聲，震得不大牢靠的樓梯咯吱作響。

蕭凜立刻推門出去，看見正是護思和塔列葛。

傅念君透過門縫，看到了這幾天都戴在塔列葛頭上的那頂氈帽，心下冷笑，是了，這塔列葛自然是聽命於蕭凜的，怪道他與耶律弼之間的相處並非親信一般，怎麼看都有股彆扭。

護思面帶焦慮之色，塔列葛卻鎮定很多，只是眼神朝後頭半開的門縫望了一眼，很快又被蕭凜擋住了視線，他立刻垂下了頭。

傅念君在屋內坐著，聽不清他們嘀嘀咕咕說的什麼。她的契丹話不算特別好，他們說話聲音低又快，自然聽不清，只能瞧見隔著格扇的人頭晃動著。

不多時，蕭凜重新進來了，目光有些發沉，對傅念君道：「妳先休息一下吧。」

傅念君瞧著他凝重的神色，心裡就暢快，冷道：

「看來蕭大人遇到了煩心事，難不成是信心滿滿的計畫出現了差池？」

她不過是嘲諷他一句，卻沒料到蕭凜咬牙道：「耶律弼在楊知府府上遇刺，是江湖人下手的，驛館裡此時亂成了一片，妳不要說妳不知道是誰做的！」

傅念君眉梢一挑。董長寧他們，終於追上來了。

傅念君嗤笑了一聲，臉上沒有喜悅，也沒有懊喪，只是道：「反正你與耶律弼不對付，他死了你倒省事，不是麼？還有，這間客棧，是你早就定下的吧，蕭大人，你這愛裝的毛病還真是可笑，你想讓我配合一下，做一副後悔莫及的模樣？今夜住在大名府，就注定不可能是個太平夜，你本來就打算帶我到這裡來的，對吧？只是沒料想到，我敢殺了你的手下，還有這麼快便猜出你的身分？」

蕭凜並不蠢，也不是個泛泛之輩，他把耶律弼當作這樣一個明晃晃的靶子，自然會物盡其用。在被傅念君拆穿身分之前，他顯然是想繼續裝下去的。

董長寧手下的人來救她們，也不會想到他在暗處早有防備了。所以，本來董長寧就注定救不了她的。

蕭凜不發一語，傅念君知道自己又一次說對了。

她很冷靜，接受現實也很快，只是對他說：「我暫且願意做你的籠中鳥，但是我希望你別殺那些無辜的人。」

門外塔列葛又在高聲催促蕭凜了，蕭凜再次深深地看了一眼安靜坐在桌前的女人，吐出了他以為自己絕對不會說出口的三個字：「我盡量。」

傅念君稍微鬆了半口氣，很快門又打開了，一身狼狽的夏侯纓走了進來，門口還能見到隱約兩個高壯的身影。

傅念君立刻站起身，迎了上去。

「妳怎麼樣？」

夏侯纓朝她搖搖頭，然後很快掃視了她一圈，「妳呢？」

傅念君嘆了口氣，「一切都好。」然後想了想，還是說：「董先生的手下去了驛館，妳可有見到？」

夏侯纓遺憾地搖搖頭，說道：「那個契丹人直接將我帶到了一處民宅，接了個老婦人，用馬車將我帶到了這裡。」她頓了頓，繼續道：「我看這幾個人與耶律弼並非是一夥的，他們要帶我們單獨走了。」

夏侯纓的推斷也符合傅念君之前的所有猜測，她點點頭，對夏侯纓說：

「不錯，他們早有防範董先生來劫人，耶律弼和他身邊的人不過是個幌子，現在我只盼董先生他們能夠順利脫身了。」

夏侯纓吃驚，一雙眼睛不由也瞪圓了，顯然有點難以理解這一夜發生的接二連三的事。

外頭的街道上似乎也有隱隱的吵鬧聲傳了過來，畢竟楊知府府上也出了事，這就是驚動了官兵……注定是個不眠夜了。

傅念君嘆了口氣，還是對夏侯纓說：「我們先休息吧，明天怕是要趕一天路的。」

30 恩將仇報

這一夜傅念君和夏侯纓並肩躺在床上，卻都了無睡意。

朦朦朧朧間，傅念君似乎總能夠聽到耳邊的廝殺聲和叫喊聲。但明明驛館隔了她們半座城，所以聽到的這些聲音多半都是她的臆想。

她睡不著了索性坐起來，見天色已經放亮，門口很快傳來了急促的敲門聲。

傅念君和夏侯纓本來都是和衣躺下的，因此也沒什麼不方便，一下便開了門。

門外站著蕭凜，他換了一身衣服，沒再裝那把大鬍子，渾身卻帶著濃重晨露的冰涼氣息。

他對門內兩個女人說：「都準備好了嗎？馬上就要走了。」他的口吻並不是商量的語氣。

傅念君和夏侯纓本就是身無長物，根本無從準備起。

唯一還留在身上的，是傅念君昨夜裡割了努赫喉嚨的那片利刃，擦乾淨了重新貼身帶著。

這是她唯一能夠依靠的東西了，蕭凜也沒有奪走它。

蕭凜就著朦朧的曙光看到傅念君身上似乎未穿外袍，她那件衣服上全都是血跡。

他說：「先等等，我拿兩身衣服來。」

很快的，衣服和熱水都送了過來，傅念君和夏侯纓用最快的速度梳理好，便坐上了門口已等著的馬車。這一小隊契丹人都改變了裝束，看來只不過是普通的契丹平民。

傅念君進了馬車，才見到了夏侯纓昨天提及的那位老婦人。

那老婦人六十多年紀了，頭髮花白，板著臉一言不發，手邊一個青布包袱皮。片刻之後，傅念君才意識到她和她手邊的這個包袱是做什麼的。

這老婦人竟通些易容術。

這就不難解釋蕭凜那瞞過了耶律弼的裝扮，甚至是周紹雍臉上……

等到馬車出城，第一次歇息的時候，再次下車的傅念君和夏侯纓，此時的面孔已是大不同了。細看雖然傅念君的眉眼之間還是能看出些端倪來，但是粗粗一看，幾乎是不會有人認為面前這個皮膚五官都不算出彩的年輕婦人是堂堂淮王妃。

蕭凜坐在高頭大馬上，看著傅念君這模樣，點點頭表示認可。

傅念君和夏侯纓明顯感覺到這一次趕路和先前不一樣，不僅腳程更快，看管她們的護衛也是蕭凜身邊的精英，護思那樣的只配做個馬夫。

就算是坐在茶棚裡喝茶，傅念君目測兩邊坐下的幾人，腰間的刀隨時都能拔出來。

她再要想逃，根本就是不自量力。

出了大名府，就是胡漢混雜之地，而蕭凜繞開廂軍駐地，專挑一些胡人更多的雜亂城鎮走。有些地方根本就是三不管地帶，強盜悍匪層出不窮，他們是胡人裝扮，又都生得高大威猛，尋常不敢有人來尋釁。傅念君心裡也清楚，在這種地方，就是蕭凜放她逃，恐怕她也很難平安走回頭路。

除非董長寧的人再次追上來。

但是傅念君想到了蕭凜那天早上的樣子，心知恐怕董長寧的人沒占到什麼便宜。

董長寧手下有一批能幹的江湖人不假，應付尋常的官兵都是綽綽有餘。可蕭凜是什麼人，他身邊的護衛又都是什麼人，他們皆是遼人裡頭都難逢對手的悍勇之士，董長寧和他們硬碰硬的話，只能吃虧。

蕭凜又是慣常行軍打仗的，知道如何隱藏行動路線，顯然他早前也都有準備，董長寧要跟上他們的腳步，難上加難。

傅念君和夏侯纓偷偷地想留下記號，但是哪怕她袖口上的布短了半寸，蕭凜都能發現，只是冷笑著勸她別白費力氣。

眼看就要進幽州了，傅念君卻還沒有想出個好主意來。

這天許是因為進了遼境，蕭凜有所放鬆，不再行路至半夜才投宿，在一處較和平富庶的小城裡，包下了一整間客棧用作休憩。

往北走之後，天氣就涼得快了，傅念君在路上購置了一領厚厚的皮裘，裹得嚴嚴實實地在客棧三樓半開的一間閣樓裡看夕陽。天空萬里無雲，而北地連將要落下的太陽似乎都格外大一些。她望著的方向，是西方。

身後有動靜，傅念君不用回頭也知道是誰。

蕭凜走到她身後，兩人自那天後，一直都沒有好好再說過話。

他看著她裹得像熊一樣，不免覺得誇張，說著：「還沒到冷的時候，妳怎麼就穿那麼多？」

傅念君頭也不抬地說：「懷了身孕，畏寒。」

蕭凜頓時呼吸一窒，良久才乾巴巴地重複了一遍：「妳懷了……身孕？」

「是。」

傅念君還是撐著下巴看夕陽，並沒有任何情緒波動。

「那妳之前為什麼不說？」

「說了如何？」傅念君反問：「你能放慢路上的腳程？還是大發慈悲放了我們孤兒寡母？」

蕭凜被她一句話噎住了。

他們是用漢話交流的，他覺得她實在伶牙俐齒，字字帶刀，不戳人心窩子不肯甘休。

他忍不住把目光放到她現在根本看不出來的腰身上，心裡突然生出一股無處發洩的悶氣。

他知道這就是她的目的。

傅念君為什麼要現在告訴他，因為她知道很快就要進幽州了，她心知肚明蕭凜幾次看她的眼神意味著什麼。

雖然傅念君這一生之中，男女間的風月之事經歷得不多，滿打滿算，除周毓白之外，也只有那個不正常、扭曲的齊昭若說過喜歡自己。但她到底是成婚的婦人，男人的什麼眼神，也算能夠捉摸一二。

路上也就罷了，待到了蕭凜的地盤，她可就沒有那麼安全了。

誰知蕭凜竟是出乎傅念君意料地重重呼了一口氣，然後說：

「這兩天行路我會慢一點，不出意外的話，後天就進南京城了，妳想吃什麼儘管說，我讓人去找。」

他頓了頓，「以後，這孩子……我會當作自己的。」

傅念君撐著下巴的手差點沒一個打滑。

這人是真的有病吧？誰給他這種自說自話的權利了？

她撇撇唇，只挑釁地向蕭凜投去了一個眼神，無視他大度的「讓步」，只說：「我的孩子，有個最出色優秀的父親，不需要委屈他自己。」

委屈？

給他當兒子是委屈？

蕭凜終於敵不過她的蓄意挑釁，伸手一把握住了傅念君的兩邊肩膀，咬牙切齒地說：

「妳最好認清自己現在的處境，別說這樣的話來激我！」

傅念君只冷笑，「難道我說錯了？我和我夫君鶼鰈情深，舉案齊眉。我是他的妻子，我肚子裡是他的孩子，我說的話有哪一句不是該說的？怎麼就冒犯了你蕭大人？」

蕭凜放開了她的肩膀，兀自順了順氣，用一種很有深意的眼神看向傅念君，只道：

「妳大可不必再用言語試探我，妳丈夫淮王的事情我並不清楚，肅王世子早就動身前往邊境，他們叔侄之間的事，妳比我明白。」

意思是周毓白的境況，不是他不說，而是他根本不想知道。

傅念君在心底冷笑，這些胡人本都是茹毛飲血的野蠻人，學了漢人穿上右衽，也不過只是學個皮毛，終究淺薄短視，連蕭凜也不例外。

遼國每年靠著大宋收取這麼多歲幣，多數仍被宋遼邊境貿易給賺了回來，他們大概永遠也想不通該如何改善這種境況，只知道在像肥羊一樣的大宋身上割肉。

這個蕭凜也是一樣。

傅念君裹了裹身上的裘衣，對他說道：「蕭大人，此刻我站在你對面，希望你不要只將我視為一個你看得上眼的女人來對待。或許你不知，嫁給我夫君之前，我曾幾次為他出謀獻策。我與他並非是家族門第之間的聯姻，而是性情和思想上的吸引。」

蕭凜的眸光閃了閃，沒有說話。

傅念君繼續道：「我現在說這些並非是出自淮王妃的身分，而是站在你的角度考慮。你覺得坐視大宋皇室相爭，於你大遼、於你自己是有利無害的，但其實我想你並不太瞭解大宋，也不夠瞭解周紹雍。」

蕭凜沉眸，「說來說去，妳還是希望我扭轉立場，幫妳夫君一把？」

他眼裡帶了幾分嘲諷之色。

傅念君皺眉，「我不知道你和周紹雍達成了怎樣的協定，但是我要告訴你，之前你對我說的話沒有錯，天下人確實是我夫君的責任，但卻不是周紹雍的。他那個人，或許你不信，皇位和天下他未必放在眼裡，他要的東西，是尋常人根本想不到的。」

或許很難理解，但世上確實是有一種人，他不將一切毀滅殆盡，不把所有礙眼的人殺光屠戮乾淨，是不肯甘休的。

挑撥戰爭，玩弄權術，這些都是傅念君料想得到的，她完全能夠想像在她死了的那一世，周紹雍接下去會做的事。有的人，只有亂世和硝煙才能滿足他心底的欲望和野心，這是藏在人性深處最原始的渴望，是難以壓制的猛獸。

而蕭凜是不會明白的。

他看到的周紹雍，不過是肅王世子這個最表層的身分罷了。

「如果周紹雍贏了，我所可惜的並不是我夫君的性命，大不了我陪他走就是，而是這剛剛穩定的世道，恐怕就要重新陷入唐末的亂世。」傅念君對蕭凜笑了笑，說道：「我聽說蕭大人少年將軍，掛帥出征，深得令尊真傳，但是我不知道你喜歡不喜歡讀史書？」

蕭凜挑了挑眉。

他這樣的武夫，讀過的書恐怕十隻手指都數得出來，何況遼人連文字都是近些年才出現的，遑論別的文明沉澱。

傅念君微微側頭，此時夕陽已經快消失在地平線之下了，她的眼睫毛似是被餘暉鍍上了一層金色。她說道：「我倒是很喜歡讀史書的。你們契丹人的祖先從西拉木倫河和老哈河流兩岸的崇山峻嶺之中走出來，戰勝過多少猛獸和天災，靠著血肉之軀四處征伐，才有如今安居樂業的生活。若是一朝陷入戰亂，試問蕭大人，你們打算怎麼辦？」

蕭凜出生時，遼國正是威武煊赫之時，唐末的割據政權，無論胡漢皆要向他們低頭，他們彷彿就成了這天下的主宰。

他又怎麼會想過這些。

「我來替你回答。」傅念君直視他，「你，還有你們整個大遼，都會理所當然地認為，當然是朝大宋伸手，繼續一刀刀地割大宋的血肉，因為我們打不過你們，所以這都是我們活該。但是試問，如果大宋奄奄一息了呢？你們大遼還去向誰耀武揚威？你蕭大人的兵，要用什麼去養？」

享受過富饒和溫飽後的契丹人，還是從前吃生肉、喝獸血的契丹人嗎？

蕭凜愣住了。

答案顯而易見，遼室宮廷裡那些貴族和宮妃，早就離不開金玉珠寶，甚至是附庸風雅的字畫古玩。契丹人已經不是從前的契丹人了。

強和弱本就是相輔相成的，宋遼經歷戰亂、和解、又戰亂，能夠達成如今的和平實屬不易。遼保宋和平，宋供遼金銀，這已經是個最好的狀態。

宋廷之內有很多人看破這一點，所以周毓白在處理宋遼關係上時，反而支持他父親略顯軟弱的妥協政策。但是在大遼，卻沒有那麼多有識之士，他們很難意識到，他們現在的富饒繁榮，完全是在照搬漢人，邯鄲學步罷了。

遼人自大短視，所以看不到這一點，總認為大宋軍事疲軟，處處向遼人妥協，但是本質上，要想長治久安，是遼國一直仰仗著大宋。

蕭凜不笨，經過傅念君這一番話，便明白了這其中諸多含義。

他心底起先的反應自是不服，但是冷靜下來細細一想，卻無法反駁。

或許她說的都對，最不想大宋動亂的，不是宋人，而是他們遼人。

蕭凜看傅念君的眼神又多了幾分審視，似乎是詫異著，一個女人竟然還有這樣的見識。

「僅僅一個周紹雍？」他突然出聲。

他覺得傅念君有些言過其實，周紹雍一個人，就能達到讓大宋國亂的地步？

傅念君心底自然是對周毓白充滿信心的，周紹雍沒那麼容易得勢。但是面對蕭凜，她當然要把情勢講得嚴峻些。

「他不是能用『僅僅』來描述的人。」傅念君淡淡道：「如果蕭大人感興趣，以後有機會或許我可以和你說說與他的過往糾葛。」

蕭凜的手也扶住了一邊的窗樞，傅念君一直放在上面的手，立刻就移開了。

他呼了一口氣，終於對傅念君說：「我聽妳上回問我，就知妳其實對肅王世子的事一直留心，但是線索並未找齊。」

傅念君擰眉，多說了一句：「不錯，我與他互相之間其實早就……防備甚深。」

她沒有明說周紹雍其實早想殺她，但是蕭凜應該明白一些其中的意思。

蕭凜的手攥著那窗樞更緊了一些，似乎在斟酌，最後才緩緩道：

「如果我說，肅王世子他的身世，和我們大遼有關……」

傅念君心中咯噔了一下，面上卻沒露出多少蕭凜意料中的驚詫來。

他也不知為什麼就像被這個女人灌了迷魂湯似的，她問，他就說。

或許，他就是想看看她除了冷靜鎮定之外的表情吧……

但是她似乎對這個消息都有所準備。

「可以理解。」傅念君說著，眼睫微微下垂，長度幾乎遮住了眼睛。她是天生的睫毛長。

「和肅王妃蕭氏有關吧，我查過她的身世，只是還沒完全查出來，她倒是……長得不太像契丹人。」

傅念君早就猜到了一些，但是遼國姓蕭的人很多，要說肅王妃蕭氏的那個「蕭」，就是蕭凜的這個蕭，就有些太湊巧了。

蕭氏的蕭姓，很多是賜姓，後族之中，也並非人人都以蕭姓自稱。

蕭凜自然不同，他的親姑母是十年前過世的那位蕭太后，若說肅王妃是他的親戚，傅念君覺得太不合常理。

首先，周雲詹的父親周昭不會去招惹這樣的女子。若說周昭對蕭氏的身分完全不知情，這也不可能，更別說蕭氏後改嫁肅王，她就從沒想過自己的價值？

即便她有遼國蕭氏的血統，必然也是早就被家族遺棄之人罷了。

蕭凜證實了她的想法，說道：「她不是契丹人，肅王世子也不是契丹人，他們是純種的漢人。」

傅念君挑了挑眉，等他繼續說下去。

「但是肅王妃有一個同母異父的妹妹，卻是我蕭家血脈。」

這一句話一出來，傅念君便突然覺得腦中無數曾經想不通的線索飛快地交織在了一起。

同母異父……

妹妹……

她的手指不自覺深深地摳進了木質的窗框裡。

蕭凜盯著她玉白的指尖，臉色嚴肅，「看來妳知道的還是比我想像的要多……」

她若是個男子，必然對他有大用處。

「原來如此……」傅念君喃喃道。原來是同母異父的姊妹啊。

肅王妃蕭氏，與周雲詹的生母，其實是兩姊妹。

這就完全能夠解釋得通了，為什麼周昭會領個自己不愛的胡女回去，為什麼江菱歌會在宮裡看到肅王妃對著周雲詹失態，兩人還拉拉扯扯的。

因為周雲詹的母親早已過世，而肅王妃就是他的親姨母。

傅念君覺得這關係越來越亂了。

所以周紹雍即便不是周昭的親生兒子，他與周雲詹也是板上釘釘的姨表兄弟。

而聽蕭凜的意思，蕭氏的父母應該都是漢人，只是她的母親貌美不凡，後來又與他蕭家同宗的男子有了一個女兒，就是周雲詹的母親。

周雲詹才是那個有遼國蕭氏血統的人。

傅念君頓時背後冷汗直冒。在她已經分析出來的周紹雍的計畫中，甚至是她死去後的那一世，最後即位的人應該是周雲詹不會錯。

一個有著契丹人血脈的大宋皇帝！

原來這才是周紹雍和蕭凜談判的王牌！

有了這個因由，蕭凜當然會選擇試著與周紹雍合作一次。她剛才在他面前分析的家國大義、天下蒼生，全部都只能往後站。

他竟然抱著這種打算……傅念君咬住後槽牙，周紹雍果真是個瘋子。

他要攪和的，不僅僅是大宋的江山。

不，或許不止，也許從周昭開始，他就已經在準備了……

傅念君開口的嗓音有些乾澀：「我能否問一句，肅王妃的妹妹，她的父親是你的誰？」

「是我的祖父。」他吐出了一個答案。

祖父……

蕭凜的祖父。

也就是他父親蕭溫，和他姑母蕭太后的父親！

當年肅王妃的母親只是個生於燕雲、能歌善舞的美貌漢女，被蕭凜的祖父看中後蓄養在身邊，後來因故失散，當然彼時他們一家還不是拔里氏中顯赫的一脈，蕭太后離那個一人之下萬人之上的位置還有十萬八千里遠。

甚至大概連蕭凜他祖父都不會想到，自己的兒女日後會成為大遼的中流砥柱，權傾朝野。

而他在漢人妾室肚子裡留下的滄海遺珠，淪為低賤的歌姬後，卻會兜兜轉轉，捲入了宋室皇族更大的陰謀之中……

傅念君勾了勾唇角，所以按照輩分，蕭凜和周雲詹，竟然也是表兄弟。

多可笑的一件事。

「你見過他了嗎？」傅念君突然問。

她指的是周雲詹。

蕭凜卻擰眉，「周紹雍並沒有告訴我他是誰，但是妳知道。」

他的話中倒是有一絲喜悅。

是了，傅念君想起來，她所知道的線索樁樁件件查來不易，除了周紹雍和周昭，世上是不會再有別人比她更清楚的了。蕭凜還沒有那個本事在宋境隨便查到任何他想知道的東西。

「你覺得我應該告訴你？」傅念君反問。

蕭凜笑了一聲，「妳覺得我需要知道麼？我和他沒有半點親緣關係，剩下的，只有互相利用和合作而已。他應當比我更苦惱，甩不脫的遼人血統，對你們漢人來說，實在很噁心吧？」

他確實沒有任何損失，這件交易裡最痛苦的人不是他。

他只要知道有這麼個人存在就夠了。

周紹雍對他提出的條件足夠誘人，而蕭凜卻不需要為此付出什麼太大的代價。

傅念君覺得自己從前的想法難免有點可笑，她還覺得周紹雍對周雲詹是兄弟情深，豈料他是打算把周雲詹榨得乾乾淨淨。

周雲詹這個人，到底是為什麼而生的？

只是她現在卻沒有心情去同情周雲詹，她得好好想想接下去該怎麼辦。

蕭凜能和她說這麼多已經是感情戰勝了理智，這樣的事，本來知道的人都只有死路一條。

蕭凜掃了正在出神的傅念君一眼，低聲說：「天暗了，下去吧。」

夜色已經徹底吞沒了這個安靜的小鎮，閣樓上沒有留油燈。

傅念君裹了裹身上裘衣，跟在他身後下樓。樓梯狹窄又昏暗，蕭凜朝傅念君伸出了手。

傅念君避開了，扶著旁邊有些破舊的欄杆，蕭凜的表情隱在暗處看不真切，最終還是沒有說什麼，扭頭先下去了。

傅念君回房之後，夏侯纓也察覺到她的不對勁。

看她的樣子，似乎是和蕭凜談了話。

夏侯纓一直是個懂分寸進退的人，沒有多問一句，只是照例替她把脈。

過了半晌，傅念君終於回神，夏侯纓正看著她。

「妳的脈象有點不穩，我看還是告訴他們一聲，想法子弄兩樣補品來才好。」

傅念君對她笑道：「不用特地吩咐，明天大概該有的東西一應都會送來。」

夏侯纓詫異，「妳告訴他了？」

傅念君點點頭，模樣有點心不在焉的。

夏侯纓沒有再追問。

這天晚上，傅念君躺下後了無睡意，心底的事卻無法和夏侯纓明說。

要讓蕭凜改變主意恐怕很難，她幾次心底都閃過殺念。

要破這個無解之局，恐怕只有周雲詹一死。

他是宗室子弟，無法隨便處置，只能派死士行動，不但難度高、容易留下把柄，也不是她和周毓白一貫的作風。

何況現在她還不知道京城裡是怎生個情況。

這樣輾轉反側到半夜，傅念君隱隱聽見了動靜，立刻爬起身來，隨手推了推夏侯纓。

夏侯纓也是習慣性地淺眠，還沒出聲，就感覺到傅念君把手掌蓋在了自己唇上。

她明白這個意思，緩緩地坐起身。

傅念君披衣下床，小心翼翼地走到架子床右側。她不敢點燈，只悄悄地盯著那塊牆壁。

不多時，聲音漸息，就在傅念君以為只是隔壁老鼠在打洞時，那看起來質地不厚的牆壁，竟是隱隱有了一塊鬆動。

傅念君在心裡捏了一把汗，繞回床頭把藏在枕下的刀刃摸出來，夏侯纓也已經悄悄下了床，跟在傅念君身後。兩人經過努赫那件事後，膽子已經大了不少。

那牆壁上的響動在這樣安靜的夜裡顯得格外刺耳，一下一下，聲音不重，卻都落在了兩人的心尖上。

突然，那牆上破開了一個一人寬的洞口，裡面立刻爬出來一個黑影。
傅念君下意識地將夏侯纓護在身後。
那黑影在地上翻滾了一下，立刻站起身。傅念君只覺得這人的影子很眼熟。
「陳進?!」她忍不住低呼。
陳進的一雙眼睛似乎在黑夜裡也顯得格外明亮。
「王妃……」他的嗓音有點顫抖。
傅念君立刻明白了怎麼回事，什麼都顧不得，她頭皮一麻，只低聲說：「我們快走。」
無論如何，這不是個說話的地方。
陳進也是周毓白手底下的好手，做事自然老練，只有一瞬間的分神，立刻就扶著傅念君往那黑黝黝的泥土洞裡鑽。她和夏侯纓一前一後手腳並用，立刻拚命往前爬去。
一聲破門而入的巨響隨即驟起。
傅念君一顆心頓時陷入了冰天雪地。
陳進他們挖地道救人，一定是事前做過準備的。蕭凜這批人不好對付，肯定要先將他們麻翻，只是蕭凜警惕，本事又高，恐怕尋常的迷藥蒙汗藥對付不了。
果真，他一腳就踹進了傅念君和夏侯纓的房門。
哪怕傅念君這段時日已習慣了將門鎖死，還會用桌椅抵門，也擋不住他的步伐。
陳進在後頭喊道：「往前走！」隨即自己回頭打算斷後。
傅念君咬牙，手下加快。
她幫不了陳進，更不能拖他後腿，救她的人千難萬險趕到遼境，不能讓他們功虧一簣。
地道沒有挖很長，連通到了地下半人高的地窖裡。

這間客棧的老闆以前一定不是做什麼正當生意的，底下藏著這麼大個四通八達的地窖。倒是方便了董長寧和淮王府的人搭救。

何丹正等著她們。原來他也來了。

傅念君朝他點點頭，轉頭示意身後，何丹卻根本沒有半刻工夫去顧及陳進如何，急道：

「王妃快隨屬下走！」

三人矮著身子在地下穿梭，很快爬了出來，正是西北院角的馬棚。

「王妃快走！」傅念君同時聽到幾人叫喊的聲音。

自己和夏侯纓已經快速被推上了一輛馬車，馬車飛馳而去，趕車的人正是喬裝過的郭達。

馬車裡還有一人，傅念君抬頭一看，卻是白著臉的陳靈舒。

她竟也來了？

傅念君顧不得她出現在這裡的因由，她出現在這裡，證明外頭一定是董長寧的人。

馬車外的廝殺聲響起，蕭凜的人不愧是大遼精衛，中了藥卻還都爬得起來，不過是動作遲緩了些，此時已經和來搭救傅念君的人鬥在一處。

她的馬車旁邊有幾騎護衛，同樣兵戈之聲不絕於耳。

郭達駕著車也無法消停，一個急轉，傅念君狠狠地撞到了車壁上。

「妳怎麼樣！」

「王妃！」

夏侯纓和陳靈舒同時出聲，傅念君捂住自己的肚子，咬牙道：

「沒事……」

外頭的人都在為了她浴血奮戰，她再怎麼樣都要撐住！

她努力調整呼吸，一遍遍地和肚子裡的孩子交流。

乖孩子，娘很快就能帶你去見你爹了，求求你再忍忍……

（未完待續）

國家圖書館出版品預行編目資料

念君歡 / 村口的沙包著. -- 初版. -- 臺北市：春光, 城邦文化出版：家庭傳媒城邦分公司發行, 民109.1
冊；　公分

ISBN 978-957-9439-77-0（卷六：平裝）. --

857.7　　108019089

念君歡〔卷六〕

作　　者／村口的沙包
企劃選書人／李曉芳
責任編輯／王雪莉

版權行政暨數位業務專員／陳玉鈴
資深版權專員／許儀盈
行銷企劃／陳姿億
行銷業務經理／李振東
副總編輯／王雪莉
發行人／何飛鵬
法律顧問／元禾法律事務所　王子文律師
出　　版／春光出版
臺北市 104 中山區民生東路二段 141 號 8 樓
電話：(02) 2500-7008　傳真：(02) 2502-7676
部落格：http://stareast.pixnet.net/blog E-mail：stareast_service@cite.com.tw
發　　行／英屬蓋曼群島商家庭傳媒股份有限公司城邦分公司
臺北市中山區民生東路二段 141 號11 樓
書虫客服服務專線：(02) 2500-7718 / (02) 2500-7719
24小時傳真服務：(02) 2500-1990 / (02) 2500-1991
服務時間：週一至週五上午9:30～12:00，下午13:30～17:00
郵撥帳號：19863813　戶名：書虫股份有限公司
讀者服務信箱E-mail: service@readingclub.com.tw
歡迎光臨城邦讀書花園 網址：www.cite.com.tw
香港發行所／城邦（香港）出版集團有限公司
香港灣仔駱克道 193 號東超商業中心 1 樓
電話：(852) 2508-6231　　傳真：(852) 2578-9337
E-mail : hkcite@biznetvigator.com
馬新發行所／城邦（馬新）出版集團　Cite(M)Sdn. Bhd
41, Jalan Radin Anum, Bandar Baru Sri Petaling,
57000 Kuala Lumpur, Malaysia.
Tel: (603) 90578822 Fax:(603) 90576622 E-mail:cite@cite.com.my

封面設計／Ancy Pi
插畫繪製／容境
內頁排版／極翔企業有限公司
印　　刷／高典印刷有限公司

■ 2020 年（民 109）1 月 30 日初版　　Printed in Taiwan

售價／320元

城邦讀書花園
www.cite.com.tw

ISBN　978-957-9439-77-0

104 臺北市民生東路二段 141 號 11 樓
英屬蓋曼群島商家庭傳媒股份有限公司
城邦分公司

請沿虛線對折，謝謝！

書號：OF0066　　書名：念君歡〔卷六〕

請於此處用膠水黏貼

讀者回函卡

謝謝您購買我們出版的書籍！請費心填寫此回函卡，我們將不定期寄上城邦集團最新的出版訊息。

姓名：＿＿＿＿＿＿＿＿＿＿＿＿＿＿＿＿

性別：☐男　☐女

生日：西元＿＿＿＿＿＿年＿＿＿＿＿＿月＿＿＿＿＿＿日

地址：＿＿＿＿＿＿＿＿＿＿＿＿＿＿＿＿＿＿＿＿＿＿＿＿

聯絡電話：＿＿＿＿＿＿＿＿＿＿ 傳真：＿＿＿＿＿＿＿＿＿＿

E-mail：＿＿＿＿＿＿＿＿＿＿＿＿＿＿＿＿＿＿＿＿＿＿＿＿

職業：☐ 1. 學生 ☐ 2. 軍公教 ☐ 3. 服務 ☐ 4. 金融 ☐ 5. 製造 ☐ 6. 資訊
☐ 7. 傳播 ☐ 8. 自由業 ☐ 9. 農漁牧 ☐ 10. 家管 ☐ 11. 退休
☐ 12. 其他＿＿＿＿＿＿＿＿＿＿＿＿＿＿＿＿＿＿＿＿

您從何種方式得知本書消息？

☐ 1. 書店 ☐ 2. 網路 ☐ 3. 報紙 ☐ 4. 雜誌 ☐ 5. 廣播 ☐ 6. 電視
☐ 7. 親友推薦 ☐ 8. 其他＿＿＿＿＿＿＿＿＿＿＿＿＿＿＿

您通常以何種方式購書？

☐ 1. 書店 ☐ 2. 網路 ☐ 3. 傳真訂購 ☐ 4. 郵局劃撥 ☐ 5. 其他＿＿＿＿

您喜歡閱讀哪些類別的書籍？

☐ 1. 財經商業 ☐ 2. 自然科學 ☐ 3. 歷史 ☐ 4. 法律 ☐ 5. 文學
☐ 6. 休閒旅遊 ☐ 7. 小說 ☐ 8. 人物傳記 ☐ 9. 生活、勵志
☐ 10. 其他＿＿＿＿＿＿＿＿＿＿＿＿＿＿＿＿＿＿＿＿

為提供訂購、行銷、客戶管理或其他合於營業登記項目或章程所定業務之目的，英屬蓋曼群島商家庭傳媒（股）公司城邦分公司，於本集團之營運期間及地區內，將以電郵、傳真、電話、簡訊、郵寄或其他公告方式利用您提供之資料（資料類別：C001、C002、C003、C011等）。利用對象除本集團外，亦可能包括相關服務的協力機構。如您有依個資法第三條或其他需服務之處，得致電本公司客服中心電話 (02)25007718請求協助。相關資料如為非必要項目，不提供亦不影響您的權益。

1. C001辨識個人者：如消費者之姓名、地址、電話、電子郵件等資訊。
2. C002辨識財務者：如信用卡或轉帳帳戶資訊。
3. C003政府資料中之辨識者：如身分證字號或護照號碼（外國人）。
4. C011個人描述：如性別、國籍、出生年月日。

請於此處用膠水黏貼